〔小佚◎著〕

SHAONIAN CHENGXIANG SHIWAIKE

少年恋相世外客

河南文艺出版社

上部

**图书在版编目(CIP)数据**

少年丞相世外客.上部/小佚著. —郑州:河南文艺出版社,
2008.1

ISBN 978-7-80623-909-4

Ⅰ.少… Ⅱ.小… Ⅲ.长篇小说－中国－当代
Ⅳ.I247.5

中国版本图书馆 CIP 数据核字(2007)第 203468 号

## 少年丞相世外客. 上部 / 小佚　著

出版统筹:单占生
策划编辑:邵　玲　侯　开
责任编辑:崔晓旭　刘红梅
美术编辑:王井起
责任校对:伊春萍

出版发行:河南文艺出版社
本社地址:郑州市鑫苑路 18 号 11 栋
邮政编码:450011
本社网址:www.hnwycbs.cn
电子信箱:master@hnwycbs.cn
售书热线:0371－65379196
承印单位:北京博图彩色印刷有限公司
经销单位:新华书店
纸张规格:700 毫米×1000 毫米　1/16
印　　张:21
字　　数:390 000
版　　次:2008 年 1 月第 1 版
印　　次:2008 年 1 月第 1 次印刷
标准书号:ISBN 978-7-80623-909-4
定　　价:27.00 元

少年相世界客

上部

那时的她以为，
相爱了就是一生一世；
那时的她相信，
那时的她相信，
承诺了便是天荒地老……

紫晶+凉子

永远，是比公子的生命，多一天。

紫晶＋小僧

少年檀世哭客

上部

# 目录

# 目录

# 目录

## 卷二　山雨欲来风满楼

# 目录

那时的我以为，相爱了就是一生一世；那时的我相信，承诺了便是天荒地老。那时的我，幸福到即便被全世界抛弃，也无所畏惧。然而，现实……就是现实，容不得半分天真和幻想。那是我在好久好久以后，才想通的道理。

# 楔　子

传说，宇宙中有许多平行的空间，交错的时空隧道，衍生到地球上，就成了许多平行发展，永不相交的异空间。然而，地球上所有的空间当真永远不会相交吗？

3

伊修大陆，那是一片与地球上的古代中国极其相似的古大陆。五国一岛，割据争霸。

金耀，五国之霸，多出铁矿，地广人多，兵源充足。

火翎，仅次于金耀，土地肥沃，物产丰饶，人民富庶。

风吟，毗邻海岸，水战实力强。

水雾，夹杂在金耀与火翎之间，常年饱受战乱之苦，民不聊生。

荠木，依附于火翎而生。

此五国实力不均，地域偏差，却共同信奉于伊修爱尔女神。而唯一不信奉任何神明，主张自由的出云岛国，只与风吟交好，又饱受其他四国欺凌。

伊修大陆上的平民渴望统一，贵族等待统一，当权者主导统一。于是在那样的欲望支使下，造就英雄的两大传说便诞生了：天星流剑派的传人星魂与伊修爱尔女神之子赤非。

命运注定了他们会相遇，却未告诉我们，他们究竟是争夺天下，还是相互扶持；命运注定了他们会创造不朽的传奇，却未告诉我们，结局究竟是成王败寇，还是共同努力。

所谓引地狱烈火，燃尽世间罪恶。仅凭一人一派一星魂，即可影响天下局势，颠覆整个伊修大陆，说的便是天星流派及其传人。

万历七百六十一年，火翎国君主君无痕拜年仅二十岁、籍籍无名的柳岑枫为太傅，朝中上下反对声一片。然而，不过两年的时间，火翎国先后收服了火翎边境包括荠木国在内的大大小小数十余反对势力，并在与金耀国的五次大战中三胜二和，力挫金耀名将吕林，使得本只能与风吟勉力抗衡的火翎，翻江倒海，势力直追伊修大陆第一国金耀。

至此，火枫飘尽雪影现的白衣太傅柳岑枫便成了伊修大陆上的一个传奇。更有人传言，他就是天下最为神秘的天星流剑派当代星魂。

在金色曙光中展翼临世，
在惊涛骇浪间乘风飞翔，
在熊熊烈焰下浴火重生，
这就是诞生于日月重光下的伊修爱尔女神之子——赤非。

万历七百六十三年，金耀国三皇子杨毅及其心腹手下被困于赤峡谷，火翎国元帅钱谦命人火烧此谷，眼看众人命在顷刻。就在此时，杨毅手下年仅十六岁的司马、金耀嘉应二十三年状元秦洛，想到以滑翔之法从天空飞跃百万火翎军队，在黎明的曙光中降临在金耀国援军面前。并带领他们突破火翎国包围，引殴江之水，救出杨毅及剩余金耀士兵。

此景象深刻映入当日所有火翎、金耀士兵脑中，直至后来，秦洛一手辅佐杨毅登基，于不可能中稳定局势，这个预言才被流传开来。

少年丞相——秦洛，成为各国争相招揽的人物。人人都是一个想法：此人有经天纬地之才，颠倒乾坤之力，若不能收为己用，则必要除之。只恨秦洛身边寸步不离地跟着青霜剑风亦寒，此人武功之高，行事之慎，世所罕见，才护得他周全。

然而，又有谁知道，这名动天下的少年丞相，其实是个……

4

# 第1章　苏醒

"别以为嫁给了我，我就会喜欢你！"

"我可以清楚地告诉你，我只爱雪儿一人⋯⋯"

"林伽蓝，我就没见过像你这么不要脸的女人！"

在金色曙光中展翼临世⋯⋯

"你以为，你用这种诡计嫁给了徐冽，他就会爱你了吗？我告诉你，你做梦。林伽蓝，你活活拆散了徐冽和雪儿的幸福，你会遭报应的！"

"如果没有你，我和徐冽本是最幸福的一对，可是，一切的一切都被你的自私毁了。我并不恨你，可是林伽蓝，你是这世界上最烂的女人！"

在惊涛骇浪间乘风飞翔⋯⋯

"蓝蓝，小心——"

"蓝蓝，别⋯⋯别怕，我⋯⋯不会⋯⋯让你有事，绝⋯⋯不！"

"蓝蓝，蓝蓝！你别吓爸爸妈妈啊！蓝蓝你快醒醒！"

在熊熊烈焰下浴火重生⋯⋯

"砰——""徐冽，你这浑蛋，你以为我们想把女儿这么嫁给你吗？若非她死心塌地地爱着你，若非⋯⋯若非⋯⋯你爷爷病入膏肓，希望在临死前，亲眼看到你将蓝蓝娶进门，我们何苦⋯⋯呜呜⋯⋯何苦让蓝蓝受这份罪⋯⋯"

这就是诞生于日月重光下的伊修爱尔女神之子——赤非。

我动了下僵硬的手指，感觉自己全身像被灌了铅，体内流淌的仿佛不是血液，而是凝固黏稠的不明液体。我忍不住在心底呻吟了一声，这到底是怎么回事啊？

"余音，你刚刚有没有看到，蓝蓝的手好像动了一下？"

"没有啊，你眼花了吧！唉，她和宇飞都已经真——真的动了！老公，快叫医生。医生！！"

忙乱中，我看到了一张张熟悉的、陌生的脸，身体的痛、心里的痛一起袭来，我明明还迷糊着却莫名流泪，随后失去了知觉。

伊修爱尔女神之子赤非啊！快回来吧！回来吧——

等到再度睁开眼睛时，我看到了站在我床边一脸憔悴的男子——徐冽，我名义上的丈夫。

昏迷前的事仿佛电影回放般，在我的脑中一遍遍播放。

从进大学第一眼见到这个带着霸气的英俊学长时，我便喜欢上了他。可是，他的光芒是那么耀眼，身边永远都围满了崇拜他的男子和喜欢他的女生，如此平凡的我，又怎么可能引起他的注意呢？

慢慢地，我喜欢上了这种躲在暗处偷偷观察他的暗恋，既有心酸，又有甜蜜。直到，一直对女生不假颜色的他的身边，出现了一个长发飘飘清纯纤弱的女子——孟雪儿。徐冽看着她的眼神，总是那么温柔，那么幸福。而我所有的甜蜜化为了苦涩，他们俨然成了校园中最幸福的一对，多少男女失落万分，却绝无人能注意到躲在角落里偷偷饮泣的我。

可是，事情蓦然发生了转机。爷爷带着我去拜访他当年最好的战友，在那个豪华到让我咋舌的宅邸中，我居然看到了徐冽。原来，他的爷爷就是我爷爷当年最亲密的战友。

不只如此，当年，我爷爷和徐冽的爷爷同时喜欢上了部队里一个跳舞的女子，可是最终那个女子却选择了我爷爷，成为我的奶奶。所以，当徐冽的爷爷第一眼看到我时，便提出让我做他的孙媳妇。

当时，我和徐冽谁也没在意他的话，顶多也就是我脸色通红地做做美梦罢了。可是，一个月后，徐冽的父亲居然来找我，说是徐冽的爷爷得了癌症，病入膏肓，顶多只能再活两三年。徐冽的爷爷真的很希望自己的孙子能娶我为妻，并让他抱上曾孙。

这种被电视剧演滥了的情节居然真的降临到了我身上，我的心头一阵狂喜，又一阵难过，狂喜于可以嫁给徐列，难过于徐爷爷居然只有两三年的寿命。我对自己说：不！这不是我横刀夺爱，我只是为了完成一个垂死的老人家的心愿而已。而且徐爷爷真的对我很好，甚至比我自己的爷爷更疼爱我，我如何能不管他临死前的心愿呢？

为了这场婚礼，听说徐列跟家里吵得很凶很凶，最后甚至被软禁在家中。孟雪儿和她的朋友都跑来斥责我，连我的朋友也劝我别做横刀夺爱的事情，于是，随着婚期的一天天临近，我的良心越来越不安。我去找徐列的父亲，告诉他，徐列另有所爱的人，我可以陪他演一场戏。他父亲沉吟了半晌说："蓝蓝，你老实告诉我，你爱我的儿子吗？"

爱！怎能不爱?！我整整爱了他两年啊！可是，我却艰难地摇了摇头，说："不爱！"

他父亲狐疑地看了看我，最终却叹了口气道："那么你就将真相告诉他。至少你们那场婚礼还是得举行，你也得搬进我们家来，了我父亲最后的心愿。"

我又是悲哀又是欣然地约徐列在咖啡厅见面，可是还没等我开口，他却一脸冰寒地对我说："我和雪儿分手了，如你所愿了。"

然后像是发了疯似的拖我到结婚登记处签名登记，最后狠狠地说："林伽蓝，我可以娶你，可是这一辈子，你都别指望我会爱你！"

到唇边的话，再也说不出来，我努力克制住即将溢出的眼泪，横冲出去。在那个每日偷偷观望徐列的十字路口，我看到了刺眼的灯光，然后听到了惊恐的大叫，身子被什么人拥着一起飞了出去，拥着我的人保护了我，可是全身还是好痛，黏稠的血液不断从体内流尽，我的神志逐渐迷糊。

那个拥住我的人，吃力地拉着我，往医院方向走去，他不断地说："蓝蓝，不会……有事……"

宇飞——我最好的朋友，聂宇飞吗？在我意识到这一点的时候，抱着我的身体慢慢瘫软了下去，比我更狰狞的血流了满地，我们两个倒在一家黑糊糊的店门前，失去了知觉。

"喂，你怎么样？"徐列略显沙哑的声音打断了我的沉思。

我忽然抬起头问道："我……我昏迷了多久？"

徐列浑身颤了颤，眼中流泻出不可遏制的悔恨和歉意，低声道："两年。"

"什么?！"我刷的一下跃起身来，却只觉头一阵晕眩，全身肌肉也是僵硬的。徐列慌忙俯身扶住我。我咬了咬下唇，问道："爷爷有事吗？"

"没有。"徐列努力克制着自己的声音，扶我躺下，"我去叫医生来。"

我忙拽住他的袖子，一愣，又慌慌收了回来，两人都是一阵尴尬。

我深吸了一口气，心慌地问道："宇飞呢？宇飞没事吧？"

徐冽叹了口气，脸色和声音都沉入了谷底，"宇飞和你一样，陷入了昏迷，仍未醒来。"

"什么?!"我猛地从床上弹起来，惊道："他……他在哪儿，我去看他！"

眼前霎时一花，白茫茫一片，我砰的一声又倒了回去。徐冽连忙扶住我，声音急促："刚醒来乱动什么？他短时间内又不会醒来，等医生检查完再去不是一样？"

我无声地闭起眼，摆了摆手道："你去叫医生吧。"

在他临出门前，我听到了一声几不可闻的低喃。他说："对不起。"

我用手臂遮盖住眼睛，勾起嘴角笑了，肌肉有些僵硬，仿佛一时不适应这是我的身体，却不妨碍我笑得悲哀，笑得苦涩自嘲，眼泪自眼角悄悄滑下。

两年的爱恋，我花了两年的昏睡时间，去磨灭它，放弃它，能做到吗？

忽然，我放下手愕然地发现手腕上那串紫水晶链子，不由惊奇道："昏迷前明明没有，是谁送我的呢？"


医生给我做了全面的检查，终于在我父母和徐冽父母紧张的注视下，一脸不可思议地道："这真是奇迹，什么事都没有，居然连肌肉萎缩的状况也没有出现！其实在她上次醒来时，所有的生理机能就已经恢复了，英石跟我说的时候我还完全不相信。头晕无力只是睡久了的正常现象。放心吧，她今天就可以出院，当然，我建议她再留院观察几天。"

所有人的脸上都露出了欣慰的笑容。

"亲家母啊！我看就让蓝蓝去我们家吧。"徐冽的母亲一脸诚恳地抓住妈妈的手臂，哀求道，"现在外面的人都知道蓝蓝是我徐家的媳妇。而且，他爷爷一直渴望能见见蓝蓝。"

"蓝蓝你说呢？"爸爸面无表情地道。

我沉吟着，想到两年前徐冽说的那些绝情的话，心头一阵绞痛。待要说不去，可是想到徐爷爷关爱的眼神，瘦骨嶙峋的身体，便很想再见见他，搂搂他的脖子。而且，婚礼虽然没有举行，我却已经和徐冽做过登记了，名义上他仍是我的丈夫。就算要分开，也应该先去签离婚协议书。离婚……我身体微不可察地轻轻一颤，眼角余光瞥向徐冽修长挺拔的身影，这个我暗恋了两年的男人，难道我真的没希望争取了吗？或者，我想要答应去徐家，根本就存了近水楼台的心思……

脸上刷地一阵火热，我撇过头遮掩着，才点头道："我想先去看看宇飞。"

徐妈妈一脸感激地看着我，眼里都泛起了泪花，徐爸爸也是一脸欣然。我却看不到徐冽的表情。

爸爸和妈妈犹豫了一阵，最后点头道："那好吧。"话锋一转，爸爸严厉的目光望向徐冽，冷声道："你若再让我宝贝女儿受一点伤害，我绝不会放过你。"

徐冽默然地点了点头，整个人仿佛被抽掉了灵魂般，了无生气。

"冽，还不快抱蓝蓝去宇飞病房?!"徐爸爸猛推了徐冽一下。

"我?!"徐冽猛地抬起了头。

"不是你是谁?!"

"不! 不用了!"我慌忙挣扎起来，"我自己……"却因为睡得太久，全身乏力，而动弹不得。

徐冽瞪了我一眼，低低骂了声："笨女人。"不情不愿地走过来，将手穿过我膝下和颈背，轻松地将我抱了起来。

鼻中闻着他衣服上皂角的香气和身上忽浓忽淡的男子气息，我有一阵恍惚，抬头瞥见两家父母暧昧的眼神，面上一红，慌忙把脸埋进他胸前，心，跳个不停。

不是已经不爱了吗? 我在心里问着自己，为什么被他抱在怀里，还是会有如此安心舒适又心如擂鼓的感觉?

见到昏迷中的宇飞时，我几乎哭出声来，他原本略嫌胖的整张脸都清癯了下去，身体也从滚圆变成了修长，竟是比原来不知俊秀了多少倍。可是，我多希望那个虽然不帅不酷，却会替我买药，会为我抄笔记，会不知羞耻地偷我饭菜的宇飞能回来。

他的妈妈没有怪我，只是满眼通红地摇了摇头，与徐冽走出病房，留给我和宇飞单独的空间。

"宇飞……"我紧紧抓住他干瘦的手，眼泪一滴滴落在洁白的床单上。忽然，我猛地抬起头来，郑重地看着昏迷中的他，哑声道："宇飞，我林伽蓝保证，无论用什么办法，一定要医好你!"

说完，只觉心里的憋闷少了几分，却越加哀伤。

"哭够了没有?"身后传来徐冽不耐烦的声音。

他走到我身边，将我抱了起来，看到我脸上的泪水一愣，随即皱着眉胡乱地用指腹给我擦了一通，道："女人就是麻烦。"

那孟雪儿呢? 我想问，但最终却没能吐出口。我拽着他的袖子，低头又看了宇飞一眼，忽然一怔，怎么宇飞手上也有串和我一样的水晶链子，只是我的是紫色，而他的是白色，近乎透明。

"徐冽——"我将由于两年昏迷而彻底纤瘦下来的手腕递到他面前，问道，"这串水晶是谁送的知道吗？"

徐冽摇头道："我怎么可能知道，好像早早就有了吧。"

我若有所思地点了点头，心里隐隐不安，总觉得，有什么事情会发生。

# 第2章　洞房

再一次见到徐冽家那庞大到不像话的宅邸，我还是吓了一跳。

在很久以后，我才知道，原来那个表面上看起来温文尔雅的徐爸爸——徐天，当年居然是上怀市最大的地下黑帮组织——火焰的老大之一。

后来，他们兄弟几个将组织统统甩手给自己的手下后，开始从商。短短十年，他大部分时间都在家中陪伴妻子、赡养父亲、教育儿子，却经营了上怀市仅次于凌云和皇朝的徐天集团，旗下的连锁大卖场，几乎遍布全国。

车子开进徐家的时候，天已经黑了，徐爷爷居然由用人推着，焦急地在门口等着我们。

我心里一阵感动，被徐冽抱出轿车，看到他的时候，我哽咽地叫了声："爷爷！"

徐冽抱着我的身子僵了僵，神色复杂地看了我一眼。

爷爷老泪纵横，连声说着："回来就好！回来就好！我们进去吃饭吧！"

吃饭没有如我想象中是在那种分主次位的长桌上，而是一张不大不小，刚好容五六个人坐下的可旋转圆桌，用人们一一把烧煮好的菜端上来，每样菜都很普通，却透着温馨。

徐冽就坐在我的旁边，自顾自地喝酒吃饭。我好奇地看了看他手中的酒，天哪！居然是人头马，而他竟然像喝水那么喝?！

"冽，还不快给蓝蓝夹菜?！"徐妈妈叫道。

"为什么?"徐冽放下手中的酒杯惊奇道。

"这还用说吗?"徐妈妈嗔怪地瞪了他一眼，"她可是你妻子，又是第一次在咱们家吃饭。"

我的脸刷地红了个彻底，头都快埋进碗里了。其实，我答应来徐家，真的只是为了看爷爷吗？

徐冽不耐烦地皱了皱眉，却还是在三双眼睛的注视下妥协，凶神恶煞地道："丫头，要吃什么？"

我撇了撇嘴，目光在一桌的菜上扫了一圈，最后落在香酥辣子鸡上，然后把可怜巴巴的目光投向他。

"不行！"徐冽仿佛根本没看到我的眼神，断然否决，"你刚出院，怎么能吃辣的？"

说完，不等我再度开口，他已经拿起碗碟勺子，长手一伸，盛了碗八宝珍给我，凶巴巴地道："吃这个！"

切！我在暗里鄙视了他一下，那你刚刚问我干吗，还不如自己直接决定呢！

"笨女人！你刚刚那什么表情！"徐冽的大手往我头上拍下来，我瑟缩地一躲，落在我头上的力道却很轻，然后像是不甘心一般，狠命地揉乱我的头发。

"啊！你干吗啦！"我抱着头大叫。一会儿喂，一会儿丫头，一会儿笨女人，到现在居然连我的名字都没叫过，太过分了！

"哈哈……"饭桌上笑声一片，爷爷一脸弥勒佛似的笑容，将着胡须道："冽儿啊！你要知道，妻子就是娶来疼爱的。"

"胡说八道！"徐冽狼狈地收回手，一脸郁闷地道，"爷爷，吃你的饭吧！"

"哈哈……"


晚饭中，门铃忽然响了起来。

徐爸爸看着我温和地道："你的两个朋友去了医院见不到你，都很担心。所以英石派人开车把她们送了过来，现在怕是到了。"

"啊——"我惊叫了一声，喜出望外，"小洁和盈盈来了？"

徐爸爸含笑点了点头。

我欢呼了一声，向门口冲去，脚刚迈出，却忽然想起了什么，回头看着徐冽垂首支吾道："我可以去见她们吗？"

徐冽一口汤差点喷出来，咳嗽了两声，抬起头瞪着我，怒道："这些事跟我说什么？"

我撇了撇嘴，被他的怒气吓到，不敢动了。

徐冽无奈地叹了口气，挥手道："去吧。"

饭桌上又是一阵大笑，我脸红了大半，拼命跑离了大厅。

少年相世外客
上部

"蓝蓝——"一声悦耳莹润又带了几分颤抖的女声传入耳中，我抬头看到小洁永远宁静淑和的脸上带着狂喜和难以置信。

我再也压抑不住重逢的喜悦和感动，扑过去与她抱了个满怀，泪水浸湿了双方的衣衫。

"好啦，你们两个。"盈盈略带无奈又掩不住激动的声音传入耳中。

我们两个不好意思地一笑，小洁擦掉了脸上的泪珠，已然回复了宁和的神色，浅笑盈盈，美丽不可方物。小洁，苏燕洁，大学室友，我昏迷了两年，她也已大学毕业了，想不到，如今看来，竟一点也没变。

倒是同为室友的范盈盈，已然褪去了当初的幼稚和清纯，转而散发出艳丽的妩媚，让人移不开目光。

欢姐领着我们走进客房，我和小洁犹自唧唧喳喳地说个不停，盈盈偶尔插一句，多数时候却是打量着徐宅华丽而高雅的装饰，不无欣羡地道："蓝蓝，你可真是嫁了个好老公啊！"

我一愣，脸色微黯，悻悻地道："盈盈，别人不知道也就算了，你明明清楚我和徐列的状况，还这么调侃我。"

盈盈抱歉一笑，丹凤眼内秋波流转，衬着淡紫的眼影，煞是好看，"我这不是让你好好抓住吗？这年头长得帅又有钱的男人，已经绝种了。"

我微蹙了下眉，忽道："盈盈，你怎么这么说？难道，你和晓东分手了吗？"不知为何，心里一急，我将声音提高了几分，"小洁，你呢？你还和向坤在一起吗？你们的工作都找到了吗？"

"你别急。"小洁温婉一笑，拉着我坐下来，"我自然还和向坤在一起，工作也找到了，是行政助理。向坤他还说……"

小洁面上红了红，沉静的脸上露出淡淡的却甜蜜的笑容，"我们明年就结婚。"

我猛地松了一口气，幸好……

"那样不懂浪漫的男人真的好吗？"盈盈忽地冒出一句，"你们两人真是太老土了。"

我讷讷地叫了声："盈盈你和晓东……"

"没有分手。"盈盈无所谓地一笑，涂着粉红指甲的精美手指轻轻敲击着茶几，"当然，如果有另一张长期饭票，我会立马把他换……"

盈盈的声音猛然一顿，目光停滞在敞开的客房门口。

我和小洁跟着望去，只见徐列穿了身紧身的休闲服站在门外，近乎完美的体形被衬托得惑人心神。他左手端了个冒着热气的茶杯，右手握着药盒，面无表情地走进客房。

"你好。"小洁微微一笑，向他打了个招呼。盈盈慌忙地也略起身颔首。

徐冽礼貌地回了她们，随即不爽的眼神落到我身上。

"吃药。"徐冽将手中的杯子和药放到我面前，冷声道。

"哦哦……"我忙不迭地点头，分别从每个盒中取了三粒药往嘴巴里塞。

"白痴！"徐冽一把抓住我拿药的手，怒道，"你都不看包装上的说明吗？这个两粒，这个一粒，只有这种是三粒。你笨到连药都不会吃了？"

"对……对不起！"我慌忙要将颗粒装回盒子，却被徐冽一把夺过扔进垃圾桶，冷声道："你以为拿出来的药还能放到明天吃？"

"扑哧——"小洁的笑声传入耳中，看看我，又看看他，掩唇扭过头去。

徐冽带了几分尴尬，随便招呼了两句退出房去。我郁闷地将手中的药吃光，看看小洁忍笑的表情，又看看一脸玩味的盈盈，不由得苦恼：为什么我总能惹徐冽生气呢？

"蓝蓝，"小洁忽然慎重地道，"或许徐冽他没有我们想象中那么讨厌你……"

小洁和盈盈终于还是被徐冽家的司机送走了，有些离愁，不过一想到以后仍可再见，便又释怀了。

晚上，洗完澡出来，偌大的房间中只剩下我和徐冽两人，据说，这本来还是我们的新房。我们尴尬地彼此眼对眼，良久无语。

徐冽站起身来，道："你睡吧！"说完，就往紧闭的房门走去。

我望着他高大的背影，心里居然一阵失落。难道，在我心里，竟是真的把自己当他妻子看了吗？我长叹了一口气。

14
"浑蛋！"徐冽气愤的大骂忽然传来，我愕然抬头，居然看到无论他如何使劲也拉不开的房门，以及他一脸被算计到的郁闷表情，忍不住"扑哧"一声笑出声来。

"臭丫头！还笑！"徐冽气愤地甩着手来到我身边，环视了一下四周，不由再度大骂，"这群浑蛋，居然连沙发都搬走了。"

我强忍住笑意，咳嗽了两声，装出一脸严肃，"那今晚怎么办？"

他皱眉看了看宽大的床，又看了看床上厚软的羽绒被，最终妥协道："你睡床，我睡地板！"

"若是感冒了呢？"我忙道。

"关你Ｐ事！"徐冽不耐烦地骂道，"还不快睡！"

我眼珠子一转，笑道："若是感冒了，他们就知道我们没睡在一起。明天，他们说不定会想出更毒的招。"

徐冽一愣，显然也觉得这事有可能。刀削般的剑眉皱了很久，沉默不语。

我掀开被子穿着冬天的睡衣躺进去，"我都不怕了，你怕什么？这么大的床一人睡一边就是了！"

徐冽目光灼灼地盯了我许久，终于大踏步走了过来，同样穿着睡衣躺进来，临睡以前还毫不留情地在我脑袋上打了个"栗暴"，恨恨道："就没见过你这么蠢的女人！"

我翻了翻白眼，转身，面向大大的落地窗闭上眼睛。银沙般的月光透过透明的纱窗照进来，太明亮了，我良久都睡不着，只得翻过身来，刚好看到徐冽狼狈地别开眼。

"转过去睡！"他恶狠狠地命令道。

我眨了眨困顿的眼，摇头喃喃道："不要，光线太亮了，睡不着。"

冷风猛地灌进被子里，我的睡意一下子去了大半，只见徐冽起身大踏步走到窗前，把厚重的棉布窗帘全部拉上，房间里顿时暗下来。

徐冽踩着黑暗顺利回到床上，看不清的脸面向我，热热的呼吸吐到脸上，"转过去睡！"

我低咒了声，翻过身去，看着黑漆漆还有花纹忽明忽暗的窗帘布。忽然猛地转过身去。

"砰——"一声响，我的脑袋和他撞了个正着。

徐冽几乎要暴跳了，大骂道："你这女人到底想怎么样？"

我怯怯地看了一眼他黑暗中的脸，嘟囔道："太黑了，有点怕……"

我觉得徐冽是已经被我打败了，要不就是气晕了，所以半晌都只闻他的呼吸声，却听不到他说话。就在我心有愧疚，准备翻过身去睡的时候，一只大手迅速地按住了我的后脑勺，鼻子有些疼，紧贴着那温热的胸膛。

徐冽咬牙切齿的声音传入我耳中，"再不睡我就把你从窗口丢下去！"

我在黑暗中咧嘴一笑，又想起孟雪儿悲伤的脸，开口想问他现在和雪儿怎么样了。可是，在如此窝心的情况下，怎么也问不出口。

慢慢地，意识离我远去，我安稳地在徐冽怀中睡了过去。手腕上的紫水晶在被窝中，忽明忽亮，猛地一阵白光，又归于宁静。

耳边隐约有非男非女的声音在回荡。

伊修爱尔女神之子赤非啊，快回来吧！回来吧——

# 第3章　同生共死

全身上下好几处火辣辣地痛，我迷迷糊糊中低低呜咽了几声，喉头却发出几个陌生的音节。我一惊，骤然清醒过来。强烈的日光刺入眼中，一时痛得泪水直流，眼前却是白花花一片。身上更是痛得厉害，细细撕扯的痛，伤筋动骨的痛，总之痛得我根本无法站立。

"徐冽……"我带着哭腔低低叫了一声，却发现自己的声音清脆悦耳似带着美妙的节奏，比原来的声音不知动听了几百倍。

身子猛地一阵摇晃，腰间有一双手牢牢箍住我，周身萦绕着淡淡清冷的气息，夹杂着烈日骄阳的暑气和无孔不入的血腥味，竟有种莫名其妙安心舒适的感觉。

"公子，没事吧？"微喘的气息，清冷却隐含关切的语调。我吃力地抬眼看去，还未来得及看清他的面貌长相，心神却早已被那一缕银丝半遮半掩下漆黑深邃的瞳仁尽数吸引了去。那双眼明明黑沉得彻底，却偏偏无比澄澈明净，就仿如一丸黑宝石镶嵌在水银中，明明白白映着张苍白的脸，微颤的唇。

我打了个抖，放眼看去，入目的竟是黑压压一片瞪着我，似要把我生吞活剥的男人。他们身上穿着统一的黑色紧身武士服，额上绑着头带，手握长刀长枪，那明晃晃的尖刃，通通指向两人，便是我和身边的男子。

出什么事了？我骇然地看看四周万分想扑上来却畏惧地望着我们的黑衣人，又看看身边浑身浴血但依旧冷若冰霜的青衣男子。我刚刚明明还在徐冽怀中睡觉，为何醒来却会在这里？

忽听一苍老的声音在人群外响起，声音虽洪亮愤恨，却隐藏了几分虚弱之气，"风亦寒，任凭你千般本事，万般能耐，刚刚替你家主子受了我一掌，挨了我掌门一剑，如今想带着身中剧毒的他平安离去，也太小瞧我玄宗一门了！"

16

身边的男子面色不变，我透过迷蒙的眼细细望去，却发现他面色苍白，双唇发紫，脸上沾满血污，看不清长相。满头的黑发，却随风舞起额前那一缕沾血的银丝，蓦地让人感觉到他历经沧桑的沉痛和哀伤。

忽地，脑中一阵剧痛，心口有如一双手在狠狠撕扯一般。我一手扶在那青衣男子身上，一手紧揪着胸口，"哇"的一声，吐出一口血来。那血一半洒在地上，一半溅在自己胸口，竟呈现出骇人的青紫色。

"公子!!"男子急切地低叫了一声，语调终不复原来的清冷，箍在我腰间的手更是火热颤抖，清楚诉说着他的恐惧。就在此时一声令下，周围的黑衣人如潮水般涌了上来。

我浑身一忽儿冷一忽儿热，神志迷糊得厉害，连站都站不稳，更何况闪避追兵。青衣男子一手持剑御敌，一手牢牢抱紧了我，左右腾挪。我只觉体内的血液如被煮沸了一般，随着剧烈的动作，痛得我眼泪直流，却连哭声都发不出来。

"公子! 你坚持一下!"青衣男子随手拨开面前的长剑，将我轻轻抛了个弧度，稳稳背在背上。还未来得及拢住他颈项，背后的杀气及体而来，青衣男子猛然一个旋身，挡开了刺向我的长剑，自己却是臂上和胸前双双一红，青衣早被染成了紫黑色，他不管不顾，只护着我的周全，向一个方向冲去。

我恍恍惚惚地趴在他背上，烈日照在身上灼烧般火热，他的背却是那么清清凉凉地令人舒心。我好痛，浑身痛得仿佛不是自己的身体，意识一寸寸远离，手脚一分分冰冷。

我想着，这是梦吗? 为何我会做如此真实的梦? 真实到连血腥味都能闻到，真实到在梦中我都能感觉到死神的一步步逼近。不过，也好……反正是梦，死了，也好……

"公子! 公子! 请你坚持下去! 夫人定能救你的!"他的声音明明清冷，我却仿佛听出了那里面无边的恐惧和哀求，长剑划到他身上，他却只顾往前冲。脚下被长枪刺中了，他也不管不顾，只一个趔趄，依旧往前。

我心头一热，眼见着他全身上下无处没有伤痕，脸上更是毫无血色，全副的心神却都只放在了我身上。不知为何，迷离的意识忽然回来了。就算是梦，我也不能如此自私地睡去，尤其是当有人还在为我浴血奋战的时候。

我紧了紧拢在他颈项上的手，没有说话。他却精神猛地一振，漆黑的眼眸中墨绿色的光泽莹莹闪亮，恍若黑夜星火。手上的青色剑刃猛然间绽放出夺目的青光，剑影呼啸而过，竟在前方生生裂出一个通道。

他再不停歇，一手持剑，一手扶紧了背上的我，几个纵跃从人群中冲了出去。隐约的，我知道我们可能脱离险境了，当然也可能没有。

只是，我太累了，累到即便知道是梦，我的梦，也无法主导他。耳边有青衣男子焦急的呼唤声，他叫我——公子，啊！为什么在梦中竟成了公子呢？身后是欲踏裂大地的隆隆脚步声和呼喝追杀声……

我听到那青衣男子语调轻柔地在我耳边说着什么，那声音分外地宁和平静又带了几分决绝的意味，我却听不真切。只隐隐听到了"……同生共死……"

最后是一个很悦耳却万分凄厉的女声，从远而近，喊着："临宇——"

我想，我是疯了，才会做这样的梦。


熟睡中，我忽然觉得头一阵阵撕裂般的痛，又仿佛被人在脑中塞了稻草和糨糊，迷乱得要死。该死！我低咒了一声，心道：刚刚做梦痛，为什么现在醒来还是痛？

眼睛刚睁开一条线，就见一个粉色的身影猛地扑到我怀里。

"夫君！！"那粉衣女子紧紧抱住我，泪水浸湿了我素白的衣衫，只听她万分哽咽又激动地抽噎道："呜呜……夫君，幸好你醒了过来，否则云颜定跟了你去！"

什么……夫君？什么跟了你去？我使劲揉着太阳穴，吃力地看向怀中女子梨花带雨的面孔，不由得倒吸了一口凉气。

好……好美啊！你看那晶莹如玉的肌肤，水润饱满的红唇，如天鹅绒般洁白的颈项，还有那双忽闪着长而密的睫毛的墨绿色眼睛。什么叫国色天香，什么叫芙蓉如面柳如眉，我今天算是见识到了。

可是，她为什么叫我夫君呢？难道，那让我觉得很是久远的梦，仍未结束？

"临宇，你觉得怎么样？"一个浑厚低沉的声音传入耳中，我茫茫然抬起头看到一张端正雍容的国字脸，浓黑的眉毛下一双深蓝的眼眸正担忧地看着我，关切地道："仍不舒服吗？朕马上命太医进来诊治！"

"不用了！"我怀中的女子一听忙直起身来，躬身道："皇上无须担心，臣妾刚刚确诊，夫君已经无碍了。只是余毒刚清，难免头痛体弱。"

皇上？！天哪？！到底发生什么事了？我明明在徐列怀里睡觉的，醒来发现自己在战场上遍体鳞伤，如今一转眼竟又到了这个陌生又怪异的地方？

我转着自己的头朝四周看去，纸糊的窗格，红木的窗棂，暗红的檀木案几，雕花的圆柱。这……这分明是古代的建筑。难……难道，我居然穿越时空了？不！可能性不大！更有可能是在做梦，对，做梦！可是……呜呜……做梦怎么会如此清晰？还从战场做到卧室，连疼痛都跟真的一样！

我面色瞬间白了几分，一寸寸艰难地移动目光，从几个站立在床边的人，到床头斜对面梳妆台上的琉璃镜，忍不住骇然大叫了一声。

我清楚地看到，镜中之人，蔚蓝的眼眸，梳着个文士髻，穿一身洁净却略显褶皱的古代男子长衫。面容虽清秀俊美之极，但一看那斜飞入鬓的双眉，那宽宽的肩，那……那上下滑动的喉结，活生生就是一副男子模样。

"夫君——"粉衣女子一脸惊惶地抱住我，紧张地叫道，"夫君，你没事吧?"

夫——君——如今，我总算是知道所谓的夫君意味着什么了。老天爷! 你不用这么狠吧! 我也不过就是暗恋了一个早有心爱女子的男人两年，而后阴差阳错嫁给他活活拆散了一对鸳鸯，又害一个无辜的人为救我躺在医院中昏迷不醒，自己却为能与那男人独处而暗地高兴。充其量就这么点罪，有必要惩罚我穿越到这个人生地不熟的时空吗? 穿越时空也就算了，还偏偏借尸还魂，穿在一个男人身上! 穿在一个男人身上也就算了（我顶多搞 BL），可是妈妈咪啊! 为什么要穿在一个已经有了妻子的男人身上呢?!

"临宇——"那个刚刚被称为皇上的人，关切地叫着我的名字，眼中的忧心和惭愧完全不像是装出来的。他面向那粉衣女子，口气已然有些严厉，"朕知道秦夫人医术高超，但正所谓一人技短，二人技长，临宇的情况如此不容乐观，不如还是让太医们进来诊视一番。"

# 第4章　少年丞相

那粉衣女子眼中的慌张一闪而逝，嘴里却喃喃道："既然皇上这么说，臣妾自然不敢拖沓，那么就请皇上召那些太医进来吧。"

一边说，她一边转过身来狠狠地瞪了我一眼，用肩背挡住那皇上的视线，咬牙切齿地用唇语念道："你找死啊，还不快拒绝！"

不知为什么，无端地我就是觉得这个女子不会害我，再加上如此情况下，我头痛脑晕，也确实不愿在那么多人面前久待。于是软绵绵地抬了头，对那皇帝道："皇上，我只是刚醒来有些头疼，不碍事的，让我休息下就好。"声音清脆悦耳，宜男宜女，分明是在战场上听到的声音。

"哼！玄宗一门竟敢拦杀你，也忒不知好歹，朕定要向水雾国讨个公道。"说完见我一脸茫然的表情，微微一滞，随即关切地道，"临宇，你究竟为何会去湘西边境？此次幸亏风护卫拼死救你出来，否则，朕可要顿足痛惜了！"

"谢谢皇上关心，我……"忽然手上一阵轻微的麻，紧接着脑袋竟猛地刺痛起来，我呻吟了一声捧住头，表情万分痛苦，冷汗直流。

粉衣女子连忙扶住我，道："皇上，夫君他体内余毒未清，恐暂时无法正常思考。"

其实那痛一阵过后就已好了，但听她这么说，我就立刻装出一副痛苦的模样。偷眼发现那皇帝的眼中闪过一丝不悦，迅即掩去，和颜悦色道："既然如此，临宇你就好好休息。朝堂上的事，朕会安排人接手，你就不必担心了。朕晚些时候再来看你。"

我茫茫然点了点头，直到那皇帝和其一众侍从走远了。我才发现房间里只剩下四个人。除了那粉衣女子外，我一一看去，首先映入眼帘的是一个面目慈祥的老者，可是他眼中的精光，却让我打了个抖，这人绝不简单。再一个是面露憔悴却挂着欣然笑容的年轻女子，看装扮似是丫头，形态姿势却很随意，没有一点奴性的拘束，一张脸自然不如那粉衣女子出色，却也是灵巧讨喜。

目光接触到最后一个人时，我忍不住浑身一震。一袭青衣，一张面无表情的俊脸，猛然砸入我眼中。标杆般笔挺的修长身材，小麦色的健康肤色，刀削的眉，高挺的鼻梁，薄薄却紧抿的唇，以及一双漆黑的眼珠时而闪过墨绿，虽然当时未能细看清楚，但我却可以肯定，他就是当日在战场上拼死护我周全的男子。只不过，他身上有一种大隐隐于市的凉薄气息。是以，我刚刚目光扫视了这么久，却竟然没发现他如此独特的存在。

蓦然发现他们四个的目光都集中到了我身上，里面有担心、有气恼、有懊悔，让我有些不知所措。刚刚在那皇上面前还温雅娴熟的粉衣女子，忽然举起手中的美人扇重重地拍在我脑袋上，咬牙切齿地大骂道："早就跟你说了那个姓范的不能信，还巴巴地跑去跳人家陷阱，要不是亦寒不放心赶去了，看你现在可还有小命在这里与我大眼瞪小眼。"

我眨了眨眼，目光扫过去，落在那青衣男子身上：亦寒？是他吗？

只见他敛眉低首，淡淡道："公子没事就好。"

"临宇啊，你说你……"那粉衣女子见我丝毫没有反省的样子，不由得更气了，索性坐到我旁边，粉脸嫣红地继续骂道，"枉你还被称为伊修大陆最令人畏惧的少年丞相，有经天纬地之才，颠倒乾坤之力，居然蠢到这等地步！那范重是谁？火翎国的御史大夫啊！火翎国向来与我们金耀国水火不容，而你，作为金耀国一人之下、万人之上的丞相，居然被人家一封密函就引去了，还瞒着我们所有人。你可知道……"

说到这里，粉衣女子的眼眶红了起来，仿佛想起了什么，一脸的骇然悲切，"你可知道，看到亦寒怀中奄奄一息的你，我有多担心？你可知道，当你的生命气息全然停止时，我有多害怕？临宇，你忘了吗？十二岁那年，你亲口答应过我，无论如何都不会拿自己的生命去开玩笑，你会永远永远陪着云颜的！"

不知为什么，看着那女子悲泣的面容，我的心竟忍不住酸痛起来，缓缓伸出手，拭掉她的泪珠，喃喃道："对不起，云颜！以后再也不会了。"说完猛地一惊，这……我刚刚怎么好像着了魔一般，仿佛有什么人控制着我的意志，这也太邪门了！

"好了！"那粉衣女子破涕为笑，"这次你最该感谢的人是亦寒。若非他不顾一切冲进火翎国乱军中将你救出来，你恐怕即使没有毒发身亡，也必然会遭受许多苦楚了。我赶到时，你虽是奄奄一息，亦寒受的伤也绝不会比你轻。还有，你到底为什么会被范重引去了火翎国？那封密函上写了些什么？"

我眉头皱得死紧，最后只得用出最老土却最有用的方法，抱着头敲了敲，痛苦地道："云颜，不知为什么？此次醒来后，我什么事都记不起来了。"

"什么?!"屋中的四个人同时惊呼出声，几人面面相觑，脸色竟都有些发白。

云颜忽然叹了口气道："范重给你下的毒药中，有一味'刀符'，有催眠迷惑之效，服多了确能让人的记忆紊乱，甚至丧失。临宇你也莫急，我自然会想办法医好你。"

我连连点头，长松了口气。等她发现医不好我时，我定然早就找到回去的方法了，一定。

"这些人你还认得吗？"云颜指着身后的三人问道。

我茫然地摇了摇头。云颜眼中一恸，指了身后的老者道："这是我们的管家李木，是你在十二岁那年救下的。至于他的真实身份，等以后你就会慢慢记起来了。"

"再来是玲珑，她本是落魄的官宦人家小姐，被人买卖，与李木同年为你救下。随了我做贴身丫环。"

最后，云颜的玉指落在那青衣男子身上，道："他叫风亦寒，是你的贴身护卫。在你十三岁那年，于水雾国结识，他死心塌地地认你为主，是以跟随至今。"

"而我。"云颜苦涩一笑，垂下了眉掩去眼中神色道，"我是你的妻子楚云颜，从小便与你在一起。我们五人，名义上有主仆之分，实际上却与亲人无异。临宇，这些你定要记清楚了。"

我再度茫茫然点头，视线一一扫过眼前众人，最后落回到云颜身上，不知为何总觉得她的眼中有几分抹不去的悲哀。我忙道："云颜放心，我都记下了。"

"那么，我呢？我又是什么身份？"

"你叫秦洛，字临宇。是金耀国嘉应二十三年的金科状元，曾经是金耀国最年轻的大司马、锦湘苑大学士和《耀国史》编纂官执事。而如今，同样是金耀国最年轻，且名动天下的少年丞相。"

我颤抖着张大了嘴，指指自己，又看看自己修长的手指，颤声道："你说……我？"

"砰——"一声响，云颜的扇子又敲在我头上，"不是你还有谁！十四岁那年你认识了一个姓任名尧，字可为的朋友，两人相谈甚欢，一聊便聊了三天三夜。可是到你再次去寻他时，他一家被太子陷害，关入牢中。为了救他，你不得已参加科举，结果意外三元及第。可是等你禀奏皇上欲替他申冤时，才知任可为早已被太子害死在狱中。愤怒之下，你选择了辅佐三皇子杨毅，也就是当今的圣上，铲除太子，并决心革除弊制，再不让无辜之人蒙冤受屈。仅两年时间，你辅佐圣上登上帝位，对内平息暴乱，对外抵抗风吟和火翎国的入侵，一跃成为金耀国最负盛名的良相……"

我张开了嘴就闭不起来，天哪！地哪！你究竟让我穿到了怎样的一个人身上？

云颜见我这糗态也不恼，耸了耸肩道："我已让下人准备了热水，等会儿你就在内室沐浴。沐浴完了，亦寒自会带你去前厅用膳。"

我忙不迭地点头，说不出的乖巧听话。惹得云颜"扑哧"一声笑了出来。

就在他们都要退尽的时候，我忽然叫道："亦寒，你的伤……严重吗？"

风亦寒低声道："劳公子挂心，将养了几天，已无大碍了。"

我总觉得他口气中有丝别于战场时的冷漠，只得讷讷地道："谢谢你。"

风亦寒淡淡地颔首，道："公子见外了。"眼中担忧的神色一闪而逝，亦寒垂下眼睑，继续道，"公子以后切莫再冲动，万事有属下在身边总是好些。"

"我……我知道了。"待他掩门走了出去，我才忍不住打了个抖，总觉得风亦寒刚刚的眼神好冷，像是在生什么气的样子。

顺着云颜指示的方向，我撩起竹帘，走进内室，果然发现一个冒着热气的浴桶。旁边整齐摆放着洗澡洗头用的皂角浴液和衣服，却没有一个服侍的人。

我心中一喜，暗道：幸好这临宇不爱人伺候洗澡，否则我非得尴尬死不可。想着，我将身上的素白长袍解了下来。

奇怪！里面居然还有一件白色单薄点的长袍，我如法炮制解了开来，又是一件厚却不重的淡黄马甲。脑中浮现出武侠剧中看过的什么金蚕衣，虽然裹得身体死紧，又厚且坚，穿在身上却不觉笨重，反而可视若无物。

我随手解着那淡黄马甲繁多的扣子，一边想着：晚上该怎么办呢？万一要是云颜要求同房，我这个半真不假的男人，如何能满足她的要求？

此时此刻，我没有注意到，自己手腕上居然有一串紫色水晶，而且微微闪烁着光芒。

我愤愤地将手中马甲摔到地上，烦恼得想撞墙，这都啥跟啥啊！本来现实生活中的事情就已经够烦了，而且我若离开了，谁还会替宇飞想法子医治呢？我随手解开身上最后一件亵衣的扣子，正待甩去它，踏入水中，脱衣的动作猛然一顿……

"啊！！"

## 第 5 章　韩氏子默

"公子！"门砰的一声被踹了开来，竹帘跟着被狠狠扯掉。首先映入眼帘的是亦寒难看得变色的俊脸，一身凌厉的杀气让房中温度陡然下降，"公子你没事……"

一秒钟后，他的脸由惊慌变为震惊。

两秒钟后，他的脸由震惊转为呆滞。

五秒钟后，他尴尬万分地把目光移往别处，小麦色的皮肤上隐隐透出红晕，本是惜话如金的性子，此刻却结巴了半天吐不出一句话："公子你……你怎么会是个……"

我拽着掩不住身体玲珑曲线的单薄亵衣，抬头看向亦寒，一脸的惊诧，"亦寒，你和云颜为什么不告诉我，他……我……是个女的?!"

"临宇——"不远处传来云颜惊慌急切的喊声，她气喘吁吁地跑进门，看到破败竹帘后凌乱的情景时，顿时傻眼了。

不过，也只不足一息，她迅速关上身后的门，狠瞪了我一眼，骂道："还不快把衣服穿上？"

妈妈啊！好凶，我羞红了脸慌忙转身胡乱扯了件外袍披上裹紧，才转过身去。

此时，亦寒已经恢复了面色，微低了头，静静地站在原地。

云颜看看我，又看看他，半晌，叹了口气，道："亦寒，既然被你发现了。那么，我们就把话摊开来说吧。"

亦寒抬起了头，漆黑的眸子波澜不惊，看着云颜，淡淡地道："夫人请说。"

云颜点了点头道："临宇本就是女子，可是她的才华，她的能力，若只做女子实在太浪费了，这点我想你们三个比任何人都清楚。"

亦寒眼中墨绿色的光一闪，垂眸道："夫人说得极是，公子的能力，若不能一展所长，委实可惜。"

"所以，我便依着她自己的意思，从小将她化装成男子。"

"化装的?!"我愕然地摸了摸自己的喉结，居然……真的是假的，"这也太厉害了!"

云颜白了我一眼，道："你以为我是谁，神医楚非凡和毒仙何敏君的女儿。区区易容术，如何难得倒我?"

我惶惶然点头，端起桌边的茶喝了压惊，心道：少问少错! 少问少错! 云颜好像当真很火的样子。

云颜不再理我，望向风亦寒，冷声道："如今你既然发现了临宇的女子身份。就该知道，女子考科举，甚至入朝为官，无论哪一项都是足以诛她九族的。你知道该怎么做吗?"

风亦寒面色不变，微低了头，道："不管是男是女，公子永远是公子，属下永远是属下。"

云颜满意地点了点头，忽然诡异一笑道："不过，你刚刚应该是看到临宇的身体了吧!"

我差点被水呛到，抬头看到风亦寒脸上也挂起了几分不自然，垂首不语。

"既然如此，你便应该要负责。"

风亦寒有些愕然地抬起头来，道："如何负责?"

云颜取扇掩唇一笑道："自然是娶她为妻了!"

"噗——咳咳……"我呛得满面通红，云颜强忍住笑，横过手来替我顺气。目光却灼灼地盯在脸现红晕的风亦寒身上。

片刻后，风亦寒的面容恢复了平静，面色淡漠冰冷地道："夫人说笑了。"说完转身便走了出去，徒留看着我笑得一脸诡异的云颜。

"姑奶奶，你就先出去吧!"我忙把她往外推，恨恨道，"我还没洗澡呢! 明知我失忆，这种事情也不早告诉我!"

云颜咳了两声，粉颊红润，说不出的动人，"我说亲爱的夫君，有谁会连自己是男是女也搞不清呢? 不过也罢，好歹为夫君找了个好归宿。"

我追着要打，云颜拿扇半掩着面，逃了出去，在经过门外风亦寒面前时深深看了一眼，满意地看到他冰冷的面色再也挂不住，才嬉笑着离去。

我重重地摔上门，心里骂着几句平日不会骂的脏话，恨恨地转过身去。猛见一个轻轻漂浮在离地十厘米左右，长发及腰，头戴书生帽的白衣男子，正好奇地打量着这屋子四周，随后呈现棕色的半透明双眸，落在我身上。

"啊!!"我发出了来到这个世界后的第二声惨绝人寰的尖叫。

一如所料，亦寒又冲了进来，忧心地道："公子，怎么了？"

打开的门带进一阵阵凉风，吹得那空中的男子飘来荡去，我的目光跟着他缓缓上移。举起发抖的手指，哆嗦地问道："亦……亦寒，那……那是什么？"

"公子说的是哪里？"亦寒一把扶住我几乎要瘫软的身子，抬头看向我指的上空，疑惑道。

"那……那里啊！"我骇然地将脸扭过去，大喊道。

"你看得见我？"一个悦耳温润，却带着双重回音的声音猛然传入我耳中。

我惨白了面色，全身发抖地窝在亦寒怀中，抬头看去。

只见那男子白皙透明的脸上露出了狂喜，话语声也激动了起来："你果然看得见我！"

"啊！！鬼！鬼啊！"我一个转身，全身都挂在了亦寒身上，浑身吓得冰凉，不住发抖大喊。

"公子！公子！"亦寒的声音再不复原来的冰冷，忧心道，"属下去找夫人，公子……"

"不！不要走！"我紧紧抱住他脖子，半分不肯松开，声音几乎带了哭腔，"我怕……我怕鬼。"

"我不是鬼。"那个声音已经平稳了下来，带着点无奈道，"我是一抹来自九重天外的孤魂。我不会伤害你的，我也没能力伤害你！"

鬼……鬼才信你的话！我像八爪鱼一样牢牢挂在一脸无奈的亦寒身上，心里愤愤地想着。

"在下真的没有骗你。我叫韩非，字子默，是金耀国嘉和十三年的状元，因全家遭人陷害冤死狱中，魂魄不散，是以一直游离在九重天外。谁知今日忽然有一道紫色的光笼罩住了我，等我回过神来时，在下已经在小姐的房中了。还请小姐一定要相信在下。"

"真……真的？"我身子还是紧贴在亦寒怀中，回过头去颤声问道，目光却打着转，只敢移一半到他身上，"那为何亦寒看不见你。"

"公子！公子！"亦寒看我越来越奇怪，不由得急道，"公子你在说什么？"

"我也不知他为何看不见在下，但依我刚刚观察所见，小姐能看见我，应该是因为手上的那串水链。"

"水链？"我好奇地抬手看去，不由得惊叫道，"这不是我现代的水晶手链吗？怎么会在这里？！"

"小姐，"那鬼……孤魂温雅的声音又传了过来，"不如请你的朋友先出去，在下也好与小姐详说一番。"

26

"我……我凭什么相信你？"我在心里愤愤道，抓着亦寒的手却丝毫不松。

那飘在空中的子默温润一笑道："无论信或不信，小姐难道不想知道回去自己世界的方法吗？"

我猛地瞪大了眼，完全忘记了害怕，定定地望着他。他却只淡笑不语，眼光温润清澈，丝毫不怕我的探究。

我深吸了一口气，道："亦寒，我想我刚刚可能是脑袋太疼，出现幻觉了，洗个澡就没事了。"

亦寒叹了口气放开我道："公子总是会做出些出人意料的事情。"

我嘴角抽了抽，是……是吗？原来这身体的原主人根本就是个不正常……呸呸！所以，他们才会对我的奇怪举动，一无所觉。

"属下就在外面。"亦寒退开一步，淡淡地道，"有什么事，公子可以叫属下，无须……咳，再惊叫。属下先告退了。"

我抽着嘴角转回身来，看到某鬼正一脸偷笑的表情，不由得悻悻道："笑什么笑？还……"

"小姐无须将话讲出口，只要小姐心里想着是与在下说话，在下便能听得见。"

"那敢情好。"话一出口，我就想起要用腹语，忙闭了口，心道："子默，你说你是金耀国嘉和十三年的状元，嘉和十三年究竟是什么时候？"

子默浮在空中双手负后，眼望着一幅清秀却又不失刚劲的字画，道："如果在下估计不错的话，应该是在离现在一百五十几年之后。"

"啊?!"我愕然地随着他目光望去，赫然发现那幅画的题款处写着：金耀国天应一年临宇字。

"你怎知我不是临宇？"

子默一笑道："我可不知小姐是否是临宇，只是，在我被那道光卷下九重天的时候，看到一抹与我一般来自九重天外的灵魂，以比我更快的速度坠落，最后附在这具身体上。所以我猜，小姐若非与我一般也是孤魂，否则就是来自另一个世界。如此一来，小姐刚刚看到在下的表现，便说明了一切。"

我挑了挑眉，"你说你知道如何使我回去的方法？"

子默自傲地点了点头，飘到我面前，悬空地盘腿在椅子上坐了下来，看得我目瞪口呆后，才道："我在九重天外孤独漂泊了一百五十年之久，自然知晓了很多人理之外的事情。刚刚在小姐……咳，忙乱的时候，在下已经进入小姐手上的水链中查看了究竟，发现里面是一个威力极为强大，无有穷尽的八卦阵，只要旋转连接八卦阵的按钮，就能启动时间枢纽，吸走你的魂魄，将你送到另一个水链所在的时空。"

"这么说，我只要现在启动……就能……"

子默薄薄的透明的嘴角勾起笑容，"不行！所谓的旋转并非真的转动水链，而是启动能源。而能源的启动必须有媒介，在下到现在仍不知这媒介是什么，所以小姐只能等待和寻找，直到这媒介出现的时刻。"

我颓然垮下了脸，郁闷地道："害我白高兴一场。对了子默，别再自称在下，也别再小姐小姐的叫我了，酸不酸啊！我叫林伽蓝，你可以叫我伽蓝，也可以叫我蓝蓝。"

只要别像那个浑蛋一样叫我笨女人和臭丫头都好。徐冽是不是已经发现我消失了呢？他会担心我吗？还是……松一口气。

"不，你在那个世界的身体并不会消失！"子默的声音忽然传入耳中，"只会陷入昏迷，外表看来与睡着了并无区别。而且，这个世界与你原来世界的时间并不同步，谁快谁慢，倒是很难说清楚。"

"你不要老偷听我心里的话！"我愤愤地瞪着他，"知不知道什么是隐私权啊！"

子默耸了耸肩，眼里露出温润的笑意，"以后不想我出现，可以转动你的水链，将我封印在里面，这样就不用担心你的心思被我猜到了。"

"你……你不能飘走吗？"我愕然地看着他，"跟在我身边有什么意思，我迟早要离开的。"

子默缓缓飘起身来，道："第一，并非我不想离开，而是你手中水链的磁场将我吸引住了；第二，我刚刚听了很多这个临宇的事迹，觉得也只有借他的身份，才能完成我多年来的理想。"

"什……什么理想？"

子默棕色的眼眸忽明忽暗，明明是透明干净的，我却只觉深邃如吞噬人的寒潭，根本看不清内里的真相。只见他嘴角微勾，扯出个极为淡淡的冷笑，声音却仍是悠然："统一伊修大陆，救黎民于水火，让他们过上真正安宁的生活。"

我怔怔地看了他半晌，忽然低下头颓然腹语："你们的志向都好伟大啊！只可惜，我不是秦临宇，而是没用的林伽蓝，什么忙也帮不上你！"

"不！你可以的！"子默忽然一个影闪飘到我面前，双眼牢牢地盯着我，像是在催眠一般，沉声道："我会教你，我会帮你，在你离开以前，我会让你在金耀国的朝堂上像临宇一样绽放光彩。"

顿了顿，他脸上浮起了深沉的哀伤，"一个人的漂泊太孤单太寂寞了，所以，发现可以与你对话的那一刻，我才会如此激动。可是，这个强烈到束缚住我灵魂的愿望不达成，

你一旦离开，我就会再度漂浮到九重天外，或是封印在某个容器中，永远无法消散重生。伽蓝，求求你，就算是帮帮我，替我完成我的理想，好吗?"

看着这张明明不过二十岁上下，却白皙得透明，历经沧桑的脸，我仿佛被那双棕色的眼眸吸了进去，整个人浸泡在寒潭中，却不觉得冷。

我长叹了一口气，点头道:"好吧，在我离开前，尽力而为就是了。"

## 第6章　谦谦君王

"公子早。"

"哈……"我打了个哈欠，道，"李叔早。"

李木挂着慈祥笑容的脸上顿时转为无奈的笑容，走上前来为我整理好有些褶皱的衣衫道："公子不能总这么不拘小节啊，像个孩子一样。快去前厅吧，夫人已经等在那里了。"

"去前厅做什么？"

李木的表情一滞，露出了怜惜之色，抚着我的头发，心疼地责备道："李叔以前就劝过公子，别老对他人的事情样样上心，却完全不懂得照顾自己，像个长不大的孩子。以前也亏得有夫人替你四处兜着，这一次，公子可吃足苦头了吧？"

我尴尬地笑笑，唯唯诺诺地点着头，不敢答话，事实上是不知道该答什么。

拍了拍我的肩膀，李木笑道："好了，今日早饭有你最爱吃的雪花酥和群仙羹，公子快去前厅吧。李叔先去打扫公子的房间。"

我忙点头，飞奔而去。原来是吃早餐啊，早说嘛，我都快饿死了。

"你不怕那老头进去发现你什么秘密吗？"一个清润的双重声音猛地传入耳中。

"啊——"我惊叫了一声，幸好立时想了起来，瞪着身后那漂浮在半空中的文秀男子，恶狠狠地腹语："拜托你出声前先知会一声！"

子默挑了挑眉（XD 的，鬼居然还会挑眉，这什么世道！），脸上挂起了标准的书生笑容，"是，我会记得，下次出声前先在伽蓝面前走一道！"

"你去死吧！"我气得在原地暴走，路过的丫环奇怪地看着我，低头窃窃私语，眉宇间露出忧色，随后悄悄离去。

担心李叔发现我的秘密吗？我能有什么秘密？而且看李叔的样子，明显是平日整理惯的，若要发现，早该发现了。

"伽蓝，你忘了我早死了吗？"子默开怀地笑了起来，随即目光瞥向离去的两人，皱眉道，"她们刚刚议论说，丞相的病莫非仍未好，恐怕已经去禀告你们皇上了！"

"啊？不是吧？"我顿时傻眼了，随即又愤愤地瞪向子默，"都是你害的！"

"担心什么？"子默双手环胸，一脸慵懒淡漠的笑容，眉眼间却尽是自信和期待，"兵来将挡，水来土掩。我自会在旁帮着你！"

我越来越怀疑这浑蛋是故意的！想转动水链把他收回去，又怕待会儿他一生气不肯帮我。

唉！叹了口气，我快步走到了前厅。还是快点告诉云颜的好，否则天知道会出什么娄子。

"皇上来也没什么稀奇的。"云颜盛了碗群仙羹给我，无所谓地道，"夫君如今可是皇上最器重的大臣，皇上有多少重任等着交给你？夫君这一受伤，朝堂上许多政务堆积下来，也不知乱成什么样了。别说那两个婢女去禀报了，就是没有，皇上也必然会亲自来瞧你。"顿了顿，见我一脸苦样，不由得笑了起来，笑颜如花，顿时满室生辉，看得左右侍卫两眼发直。只听她银铃般的声音又道："夫君你也莫急，朝堂上事情虽多，有恁多大臣帮衬着，理该没什么大问题的。"

我忽然觉得奇怪，云颜讲话的语气好怪啊，像是演戏给什么人看的。我转头看了看身后的风亦寒，一副毕恭毕敬的样子，最后目光落在子默身上。

子默含笑扫了一眼周围的侍卫婢女，淡淡道："这些恐怕都是皇上指派给你的人手，虽然不一定是来行监视之责，但夫人小心为上，却也是没错的。"

我点了点头，已然明白了过来，眼珠一转，完全掩去了脸上的笑意。冰冷的目光一一扫过目光直勾勾地盯着云颜瞧的几个侍卫，忽然伸手拉过云颜搂在怀里。云颜稍稍一惊，随即眼神与我做了个交会，立时做出副害羞状，低喃了声："夫君……"

"你们先下去吧！"我冷冷地道。

那些侍卫早在我目光扫过的时候就已吓出了一身冷汗，此刻更是忙不迭地退了出去，连着那些婢女也跟着被挥退，只余风亦寒一人。

他们也无一人奇怪，仿佛无论在哪里，亦寒跟在我身后，本来就是理所当然的事情一般。

"呼——"我放开云颜，长松了一口气，一脸郁闷地道，"真是的，连顿早饭也不让人吃得安生。亦寒，你也一起坐吧。"

亦寒也不多言，跟着坐了下来。云颜嗤笑个不停，忽然握住我的手娇声道："夫君，刚刚可是吃醋了？"

"咳咳……"我一口羹差点全喷了出来，忙甩手道，"云颜，你找打啊！"

云颜捂着嘴笑到脸都通红了，才道："这下，临宇你爱妻如命的名号又该打响几分了，而妾身我善妒、不许夫君纳妾的罪名上，恐怕又会加上条当众调情，有碍风化。"

我尴尬地摸了摸鼻子，脸都红了，"云颜，算我求你，你就饶了我吧。"

"好啦！"云颜替我夹了块雪花酥在碟子里，才正色道，"其实皇上对你当真可说是相当好的了，这些侍卫虽不是你的亲信，却是在你上次中毒九死一生后，皇上担心你的安危，才派了给你。估计你若要求撤去，在能保证自己安危的前提下，皇上也必然会同意。"

我点了点头，心道：从那天那个皇帝的忧心看来，他的确是非常关心这个临宇。

一声嗤笑传来，我愕然地看向子默，腹语道："子默，你笑什么？"

子默耸了耸肩，并不答话，但那表情，显然是对我刚刚的话不以为然。

"可是，宠信归宠信，毕竟他是君，你是臣，这一点，临宇你千万不能忘记了。"话锋一转，云颜的口气顿时严厉了几分，"你手上握着很多势力，都是超出了一个臣子该有的本分，是永远见不得光的。皇上他如今不追究你任何出格的行为，一来可能是没有发现，二来也可能是他真的很信任你。但无论如何，你都必须谨记'伴君如伴虎'这个道理，切莫因为他的放纵，就忘了自己的处境和身份。"

云颜眼中的郑重和焦虑让我心头一颤，忙点了点头。耳边传来子默的声音："临宇能有今天的成就，这个名义上的夫人，绝对功不可没。"

"是啊！"在这一刻，我真的有几分羡慕临宇，竟然能有人如此真心地为她打算，替她担心，此生又有什么可以遗憾呢？

"临宇……"云颜握住了我的手，静静地看着我，眼里流泻出淡淡的期盼和哀愁，"别忘了，你答应过我的，等到你的心愿了了，我们五人就悄然退出官场，择一处世外桃源隐居，再不过问世间之事。"

这一刻，我明知自己没有承诺的资本，看着这双夹杂着浅浅悲伤的眼睛，却无论如何也拒绝不了，忙反握住她的手道："放心吧，云颜，我不会忘记的！"

坐在一旁一直默不作声的亦寒忽然冷声道："皇上来了。"

我们的神经立时紧绷了起来，亦寒从椅子上站起，立到我身后，低眉敛目，全身的气息瞬间时间淡薄无踪，身虽在此，却让人无法轻易感觉到他的存在。

"皇上驾到——"果不其然，一阵阵呼喝声由远而近，又被人斥断，前厅的门推开

少年丞相世外客

上部

来，一道挺拔雍容的身影顿时映入眼帘。

"临宇，身体可好些了？"他挥退身后的太监宫女，端正阳刚的脸上露出开朗的笑容，上上下下把我打量了一番。

我们几人慌忙起身下跪，口中喊着："皇上……"

膝盖还没着地，就被他一把托了起来，浓黑的眉一皱，责怪道："临宇，朕不是说过别跟朕来这套虚礼吗？咦，好香啊！你们正在用早膳吗？朕是不是来对时候了？"

云颜这时也立了起来，温婉地笑道："不过是一些家常糕点，倒让皇上见笑了。皇上若不介意，不如一起坐下随意吃点。"

"好好……"杨毅笑道，"朕正等着夫人这句话呢。"说完也不顾忌，拉了我的手就在桌前刚才亦寒的位置上坐了下来。

气氛显然还是有几分诡异的，毕竟再和蔼可亲，身边坐的这个人也是皇帝。我埋头吃饭，除非有人问我话，否则绝不多搭一句。

一炷香后，杨毅忽然放下了碗筷，眉头似皱非皱，一副有什么事情不能解决的样子。

云颜向我连使了几个眼色，我才不情不愿地问道："皇上可是有什么烦心的事情，可否让臣替你分忧？"

"临宇?！"杨毅忽然抬起头来，目光灼灼地盯着我，带了几分恼怒，"怎么一觉醒来连你也跟朕见外起来了。当初你非让我在你面前自称朕，说即便君臣也可为友，可是今日……如此疏离恭敬的你，与朕那些大臣又有何区别?！"

这几句话声色俱厉，眼中的悲痛愤怒实实在在，我竟一时分不清到底是真情还是假意。只能说，若是假意，那么这人的演技，当真太恐怖了。

脑中虽胡思乱想，脸上却忙换上一副歉疚的表情，道："皇上，是我的错，你莫再生气了。"

"唉……"他叹了口气，几分无奈地笑道，"真怀念以前在三皇子府中，你我秉烛夜谈，你唤我远之，而非皇上，大家都没有身份的约束。"

我苦笑了两声，不知该如何作答，之后埋头扒饭。

杨毅又叹了口气，继续道："临宇，昨夜户部紧急来报，湘西地区水灾严重，但兵部从上个月开始就支取了增强兵力的预算，而祭祀伊修爱尔女神的塔西神殿也正在修葺中，绝不能停，如今国库空虚。朕真的不知道该怎么办？"

我心头紧了紧，知道真正考验我能否蒙混过关的时刻来临了。可是，就算子默有通天彻地之能，在没有充分了解这个时代的详细情况之前，又如何能做出回答。看来只能用一个办法了。

我沉吟了一下，听子默所言，随即凝神道："皇上莫急，这些事算不得火烧眉毛。我的身体已经好得差不多了，明天定然能去早朝，到时我一定会与列位大臣想出两全其美的办法，不让皇上操心。"

听到此话，杨毅的脸上终于又露出了笑容，拍了拍我的肩道："朕从来都相信，只要有临宇在朕身边，无论多大的难关，朕都一样能克服！"

一顿饭吃得时紧时松，等待杨毅终于离去时，我的神经一松，几乎当场瘫软下来。有气无力地道："云颜，准备所有相关的朝政资料给我，我今天晚上要通宵恶补！"

云颜"扑哧"一声笑了出来，"早知道你会这么说了，所以我早让亦寒去朝廷领了各份奏折的副本回来，现在玲珑正在整合金耀国的各种资料。如何，我这个做妻子的够称职吧？"

"耶——"我开心地起身抱住云颜，"得妻如此，夫复何求，古人诚不欺我！"

云颜笑着拍着我的脑袋，"又在说什么古怪的话？"

"哈……"我打了个哈欠，羡慕地瞟了眼早就在床上会周公的云颜，神志快迷糊了。

"翻页！"某人……鬼可不管我的苦状，毫无怜悯之心地命令道。

"翻就翻！"我愤愤地腹语，"你不是很强的吗？你不是过目不忘的吗？看看现在都几点了？"

原本看得聚精会神的子默忽然抬起头来，嘴角轻勾，脸上的笑容，怎么看怎么让我遍体生寒，"这么多抱怨，明天不要求我帮忙？"

"刷——"一声响，我翻到了下一页，"看吧！看吧！一个大男人，就知道威胁我！"

"不过子默啊，都几点了？"我苦着张脸哀求，"我真的很困啊！这些明天不一定都要用到啊，不如……我们下次再看？"

子默大概是见我真的头快点地了，终于生出了三分怜悯，指了指一旁如山高的奏折副本，道："你将这些全都摊平了放在地上，就去睡吧！"

"天哪！你想整死我啊！"我在心里大骂，却还是乖乖地过去摊奏折副本，总比一个晚上都不睡好吧。

子默皱着眉，并不理会我的咒骂，忽然沉声道："临宇以前要处理的政务恐怕不止这些。"

"你说什么？"我愕然地看着他。

子默似笑非笑地看看手中资料，看了一眼满脸茫然的我，淡淡道："没什么，虽然不太明显，但他确实已经开始收权了。不过，与你讲了，你也不懂。"

34

狠狠瞪了他一眼，拿着奏折的副本，我一边摊，一边打瞌睡，终于在摊完最后一本的时候，心理防线一松，再也忍不住瘫软在地上。

"喂，伽蓝，起来去床上睡！会着凉的！"

"吵死了，你个臭子默，我都已经摊好了还这么多废话，我要睡觉！"念在心里的这段话，也不知道他听到了没有。

只是隐约中听到门被轻轻打开的声音，有凉凉的风吹过耳畔的触觉。身体被轻柔地抱了起来，那个怀抱凉凉的，却让我异常安心，忍不住便往里缩了缩。

"公子，以后莫要在地上睡了。"一个淡淡冷冷的声音在我耳边如是说。

我迷迷糊糊地点了点头，身体接触到了柔软温暖的床，银沙般的月光透过纱窗照进来，平静宁和舒适之极，我习惯性地翻了个身，右手轻握在左手手腕上，意识立刻离我远去。

恍惚中，我听到子默慌张的声音："伽蓝，快醒来，八卦……"

# 第7章 回归

睡得迷迷糊糊间，感觉有人在动我的身体，又在我耳边说什么。

我挥了挥手，愤愤地喊道："子默，昨天晚上折腾了我一个晚上还不够，小心我翻脸哦！"

"谁是子默？"有个熟悉的声音响在耳畔，身体被抓住双肩拎了起来，"你这个懒女人还不快起床？今天九点约了刘叔复诊的！"

我揉着眼睛迷迷糊糊地睁开眼，我使劲地揉，使劲地揉眼睛，不是幻觉啊，不！就算是幻觉我也不管。

目光缓缓地、小心地、僵硬地移动，光线不强，但是，米黄的窗帘，舒适的鹅绒软床，铺上绒毯的地板，真的是我们两个的"新房"。

"徐冽——"我"哇"的一声扑进了他怀里，紧紧抱住他，哽声道，"我以为再也见不到你了，我真的以为再也见不到你了！"

"你这女人——"徐冽狠狠地一把拉开我，脸上红了几分，火冒三丈地喊，"没见过你这么不要脸的女人，昨天晚上还……还睡在一起，什么见不到你了！"

我被他甩开了也不恼，傻笑着擦掉眼里的泪水，想着：我回来了，我居然就这么回来了！还是能见到爸爸、妈妈和爷爷，还是能见到徐爸爸、徐妈妈和徐爷爷，还能见到徐冽，还能……替宇飞医治，真的太好了！

不！或许那根本只是一场梦，一场过于清晰而让我信以为真的梦。

"也不知道在傻笑些什么？"徐冽把衣服丢到我身上，冷漠地道，"换了衣服快出来！"

我这才发现他早已换了身毛衣和牛仔裤，忙点了点头。想起徐爸爸说，他的兄弟刘英石是有名的内外科医师，说不定，说不定宇飞会有救。

忽然，我盯着自己的手脸色瞬间一变，只见手腕上，紫色的水晶映着房里微弱的光线忽明忽暗，赫然就是穿越时空的关键——水链。

"蓝蓝，怎么脸色这么不好？"徐妈妈摸着我的额头，惊奇道，"昨天晚上没睡好……"

语调蓦然一顿，她的脸上顿时露出了暧昧不明的笑容，瞟瞟徐冽，又瞟瞟我，一脸欣慰地道："没事没事，第一次嘛，都这样的。"

"噗——"徐冽一口早饭全喷了出来，脸红脖子粗地大喊，"妈，你胡说八道什么啊？！"

"难道你们两个昨天没睡在一起？"徐妈妈问。

徐冽脸一红，答不出话来了，引来一桌的笑声。

我却无论如何也笑不出来，该怎么办？那场穿越是真的？如果再穿越了，回不来，该怎么办？

"丫头，手怎么了？"徐冽忽然抓起我的手，一脸烦躁地问道。

我忙缩了回来，勉强笑道："没事，刚刚不小心磕到了。"

拿不下来，这串紫水晶无论我如何努力也拿不下来，那是不是意味着，我的命运，依旧无法由自己决定。

手腕猛地一紧，整个人被拖了起来，抬头看到徐冽火暴的表情。只听他气急败坏地朝楼上大吼："欢姐，医药箱替我拿到屋里来！"

我被吓傻了，虽然在撞车前，徐冽也向我凶过，可是更多的是彻骨的冰寒，哪像现在完全相反，倒像是即将爆发的火山。

"徐……徐冽，不是马上要去医院了吗？去那里上……"

"闭嘴！"徐冽一路把我拖到了二楼我们的房间，砰一声巨响，门被大力关上，震得我耳膜嗡嗡直响，"再吵我就把你从这里扔下去！"

又扔？我瘪着嘴，一脸委屈地，由他力道奇大、毫不懂得怜香惜玉、胡乱地替我把药膏擦在被擦伤的手腕上。

"嘶——好痛啊！"

抓住我的手立时松了下来，替我贴创可贴的力道也柔和了几分。

"徐冽……"看着他挺俊如镌刻般的侧面，刚毅又带着微微的柔和，我忽然像着了魔般，问出了我藏了一夜……不，或许是更久的话，"雪儿呢？"

徐冽的身体猛然僵硬了起来，面容没有人色般地苍白冰冷，良久，他把创可贴的两端撕掉，丢入垃圾桶，才面无表情地道："出国了。"

"出国了?!"我惊叫道，"为什么?! 我……你既然知道只是一场戏，就该跟她明说啊！你们不是应该在一起吗？为什么她会离开？"

"现在，你是我的妻子。"他说。

徐列一双漆黑的眼眸看着我，却透过我看向了未知的远方，良久他带着悲哀，带着冰冷地开口："不过，就算如此。你也没有资格管我的事。"

看着他寂寥离去的背影，眼泪不争气地掉了下来。他和雪儿当年究竟发生了什么事呢？可是，就算发生了任何事，和我有关吗？

没有！因为，他不爱我！所以，即便是他名义上的妻子，我也永远是最没资格的一个。


一直到抵达医院，见到刘叔，我们还是一句话也没说过。那个刘叔看上去不过四五十岁的样子，没想到居然已经是医学院内外科的专家教授，这也太牛×了吧？

他看完了我的所有检查报告以后，微笑道："情况很好，没有任何异常的情况，列儿放心，你妻子很健康。"

徐列的脸红了一下，"别每次都拿我开涮！"

"哈哈……"刘叔开心地笑了起来，"没办法，谁让你刘叔我到现在仍是光棍一个呢？"

"那个……刘医生。"

刘叔亲切地看着我，"蓝蓝，别这么见外，你是我兄弟的儿媳妇，就跟着列儿叫我刘叔好了。"

"好，刘叔。"我咽了口口水，乖巧地道，"我那个朋友的情况你也检查过了，他……可有醒来的可能？"

"这个嘛……"刘叔的眉皱了起来，直皱得我心里一阵阵发紧，才听他不确定地道，"你这个朋友的情况真的很奇怪。按理说，他到现在仍昏迷不醒，应该是头部受了重击，脑骨出现损伤，或是有淤血沉积在脑内。可是我详细检查了好几遍，他全身上下一点问题也没有，但就是苏醒不过来。就好像……只是睡着了一样。"

"睡着了一样？"我紧拧着眉，喃喃道。

不，你在那个世界的身体并不会消失！只会陷入昏迷，外表看来与睡着了并无区别……

"轰"一声巨响，我不知道我的脸色有多苍白，只知道，只知道无论徐列和刘叔怎么呼唤我，我就是不理会他们，狂冲了出去，冲到宇飞病房中。

我不顾他妈妈诧异的眼光，奇怪的询问，一步一步走上前，执起他的手，那里有一串和我手上一模一样，却接近透明色的水晶手链。

我发了疯一般狠命地想要摘下它，可是那里仿佛有股牢牢的吸引力粘住了他的手和链子，就像我自己手上的这串一样，无论我怎么努力，也摘不下来。

"林小姐，林小姐！你这样会弄痛宇飞的！"她妈妈焦急地扯着我喊。

"宇飞！宇飞！你醒过来吧，别在那个世界徘徊了！"我抱住他的手，缓缓蹲跪下来，伤心地哭泣，"对不起，都是我不好！如果不是我，你也不会陷在那个陌生的世界，至今不知生死……宇飞，求你醒过来吧！这里真的有很多人等着你啊！"

在我即将崩溃的边缘，有个人把我抱了起来，他什么话也没说，他甚至抱得手忙脚乱地尴尬，但是却让我异样的安心。

我把脸埋在他怀里，眼泪浸透了他的衣襟。宇飞，求你醒过来吧！

"就是这个，让你弄伤了自己的手？"徐冽清晰的声音猛地响在耳侧。

我猛地惊醒过来，才发现我们居然已经在车里了。我看着他执著的眼神，无奈地点了点头。

"想把它弄下来？"他问。

我撇了撇嘴，点头。

他身子一侧，反手从车后的杂物箱中取出一把剪刀，骂道："真没见过你这么笨的女人，脱不出来剪断线不就好了？再不行就砸坏它！"

我如灵魂出窍般看着徐冽扯掉剪刀套，抓住我手链上的紫水晶，开合的剪刀口夹住那纤细的银白串线，准备用力，剪断它。

剪断它……剪断……它……剪断它?!

"不要！"我惊惶地大叫了一声，几乎连想都没想，手指就伸了出去，一阵剧痛传来，我大叫了一声，这才真正反应过来刚刚到底发生了什么事。徐冽要做什么？而我又做了什么？

徐冽呆滞了，一张俊脸上红一阵白一阵，僵化了半晌，忽然暴怒地抓起我流血的手腕，朝前头司机大喊："回医院!!"

"你这个女人到底在想什么?!"他迅速取出车子后方的医药箱，浑身都爆发着深度的怒火，紧身毛衣下的肌肉隐约可见，"你的脑袋里装的都是什么，啊?!"

"对……对不起！"我小声地呢喃。心里想着：就算结果可能是回不来，我也必须再回去那个世界，对！一定要回去那个世界，把宇飞找回来！

在这之前，我要先回家看看爸爸、妈妈，在徐家再吃一顿晚饭，再……好好地看看徐列。就够了……真的，够了吗？

在医院包扎好手指后，我跟徐列说我要回家，于是他让司机开车送我回去。爸爸、妈妈一见到我开心极了，连连要求我晚上留在这里，我只说徐列让我早点回去。

恰巧就在这个时候，手机响了。这款新手机是徐列今早给我的，里面只有他们一家的号码，铃声是最标准的丁零零，肯定是徐列设的，真是一点情调也无。

一接起电话，就听到某人不耐烦的声音："快点回来，全家在等你吃饭！"

我愤愤地挂上电话，却看到爸爸、妈妈温柔微笑的脸，妈妈说："蓝蓝，看到你过得开心，爸爸妈妈也就放心了。快回去吧，别让他们一家多等了。"

我紧紧地抱了妈妈，又抱了爸爸，无声地在心里说：再见。

今晚在饭桌上，我的话特别多，又是好笑的，又是滑稽的，逗得爷爷一个晚上嘴就没合拢过，徐爸爸和徐妈妈也很开心，不时嘱咐徐列为我夹菜。

吃完饭，我给了徐爸爸和徐妈妈一个拥抱，搞得他们老脸都红了，连说我这么大的人了，反倒像个孩子爱撒娇。我又亲了亲爷爷的脸，然后上去睡觉。

这一个晚上没被逗笑的唯有徐列，他一直拿很异样的眼神看着我，一直等我们走到新房门口。

"快去睡吧！"他不咸不淡地对我说，然后转身要走，今晚他自然不会再被反锁在屋内。

几乎是条件反射地我一把拽住了他的袖子，痴痴地凝视着他。最后一眼，就让我再看最后一眼。

眼睑上一热，眼前顿时一片漆黑，耳边传来徐列恶狠狠的声音："以后不要用这种眼光看人！"

我在他温热的大手下眨了眨眼，想着，自己到底是怎样的目光呢。

"想我陪你睡？"他问。

我沉吟了很久，想点头怕自己会越来越舍不得他，想摇头又怕连最后与他在一起的时间也没了，但最终还是决定长痛不如短痛。

只是我还没来得及摇头，徐列就放下蒙住我眼睛的手把我拖进房中，门"砰"的一声关了起来。

房间里幽暗的黄色灯光照在他冷峻的脸上，目光恨恨又带着几分复杂地看着我，一路把我拖到了浴室前。

他的手一使劲，把我推了进去，不耐烦又带了几分狼狈地吼道："快点进去洗完出来，二十分钟内不出来，你就看不到我了！"

你就看不到我了！这话如一根刺，直戳进我心里，我什么也顾不得了，慌忙关门冲进浴室洗澡，不过十五分钟时间，便洗完了。

我在热气蒸腾的浴室中把浴衣穿上，看着不甚清楚的镜中自己模糊的影子。我用手将水汽抹掉，看到了自己嫣红的面颊，水润乌黑的眼眸。

我长得真的不算好看，又笨又自卑，甚至连雪儿的一半都比不上，徐列又怎么会喜欢我呢？不过这样也好，至少我可以给自己一个离开的理由。

脑中不期然浮现出另一张脸，明明秀美绝丽到能与楚云颜媲美，可是浑身却散发出一种不容错辨的英气，所以即便是朝夕相处的人，也从未有人认出她是女子之身。

临宇，她到底是怎样一个人呢？

我推开门出去，看到徐列果然信守承诺还靠坐在床沿，就着灯光翻看一本精装的外文书。

从书中抬起头来，他微微眯起了眼，目光紧紧落在我身上。

我走到他面前坐下，拿毛巾擦着滴水的长发，道："我洗完了，你去吧。"

"砰——"他重重地合上了精装书，甩在桌上，大踏步走入浴室，走得像落荒而逃一般。

我擦完头发，准备跳进被窝里，一低头才发现自己浴袍的两个扣子开了，低下头都能看到自己白皙的锁骨，若隐若现。

我的脸"刷"的一下红了，难怪……难怪徐列刚刚的表情如此奇怪。

我撑着疲惫的身体，硬是等着徐列从浴室里出来，因为我很清楚，只要我睡过去，那么就很可能再也醒不过来。

徐列掀开柔软的羽绒被，带进习习凉风，我忍不住打了个战，鼻尖却又闻到他身上淡淡的沐浴露的味道，就好像一个温暖的怀抱，包围住我。

见他躺下来，我想起昨晚的经历，连忙转身。谁知却被他一把扳过来，对上他愤怒的脸，"谁让你转过身去的？"

我顿觉几分委屈，昨天不让我转过身来的是他，今天我乖乖转过身来了，他又骂。可是一想起过了今晚可能就再也见不到他了，心中顿时柔软酸涩起来，眼泪给死死逼了回去，我乖乖地转身，目光一瞬不瞬地紧盯着他的脸。

鼻子又是一痛，我的脸被按进他怀里，只听他微喘着气，在我耳边低叫："叫你别看还看！你这女人存心的是不是？"

存心什么？此时的我心中只有离别的酸痛，压根没清楚想过他在说什么，闻着他身上熟悉的味道，只觉越来越舍不得。忽然便伸出手环住他的腰，紧紧抱住了他。

"放开！"徐冽气急败坏地大叫。

"不放！"我双手反而抱得更紧，"反正以后也没机会再缠你了！"

徐冽全身都僵硬了起来，狠狠拽开我的双手，猛地从被窝中跳起来，看着我的眼中光芒闪烁，脸上是压抑和痛苦的复杂表情，却只化为一句："你这女人……"

随后转身冲进了浴室。

待再出来时，他的头发也湿了大半，面无表情地爬上床，冷冷地道："转过去睡。"

我也没有反抗，定定地凝视着他，良久忽然露出一个灿烂的笑容，柔声道："徐冽，这两天我很开心呢，真的。"

徐冽脸上现出了复杂的神色，正待说话，我却打断了他，说："徐冽，再见。"

我猛地转过身去，把脸埋入松软的被子和枕头之间，眼泪浸湿了它们。

迷迷糊糊中，我感觉到有双手从后面抱住了我，然后一个声音在我耳边低低地说："我该……怎么办呢？"

# 第8章　时空交错

"临宇，临宇！还不快起来？都五更天了，再不起早朝就迟了！"

我迷迷糊糊地睁开眼，随即猛地清醒过来，刷拉一下直起身，脑袋与对方撞了个正着，眼冒金星。

"啊——痛死我了！"云颜捂着额头大叫，"临宇你找死啊！"

"云……云颜？"我连痛都忘记了，支支吾吾地叫着，心道：完了，穿了，真的又穿了。这次恐怕真的再也回不去了。

"不，你还是可以回去的。"一道温润的双重音猛然响在耳畔。

我猛地抬起头来，难以置信地看着他，在心中大叫："子默，你说真的？真的？我真的还能回去？"

子默飘浮在空中点了点头，笑道："在你离开的时候，我已经进入水链查看过了，而且你刚刚回来的时候，我也一直在仔细查看它的变化。最后分析得出……"

我咽了口口水，紧张地看着他。

"由于在两个不同的时空出现了两个磁场相合的水链，又因为月光是启动这八卦的媒介，所以，伽蓝，我想你的时空是交错了。"

"交错？月光是媒介？"

"临宇！还发什么呆，快起来穿衣！"云颜在耳边大骂。

我慌忙爬起来，一边穿衣一边仔细听子默说。

"是的，也就是说。以后在这个世界中，如果你想回去，只要在有月亮的晚上，逆时针把你手上的水链转到某个弧度上，然后沉入睡眠，那么你的灵魂就会通过八卦阵转移到另一个世界。"

"也……也就是说……"我猛地瞪大了眼睛，惊喜、兴奋、激动、思念，所有的情绪一股脑儿涌了上来。

"临宇，我先出去了。你自己洗漱完快点出来，知道吗？"

子默温和一笑，半透明的手如有实质般抚在我的头上，柔声道："也就是说，伽蓝，你可以随意来去两个世界。"

"我还可以回去，我还能见到徐列，还能见到爸爸妈妈。"我喜极而泣，低低叫着"子默，子默"，冲过去想抱住他，感谢他，双手却仿如无物般穿了过去。

我一愣，尴尬地抬头看着他，子默脸上闪过一瞬的悲伤和落寞，却又立时恢复过来，面色凝重地对我说："伽蓝，虽然你可以来回穿梭在两个时空，但有一件事情我必须要告诉你。那就是两个交错时空的时间差问题。"

"时间差？"

"所谓时间差就是说，你在这个世界过了一天，相当于你那个世界的多少时间。我根据你八卦阵的结构计算了一夜，终于让我粗略算出，上限七天，下限十五天的时间差。"

"上限下限？"我满脑袋都打着问号，歪着头，双手十指交叉，一脸崇拜地凝望着他。

子默无奈地一笑，道："边洗漱，边听我说。你夫人又要进来催了。"

我忙点头，只听他又道："由于是以月光为媒介，所以总的来说，你在你的时代过去一个月夜，那么在这里就相当于七天七夜。"

"等等，我不明白，什么叫过去一个月夜，相当于这里的七天七夜。"

子默叹气，"我现在真怀疑不能把你教成另一个临宇了。我的意思就是说，在有月光为媒介的晚上，如你这般入睡后灵魂来到这个世界，在此待了七天七夜，那么，等你回去原来的世界，睁开眼来，你那个世界就只是过了一夜的时间。"

"哇——太棒了，那我不是赚到了，既有时间寻找宇飞，又不会让爸爸妈妈担心，老天待我何其优厚！"

"你也别高兴得太早！"子默摇了摇头，"你别忘了，从这个世界回到你原来的世界，也必须要有月光为媒介。若是在七天内都无月光呢，那么，月夜一过，你在这个世界所耗费的时光就开始与你的世界成平行。也就是说七天七夜过去后，你在这里多待一天，你的世界中，你也就多昏睡了一天。"

我怔怔地看着一脸严肃的子默，一时忘了继续手中的洗漱工作。

"反过来说，时间差亦然有其遵循的规律。在有月光为媒介的情况下，你回去原来的世界，无论在你的世界过了多久，在这个时空都不会超过一个晚上的时间。但若你在有月光为媒介的情况下，却未沉入梦境，错过了回来的时机，那么平行的时间差也开始启动。到时，在你的世界过去了多少时间，你在这里的身体，不！临宇的身体也会昏睡多少时间。"

"那你所说的下限十五天是?"

"这点也是最重要的!"子默飞到我面前,半透明的棕色眼眸牢牢看着我,沉声道,"一旦时间差开始平行相等,若你仍在某个世界待过超过十五天,那么,你就只能永远留在这个时空,再也不能回头了。而你另一个时空中的身体,就会突然陷入永久性的昏迷。这一点,你一定要牢牢记清楚了,免得将来后悔。"

我忙慎重地点头,"子默,谢谢你!我知道的,这对我来说真的很重要。"

子默晒然一笑,飞了开去,懒懒道:"快洗漱吧,否则早朝就来不及了。等下,你记得一切听我指挥就好。"

我欣然点头,想着还能回去见到爸妈、朋友和徐列一家,就说不出的开心。

PS:这个时间差是情节转换的关键,容我啰唆两句。

第一,要有月亮、水链和进入睡眠,这三个是穿越的关键。

第二,在古代持续最多只能待 $7 + 15 = 22$ 天,超过了,现代的林伽蓝会死亡;而在现代,只要是没有月亮的晚上,无论过去几天都没关系,但一旦在某个月夜没回去,就最多只能再持续待 15 天,否则古代的临宇会死。

第三,古代的七天合现代一夜。而现代有月亮时,时间与古代同步;没有月亮时,无论多少日夜,都只合古代一夜。

# 第9章 朝圣议国

外面的天才蒙蒙亮，一想到以后每天都要这么早起来，我就全身一阵恶寒，这不比高考期间更惨无人道吗？

糊里糊涂地吃过早饭，我就出发了，跟着我的只有一人一鬼，一人是风亦寒，这一鬼自然就不用我说了。

虽说原本就住在皇宫，可是从我住的什么……什么非园到开朝会的正殿还是不近的。我一步三点头地往前走，一块奇峰突起的石头横在面前，我差点就一头栽了下去。

亦寒在千钧一发之际扶住了我，脸上无半分诧异半分惊奇甚至连一点担忧也没有，只是如平日吃饭问候一般，淡淡道："公子小心脚下。"

我惊魂未定地拍着自己的胸，睡意立时去了一半，撇头看见子默偷笑的脸，忍不住就狠狠瞪了他一眼。

"亦寒。"我站起身来，有些尴尬，于是叫了一声，问道，"你可以同我一起去朝堂吗？"

亦寒点了点头，俊脸上波澜不惊，"公子可能不记得了，当年公子刚辅佐皇上登基的时候，曾在朝堂之外遭人偷袭，差点一命呜呼，幸得一太监舍命相救。自那以后，皇上便允许属下贴身保护公子，无论在何种情况，以何种方式，只要是为了保护公子安危，属下的行为都可以不受限制。"

"哦——"我惊叹道，"原来是这样，看来这个皇上对……我还是蛮好的。"

亦寒不反驳也不赞同，打出手势让我快走，等我超过他半个身形了，才听到他公式化般的声音："公子说他对你好，那便是对你好吧。"

嗯？我歪了头，这话什么意思？我怎么就没听明白呢？撇头看见子默眼中闪过精光，居高临下，一瞬不瞬地看着亦寒笔直却冷漠的背影。

来到用于开朝会朝仪的腾龙殿时，天刚好亮起，依子默的话说，就是处在将亮未亮之时。

我看到很多拿着长枪、旗帜的侍卫忙而不乱地来回跑动，正看得好奇，只听子默道："这个年代的朝仪，与其他朝代也并无大的不同。看到左侧那些让文武百官列位的人了吗？"

我放眼望去，果然看到好几个态度恭敬头戴毡帽，身穿深红锦袍的人，在依次安排早早而来的百官次序。子默继续道："这些人，被称为礼官，他们的职责就是谒者治礼，以次导引。而那些跑动的侍卫，他们的职责是放置兵器和张竖五色龙凤旗。等一下，一切安排妥当了，就会有司仪传声叫人。百官以三公为首，所谓三公，分别是太尉、丞相和御史大夫，而在我们金耀国，丞相又是三公之首。所以，等一下司仪一叫人，你就要率领朝臣进殿。"

"子……子默，我现在腿发软怎么办？"我巴巴地看着他，一见那高高的望进去黑漆漆一片的腾龙殿，我就寒毛直竖，恐惧难抑。

子默好笑又无奈地看着我，正待说话，忽然凝神道："有人来向你打招呼了，快打醒十二分精神！"

我一惊，忙转过头去，只见一个头戴奇怪的饰物，身穿深蓝长衫，扎着腰带的中年男子向我走来，脸上一副和蔼亲切的笑容，我忙报以微笑。

"看到他服饰前面的绣图了吗？"子默的声音忽然传来，"绣的是锦鸡，且头戴介帻，说明他是正二品的文官。如果我所料不差，他应该就是与你同列三公的御史大夫冯越南，专事监察百官，陈谏皇上之责。"

说话间，那男子已经走到了我面前，慈祥地笑道："看到秦贤侄安然无恙，本官真是太开心了。早前听说临宇你身染恶疾，皇上又不允探望，可把我们急坏了！"

我忙按子默指示行了个晚辈对长辈的福身礼，感激地道："多谢冯大人关心，临宇的病已然好全了，改日定然登门拜访，谢过冯叔担忧之情。"

冯越南一脸满意地走了，我长呼出一口气，瞥眼看到亦寒略显诧异的眼神。见我望他，却面无表情地垂下了眼睑。

"老师！老师，你终于来了！"耳边传来一声激动的呼唤，声音浑厚，却带着几分稚嫩。

我愕然回头，看到一个眉清目秀的青涩少年，一双黑色的眼眸中满是惊喜和崇拜，赤裸裸地落在我身上，脚下也不停，向我直冲过来。

或许是他的冲势实在太猛太鲁莽了，亦寒一个闪身挡在我与他之间，淡淡冷冷的目光也不看他，却让那少年脚步霍然一顿，脸色忽红忽白，满是敬畏之色。

我不由好奇地看了冷面的亦寒一眼，当日在战场之上，他浑身浴血，身受重伤，看不出到底有多少能耐。难道他……很厉害吗？

"是在下莽撞了。"那少年忙作揖道，"风护卫莫怪，在下只是想探询一下老师的病情。"

亦寒绕过两步，退到我身后，双手负后，目光瞥向他处。凡是被他目光扫过的护卫都露出了一脸敬佩畏惧神色，慌忙挺直腰板，目光不敢斜视，似是既害怕他又想获得他的赞赏。

奇怪！真奇怪！

"老师，你的病都痊愈了吗？"那少年显然已恢复了过来，一脸忧心地问道。

沉默，三分笑容，五分疏离，两分威迫气势，这便是子默教我面对众人的方法。

我一手抚在腰间的玉牌上，面色淡淡地抬起头来，含笑点头，道："已经好多了。"却不知这个少年是谁，但总归是临宇的门徒该是没错的。

那少年一脸的欣慰崇敬之情，双目灼灼如夜空的星星，清澈干净。

经那冯越南和少年一闹腾，多数人的目光开始集中到我这边，好几个人都大踏步向我走来，神色千奇百怪，各式各样。

我脚下一虚，差点露相，幸好就在这个时候，司仪的唱声传来，我忙领头往内殿走去。落后我半个身位的，左边是一个着军装的青年将领，看着我的目光不冷不淡，但也算友善，应该就是子默所说的太尉兼车骑将军——吕少俊；而右边就是那个御史大夫冯越南。

整齐划一、落地无声地走入大殿，文官除我外陈列于东方，西向而立；武官则陈列于西方，东向而立。而我和吕少俊及冯越南三人则站在金殿之下，大殿偏东向自左而右，默然站立，等待皇帝来临。

司仪再度唱起，跟着是百官的朝贺，也不知唱的是什么，我只知嘴唇开合，装模作样。就在这时金殿之上人影攒动，灯火通明，头戴凤珠翠冠，身穿黑蓝炜衣金色绣龙红色镶边的金耀国皇帝杨毅，踏着沉稳的步伐而来。

明明亲切万分，却又偏偏气势凌人的目光——扫过众人，对着跪倒在地的众人挥手道："众卿平身！"

不算大殿外，这几百人的阵势，浩浩荡荡地站起来，可当真是够壮观的。

司仪太监尖声唱道："圣上言，有事禀奏，无事退朝！"

于是，冗长而无聊的朝会开始了，简直比我们学校开例行报告会还没天理，连坐都不让人坐，这要每天都这么过下去，还让不让人活了？

他们在汇报些什么，争执些什么，皇上又回答了些什么，我一点也没听进去。只觉得腿好酸，腰好痛，上下眼皮像谈恋爱一般尽往一起凑。

偷偷举袖掩口打了个哈欠，正好瞥见亦寒略带好笑的眼神，这才猛然想起，他居然也跟进来上朝，而且如果不是刻意去在意的话，根本无法想起他这个人的存在，太离谱了。

"伽蓝，集中精神！皇上的注意力已经开始往你身上放了，恐怕马上要询问你的意见。"子默的声音适时传来，我一惊忙双手服帖地安置在身前，凝神倾听。

果然，在一些可过滤的话飘过后，只听杨毅语气温和却忧心忡忡地道："秦相可有什么意见？"

我定了定神，挺起腰板，一边凝神倾听，一边声音不高不低地道："禀皇上，此问题的解决可谓是说难不难，说易不易，臣也无法找到两全之法，只能说暂时缓解这几个矛盾。"

以上其实都是废话，为的是认真听清子默说的话，以便拖延时间。

当然，杨毅是决计发现不了的，他一听我有缓解的方法，脸上顿时露出了笑容，"爱卿昨日说要思虑解决之法，朕还怕时间不够，想不到竟真的让临宇你想到了解决之法。你和少俊，一文一武，果然是朕不可或缺的左膀右臂啊！"

我见子默面色微微一变，心中一动，抬头果然看到冯越南脸色不是很好，忙深吸了一口气，神色淡淡道："依臣之言，湘西乃我西面边境提供粮草和兵源的主要场所，地处军略要处，城中百姓又逾千万，是以此次水灾绝不可轻率处之。"

我略略做了停顿，听子默后续传言。在这几秒的喘息间，不只皇上，其他大臣也都露出了赞同之色，纷纷点头。

我于是继续道："但朝廷若单单只是拨去粮草金钱，恐怕是远远不够的，只能解决他们的燃眉之急，更何况此刻国库空虚，若如此做，必然顾此失彼。"

"在我们伊修大陆，对伊修爱尔女神的崇敬之情是绝不能轻忽和亵渎的，是以神殿的修葺工作自然不能停滞。但是，近年来，风吟和火翎对我国边境虎视眈眈，别人或许不知，但户部和兵部尚书却该是非常清楚的，吕将军等一众将士撑得很是辛苦。"

以上之言经我分析，其实全是废话，一句价值也无。可是就这么短短一段话，却将文官武将的功绩努力夸了个遍，以至于大殿东西两方众臣都以感激的目光看着我。

我暗暗叹了一息，目光望着满含期望的皇上，继续道："所以，臣认为要救湘西水灾，关键不在物力，而在人力。"

说着，我照指示面向吕少俊，躬身道："吕将军，在下有一不情之请，请问可否借你麾下在湘西附近暂无战事，或正休假在家的众将士一用？"

吕少俊眼中露出诧异之色，忙回礼道："秦相切莫见外，秦相能想出如此两全其美之法，本将军又有什么可异议的呢？一切应秦相所言就是。"

我含笑点头，又听了半晌，脸上不由得露出了苦笑，"什么两全之法，吕将军实在太高估在下了。且不说士兵们辛苦和兵源损耗，光是粮饷，虽说不是关键，却也绝缺不得。"

"皇上！"我一个转身跪拜下去，诚挚地道，"皇上，臣愿献上一年的俸禄，虽只是杯水车薪，却也希望能为国出一分力。皇上和列位大人若有心，秦某也希望各位能一解湘西百姓燃眉之急，积百世公德。同时，臣也会命人去城中各处募捐，希望让皇城人人都了解湘西百姓疾苦，有能力者更能解囊相救。"

"妙！"杨毅拍案而起，也不管殿下众人不愉的脸色，大笑道，"此计甚妙，朕也愿捐出五十万两白银，临宇，以后此事就由你全权负责。"

"是，皇上！"我直起身来，温和地笑着扫向众大臣，随后对户部尚书道，"刘大人，各位官员的捐款情况，还要劳烦你在朝仪之后一一登记了，皇上自然会亲眼见证各位的功德之行。"

户部尚书刘华宗这几天日日为筹钱之事发愁，此刻有我替他解决了问题，又由我替他背黑锅，自然眉开眼笑，"谨遵丞相奉令。"

自此，再无其他事情可以禀奏，恐怕即使有，那些即将要大出血的大臣也再没心情了。只听司仪太监尖声唱道："今日朝仪结束，退——朝——"

我长长地舒出一口气，蓦然抬头看到子默凝重含笑的面容，猛地一怔。他的表情是如此意气风发，他的眼中是如此春意盎然，他是在享受这种万众瞩目、威迫压身的奇妙感觉啊！

"子默！"我忽然有了种冲动在心里唤他，他猛然回过神来看着我柔和的笑容脸露诧异，我伸手拨开额前飘扬的碎发心道，"我一定会完成你的梦想的。请你相信我！"

子默半透明的棕色瞳仁中复杂的波光——闪过，忽地猛然垂下眼睑，那一瞬间，我几乎怀疑自己是否看错了，子默眼中竟有淡淡的愧疚。然而只片刻，便被温和的笑容替代了，我不禁怀疑自己是否看错了。

"傻丫头！"子默凌空虚抚了抚我的发丝，温笑道，"我自然是相信你的。"

亦寒走到了我面前，淡淡道："公子，该去议事厅了，一会儿吕将军还要与你商谈派兵的事情。"

我忙点头，与亦寒一同走出腾龙殿。

# 第 10 章　纵论天下

我埋头往什么非园的方向走，手不时捂住嘴打着哈欠，忽然眼前青色光影一闪，亦寒已经挡住了我面前。

我惊魂未定地看着他淡漠的俊脸，心道：这……这家伙的速度怎么比子默这个鬼还快啊？

亦寒单手负后，微一欠身道："公子，马车已经等在宫门外了，我们今日回赤宇楼。"

"赤宇楼？"我愕然道，"那是什么地方？"

亦寒抬头看了我一眼，纯黑的双眸中掠过一道墨绿色的光芒，淡淡道："公子不记得前事，不清楚也不奇怪。赤宇楼是皇上赐给公子的府邸，也是公子真正的产业。这几日公子所住的洛非园，则是皇上由原来的书房甘霖宫改造的，为的是方便公子在宫中处理政事过度操劳后，有歇息之处。"

"哦！"原来是这样。我暗自咋舌，于是跟着亦寒往西南方向走去，心中却道：这临宇当真好气派啊！皇帝对她何止信任，简直已经到了盲目依赖的地步了。可是，如此权倾朝野，当真没关系吗？

很是方便地出了宫门，又跳上一辆略显简陋的马车。马车很小，顶多只容三个人坐下，亦寒说因为自家的马车只驾来了一辆，又先载了云颜她们回去了，是以只好委屈我乘坐这辆临时租来的。

我和亦寒两人坐在狭窄的空间中，他冷颜不语，我也不知道该说什么，抬头看看子默，盘膝飘浮在空中，闭目而坐，不知是在沉思还是在睡觉。

唉！这气氛当真好尴尬啊！

我正神游太虚时，马车猛地一个颠簸，我一个没抓稳，就哗的一下向前趔趄而去。

冰凉的气息顿时笼罩了我，一双手扶在我的手臂上，淡漠却夹杂着几丝关切的声音传入耳中："公子，没事吧？"

"没……没事。"我惊魂未定地反手扶住他手臂直起身来，他松开手，我正待起身，谁知马车又一阵剧烈地颠簸。我刚抓住他的衣袖一下子滑脱，再度往他身上倾倒过去。

几乎是条件反射地，亦寒的手一把扶住我，我的脑袋撞到他胸前，跟个铁板似的，痛得我龇牙咧嘴。忽然，马车中的气氛变得诡异起来，我们两个一动不动地保持着这个姿势。

亦寒的手，因为被我反手扶住，而无法再抓住我的手臂，只能托住我的腰。可是，忙乱中，他的手托高了几分，在那暧昧与否的边缘，僵硬不动。

虽然穿着冬暖夏凉紧身防箭的金丝马甲，可是全身还是起了阵鸡皮疙瘩。我的脸还埋在他胸前，半晌呆愣着不知如何是好。

"你们要保持这种姿势到家为止吗？"子默调笑的声音从上方传来。

我霍然惊醒，还没待起身，亦寒已然松开手，揽住我的腰将我半抱起来，正待说话，谁知……谁知那马车！该死的到底是谁租的这种没有一点平衡性的马车？

我刚直起身，还没站稳，马车向亦寒的方向一个剧烈的倾晃，亦寒半蹲的姿势尚且纹丝不动，反而我"啊"地大叫了一声，向他扑跌过去。

亦寒纯黑的瞳眸中终于闪过一丝慌乱，伸手想扶住我，却因为那巨大的冲力将我抱了个满怀。

"呼——"我们两个半躺在座位上，亦寒被我压在身下，惊魂未定地喘息。

颠簸前进的马车中，只余我们两个的喘息声，揽在我腰间的手由冷而热，由松而紧。我睁开眼，对上了那双墨绿光芒闪烁的眼眸，惊诧、不知所措和各种复杂的情绪在其中——闪过。

我的唇贴着一片凉凉的东西，微微地颤抖，似粘似分的麻痒，我忍不住伸出舌头想缓解这种麻痒的感觉，却不曾想舔到了……他的唇角。

亦寒搂住我猛地直起身来，双手顿然放开，垂首道："属下……属下去外面赶马！"

说完，根本不等我阻拦，一个人影闪烁，已然掀起布帘，跃到了外面。

我拍了拍滚烫的面颊，又用手指擦了擦到此刻仍觉麻痒的嘴唇，闭目靠在马车壁上。

赤宇楼比我想象得要雅致朴素得多，外表看来几乎与一般富家的宅邸没什么区别。可是一踏进大门，我就呆了。

里面赫然是一个古代园林的真实版，有假山，有各种各样的树木，有亭台楼阁，有花有鸟，还有一条潺潺流动的活水小溪。我踏着溪边的鹅卵石，在亦寒带领下往园林深处走去。

路上不时会出现几个丫环仆人一脸欣然地向我行礼，唤我"公子"。我浑浑噩噩地行礼，一路都只顾着欣赏仿佛返璞归真般的自然景色，人都没记清长什么样，弯来折去的路，就更一无所知了。

"公子，这里是你的书房。"亦寒轻轻地推开擦得一尘不染的木门，里面豁然是一间书房，布置得朴素清幽，屋子左侧是一大排或新或旧的装订书籍，书架右侧垂了张竹帘，里面估计是临宇休息的卧室。

"隔壁是你和夫人……休息的寝室。"亦寒嘴角微扬了扬，"属下就在门外，公子有事可以唤属下进来。"

"亦寒。"我叫住正要出去的他，紧盯着他淡漠平静仿佛没有一丝情绪波动的纯黑眸子，惊奇道，"你为什么要做我的护卫呢？每天只是站在角落守着一个人，什么都不能做，什么理想也不能实现，不会无聊吗？"

亦寒眼中墨绿色的光芒又是一闪，脸上冷峻的线条微微柔和了几分，声音清清冷冷却泛着点点涟漪，"公子有什么记不起来的，可以问属下。"

啊？这是什么风马牛不相及的回答啊？还未等我开口询问，亦寒已经淡淡地补充了一句："公子以前就如此问过属下了。"

"咳……是……是吗？"我尴尬地笑笑，避过他似笑非笑的目光，坐到案几前，很是大无畏地甩手道，"我要办公了，你出去吧。"

门"吱嘎"一声关了起来，我听到半空中传来一声低低的嘲笑，不由恼怒地瞪了那个鬼一眼，"笑什么笑，我怎么知道临宇会问他什么问题！"

子默也不恼，飘飘荡荡到了我面前，嘴角含笑道："我现在倒是越来越好奇，第一个被称为伊修爱尔女神之子——赤非的……女子，究竟是怎样一个人物。"

"赤非？"我愕然脱口，这才想起不该发出声来，忙腹语道，"子默，你说的伊修爱尔女神，可是这里人人都崇拜的，那什么西神殿里的女神？"

子默看着我，嘴角抽了抽，好半晌才平静下来，平淡却不容抗拒地道："今晚不许回你的世界去，我要将这个世界的背景局势一一教授于你。"

"我不要！"我大怒，死瞪着他，"我要回去，我要见徐列！"

子默眉头一皱，不耐烦地道："总是徐列徐列的，他究竟是什么人？"

"他是我丈夫！"想法一成，老脸顿时红了大半，低头敛目垂眉，"虽然只是名义上的，虽然……只是我单恋他。"

屋子里静静的，只余我自己的呼吸声，良久，我听子默叹了口气然后道："伽蓝，我不知道你生活的是怎样一个世界。但在这里，你一定要记住，除非你不是秦临宇，否则，绝不能存有一点点这般天真的念头。"

我懵懵懂懂地抬起头来，一脸疑惑，"子默，你在说什么啊？我何时存过天真的念头了？"

子默秀气如远山般的眉轻轻蹙起，半透明的棕色眼眸在空中凝结着似愧疚似怜惜的眸光，缓声道："伽蓝，临宇是个男子。他选的这条路，是没有任何爱人和被爱的权利的。"

"你胡说！任何人都有权利爱和被爱，你凭什么……"

门"砰"的一声被推了开来，亦寒一脸惊异地看着我，沉声道："公子，怎么了？"清冷的气息在房中轻轻蔓延。

一瞬间，我莫名其妙的怒火便被浇了个通透，有些奇怪，就算是同情临宇，我的反应也太过激烈了。深吸一口气，我正待说没事，子默却突然开口了。

"让他进来，顺便仔细询问他天下局势，无论是朝堂还是江湖，何时弄清了，何时我就准你回去原来的世界。"

我愤怒的表情死瞪着半空，"我凭什么要听你的?!"

子默欠扁地温和一笑，声音说不出的悦耳温润，"你想找的那个人，必然已经存在于这个世界，没有我，你找得到吗？"

浑蛋！我在心里大骂，却又无可奈何，不由愤愤地冲前两步将有些愕然的亦寒一把扯进屋中，低吼道："今晚不许走！"

我忽然发现房间里过于安静了，亦寒的脸上隐隐有着尴尬和不知所措，本是漆黑的眼眸，墨绿的光泽忽明忽暗，真是奇怪。

我胡乱地摆着手，脸都红到脖子根了，"我……我的意思是，我想问你一些问题。你……你别想歪了。"

亦寒眼中的笑意一闪而逝，顺着我的手势在案几旁坐下来，"公子，请随意问吧。"

我讪讪地坐了下来，耳中听着子默的叙说，随即转述，"除了金耀，如今伊修大陆上究竟还有多少个国家？实力如何？"伊修大陆？我暗道，原来这里叫伊修大陆。

"公子，伊修大陆上共有五国一岛。五国依大到小分别是金耀、火翎、风吟、水雾和荠木，而岛国名为出云，是伊修大陆上唯一不信奉伊修爱尔女神的国家。金耀国地处伊修大陆的中心地段，西接水雾，东临风吟，本就与火翎同为伊修霸主，在公子你辅佐皇上登基后，更是迅速扩张，如今连火翎也要弱上金耀一等。金耀多出铁矿，地广人多，

54

兵源充足。火翎却是土地肥沃，物产丰饶，人民富庶。金耀有谦和仁厚礼贤下士的杨毅执政，火翎也有神秘莫测的年轻帝王君无痕当权。但金耀与火翎的生死存亡均非掌握在这两人手里。"

说到这里，亦寒停了下来，本是微微垂下的眼睑倏然抬起，淡淡地望着我继续道："公子若仍有记忆，就必然会知道，火翎国年仅二十四岁的帝师，火枫飘尽雪影现的白衣太傅——柳岑枫。在火翎国，上至群臣下至百姓，都可由他一言决生死。若说君无痕是帝王，那么柳岑枫便是火翎国的暗主。"

我怔怔地听着亦寒不抑不扬清冷却条理清晰的讲话，总觉得很奇怪，他明明该是个冷颜少语的人。可是此刻听他细细说来，却丝毫不觉突兀。

"那个骗公子前去水雾国的范重，就是柳岑枫的门生之一。"

亦寒略带寒意的话淡淡地吐出口，我心中一惊，慌忙扯回自己神游的思绪，静心聆听。

"风吟国实力逊于金耀和火翎，却与出云岛国关系密切，是以擅长水战，公子和皇上以前就在水战上吃过他们的亏。风吟的皇上卓胜朝年过六旬，体力日弱。太子卓清敦厚善良有余，智计谋略不足，风吟国的朝政却大半是落在一个女子和一个孩子手上。"

"女子和孩子？"

亦寒点了点头，"此女名唤木双双，乃前宰相木成英之女，也是未来的太子妃。而那个孩子名唤秦归……"说到这里，亦寒唇角微勾，露出个似笑非笑的表情，"这个人，公子以后就会知道了。剩下的水雾国地处火翎和金耀交界处，常年饱受战乱之苦，民不聊生……"

后面的话我没听清楚，抬头望向了含着笑容却难掩忧伤的子默，长叹了口气。

"亦寒，你是金耀国的子民吗？"我忽然问道。

亦寒面无表情地摇了摇头，"回公子的话，属下是水雾国人。"

"你是水雾国的？！"我惊诧道，"既然你是水雾国的子民，为何……为何要……"

亦寒漆黑的眼眸定定地落在我身上，一瞬不瞬，那里面明明什么情绪波动都没有，我却仿佛看到了一汪清冷深邃的寒潭，直将我所有的思绪神志都吸引过去。

"公子曾说过，无论是救济还是帮助水雾国的子民，都只是饮鸩止渴，无法从根本上解除他们的痛苦。公子也说过，想要水雾国子民真正解脱，除非有一明君能自西向东或自东向西，统一伊修大陆。属下相信公子所说的都是真的，也相信唯有公子才能做到此事。"

我脸上红了红，暗道：你说的是临宇，可不是我。

依着子默的要求，我继续问道："我听说，在伊修大陆上有两大传说。可是却想不起，到底意味着什么，亦寒可否为我详说一番？"

亦寒有些诧异地抬头望了我一眼，随即垂下眼帘道："回公子，伊修大陆的两大传说，分别是伊修爱尔女神之子赤非和天星流剑派的星魂，传说，他们生就是辅助帝王登基的旷世奇才，无论哪个帝王若得其一辅助，即可安天下。若得二，则必成千古一帝。"

我嘴角抽了抽，蓦然想起《三国演义》中，卧龙凤雏得一可安天下的批言，想不到在这里竟也流行这种传说。还未发话，只听亦寒清冷缓慢的声音幽幽响起：

在金色曙光中展翼临世，
在惊涛骇浪间乘风飞翔，
在熊熊烈焰下浴火重生，
这就是诞生于日月重光下的伊修爱尔女神之子——赤非。

亦寒见我一脸迷惘，于是又继续道："传说，这是当年自行显现于伊修爱尔女神石像前的批言。两年前，公子和还是三殿下的皇上遭太子陷害，被火翎国围困于赤峡谷。火翎国元帅命人火烧此谷。公子想到用……滑翔之法，与皇上及属下，从天空飞越百万火翎国军队，在黎明天光中降临在金耀国援军面前。领他们突破火翎国包围，救出其余将士。"

说到这里，亦寒停了下来，仿佛探究般看着我。我一愣，道："怎么不说下去了？"

亦寒眼中暗绿光芒一闪，继续道："自那以后，直到后来公子一手辅佐皇上登基，于不可能中稳定局势，也发生了很多事情。这个预言便被流传了开来。公子在一日之间声名鹊起，却也为公子带来了无尽的危机。"

"因为，伊修大陆近两百年来，被天下公认为伊修爱尔女神之子赤非的，唯有公子一人。"

"什么？！"我大惊，"可是临……我分明是女子啊！"

亦寒的嘴角扬了扬，用依旧清冷却带着几分柔和的声音道："是，所以当日属下也很惊讶。"

"咳……"我端过茶掩饰尴尬，忙转移话题，"那天星流剑派的星魂，又是怎么回事？"

亦寒瞥了眼我脸上的红晕，眼中光芒轻闪，也是低咳了一声，才又道："在伊修大陆有公认的三大宗师，分别是少林、武当和……"

"噗——"我一时没做好心理准备，一口茶愣是对着亦寒全喷了出去，幸好他身手比鬼魅还敏捷，才滴水未沾。

我一边手忙脚乱地取布擦桌子，一面又是忍笑又是干咳地道："对不起，你继续说，继续说。呵呵……"

亦寒诧异地望了一眼我憋得通红的脸，却也未说什么，俊脸上波澜不惊，"少林的玄方长老，武当的天慈道长，以及越女陵的洛天心宗主，分列伊修大陆武林三大至尊。但此为明，天星流剑派是伊修大陆中从未见光的门派，却有着更令人生畏的实力。"

"所谓，引地狱烈火，燃尽世间罪恶。仅凭一人一派一星魂，即可影响天下局势，颠覆整个伊修大陆，说的便是天星流剑派及其传人。"

我听得心旌神摇，忍不住咋舌道："亦寒，你见过天星流剑派的人吗？"

亦寒眼中墨绿色的光芒一闪，淡淡道："天星流剑派的人是不会让人知道其身份的，一旦有人发现，便必须除之灭口。是以，属下也从未见过。不过，伊修大陆中人均传言，火翎国太傅柳岑枫正是此代的星魂。"

"真是个奇怪的门派。哈——"我感觉一阵疲惫，忍不住打了个哈欠，双眼开始迷离。

"今日一天又是早朝又是议政，公子定然累了。天色将晚，公子不如好好休息。属下先告退了。"

"嗯……"我挥了挥手，磕磕绊绊地往里屋而去，其间亦寒扶住了我好几次，直到我躺上床，他掖好我的被子，才准备放心离去。

我迷迷糊糊间拉住他的手，含糊道："亦寒，别老是属下属下的，听着多生疏啊！"

被我拽住的手冰冷沁凉，掌心有着练剑留下的薄茧。听到我的话，他的手明显一震，却又不动声色地脱了出来，屋子中安静了好一会儿。

我以为他走了，睡虫扑面而来，意识几乎已经迷糊了，隐约中听到那清冷的声音，带着几分无奈和自制，在我耳边吐息，"……除了如此，我还有什么理由……"

子默的声音似乎还在我耳边响了几遍，也不知在说些什么。

我在心里大骂："没人性的子默，你想累死我啊！"随后再不管他，转个身，右手轻握在左手手腕上，沉沉睡去。

# 第 11 章　横祸

人世间最幸福的事是什么？睡觉睡到自然醒，数钱数到手抽筋。

我伸了个懒腰，睁开眼，首先看到的是米黄色窗帘布，拉得严严实实的，没有一丝强光透射进来，难怪我睡得这么舒服。

转过头，床头柜上放的是一套崭新的衣服，海蓝色的毛衣，白色的外套，紧身的牛仔裤。这些都不是我自己的衣服，我心里偷偷想着：难道是徐冽给我准备的？

随即又摇了摇头，怎么可能呢？理着睡得凌乱的头发爬起身来，忽地猛然一怔。脖子仿佛被什么架住了一般，嘎吱嘎吱地转动，视线缓慢地又在屋里转了一圈。

"哇——真的回来了！"嚷完才发现太大声了，忙捂住嘴偷乐。

房门毫无预兆地推了开来，徐妈妈笑意盈盈的脸顿时出现在门外，上上下下打量了我半晌，才柔声道："蓝蓝，这几日睡得还好吗？"

我脸上一红，忙不迭地点头道："很好，很好啊！"

徐妈妈仿佛没看到我的糗样，笑着走进来拉开窗帘，刺眼的光线让我忍不住闭了闭眼。抬头却看到徐妈妈笑得极为诡异的脸。

"冽儿一早去了公司，临走前还凶巴巴地跟我说你还睡着，要我等下提醒你吃早饭。这窗帘也应该是冽儿拉上的吧，他一定是怕你睡不好。"

我脸"刷"地红了个通透，心里却感动幸福得冒泡，支吾了半天也没说出一句话来。

"蓝蓝，冽儿从小就是这副古怪的脾气，连我和他爸爸也拿他没辙。不过啊！他若是不在乎一个人，是断然不会管他是否冷着饿着的。"

"徐……徐妈妈，你……"

徐妈妈哑然失笑道："还叫我徐妈妈？你如今可是我的儿媳妇了。"

"可……可是我和徐冽只是假结婚！"我心里一急就把实情吼了出来，说完却觉得黯然了。是啊！我在得意什么呢？徐冽又不喜欢我，他只是……只是……

徐妈妈叹了口气，抚摸着我凌乱的发丝，心疼道："蓝蓝，你这个傻孩子，明明那么爱冽儿，怎么就不会为自己争取一下呢！"

"不是的！不是的！"我手忙脚乱地摇头，心里一阵阵酸痛，声音都有些哽咽了，"我是爱徐冽，可是他不爱我啊！他爱的是雪儿。当初，若不是我自私地想嫁给他，他也不会跟雪儿分开，宇飞也不会躺在医院里。徐妈妈，我没有你想的那么好，我是个极度自私的女人！"

"傻瓜，在爱情里谁不自私，谁不想跟爱的人结婚，哪怕只是一个虚幻的梦。"徐妈妈慈祥地笑着把我抱进怀里，柔声道，"我不管冽儿怎么想，反正我不喜欢那个孟雪儿，在你昏迷的时候，还来气爷爷，唉！蓝蓝，你要真是我儿媳妇，该有多好！"

我大惊，从她怀中直起身子，问道："雪儿在我昏迷的时候来找过爷爷？"

徐妈妈点了点头，秀气犹存的脸上露出愤怒之色，"你不知道当日爷爷被她气得当场昏倒，临进手术室前还喊着你的名字。冽儿于是打了她一巴掌，她哭着跑了，几天后，就听说她出国了。唉！难为冽儿还难过了好几天。"

我皱紧了眉，右手握在左手手腕上静静沉思。我见过孟雪儿几面，她的性格极为温柔恬静，怎么会无缘无故气昏爷爷呢？当年，到底发生了什么事？

"蓝蓝，冽儿和那个女人已经成为过去时了，别忘了，现在你才是他的妻子。"徐妈妈拢了拢我的发丝，笑道，"如果你真的爱他，就要好好争取。"

"争……争取？"我害羞地将脸整个埋进被窝中，嗔道，"徐妈妈你胡说什么啊。"

耳边传来徐妈妈开怀的大笑声，"蓝蓝你还真是个可爱的孩子！别怪我这个做婆婆的没提醒你，想要做冽儿真正的妻子，就天天在他眼前晃，像牛皮糖一样缠住他。等到他被你缠习惯了，就自然会喜欢上你。"

咳咳，哪有人这样设计自己儿子的？我捂着脸冲进洗手间洗漱，脑中却不断萦绕着徐妈妈的话：缠习惯了，就会喜欢上你。徐冽，真的会喜欢上我吗？

看着镜中脸红如苹果，又像熟透的番茄般的自己，我骂了一句："真羞人！"随即又忍不住笑了起来，其实，暗恋一个人的感觉，挺幸福的。

我坐在出租车上，心不在焉地看着窗外景色，心里一边想着刚刚徐爸爸对我说的话。

"伽蓝，你有没有想过回学校复读呢，或者是我让冽儿在公司替你安排个职位。无论如何，这昏迷的两年都是我们徐家对不起你，爸爸想将这两年都替你补回来。"

唉——我无声地叹了口气，心中想着：我能做什么呢？回学校读书吗？读什么专业呢？仍旧是金融吗？或者，是去徐爸爸的公司帮忙？呵，别帮倒忙就够好了。

车子在徐天集团豪华气派的大楼前停了下来，我付了钱跳下车，沿着大楼广场前的喷水池往大门走去。

初冬的阳光仍带有几分暖意洒在我身上，就像徐冽的怀抱那么温暖。我忍不住抬头，微眯着眼看了看蓝天，身子骤然被一阵冲撞。

在黑影覆住我的一瞬，我只看到一个黑色的文件夹朝着喷水池中央飞速甩去，未能夹牢的纸四散了开来，漫天飞舞。

我条件反射地想伸手将那文件夹抓回来，身子一时前倾过了头，指尖只扫到了文件夹的边角，身体却因平衡不稳，大叫了一声往水中倾跌而去。

就在这千钧一发之际，一双大手适时揽住了我的腰身，将东倒西歪的我扣在双臂间。

我惊魂未定地抬头看去，一张似笑非笑、似怒非怒的陌生面容映入我眼中。

那是一个称得上英俊的男子，二十七八上下，一头黑发梳得一丝不乱，全身上下都是名牌，那些价钱加起来，估计都够买套便宜的房子。

瓜子型的瘦削脸庞，皮肤是如今流行的小麦色，可是总觉得是后天养上去的。因为眉梢眼角似乎都带着纵欲过度或是缺乏锻炼的疲惫之色。

一双眼眼角微微向上勾起，看不出有没有皱纹，倒也算得上是勾魂摄魄。此刻正盈满了带有怒气的危险笑意，看着我。

"对……对不起！"我忙退开一步低头道歉，"我……我不是故意的。"

"一句对不起就算了吗？"他冷哼了一声，抓住我的手不放，"你知道这些文件有多重要吗？"

我抬头看到他铁青的面色，心里畏缩了一下，又觉得真的是自己不对。只得认命地叹了口气，甩开他的手，大无畏地踏步迈入池水中，溅起漫天的水花。

"喂，你干什么？"身后的男人惊疑地问道。

"既然是重要的文件，又是我弄丢的，自然是要捡回来啊！"

"就算捡回来，湿了还有什么用？"

"那也得先捡回来啊！"我将水中的纸一张张捡起来，小心翼翼地摊在掌心，头也不回地道，"总比什么都不做好吧！"

从水池中爬上来的时候，我全身已经冻得瑟瑟发抖了，连嘴唇也泛白。将文件交到他手中，打着哆嗦道："你……你看看有多少……是可以用的……"

他接过文件，以诧异的目光打量一身狼狈的我。忽然嘴角一扬，勾起个诡异的弧度，漆黑的眼眸晶亮晶亮的，如一把利剑，又似看到了猎物的兴奋，让我忍不住抖上加抖。

"你认为这样就够了吗?"他漫不经心地将文件拿在手里,完全没有重视的样子。

我心里不由恼了,挺直了腰杆,道:"我认为已经够了。"

"你这女人倒也有趣。"他上上下下又把我看了个遍,忽然拽住我的手腕,施恩般地道,"先去清洗一下,本少爷不喜欢这么狼狈的女人。等下到我房间来。"

"啊?"我一边挣扎,一边诧异地拿好奇的目光看他。

他一愣,目光在我眼中探究了半天,忽然失笑道:"果然是奇怪的女人。"

他扬了扬手中的文件夹,脸上露出得意的笑容,"帮我把这些资料打到电脑上重新打印,我就放过你。"

啊?!不是吧!我最怕碰电脑,一分钟连十个字都打不了。呜呜,徐冽,救救我吧!

"一个小时……你就打了这么多?"他一脸难以置信地望着电脑,又看看我,嘴角抽了抽。这个人叫邵俊一,刚知道的。

我羞愧又尴尬地低下了头,嗫嚅道:"我是真的不会啊!要不你自己来。"

"不行!"他也火了,把文件甩在桌子上,"今天你什么时候打完,什么时候回去!"

呜呜……我继续笨拙地把字敲进表格中,时不时出个错,把整个表格都删除了,只得撤销,又时常撤销得要重新开始。

呜呜,肚子好饿啊!呜呜,手好酸啊!呜呜,眼睛好累啊!

口袋里忽然一阵振动,耳边传来标准的电话铃声。我手忙脚乱地把手机拿出来架在耳边,还没来得及说话,就传来徐冽暴怒的声音。

"你这女人这么晚跑哪里去了?"

听到徐冽的声音,尽管是暴怒的,我仍觉十二万分的委屈和感动,抽抽噎噎了半天愣是没挤出半句话。

"怎么了?"徐冽的声音带了几分紧张,"你在哭?"

"徐冽……"我咧了咧嘴,差点"哇"一声哭出来,又想昏迷两年后都是21岁嫁过人的女子了,像小孩子般哭出来成什么样子。忙忍住,却还是觉得委屈,撇撇嘴道,"徐冽,我闯祸了。我把别人的重要文件撞进了水里,他让我把文件打进电脑里,可是我太笨了,输了半天,才打完了一张表格。徐冽,你帮帮我吧!"

电话那头瞬时安静了下来,在我以为徐冽挂了电话的时候,他濒临暴怒的声音传了过来:"你做梦!没见过你这么笨的女人,自己搞定了回来,十一点以前回不来就不用回来了!"

说完,只听"啪"一声,手机听筒中就只传来了忙音。

我忍了半天的眼泪终于还是掉了下来，本来今天就已经又累又饿又倒霉了，还惹得徐冽这么生气。我怎么会这么笨呢？还想成为临宇，下辈子吧！

"这么快就哭鼻子了？"邵俊一好笑地看着我，"女人就是女人。怎么，被男朋友骂了？"

"是老公！"我有些底气不足地纠正。

"哦？老公？"他嘲讽般地笑了起来，"不过看来你不太得宠啊，他都不管你死活。不如……"

"丁零零……"

手机一阵振动，我看到徐冽的名字显示在上面，慌忙打了开来，急匆匆道："我一定在十一点以前赶回家去。"

"在哪儿？"听筒中传来徐冽有些丧气的声音。

"啊？"我愣了。

"我问你在哪儿?!"徐冽彻底愤怒了，"限你五秒钟内告诉我，否则以后都别来见我！"

"在……在皇朝酒店的……303室……"

电话"啪"一声毫无预兆地再度挂了，我傻愣地看着手机，抬头看到邵俊一脸幽深的笑容，叹了口气，认命地继续打那些表格。

五分钟后，不轻不重的敲门声传来。邵俊一挑了挑眉走上前去打开门，我伸长了脖子往外张望，却恰好被他高大的背影和门挡住了视线。

忽然，邵俊一退开了一步，门后露出徐冽英俊的脸庞和修长矫健的身影。他的额头微微挂着汗珠，一张脸阴沉得可怕，眼中更像有烈火在烧。

"徐冽……"我可怜巴巴地瑟缩了一下，拿着手中的一沓皱巴巴的纸递到他面前，"还有这么多。"

徐冽冷冷地扫了我一眼，随即转头面向邵俊一，"这些资料，我明天再给你一份。"

邵俊一双手抱胸看着他，笑得一脸诡异，"想不到她居然是你妻子。"

徐冽不理他，抓起我的手腕，就向外拖去。

邵俊一的手拦在我们面前，双眸直望着徐冽，眼中的神光似嫉妒似厌恶又似兴奋，"真没想到，徐冽你居然会放弃了雪儿，娶这个女人。"

徐冽拽着我的手猛地一颤，浑身仿佛冰冻了一般僵硬良久，才拖着我头也不回地离去。

我叹了口气，乖乖地跟在他身后，回到家中。

少年相世杀客
上部

回到古代，相安无事，子默也没发火，只是挂着一脸浅笑让我熟记这个时代的背景知识和人文地理。我迫于无奈，早上像傀儡一样在朝堂上发言，回来就开始猛啃史籍。

让我诧异的是，临宇这具身体记忆能力居然超好，在我磕磕绊绊地背完了几本书后，我居然发现自己有近乎过目不忘的能力。

这个发现着实让我兴奋了一番，嘿嘿，子默！有多少历史资料，还不放马过来！

快一个礼拜了，我依旧是古代现代地跑，两边都没什么大风大浪。徐爸爸替我办了入校手续，可是我却还没想好到底要读哪个学科。

在古代，杨毅说湘西虽然灾情稳定，却引来了火翎国的突袭，大战一触即发，恐怕得派一个大臣去督军，此人必须威望名声都能让众将信服。言下之意，最适合的人选自然非临宇莫属了。

当天晚上我就回到了现代，在回来的那一瞬间我迷迷糊糊地睁开眼，想缩进徐冽的怀中汲取温暖，却骤然发现身边是空的。这才想起，徐冽从那晚回来后就搬去客房睡了。平日里也时常躲着我，我叹了口气，环手抱紧了自己，迷迷糊糊再度睡去。

醒来后，我忽然做了个决定，我要报历史系。

在现代，我除了死读书和能做精美的点心真的没有什么特长，也不想再学什么东西。可是在古代不同，临宇背负了太多的责任和期望。想想子默背负了千百年的愿望，想想亦寒无条件的信任，想想云颜憧憬未来时的凄美，我想，无论如何我都该做些什么。

"历史系？"徐冽恰好也在，听了我的话，露出满脸的惊愕，"你学历史做什么？"

我干笑了两声，回答得很虚假，"忽然对历史感兴趣了。"

"只要伽蓝你喜欢就好。"徐爸爸弥勒佛般嘿嘿笑着给校长拨了个电话过去，一通言简意赅的通话结束后，徐爸爸对我慈爱地笑道，"三天后去报到，有问题吗？"

"没有。"我心情顿时开朗了起来，其实并不知道学历史对那个未知的世界有没有帮助，但毕竟做了一番努力。

"冽儿，伽蓝整天待在家里怕是闷坏了，你今日带她出去玩玩？"

"不去！"徐冽不耐烦地拒绝。

我满心的期待和欢喜顿时落空，黯然地垂下了头。

徐冽忽然向前踏了两步站在我面前，别开了眼不看我，却道："真的想去？"

我忙点了点头，眨巴着眼抬头看他，就差没摇尾巴了。

徐冽叹了口气，一脸凶巴巴地道："换了衣服快点下来！"

"耶——"我欢叫着飞奔上楼，身后传来徐爸爸意味深长的笑声。

# 第 12 章　喜欢

来到了人山人海的游乐场，首先鄙视自己一下，连选个地方都这么俗。

看徐冽的脸色就知道了，他是超级讨厌来这种地方的。其实，我也不是很喜欢啊！可是，我在电视里看到人家情侣约会通常会来这些地方，越是恐怖的东西，就越是要玩。这样，即便原本没有一点火花的男女也会来电。

"你都多大的人了！"徐冽面色铁青地看着我，"这种东西，要玩你自己玩。"

说完掉头就走，我心中一急，忙小跑着追了上去一把挂在他手臂上，大叫："别走！"

这一声引来了好几个路人的张望，我的脸一下红了，徐冽也比我好不到哪儿去。他狠狠地瞪了我一眼，要将手挣脱出去，我却像八爪鱼一样缠住他，死活都不肯放。惹得周围的人一阵善意的哄笑。

"徐冽，我不玩这个了。"我的声音都快哭出来了，"你不要抛下我走掉。"

徐冽的面色僵了僵，最终还是被打败了，有气无力地道："放手。"

我条件反射般"刷"地收紧了手，两眼直勾勾地盯着他，生怕他跑了。

"去买票。"他无奈地摇了摇头，随即又扯出一丝笑意，"你这笨女人……"

"哇——"徐冽答应去玩了。我开心得一蹦三尺高，忙跑过去排队买票。这里排队的多是男生，而他们的女朋友则站在一旁等待，唯有我刚好相反。惹来那些女生同情的目光。

不过我可不管这些，徐冽肯陪我进去玩，我已经很开心了。

第一站玩的是海盗船，听说是所有游戏中失重最严重，尖叫分贝最高的。

我看到前方的男女情侣不是手拉着手，就是男的搂着女的，再看看无论何时都会离我三尺距离的徐冽，不由得叹了口气，暗暗跟自己说，这些是羡慕不来的。

坐上海盗船的时候我还有几分紧张，等到真的开起来了，我却发现自己很享受这种如飞翔般的感觉。小心翼翼地睁开眼，耳边充满了男男女女的尖叫声，眼前是紧闭了双眼一脸刺激和惊恐的面容，以及不停旋转的青山房屋。

"耶——"我忍不住松开了抓在栏杆上的手，向天空挥舞，如在腾空飞翔一般。

手忽然被抓住了，我愕然地转过头，看到徐列阴沉愤怒的面容。拽住我手腕的手灼热而紧窒，飞船荡到了最高点，徐列将我的手按在栏杆上，启唇不知说了几句什么。

我正待靠近去听，飞船猛地直坠而下，我一个没坐稳往他怀里急撞而去，冲力太大了，唇上一阵剧痛，随即是淡淡的血腥味。我睁开眼，对上徐列错愕的目光，狼狈的脸，我们俩的唇，紧紧贴在一起，半分不离。

从海盗船上下来，我们两个并排走在一起，沉默不语，气氛说不出的尴尬。后面玩的几个，我一直心不在焉，直到中午。

"徐……徐列，你饿不饿？我去买些爆米花。"说完也不等他回答，我已冲了出去。

回来的时候吃力地端了两杯奶茶和一袋爆米花，邀功似的放到他坐的长椅上。

徐列扫了我一眼，"我不吃这种垃圾甜食。"

我撇了撇嘴，好像是想起他不太爱吃甜食，心里顿时一阵沮丧。随即又给自己打气，挂起笑容，道："你等等，我再去买。"那一瞬间我看到他微眯着眼看着我的脸，有一瞬间的错愕和怔忪。

我跑了出去，回来的时候端了盒章鱼小丸子，笑眯眯地道："我知道你喜欢吃这个的。"

徐列皱了皱眉，"你怎么知道？"

我面上一红道："以前，偶尔一次看到你和雪儿约会，你们就在吃这个。"事实上是我老在暗处跟踪他们。

徐列的面色沉了沉，低叹了一声道："拿来吧。"

我忙开心地把盒子递过去，坐到他身边，想起他不喜欢我太靠近，忙移开了些距离。低头喝奶茶，吃爆米花。

"丫头。"徐列忽然叫我，声音里带了几分迷惘，"你好像很容易就能满足和开心啊！"

"嗯？"我歪了头，不解地道，"我很容易满足和开心吗？"

"不是吗？"徐列串起一个章鱼小丸子随意地塞进口中咽下，才道，"只是玩个游乐场而已，你的笑容就没消失过。"

"那是因为和你一起来啊！"我脱口辩道。

话一说完，我和他都愣了。我脸上红了个通透，低下头，用几乎听不见的声音，嗫嚅道："跟喜欢的人一起来，才会开心啊……"

空气中安静得没有一点波动，忽然一只大手揉上了我的头发，将我齐肩的长发捣得稀巴烂，在我要发怒的时候，耳边传来徐冽开怀的笑声，"你这个又笨又白痴的女人。"

"徐冽！"我怒了，"你不要老是女人女人的叫我，我有名字的！你从来都没叫过我的名……呜——"

一个章鱼丸子被整个塞进我嘴里，错愕的眼中看到徐冽笑得越加欣然的脸庞。初冬的阳光细碎地洒在他被紧身毛衣和牛仔裤包裹的身上、英俊瘦削的脸上，看得我一阵晃神。

我困难地将章鱼小丸子吞进肚中，沙拉酱留在了嘴边，我伸出舌头去舔。腰上忽然一紧，我愕然抬头，已然对上了徐冽幽深暗沉的眼眸。

心怦怦地跳个不停，他热热的呼吸都吐在我脸上，周身的氧气仿佛被抽光了，让我忍不住呼吸急促起来。

滚烫的唇猛地贴了上来，有力的舌尖游转过我的唇瓣，舔尽我唇边所有的沙拉，却仿佛仍觉不够，不断在我唇间游移。

呼吸尽了，唇上又麻痒得难受，我忍不住微启了唇，渴望呼吸到新鲜的空气。他的舌就在那一瞬间窜了进来，毫不犹豫地纠缠住我的唇，席卷我的齿、我的舌、我的心。

我瘫软在他怀中，双手忍不住揪紧了他胸前的衣襟，紧接那突如其来的热情，仿佛身在云端，又如沉醉梦境。


"徐冽，你有没有一点点喜欢我？"

"徐冽，你告诉我吧，有没有一点喜欢我？"

"一点都不喜欢我，不会吻我是不是？"

"你这么做，我会误会的。我到底是不是自作多情啊？"

"徐冽，求求你告诉我吧！"

车子毫无预兆地"哗"地一个转向，随后在路边停了下来，徐冽暴怒地骂道："你这女人有完没完了?!"

呜呜，我瑟缩了一下，可怜巴巴地抬头看他，"可是我……我真的会误会啊。这样下去，就算你说不喜欢我，我也会像牛皮糖一样缠着你不放。所以，我一定要问清楚嘛！"

徐冽愤怒的脸再也挂不住了，无奈的笑容爬满了整张英俊的面容。

"徐冽，我是真的真的很喜欢你。"我一脸郑重地像在赌咒发誓，"能成为你的妻子，是我这一生最开心的事情。徐冽，你可不可以也喜欢我呢？"

我见他眉头微皱，忙摆手急道："我不要求你像我喜欢你那么多，只要……只要你有一点点喜欢我就够了。"

徐冽叹了口气，眼中有淡淡的欣喜和宠溺。忽然伸手钩住我颈项将我带进怀里，温热的唇便贴了上来。

他的声音带了几分喑哑，吐在我耳畔："我不会和不喜欢的人接吻。"

说完，他放开了彻底僵硬石化的我，唇角微勾，启动了车子。

五秒钟后。

车子里传来徐冽气急败坏的声音："笨女人，放手！你这么抱着我，我怎么开车啊！"

车子在单行道上七扭八歪，喇叭声、痛骂声更是不绝于耳。

晚餐的饭桌上，我一直都在咧着嘴笑，惹得爷爷和徐爸爸、徐妈妈不住地看我。

爷爷惊奇道："蓝蓝，什么事这么开心啊？"

我抬起头，看到徐冽面色铁青又狼狈地瞪了我一眼。我"扑哧"一声笑了出来，忙又肃容道："没事没事，就是要去上学了兴奋。"

"冽儿啊，明天你陪蓝蓝回家一趟，顺便告诉你岳父蓝蓝上学的事。"

"知道了。"徐冽不耐烦地道。

饭桌上忽然安静了下来，我抬头看到徐爸爸、徐妈妈和爷爷都目瞪口呆地看着徐冽，一脸的难以置信。

我忽然想起，徐爸爸刚刚好像说……岳父。

徐冽的脸"刷"地一下红了，甩下筷子吼道："我吃饱了！"

"哈哈……"嬉笑声在饭桌上顿时炸了开来，我叼着筷子，只觉心里甜丝丝的，说不出的幸福。

徐冽忽然停下了脚步，回过头来对着我恶狠狠地道："丫头，你吃完了没有？"

我看了看碗里剩下半碗的饭，很没骨气地把它推到一边，急急地道："吃完了！"说完便飞奔到他身边，一副小媳妇的乖乖模样。

原来徐冽叫我是要替我上药，我欣然地看着他阴郁的面孔，动作却是无比地轻柔小心。

"以后做什么事都瞻前顾后点，尤其去了学校，只有你一个人更是要照顾自己！"徐冽声音不轻不重地说。

我美滋滋地点头。

"这个社会上，不是什么人都可以相信的。随随便便就跟一个陌生男子去酒店，你不知道会有危险吗?"

我忙不迭地点头，脸上幸福的笑容越盛。

"我真没见过你这么笨的女人，天真的以为什么人都可以相信……"徐冽贴好了纱布，抬起头来对上我笑得异常璀璨的脸，一愣，"我是在骂你，你笑得那么开心干吗?"

"那是因为你在乎我啊!"我理直气壮地道。

徐冽面色一僵，已经彻底被我打败了，甩开我的手就要走。

我心里一急，忙拽住他的袖子，再度用小狗那么可怜巴巴的眼睛望着他。

徐冽一把捂住我的眼睛，恨声道："你这女人存心的是吧?"

"可是……这么空荡荡的房间，一个人睡好寂寞啊!"我双手使劲地掰他捂在我眼睛上的手。

徐冽口气中几乎带了一丝懊丧，"你到底知不知道孤男寡女……"

我好不容易掰下了眼前的障碍物，迷茫道："什么?"

"算了。"徐冽叹了口气，走前几步把门关上，指了指浴室道，"去洗澡。"

说完又觉不够，悻悻地补充了一句："把衣服穿好了再出来。"

我知道他是不打算走了，不由得欢笑了一声冲进浴室，压根就没管他说了什么。

少年相世外客
上部

# 第13章 神女双双

睡得迷迷糊糊间感觉有人像要把我摇散架了一般用力地推我，然后那声音像个高音喇叭。

我"啊啊"地大叫了几声，睁开眼，对上云颜似笑非笑的脸。

"云颜，你干吗啊！"我怒骂道。

云颜柳眉一皱，娇颜含怒道："干吗?! 你不知道今天要出发去湘西吗？睡到现在，大军都已经整装待发了，就差你丞相督军一人。"

"今天?"我抓了抓仿佛塞了糨糊的头，迷茫道，"我以为还要过好久呢！"

云颜白了我一眼，对着外面叫道："玲珑，取你家公子的御赐软金甲和文士衫来。"

"是。"门外传来玲珑忍笑的悦耳声音。

我认命地被云颜提着衣领洗漱更衣，瞧着外面还只是五更的天气，便自觉命苦。

云颜满意地一笑往门外走去，走到门口时却忽地停了下来，没有回头只用低低的声音道："临宇，小心你身边的人。我只怕，他已开始容不下你了……"

"什么?"我愕然抬头，却发现云颜早已走远。抬头看看子默，他只是幽幽冷笑。终于意识到了自己的愚笨，我忍不住颓然地长叹了口气。

"子默，这督军到底是做什么的啊?"我一边穿衣，一边用腹语问浮在空中的子默。

"督军是百年前穆嘉帝国最后一代帝王设定的一个官职，他所代表的是战场上的皇权。督军虽无直接指挥大军的权力，却有监督所有士兵和将领的权力。尤其，在危急时刻，督军甚至可以越权直接指挥军队。"

"哦!"我点了点头，又有些担忧，"子默，你是文官，可懂行军打仗的事情? 若不然，我去向皇上辞了这个职位?"

子默失笑道："你以为圣旨是儿戏吗? 随你爱撤便撤，爱接受便接受? 放心吧! 我虽无领兵征战沙场的能力，却多的是奇谋诡计。这等阴招见不得光，有时却比行军布阵更实用。"

我在心里鄙视了一下，亏你能把阴谋诡计说得这么冠冕堂皇。

督军毕竟是督军，几千士兵将领都是步行，唯有我、亦寒、李叔、吕少俊以及那日喊我老师的少年——陈胜（字清空）五人坐在车中，纳凉闲聊。

现代是初冬，在古代却是刚入仲夏，行至午后，马车中热烘烘的。没有使人汗流浃背，却让我昏昏欲睡。亦寒估计是已经太熟悉我的睡相了，是以一见我眼皮耷拉下来，便开始坐到我身边，握剑的手时不时阻住我倾跌的方向。不过有他在身边真好，就像天然空调……

我睡得正舒服，忽然感觉到周身处于极度的紧绷中。还没来得及睁开眼，亦寒已然揽住了我，声音如寒冰般森冷，"公子，小心！"

我还没来得及反应过来到底出了什么事，眼前的人影和景物飞速倒退，身体轻身而起，不到片刻已然到了马车之外。

我抓着亦寒的衣衫摇晃着刚站稳，只听身后"砰"一声巨响，竟有一丛丛燃烧的木石火苗从山上滚下，直砸向马车，马车顿时被熊熊火光和突如其来的黑衣人包围。

"李叔——"我回头惶然大叫，不管不顾地就想冲回去相救。

亦寒一把拉住我，面色平静地道："公子放心，李叔的武功很高，不会有事的。"

我微松了一口气，随即又皱紧了眉道："那其他人呢？"

亦寒顿了顿，目光瞥向别处，才淡淡道："吕将军天生神勇，想必逃出不难。唯有陈胜，也许……危险。"

"那你快回头去救他啊！"我急了，想拽他回头，他却纹丝不动。

亦寒嘴角的笑容冰冷淡漠，稍一扬起道："别人的死活与我无关，公子如今并不比他们安全。"

话音刚落，我只觉一股让人窒息的压力及体而来。眼前黑影闪烁，我瞪大了眼，直至它到了我眼前，才发现那竟是支快如闪电的长箭，箭头绿光闪烁，怕是剧毒无比。

就在这千钧一发之际，一双修长呈小麦色的手倏然横到了我面前。那动作明明快得只留幻影，那姿势却仿佛散步打招呼般悠闲随意。

"啪——"一声轻响，那箭就在离我三寸不到之处停滞了下来，亦寒就站在我旁边左手中、食指轻描淡写地夹着那支带有剧毒的长箭，绿色的毒气开始在他指尖蔓延。

"亦寒！"我惊得大叫，"你中毒了？"

亦寒回我个放心的笑容，凌乱的青丝忽然无风自扬起来。我诧异地瞪大了眼，呆呆地看着他额前一束长发由原本的乌黑变为雪白，整个人仿佛瞬间苍老了十岁。脑中有什么一闪而逝，却怎么也想不起来。

中毒的指尖周围却是忽然冒起了白雾，待那雾气散尽，原本翠绿的箭尖已呈银灰，毒气居然被蒸发殆尽了。而那缕银丝也恢复成了黑色。

"好一个青衫银丝残雪红的青霜剑风亦寒，果然名不虚传。"

那是一道我无法形容的女声，清润得像小溪，灿烂得像阳光，又清脆得像风铃。话音刚落，天空中忽然飘起了片片纯白的莲花花瓣，淡淡的清香扑鼻而来，让我忍不住闭上了眼沉醉其中。

亦寒眉头微微一皱，将我护在了身后，瞥眼望见李叔已从火场中冲了出来，还救出了陈胜。两人眼神微一交流，李叔慎重地点了点头，转身离去。

"想不到堂堂风吟国太子妃居然会驾临我金耀国。"吕少俊含笑的声音从身后传来，"木姑娘既已到来，何妨出来一见，我和秦兄对姑娘可都是仰慕得紧啊！"

山顶忽然一阵轻风吹来，我条件反射地抬起头，只见那一片朗朗晴空下，蓝天映着白云，阳光洒在山川上。而那青衣的女子就在如此美好的景色中，如九天仙女般飞身而下。

片片莲花在她周身环绕，缕缕青丝在她颈畔飞扬。不足片刻，她的玉足已轻盈点落在地，水蓝色的眼睛，笑意盈盈地望向众人，最后落在我身上。

"名动天下的少年丞相，秦洛。我女神之子。"她单手负后，微曲了身向我行礼，"双双能见到秦公子，实在是荣幸之至。"

瀑布般的长发流泻而下，又肆意飞扬至身后。那张脸，不见得有多倾国倾城。可是那张脸上却尽是张扬的傲气和自信，如阳光般璀璨夺目，却又如黑珍珠般将这些光芒深蕴其中。

我呆呆地看着她，一时竟忘了该如何反应。

"伽蓝！"子默严厉的声音猛地传入耳中，"这等时候如何能发傻！你面对的是风吟国的太子妃，一个应对不当，丢的便是金耀国的体面。"

"可……可是我……不会啊！"

子默倏地降临到我身边，透明的棕色瞳仁平静地看着那风华绝代的女子，淡淡道："学我这般。无论文斗武斗，两人对峙，首先要的便是气势。收起你所有的自卑和怯懦，想着你就是临宇，是金耀国一人之下、万人之上的少年丞相，是伊修大陆人人欲招揽的伊修爱尔女神之子赤非。你的脸上要挂起平静的笑容，你的目光一刻也不能从你敌人的注视中逃避过去。伽蓝，记住一句话——你既挑衅，我便迎战。"

是啊！现在的我，是临宇，是背负了所有人希望的秦临宇，而不是那个可以躲在别人羽翼下幸福过日子的林伽蓝。想要在这个世界生存下去，想要找到宇飞，我必须做到我该做的。

想到这里，我猛地挺直了腰板，脱出亦寒的保护，走上前向木双双还礼，并转述子默的话："久闻风吟国未来的太子妃木双双乃当世第一奇女子，琴棋书画、朝政行军无一不精，更是风吟国地位至高无上的女神祭祀使者。今日一见，只觉那传言，只三分可信。"

木双双一听发出了一阵银铃般的笑声，却也不恼，道："秦公子可否说来听听，如何只有三分可信？"

我哂然一笑，双手负后，面不改色地道："姑娘风采堪比日月，我今日一见，才知实非那些谣言可以概括的。此为一不可信。"

木双双又是"扑哧"一声，掩嘴笑道："公子倒懂得夸人，那第二呢？"

"第二嘛！"我顿了顿，目光一寒，声音也沉凝了几分，"久闻女神祭祀使者冰清玉洁、善良坦诚。姑娘今日不只突袭于我，刚刚自山上滚下的火石，更是险些要了临宇等人的性命，试问姑娘此等作为，自认还能担当女神祭祀使者吗？此为二不可信。"

木双双收起了脸上的笑容，冷笑着打量我，"少年丞相果然名不虚传。如你这般人若不能收为己用，就必然会成为当权者的梦魇。若能以此等方法除了公子，解我风吟国之危，即便双双背上罪孽，又有何足惜。只可惜……"

木双双目光一转，落在我身后面无表情的亦寒身上，"只可惜青霜剑风亦寒片刻不离公子身边，便是这天下杀手刺客前仆后继，不惜性命只求取下公子首级，也不过是徒劳之举。"

青衫银丝残雪红，说的便是亦寒吗？我心中豁然一亮。终于忆起刚刚觉着奇怪的是什么了。只因亦寒刚刚接箭时那副银丝沧桑的模样，才是当日救我出战阵时的样子。却不知他到底练了怎样的武功，才会少年白头。我胡乱走神了一瞬，又回过神来，不由得暗骂自己不知轻重。

我整了整衣衫，顺便遮掩了下自己刚刚的失神，道："那么木姑娘现在又当如何呢？"

木双双咯咯地笑了起来，"不当如何。公子的人马早已悄然接近双双，双双能全身而退已然是万幸，又怎敢做他想。"

我的人马？我一愣，看向亦寒，只见他默默地点了点头，示意我放心。

"秦临宇，今日本就只是与你打个照面，看看你是否如传言中的……旷世难逢。"

我浅淡一笑道："那么太子妃察看结果如何呢？"

木双双纤纤十指拨了拨长发，动作说不出的温婉动人，"临危不惧，气势凌人，至于是否有经天纬地之才，颠倒乾坤之力，双双还有待日后考证。"

"不过……"木双双的身体忽然腾空而起，骤然落在山头，清香随着她的跃起而浓郁扑鼻，花瓣点点洒落。

"除非公子愿归顺我风吟国，否则双双此生定会将公子诛杀，保我风吟百世基业。"

保我风吟百世基业……声音回荡着渐渐远去，直到完全消失。

我心理防线骤然一松，再也顶不住那噬人的压力瘫软下去。亦寒忙扶住我，忧心道："公子没事吧？"

"没，没有。"我看看那着火的马车，惊魂未定地道，"风吟国的太子妃如何能进到金耀国来，还大摇大摆地在金耀国土地上刺杀我，这也太离谱了。"

亦寒未答，却听刚走近的李叔道："公子有所不知，这木双双的武功已到了出神入化的境界，天下恐怕除了亦寒和三大宗师等寥寥数人，再无人是其敌手，更遑论阻其行踪。至于这些跟随她而来的黑衣人，在属下打败他们的时候便四散逃窜了，恐怕只是她临时收买的人手。按照她所说，此次她也许真的只是为探虚实，而无夺公子性命的打算。"

原来如此。我疲惫地叹了口气，道："李叔，还有马车吗？我困死了。"

李叔严肃的脸上露出慈祥又无奈的笑容，叱道："别老不听李叔的劝，早叫你对自己的事多上点心了。新的马车已经准备好了，不过太小，只容两人坐下。不如就由公子和亦寒进去吧。"

脑中蓦然想起那日在马车中的一幕，望了一眼面色淡漠的亦寒。

"不……不用了！"我几乎是脱口叫道，"我的意思是说，我跟李叔一起坐好了。"

不等他反对，我已然蹦过去挽住他的手笑道："李叔，走嘛走嘛！你这么大年纪了在外面骑马多累啊！"

"都这么大的人了还……"李叔老脸微红地由着我拖进马车中，途中经过亦寒身边，他的面容还是一如往常一般清冷凉薄，仿佛毫不存在。

我忍不住松了口气，在马车中闭目休息。

# 第 14 章　珍惜

这两天徐列出差，为了能够更快地脱离危险，我连续放弃了两晚回到现代的机会，连夜赶路，人累得七荤八素的。可是看看陈胜比我更弱的身子仍在坚持赶路，便也没什么怨言了。

第三天的时候，我看陈胜实在撑不下去了，便让他上来，与我同坐马车。他推辞了一番，见我坚持，便一脸受宠若惊地爬了进来。

依照子默的要求，我虽然没什么兴趣知道，却还是摆出一副老师的架子问道："清空，你是文官，为什么要跟着军队去边境呢？"

陈胜一见我询问脸都红了大半，忙肃容恭敬地道："学生……学生是自行向皇上请旨跟随老师而来的，学生想好好地向老师请教学习。"

我恍然地点了点头，心中有些好笑这个少年的腼腆和清澈，却听到子默的一声冷哼，抬起头看到他不以为然的面容，不由惊奇道："子默，怎么了？"

子默耸了耸肩，温润如玉的面容上含着淡淡的嘲讽，"伽蓝，我真不知该说你天真还是愚蠢。总之，你要记得，在这个世界不是每个人都可以相信的。"

我皱了皱眉，目光瞥向陈胜略显苍白的脸，晶莹清澈的黑亮眼眸，心道：人都说眼睛是一个人心灵的窗户，这个人，怎么看对临宇的感情都是真的啊！

抬头瞥见子默微寒的面色，忙又在心里暗道：不过既然子默说要小心，那总归是没错的，我还是防着点他的好。

这段心理活动，也不知是真心还是为了安子默的心，搞得他哭笑不得。

如今，我总算体会到，什么叫做真正的一日不见，如隔三秋了。在现代虽然只是一个晚上的时间，对我来说却已经过了三天，也就是说，我已经有三天没见到徐列了。

这一晚，明月当空照，我在宿营的草地上，痴痴地看着夜空，放松了全身神经，等待睡意的来临。无论子默怎么说，今晚我一定要回到现代去。

肩上忽然一重一暖，一件石青色的披风挂到了我身上。我仰起头往后看去，只见亦寒一脸冷漠地朝我点了点头，道："公子，小心着凉。"

我心里一暖，向他点了点头，道："谢谢你，亦寒。"

亦寒的唇角微微勾起，两个忽深忽浅的酒窝出现在他的脸上，却丝毫不觉突兀。他的眼眸漆黑如夜幕星辰，却偶尔有墨绿的光泽一闪而逝，仿如严冬过去后那一抹春意，滋润人心。

"怦——怦——"

我面色突变，猛地揪住胸口垂下头，来掩饰发烫的面颊、耳根和如雷的心跳。

怎么回事？我……我刚刚那么看着亦寒，居然会有怦然心动的感觉。那种感觉与面对徐列时不同，那是一种几乎要把我所有思绪都淹没的冲击，仿佛一股暖流，突然间窜入我的血脉，随后流向四肢百骸，缓缓诉说一缕缕比天高、比海深的情意。

可是，我明明认识亦寒不过十几日，相知都谈不上，更遑论相恋。难道……

我霍地睁大了眼，恰好对上亦寒略带担忧的眼眸，怔怔地只是看着，半晌回不了神。

难道，那爱恋并非我的，而是……临宇的？难道，临宇其实一直在这个体内，并没有离去？

"公子，没事吧？"亦寒清冷的声音在这静寂的夜空下响起。

我慌乱地摇了摇头，只觉自己脑袋糨糊得厉害，勉强支起身子，道："我……我去休息了。"

说完，再不管他是失落还是冷漠的表情，落荒而逃。

甫一进帐篷，空气中忽然传来一声轻叹，我吓了一跳，随即想起是子默，不由抬起了头。

子默柔和如水的目光静静地望着我，却仿佛穿透我望向了远方。良久，他叹了口气道："伽蓝，我助你尽快找到你的朋友，你……快快离开这个世界吧。"

"子默……"我喃喃地叫了他一声，却不知道该说什么，于是只能呆呆地看着他。

子默温润一笑，眼里的悲伤和渴望被他温暖的笑容轻易掩去，他近乎透明的手伸了出来，虚抚过我的头顶，"伽蓝，你真的不适合这个世界。更何况，一个人的精神，又如何能承受两个世界的煎熬呢？我不能为自己的愿望而毁了你啊！"

睁开眼的时候，房中仍是漆黑一片，唯有透过窗帘缝隙投射进来的一点点月光，让我知道自己回到现代了。床头有钟表，我支起身子努力地张望了很久，才确定已经是凌晨一点多了。

身边的人因为我的响动而微微皱眉，我忙俯下身，连呼吸都屏住了良久，直到他双眉舒展才小心躺好。看着徐冽熟睡的脸，我心里一阵兴奋，终于又见到他了。随即愕然，我似乎很少在穿越回来的瞬间就醒来呢！

我伸出手，细细描绘着他的脸，他的眉，他英挺的鼻梁，坚毅的唇线，却不敢碰到他，生怕把他吵醒。明明只是闭上眼的瞬间分离，我却实实在在地有三天未曾见到他了。

真的，真的，好想他呢！

就在我痴痴地带着笑容凝视着他的睡容时，那双平日深邃而精芒四射的眼眸猛地睁了开来，与错愕无法回神的我对视。

"徐冽……"我脸微微一红，瞥开眼叫了一声。

"这么晚不睡干吗？"徐冽的声音带着几分睡梦中的沙哑和慵懒，性感得让我颤抖。

"我……我一下子醒了，睡不着。"我支吾着说完，还是不敢看他，半夜偷窥他，居然还被他抓了个正着，羞都羞死了！

"无药可救。"徐冽摇了摇头，忽然掀开被子站起身来。

冬天凌晨的凉意从他掀起的被窝一角急速灌入，我打了个抖，心中一急，忙撑起身子道："徐冽，你去哪里？我跟你一起去！"

"你敢！"徐冽猛地一个转身，低吼道，"你敢跟过来，以后就别来见我。"

我被一吓，顿时白了脸，撇着嘴角躺倒在床上，心里一遍遍念着：徐冽，我不惹你生气了，你别丢下我一个人。我那么久没见你了，真的很想你啊……

我又是恐慌，又是委屈，可是房间里空荡荡的，就是不见人影。良久，当我眼泪都快流下来的时候，虚掩的门，忽然开了。

我看到徐冽穿着深蓝色的睡衣，赤着脚走进来，手里还端了杯冒着热气的牛奶。

"徐冽……"我猛地直起身，当真可说是喜极而泣了，"我还以为你丢下我不管了呢！"

"笨女人！"徐冽无奈地骂了我一句，将温热的牛奶递到我手中，放柔了声音道，"以后每天睡前让欢姐给你准备一杯热牛奶，这样就不会失眠了。"

我忙不迭地点头，唇就着杯口，一忽儿喝掉了大半杯，随即肚子咕噜噜的响，怎么也撑不下去了。心里不由得暗道：喝牛奶真的能睡着吗？我怎么觉得越来越清醒了呢？

"徐冽……"我可怜兮兮地看着他，"我喝饱了。"

徐冽冷漠佯怒的脸再也憋不住了，嘴角轻扬，收走我手中的杯子，"谁让你一口气喝下去的？"

"难得你为我冲牛奶……"我脱口说了一句，随即面上一红，话音断了。

唇角忽然有温热的触感，徐冽略带粗糙的拇指指腹轻轻擦掉我唇边残留的牛奶，声音低沉、宠溺而略带无奈，"伽蓝，不要这么战战兢兢，我是你的丈夫，不会离你而去。对你好，关心你，也是应该的。"

伽蓝……他叫我伽蓝。我眼眶刷地一阵温热，抬头怔怔地看着他，徐冽他第一次叫我伽蓝，他还说，永远不会离我而去。我……

"你这女人！"徐冽眼眸忽然一深，灼热的呼吸吐在我脸上，原本轻搭在我肩上的手猛然收紧，滚烫的唇便贴了上来。

唇齿胶着间，他哑着声道："叫你不要这么看人！"

我咿呀了两声，想要反驳，却被他的唇彻底堵住，再吐不出一句。心里幸福得像冒了许多泡泡，而且还是飞扬在蓝天白云下的七彩泡泡，那么耀眼，那么舒心。

徐冽的吻越加深越加乱，他的身体猛然前倾，我们两个就这么翻滚着躺倒在柔软的床被上。他的手胡乱地扯着我的睡衣领子，灼热的手指碰触到我颈项上裸露的肌肤，让我一阵颤抖。

我的呼吸急促起来，一边被吻得意乱情迷，一边却为即将发生的事情又是紧张又是害怕又是兴奋。我要成为徐冽的妻子了吗？就在今晚……

"砰——"一声响，床头的钟斜了个弧度倒下。只是很轻的一声，却让徐冽猛地脸色一变，喘着粗气，停下了手中的动作。

他略有些呆滞的目光缓缓落到我迷离滚烫的脸上、凌乱的衣襟上、白皙的锁骨上，眼中赤红的欲望逐步褪去，转为一丝一缕挣扎惶惑的复杂神光。

"徐冽……"我低低地唤了声，声音一出口才发现自己颤抖得厉害。

徐冽猛地一闭眼，手撑在我两侧狠狠地直起身来，转身冲进了浴室。

我望着他狼狈的身影，扯了扯嘴角，拼命地对自己说：伽蓝，别泄气！至少，他有点喜欢你了不是吗？至少，已经比你预期的好很多了不是吗？

可是，眼泪还是不受控制地涌了上来。我胡乱地抬手擦掉，又将自己凌乱的衣襟整理好。转过身，看着米黄的厚实窗帘，怔怔出神。

沉稳的脚步声传来，背后微微一凉，随即柔软的床向着外侧塌陷下去，我一个不慎顺着坡度滚进他怀中。

我没有回头，低低地道了声歉，身子正待向外挪，却忽地被一双修长有力的手紧紧搂住。

"对不起……"徐冽低沉喑哑的声音，紧贴着我耳侧传递进来，"我不能在没有弄清自己和你心意的情况下要你，你是我要珍惜一辈子的妻子。"

眼泪潮水般涌了上来，又被我狠狠逼了回去，直到眼中再也找不到半分失落的痕迹，我才转过身去，微笑地看着他，歪头道："徐冽，你好像越来越喜欢我了，是不是?"

徐冽柔情万千的表情瞬间一僵，脸上微微闪过红晕，一副崩溃的表情，"我真是疯了才会跟你讲这些。"

我脸埋在他颈间咯咯地笑了起来，身子自然偎贴入他怀中，享受着这异样的温暖。那一丝丝残留的哀伤和落寞，也在一瞬间淡去了。

"快点睡！明天去学校别再出丑了！"徐冽一把将我搂在怀里，恶狠狠地道。

我欣欣然地闭上眼，想象着今后的校园生活，与徐冽的夫妻生活，虽然还是有着些许的失望，可是徐冽说了一辈子不是吗? 我有一辈子的时间，可以去找回那些失落。

"徐冽……"迷迷糊糊中，我靠在他怀中微笑低喃，"我真的好喜欢你……"

良久的静默后，一阵微微的叹息，伴随着发丝间轻柔的吻响起。

"傻瓜……"徐冽低低地说。我不知道是不是自己睡糊涂了，还是过于希望幻听了。恍惚间觉得那声轻叹里包含着浓浓的宠溺和怜爱，以及……深情。

我想，这一夜，我可以好梦到天亮。

# 第 15 章 旧情

傅丹大学是上怀市最有名的文科类大学。而我在车祸前，就是这个大学的大二学生。

你们一定在怀疑我能上这所大学的可能性。但我的的确确是凭着自己的本事，考进了傅丹大学有名的金融系。

我只是不善于交际，不善于管理，不善于表达自己，然而从小到大，我的成绩就没有落下过班级前三。很不可思议的情况吧？

有时我不得不自鸣得意地想，或许，我是个未被发掘的天才。而古代的身份、经历，恰是为了让我的能力物尽其用……

"磨磨蹭蹭地在干吗呢？"徐冽手上拿着装了我所有证件的档案袋，回过头来不耐烦地道。

我一惊，立马把在古代闯一番事业的豪情给抛到脑后，傻笑着疾步走到他身边。

徐冽理了理我凌乱的头发，没好气地道："金融系读得好好的，真不明白为什么忽然要改读历史系。你确定自己跟得上吗？"

我不服气地抬头，正待说话，却见徐冽脸色微变，怔怔地望着下方，眼中惊诧、置疑、喜悦、难以置信……种种表情一闪而逝。

我顺着他的目光看去，对面楼下的走道上人来人往，并没有什么特别之处。忽然，我一怔，目光如焦灼般停留在一个瞬间消失的背影上。

笔直飘逸的长发，修长的美腿，白色的连衣长裙，我甚至，只看到了那个女子转过拐角消失的侧影，却如被雷击般，动弹不得。

是她吗？孟雪儿，当真是她回来了吗？

我回头，复杂苦涩的目光落到徐冽脸上，他却已回复了一脸的冷漠，只是目光却不知为何飘向了别处，漆黑的眼眸内波光潋滟，分不清是悲是喜。

从教导处出来，我们两个都没有说一句话。徐冽有些魂不守舍，我却总是望着他眉头紧皱的脸不时暗叹。

忽然，我眼前一黑，还没来得及刹住脚步，鼻子已撞上了徐冽铁墙似的背。

"呜，好痛……"我低低地呻吟了一声，正想说话，抬起的头却似被卡住了一般，僵硬得动弹不得。目光越过徐冽死死落在前方，只觉自己像打翻了五味瓶，酸甜苦辣咸一起涌上心头，同时喜怒哀乐夹杂着复杂的心绪在一瞬间从眼底浮了出来。

"雪……雪儿……"我失神地呢喃，"真的是你。"

孟雪儿的目光一瞬不瞬盯着徐冽，那轻柔似水的目光中包含着浓浓的思念、痛楚、留恋和绝望……种种思绪仿如水波纠结在一起，在她美丽的眼眸中缱绻波荡。

听到我的声音，她唇色一白，轻轻颤抖，却只是一瞬便回复了从前的温婉若水、清新如莲，浅笑吟吟地望着我。以前的雪儿是美丽的，笔直柔顺的墨色长发，小巧的瓜子脸，翦水秋瞳，俏鼻红唇，仿如一朵空谷幽兰，让人不自觉便生出亲近之心。

而现在的雪儿却是更美，多了份成熟的妩媚，沧桑得楚楚惹人怜。我不知该怎么形容她的外貌，她虽没有云颜的绝艳、临宇的英气和木双双的脱俗，却融合了现代女人所缺乏的柔美，仿佛瞬间便能软化人心。

"虽然晚了点，不过还是要跟你们说声恭喜。"雪儿用她柔柔宁和的声音对我和徐冽说，"希望不算太晚。"

"你为什么回来？"徐冽哑着声问。

雪儿身体轻颤，略带哀伤的笑容挂在脸上，对我说："伽蓝，对不起，害你昏迷了两年……""我问你为什么要回来？"徐冽双手狠狠地抓住她肩膀，低吼，"你不是说一辈子不会回来了吗？"

"你不想看到我吗？"雪儿抬起头，泪眼盈盈地望着他，"你就这么不想看到我吗？"

徐冽浑身一僵，面色复杂地似捣了团糨糊，一寸一寸地松开手，沉默不语。

"俊一说，伽蓝醒了，你们现在很……"她顿了顿，声音有几分艰涩，"很恩爱，我只是想回来看看。"

雪儿脸色发白，贝齿紧紧咬着下唇，良久才哽声道："如今，我看到了，也该死心了。以前的你，从不会主动为我做什么，很好……那很好啊！你终于学会怎么关心人了。而我……也可以安心地去嫁人了。"

"嫁人"两字仿如一颗重磅炸弹砸在我和徐冽耳边。我看到他惨白的脸，微颤紧握成拳的双手，然后，仿佛只隔了一瞬，又仿佛过了数年之久，徐冽面无表情地开口："那恭喜你了。"

晶莹的泪珠从她面颊瞬间滑落，凄楚而美丽。雪儿闭了闭眼，绽放出一个无限自嘲的笑容，轻轻念着："你说恭喜吗？你居然对我说恭喜，徐冽，你……好狠！"最后那三个字骤然提高了声音，如一把利刃刺入我心口。我猛地揪紧胸口，颤然不语。

雪儿如美丽的白蝴蝶般轻轻转身，一步步离去，直到那白色的身影消失在我们眼中。

"唉——"我叹了口气，托腮看着马车外，烦得要命。

"想知道你丈夫爱不爱你就去问他，徒自在此唉声叹气有什么用？"子默温润的双重音忽地传来。

"韩子默！"我抬头怒视着他，"你凭什么老偷听我心里的话？这么下去我还有没有隐私了。"

子默哂然看着我，对我的怒气恍若未觉，"我说的是实话，伽蓝你的缺点便是犹疑太多，自卑太多，怯懦太多。"

我顿时丧气地拉下脸，没好气地瞥他一眼道："我又不是临宇，你不能要求我太多。"

"说的什么胡话?!"子默冷道。

我愣愣地抬头看他，当真是第一次看到子默生气。俊逸的脸上仍挂着笑容，棕色的眼眸却冷然肃穆，让我大气都不敢喘一下。

"自卑、怯懦是你后天养成的缺点，却不是你可以仰仗来逃避责任的借口。你总说你做不成临宇，可是此刻的你拥有临宇的身体，临宇的天赋，甚至临宇的势力，为何她能做到的事你做不到？你总用'我不是临宇，做不到也不奇怪'的枷锁捆住自己，安慰自己。那么你何时才能成长，且不会无意地伤害他人呢？"

"子默……"我低低地叫了声，有些退缩，有些害怕，更多的却是感动。若非关心我，以子默的随性，绝不会对我说这番话。

"老师，出什么事了？"陈胜睡眼惺忪地睁眼来看我。

"没……没事。"我忙收起所有的卑微，挺胸双手拢起，淡笑道，"睡醒了吗？"

陈胜不好意思地理了理褶皱的衣衫道："学生竟在老师面前睡着了，当真是……"

"无碍的，清空莫太介意了。"我装出慈祥的笑容，自己都觉得恶心。临宇说不定比她还小上一两岁呢！

"老师，每日困在马车里不闷吗？"陈胜双眼闪亮，尽是兴奋，"不若到了下一个镇——滨胜，我们四处去走走，一来可考察下沙漠边沿地带的民情；二来也可轻松一下。"

"好啊！"我兴奋地脱口叫道。随即想起还没来得及请示子默，望向他的目光不由有些惴惴。

子默无奈地叹了口气，摇头没好气地道："要去便去吧，切记要让风亦寒跟在身边。"

顿了顿，他忽地皱眉道："伽蓝，你可知那风护卫的真实身份？他手上似乎有一股极大的势力，隐在你周围，甚至连我都发现不了。"

我茫然地摇了摇头。

"算了。"子默耸肩在我身旁悬空坐了下来，"总之，我知他对你无害，只会全心护你就是了。"


因为决定了要出去游走，原本郁闷的心情一下子轻松了许多。连因为雪儿回来而起的落寞也冲散了不少。其实，雪儿回来了也好，否则无论将来能否与徐冽在一起，她都将成为我们之间的一根刺，不碰惦记，触及生疼。反不若现在，血淋淋地插在身上，拔去了，疼痛也不过瞬间。

恍惚间醒来回到现代时，天刚蒙蒙亮，一睁开眼就看到徐冽清醒无半分睡意的眼，怔怔地看着我。

"徐冽……"我用沙哑的声音叫他。

他一震，仿佛此刻才发现我醒了，"这么早醒了吗？"

"嗯。"我点点头，挣扎着爬起来，"今天第一天上学，我不能迟到了。"

徐冽抬眼，脸色微红，干咳了一声，抬手将我滑落的睡衣领子拉好，遮住左肩。

我讪讪一笑，脸红的都能滴水了，不敢去看他，喃喃道："你……你再睡会，我让司机送我去学校。"说完，一溜烟狼狈地冲进了浴室。

出来的时候却发现徐冽早已洗漱穿戴完毕，坐在床沿等着我，见我出来，面无表情地道："带好东西，我送你去。"

"哦！哦！"我忙不迭地点头，脸上露出幸福的笑容。徐冽忍不住无奈而宠溺地摇头轻笑，随即想起了什么，黯然下来。

"徐冽。"我深吸了几口气，叫住要往外走的他，轻声却坚决地道，"徐冽，我好喜欢你。可是，我更希望你开心。如果……如果你选择了雪儿，请你一定要告诉我。那样我只会难过，而不会恨你……"

"傻瓜！"徐冽走前两步将我紧紧拥入怀里，低声道，"没有如果，你忘了吗？我答应过要珍惜你一辈子的。"

我反抱住他，脸紧贴上他的胸口，又是难过又是感动。珍惜我一辈子，即便……你心里爱着另一个人也无妨吗？

　　"徐冽，你可以拒绝我。但请不要欺骗我。"我推开他，轻轻踮起脚尖吻上他薄薄的唇，如蜻蜓点水般的一拂。再开口，却发现自己的声音已然哽咽沙哑，"我相信你会珍惜我一辈子，而且永远相信着，所以，求你不要让我失望。"

# 第 16 章　纠葛

虽说是第一天上课，可我毕竟是中途插进去的，别说大家用很奇怪的目光看我，我自己也是颇为尴尬的。

"转学生？傅丹大学什么时候也允许没有通过考试的学生随便入学了？"

"你们不知道了吧？她可是徐天集团徐董的儿媳妇……而且，原来就是金融系的学生……"

"听说，她那老公可是我们学校当年的风云人物——徐冽……"

"天哪！徐冽怎么会娶她？长得……不怎么样……一副傻头傻脑的……"

"哎呀，你没听说过吗？当年徐冽与中文系的系花相恋，听说是她通过父母活活将两人拆散，才嫁了过去的……"

"不只这些！我还听说，她为了让徐冽回心转意，甚至不惜出车祸，逼得那系花出国远走……"

"真没想到，看上去老老实实一个人，心计居然……她看过来了，我们快别说了！"

我捏紧了手上的书，默默地走到最后一个位置，泪珠在眼眶中不断打转，只觉万分委屈，却偏偏一句也反驳不出来。脑中蓦然响起子默的话——伽蓝你就是犹疑太多，自卑太多，怯懦太多……那么你何时才能成长，且不会无意地伤害他人呢？

眼泪"啪"一声落到书页上，陷出一个小"水坑"。我愣愣地看着书页上的泪痕，忽地抬手将脸上的泪狠狠擦掉，翻开历史书，认真听老师讲课。或许她们议论的都没错，当初若不是我自私渴望却偏偏犹豫不定，也不会害得徐冽与雪儿分开。如今，我已经是徐冽的妻子了，不管过去他跟雪儿发生过什么，不管他还爱不爱雪儿，我都要好好爱他。

"呵……"一声低笑从身边传来，我愕然抬头望去，满目竟只见那一头灯光下绚丽跳动的短发和毫不遮掩铺展在我眼前的清丽洒脱面容。

少年犀相世外空客上部

"你好。"她伸出手朝我笑，"我叫许薇夜。"

我愣愣地看着她的笑容，细长的眉毛微微扬起，眉骨很是漂亮，衬得她本是眉清目秀的脸徒添了几分英气，让人忍不住便被吸引。

"喂！"她无奈地笑着把手晃于我眼前，"再瞪我要把你当色狼了。"

"啊……"我低叫了一声，局促地伸出手与她相握，低声道，"你……你好，我叫林伽蓝。"

她又是一笑道："听课吧。"我还没来得及回答好，她一顿又抬头看我，眉间藏笑，神色却认真地道，"你不是她们说的那种人，不错。"

啊？我瞪大了眼，一时只瞧着她俏丽的短发，飞扬的笑容，回不过神来。

她又笑了，笑容暖暖的，嗓音却软软的，带着好听的鼻音，"不过确实很傻，天生就是被欺负的料。我们交个朋友吧。"她如是对我说。

"好……好啊！"我受宠若惊，忙从口袋中摸出手机，"你的号码是多少？"

"后排的！不要再讲话了！"老师责备的声音飘来，"尤其是那个转学生，收敛点！"

我被吓了一跳脸色都白了几分，战战兢兢地躲避众人的目光，低下头去。许薇夜却是哂然笑笑，冲我做了个鬼脸，把号码写在纸上递过来。

心情顿时好了起来，有种被和风细雨包围的舒适感。我偷瞥了下她的侧脸，不知为何，我总觉得她的笑容有种莫名的熟悉。

历史系的课程虽然无聊，但比起金融系还是好了很多。许薇夜把她的笔记借给我，帮了我很大的忙。午饭时，薇夜把我介绍给许多人，有些甚至是学生会里的高层干事，是我以前可望而不可即的人物。他们对我的身份多半有些惊讶，却没有露出什么鄙夷的神色。看得出来，无论男女，他们都很宠着薇夜，待她极好。

不过，那也是很正常的吧？薇夜身上有种莫名的光芒，平日光华内敛仿如年代久远的黑珍珠。一旦闪烁起来，就会将身边的人统统吸引过来，让人无法不爱，无法不喜欢。我静静地看着薇夜灿烂洒脱的笑容，听着她软软的嗓音，心中微微一叹，何时我才能像她一样呢？

由于薇夜住校，我回家，而课到下午两点就结束了，所以晚饭没有在一起吃。我抱着书缓步走在傅丹校园的林荫道上，细细回想着今日的点滴，心中暖流潺潺，想不到在小洁和盈盈之后，我还能在大学认识像薇夜那么好的朋友。

"伽蓝。"一声轻柔的呼唤，却如闷雷般炸在我耳畔。我明知唤我的声音就在身后，却僵硬地立在原地，不敢转身。直到一抹鲜亮的白轻轻飘过我身畔，在我面前站定。

我呆呆地看着雪儿略显苍白的脸，不盈一握的腰身，仿佛随时都会被风吹走的羸弱身姿。只觉心里一阵阵撕扯般的痛，却偏偏喊不出痛。

"伽蓝，可以跟我谈谈吗？"她的眼眶微微下陷，漆黑的眼眸定定望着我，几许哀伤，几许乞求。我口中苦涩难当，半晌才艰难地吐出个"好"字。

我们坐在两岸咖啡吧，相对无言。我低头看着咖啡杯上袅袅蒸腾的热气，两手在餐桌下使劲地绞紧，手心慢慢沁出冷汗。雪儿却是一手握勺无意识地搅拌着咖啡，目光安静而略带忧郁地望着人来人往的大街。

"你爱他吗？"她忽然轻声地问道。

我一愣，脱口道："什么？"

她轻叹了口气，缓缓回过头来看着我，"我问你，爱徐冽吗？"

我忙郑重地点了点头，目光毫不避让地看着她。

她幽幽一笑，那笑说不出的凄美，"我若说你没有我爱他，你肯定是不会信的，对吗？"

我低下头，沉默不语。

"当年，我真的很恨你。"雪儿语调平和地说，"当年，我把自己想成了所有故事中的主角，而你是那专门破坏我们爱情的第三者，所以那么恨你。如今想来却只觉可笑。初恋的美好，就在于我们从未想过……它可能会有逝去的一天。或许，就因为这样，我才输得彻底。"

我紧紧握住温热的咖啡杯，掌心似有一条脉搏，一下一下随着我的心跃动。我喜欢徐冽，我真的好想做徐冽的妻子，可是……徐冽爱我吗？

我勉强扯出个笑容，望向她，"你究竟想跟我说什么？"

雪儿怔了怔，漆黑的眼睛无神地睁着，片刻便盈满了晶莹的泪水。她咬了咬牙，本就苍白的唇忽而连仅剩的血色都没有了。她就那么凄楚地看着我，久久不动，久到我几乎以为她不会再说话的时候。她忽然开口了，"伽蓝，给我一个机会。"

她的声音哽咽而沙哑，似是用尽了全身的力气才能发出来，"我好后悔……我好后悔当年即使徐冽跪在我面前，我还是决绝地离去。求你给我一个与你公平竞争……"

我只觉心口一阵揪痛，什么也听不下去了。耳边只回荡着那句……徐冽跪在我面前……徐冽……徐冽竟跪在她面前……求她留下。那是徐冽啊！那么骄傲的徐冽！那么优秀的徐冽！他竟肯为了留住雪儿下跪，他……他该是多么的爱她！

"伽蓝，我求求你！"雪儿冰凉的手握住我的手腕，声泪俱下，"我不奢望你将他让给我，我只求……只求你给我个挽回的机会。徐冽……他是我的第一个男人，我……"

"轰"一声巨响在我脑中炸了开来，我"砰"的一声从位置上站起来，眼前昏黑一片，忽然什么都看不到了。手上被溅了咖啡，还有一只握住我的冰凉滑腻的手。

我如被烙铁烫到了一般大力甩开她，眼前还是昏黑一片，我踉跄地跨出去，跌跌撞撞地往模糊可见的门口冲去。雪儿伸手紧紧拽住我的衣衫，哭泣哀求："伽蓝，你别这样，我对不起……我……"

"不要再说了！"我甩开她大声喊道，店里的人都看了过来。我伸手使劲地捂住耳朵，大力摇头，泪水滔滔而下。我冲她凶狠地大喊："你好吵！你真的好吵啊！"

说完，我快步冲出了咖啡厅。


一辆黑色的轿车在我面前停下来，我毫无所觉，依旧低着头。

"喂，你怎么像只被抛弃的小狗蹲在路边？"一个略带笑意的男声响在耳边，"你丈夫不要你了吗？"

我恶狠狠地抬头拿红肿的眼瞪他——邵俊一，随后起身待走。谁知蹲得时间太久脚发麻，我一个不慎扑倒在他车上。

"喂！没事吧？"他连忙下车扶住我，一脸关切，"不如我送你回家？"

"不要……"我哽咽地吐出两个字，使劲摇头。

"好好好……不回就不回。那你想去哪儿？"他好笑地看着我，忽地笑容变得幽深，凑近我道，"不如……去我家？"

我还是摇头，连看都没细看他一眼，哑声道："我不会再跟你去酒店的。"

"为什么？"他饶有兴致地笑看着我。

"徐冽说过……"我一顿，随即不耐烦地甩开他道，"总之不去就是不去，你别烦我！"

他眼中的笑意一淡，顿时变得万分森冷，直视着我问："徐冽说什么就是什么？你就那么听他的话？"

我被他盯得心里发毛，忍不住退后了一步，却仍是回道："他是我丈夫，我为什么不能听他的话？"

邵俊一眼中的神光忽明忽暗，有青筋在他太阳穴中微跳，脸上有着无法掩盖的痛楚和疯狂，忽地抓住我肩膀低吼道："他叫你去死你去不去?!"

我被彻底吓呆了，面色惨白，浑身瑟瑟发抖。他却仍不断摇晃着我的身子，扭曲的脸近在眼前大吼："我对你的好你都看不到吗？徐冽有什么好……"

"放开她！！"一声阴沉到极点的怒喝从身后传来。我被摇得七荤八素，可是听到这个声音，却仿佛全身死沉的细胞忽然都活了过来。

"徐冽！"我大叫了一声，不知从哪里来的力气狠狠甩开他，踉踉跄跄地冲到徐冽面前，泪眼婆娑地看着他。

"不是让你放了学在校门口等我吗？！"徐冽全身上下都写着怒火二字，声音沉沉如雷，仿佛随时会落地爆炸。然而目光一接触到我红肿的眼，脸上的泪痕，眼中的怒火倏然被心痛代替，微带薄茧的手抚上我面颊，低声道："怎么了？"

我只觉这几个小时来的委屈、心痛、悲伤都在他的这一声询问中融化成水。我猛地扑进他怀里，紧紧抱住他，声音哽咽沙哑，万分难听，我却还是连续不断地喊："徐冽！徐冽！徐冽！徐冽！徐冽……"

"快放开！"徐冽声音里带了几分尴尬和局促，想掰开我的手，却又不敢太用力，最后只能长叹了一口气，将我搂在怀里，左手在我背上轻拍，"你这女人……弄脏了我的衣服，回去洗干净！"

"小两口还真是恩爱啊！"邵俊一阴冷而讽刺的声音自身后响起。

徐冽的全身顿时一僵，我抬起头，看到他万分阴沉的脸，眼中酝酿着重重风暴。他沉声道："以后不要再接近伽蓝，否则，别怪我不客气！"

邵俊一眼中凶光一闪，恨声道："你以为皇朝会怕了你徐天集团吗？"

徐冽一副不耐烦的样子，冷冷道："别忘了，你虽姓邵，却不过是外亲。皇朝真正的继承人是你那天才表弟邵祺云。这点你最好给我记清楚了！"

邵俊一脸色顿时一变，仿佛是什么疮疤被人揭了，狰狞得可怕。我浑身一颤，不由得偎紧了徐冽，他却是面色不变，只轻轻搂紧了我。

忽地，邵俊一哈哈一笑，笑容敛去时只余平日那幽深阴沉的表情，嘴角微勾道："看来你是真的打算放弃雪儿了。"

顿了顿，他的笑容变得万分诡异森冷，声音却带了几分尖锐："也是，反正人都是你的了，该得到的都得到了，抛弃旧鞋找个新鲜的也是理所当然。徐太太，你说……是吗？"

我只觉眼前猛地一阵黑，脚底虚浮，差点就一头栽倒在地上。徐冽连忙扶住我，焦急的声音响在耳畔："伽蓝，没事吧？"

我定了定神缓了过来，勉力向他笑着摇了摇头。徐冽眉头微微一皱，忽地倾身将我横抱在怀里，往路旁的车子走去。

"徐冽。"邵俊一含笑的声音在身后响起，徐冽的脚步顿了顿，只听邵俊一忽地快速说了句，"雪儿的未婚夫，就是我。"

徐冽的脸色瞬间变得苍白，抱住我的手也轻轻颤抖。邵俊一近乎疯狂的大笑声在我们身后响了起来，大声喊道："徐冽，好好看好你的小妻子吧！否则……"

"砰——"一声响，徐冽关上车门，隔绝了窗外的世界。汽车扬长而去。

回到家中已经是吃晚饭的时间了，我跟在徐冽身后默默地走进餐厅，默默地味同嚼蜡地吃着碗里的饭。中途徐妈妈和爷爷问了我什么，我浑浑噩噩地答了，隐约瞥见他们眼里的忧心。

回到房中时，昏黄的灯亮着，我走到窗前缓缓将窗帘拉开，看着月色静好的窗外。如果闭上眼，我今晚还是会到另外一个世界吧？这样的穿去归来，究竟是为了什么？

身后有脚步声，却在离我几步远的地方停了下来，随后静寂无声。我手握着窗帘布，轻轻地说："徐冽，我今天见过雪儿了。"

我苦涩地笑笑，在那笑敛去的时候我转过身去，看着他略显苍白的脸，仍是低声地说："雪儿说，求我给她一个公平竞争的机会。她……"声音突然艰涩，我猛地深吸了一口气，尽量让自己不会颤抖，"她说她后悔了。"后悔到，不惜来哀求我这个情敌。

我清楚地看到徐冽的瞳孔一阵收缩，脸色恍惚间似乎又白了几分。我突然觉得好心痛，却不知是为他还是为我自己。眼泪无法遏制地不断落下来，我猛地转过身去，哽咽却大声地喊："徐冽，你去找她吧！我知道你还爱她，她也爱你，我……"

身体猛地一阵冲撞，一双修长有力的手从背后紧紧抱住我，仿佛是害怕我忽然消失而紧到惶恐。我抽泣着，明明在大街上，我以为我的眼泪已经流尽了，可是此时却还在不停落下。

"徐冽，你真的清楚自己的心吗？你真的……心甘情愿和我过一辈子吗？"我揪紧了窗帘，手心的汗将它浸得褶皱，"我没有关系，真的没有关系……就算你说你不爱我，永远都不可能爱上我，我也已经做好心理准备了。以后……一个人的日子，我也能活……我们不是真正的夫妻，我还年轻，也可以再嫁人……"

"不要再说了！"徐冽低吼着打断我，箍在我身侧的手紧到我骨头都发痛。他低低地喘着气，心跳在我耳边一下下跳跃着，声音仿佛是从那儿发出来的，"伽蓝，我没有离婚的意思，在你醒来后，从来没有。"

房间里静静的，唯有床头那个钟在滴答轻响。我死咬着嘴唇，不让自己发出呜咽声。

良久，徐冽叹了口气，声音沉沉地道："当年，我真的以为是你耍了手段，逼我和雪儿分开，所以才对你那么绝情。你昏迷进医院后，我知道了真相，一时间真的不知道该怎么面对。那张一时愤怒签下的结婚证书忽然成了一把烙铁，烫在我心上，让我无法再坦然对雪儿做出承诺。爷爷的病成了我们分手的导火索。我知道其实不关雪儿的事，她只是太过绝望不甘了，才会对爷爷说重话。可是，我却打了她。"

徐冽说到这里，箍住我的手有几分松了，下巴轻轻搁在我肩上，继续口气淡淡地说："雪儿终于决定离开。当时，我真的很怕，很绝望。失去雪儿，我觉得我的整个世界都崩溃了。所以，我去求她，求她不要离开我。可是她斩钉截铁地跟我说，这一辈子她都不会再回来了，无论我怎么做，都是没用的。那一刻，我只觉得天都塌下来了，还不如去死……"

"徐冽……"我恐惧地低叫了一声，反手紧紧握住他围在我身前的手臂，只觉他全身都在忽冷忽热地颤抖。我心中一痛，反身埋入他怀中狠狠抱住他。

"伽蓝，你还不明白吗？我爱雪儿的心，早在两年前的那一晚，就已经死了。正因为爱得太刻骨，所以才燃烧得更彻底。"徐冽轻轻理着我的发丝说，"我现在对雪儿有怜惜，有回忆，有歉疚，却没有爱。伽蓝，你相信我吗？"

我在他怀中狠狠地一遍遍点头，随后抬起头哽声道："相信！我怎么会不相信你呢？徐冽，我知道你现在还没有爱上我，可是，我还是有希望的是不是？我还是可以以妻子的身份待在你身边，悄悄等你爱上我的是不是？我……"

"傻瓜！"徐冽猛地低头攫住我的唇，将我剩余的话尽数吞入口中，仿佛吞走了我的痛苦、彷徨和恐惧，让我能安心地紧紧依偎他。

窗外，月光静好。

少年恶相世外客
上部

# 第17章　三星朝见

睡得迷迷糊糊间被人推醒，很轻柔很小心地推，我吃力地睁开眼，看到亦寒淡漠的俊颜，用清冷的声音对我说："公子，今夜六月十五了。"

我很是迷茫地眨了眨眼，哑着声问道："是吗？"行军途中只能睡帐篷，床更是坚硬带刺的木板，睡得我好不舒服。

亦寒眼中的笑意一闪而逝，扶着我软得东倒西歪的身体坐起来，道："属下带公子去见几个人。"

"哪敢劳动公子，我们自个儿下来就是了。"一道脆若银铃的女声带着咯咯的笑自房顶响起。我吓了一跳，睡意全无。只见房中原本黯淡的灯光忽地豁然明亮起来。

三道白、蓝、黑的身影同时飘然而下，在我面前整齐跪下。动作带起的风仍拂动着我的发丝，我却见鬼似的瞪大了眼睛，不知道现在到底是什么情况。

第一个白衣男子抬起头来，面容俊秀，五官精致，可是眼角吊得太高，显得有些阴柔；耳垂几乎难见，说明此人福泽不厚；嘴唇过薄，彰显了他多疑狠决的禀性。他微微一笑，笑容有种难辨雌雄的妖艳美，嗓音柔和低沉，"天王星霖宣，参见公子。"

第二个抬起头来的是个蓝衣女子，眉目清秀，发丝呈茶金色，嘴角有颗黑痣，笑起来酒窝深深。不细看只觉此女脸盘小巧，讨人喜欢，深望进她眼中时，却觉此人眼内神光闪烁不定，绝非轻易可以掌控之人。往下看去，只见她着一身湖水蓝的轻薄纱衣，灯光下看去曼妙的体形和细腻的肌肤隐约可见，胸前领口更是开到隐约可见丰盈的双乳。我面上一红，忙移开了目光。却听她咯咯一笑，浑不在意地道："海王星若水，参见公子。"

最后一个男子一身黑衣，只抬头冷冷地瞥了我一眼。那一眼却让我着实打了个寒战。那是一张不算出色的脸，左眉上更是有一道殷红的伤疤。茶金色的眼眸冷得没有一丝温度，几乎有种只要被他望见就会冰冻的错觉。他的冷与亦寒全然不同。亦寒是一种几乎让人察觉不到任何气息的凉薄，而他却是只见其身影便会浑身发颤的冰寒。只听他略有些粗嘎的声音，带着僵硬和冷漠响起："冥王星捕影，参见公子。"

我呆呆地看看单膝跪在地上的三个人，又回头看看面色淡淡的亦寒，一脸呆怔的傻样。子默略带兴奋的声音却忽地在上空响起："想不到啊！真想不到，临宇手下竟有如此恐怖的势力，也难怪能让各国忌惮了。"

"子默，你在说什么啊？"我愕然抬头看着他。

子默一副恨铁不成钢的样子摇了摇头，道："你还不明白吗？他们三个都是你的手下。好了，废话少说，快请他们起来。"

"哦！"我点了点头，伸手虚扶了一下道，"快起来吧。"

眼看着他们随意站起，在对面的椅子上坐了下来，我却手足无措，只得求救，"子默，接下来该怎么做啊？"

子默幽深地笑笑，看了亦寒一眼道："什么都不用做，只要在一旁坐下来，听就可以了。"

"嗯？为什么？"我诧异地想着，却还是一脸从容地坐了下来，沉默不语。出乎我意料的，他们果真没再看我，而是将目光通通投向了我身边的亦寒。

霖宣先肃容道："按照隐主指示，'离罗军'已抵达湘西边境，以确保公子安全。此次离罗军由秦离统帅，其中虽有一半是一月前从学院挑选的新军，但都已通过训练，相信应该能在此次金耀火翎大战中派上用场。"

我震惊地看看亦寒，却见他淡淡地点了点头，道："等会儿去知会李叔一声，免得他担心公子安危。"霖宣慎重地点头，一副恭敬的模样。可是亦寒的目光一从他身上移开，他的嘴角便又挂起了阴柔的笑容。当真好生诡异。

若水见亦寒望向她，不由咯咯一笑，却总觉那笑远不如刚刚放肆。只听她道："隐主让属下探察的木双双在越过金耀风吟边境后便失去了踪影。据秦归回报，风吟太子妃并未出现在神女祭坛，所以公子仍需小心。另外，雾部也有人回报说，火翎国的太傅柳岑枫近日调兵遣将，且时时行踪不明，恐怕对公子不利。还望隐主小心护得公子周全。"

秦归？我歪头想着，总觉得耳熟。闭上眼依记忆搜寻了一番，双目猛地睁大，秦归！秦归！可不是亦寒所说的掌控风吟朝廷的小孩。他……他竟是临宇手下的人？

最后汇报的是捕影，他的声音冰冷渗寒，但看着亦寒的眼眸还是带了几分敬佩，"夜部的人已在公子身边埋伏。血部留在修罗总坛，与剩余的离罗军保护学院。"

亦寒点头，瞥了他和若水一眼道："这里有我和秦夜就够了。如今形势有异，夫人和

少年相世外客
上部

玲珑留在赤宇楼中恐有危险，捕影你去暗中保护吧。"

若水的笑容敛了敛，站起来福身道："谢隐主。"

我愕然地看看她，奇怪，她谢亦寒什么？

"同是茶金色的头发，而且你不觉得若水的脸与玲珑有几分相似吗？"子默悠然道。

我低"啊"了一声，是啊！这么说起来的确有几分相像，难道，她们是亲人？

捕影忽地起身跪了下来，头低低垂着，良久无声，且又看不到他面容。我正自奇怪着，亦寒忽然转过身来，躬身道："公子，由捕影前往洛南（金耀首都）随护夫人可好？"

"啊？"我一愣，呆呆地看看他，又看看跪在地上的捕影，忙道，"好……当然好啊！"

亦寒转回身，望了一眼跪在地上缓缓抬起头来的捕影，冷冷道："公子的命令没听清吗？"

捕影浑身微微一颤，垂首道："属下遵命。"

房间里的人终于走得空荡荡了，可是我却望着三人刚刚坐过的地方，半晌回不过神来。亦寒在一旁的案几上，静默无声地摆弄着茶具。

"公子，"他将一杯散发着沁人心脾的香茶放在我面前，道，"天热易感染暑气，喝杯凉茶去去火。"我讷讷地接过来一饮而尽，只觉那茶带着暖暖的余温，却清爽怡人，喝完更是齿颊留香，回味无穷。

亦寒面色淡淡，眼中却有股温暖的淡笑，"公子是否想问，刚刚那三个人是谁？"

我连忙大力地点头，眨巴着大眼望着他。

亦寒收走我手上的茶杯，又开始冲泡，一边淡淡地道："公子在十三岁那年于水雾国结识属下，且于同年在水雾国开设了如今闻名天下的伊修爱尔学堂。两年后，公子决心从政，于是在学堂的掩饰下创建了修罗暗营。"

妈妈啊！这临宇是人吗？我抬头看看子默，他也是一脸震惊地看着我，确切地说是我这具身体。天哪！这临宇到底还有多少不为人知的厉害之处有待发掘？

亦寒仿佛对我的震惊视而不见，将茶杯再度递到我手中，继续道："七刹三星一暗营，这就是公子如今手下的势力。七刹分别是离刹、罗刹、鬼刹、雾刹、血刹、夜刹和隐刹。三星为天王星、海王星和冥王星。一暗营便是修罗暗营。修罗暗营分六部一总坛。六部为离、罗、鬼、雾、血、夜，分别由六刹统领。六刹又归于三星。"

"离刹——秦离和罗刹——秦罗归天王星——霖宣分管，主要职责是培养一支人数不过两千，却无坚不摧的'离罗军'。"

"鬼刹——秦归和雾刹——秦雾归海王星——若水分管，其中多是些几年前潜伏到各地的能人才俊，为各国招揽随时搜集情报。"

"血刹——秦雪和夜刹——秦夜归冥王星——捕影分管，负责公子的安全和见不得光的暗杀行动。"

"三星统一效忠于总坛。而总坛又由七刹之一的隐刹统领。"亦寒见我一脸迷茫的样子，淡淡地道，"一时说得太多公子恐怕也记不清楚，以后七刹三星归位朝见的时候，属下再为公子——引见。"

"好。"我连忙点头，一瞥见子默阴沉的脸，又有些心虚。我知道，这些东西我虽听着厌烦，对子默来说却是非常重要的。子默叹了口气，语调万分无奈地道："你可知隐刹是谁？"

"啊？"我一愣，脱口道，"隐刹是谁？"

亦寒的表情也是微微一顿，随即眼中露出淡淡的笑意，垂首道："是属下。"

"啊——"我惊诧地低叫了一声，难怪！难怪他们都对亦寒如此恭敬。抬头刚好看到子默一副恨铁不成钢的无奈表情。我忍不住嘴角抽了抽。

"笃笃——"敲门声传来。亦寒低声道："是陈胜。"

果然，门外传来陈胜略显兴奋的声音："老师，马上就到达滨胜了，我们可要商量一下后几天的行程？"

# 第18章　心痛

　　我撑着把粉色的伞走出校门，忍不住抬头看了看阴沉沉的天。这已是第三日的阴雨天气了，所以这几个晚上我都在徐冽怀中好梦到天亮，并没有来回两个世界。忽然间有些厌烦和惶恐，这样总是在两个时代奔波，真的不会有什么副作用吗？可是，子默的愿望，亦寒的忠心，云颜的期盼，最最重要的是宇飞的命，我能统统丢下不管吗？

　　"又出神了？"徐冽低沉略带沙哑的声音忽然响起。我被吓了一跳，忙抬头望去，只见面前的他撑了把藏青色的格子大伞，足有我伞两倍大。伞下的他一如往常穿着休闲紧身的灰白色线衫，外罩黑色风衣，透过雨雾皱眉看着我。

　　我朝他嫣然一笑，收起自己的伞钻入他的伞底下。他无奈地摇摇头，接过我手中厚重的历史书，敞开风衣将我包裹在里面，紧搂着我往车子走去。

　　春寒料峭，春雨袭人，我在徐冽怀抱中却只觉温暖舒心。这三日过得看似与平时一样，我却总觉得我和徐冽之间有种莫名而生的和谐感。

　　接送、吃饭、洗漱、睡觉，恍惚间我会有种我们已是多年恩爱夫妻的错觉。我喜欢这样平凡的日子，喜欢这种温馨的感觉。尽管我们还不是真正的夫妻，可是这种淡淡的情若能一辈子持续下去，我想我也知足了。

　　"……伽蓝！"

　　"啊？"我一惊，转头望向徐冽不耐烦的侧脸，忙问，"你说什么？"

　　"你好像越来越喜欢走神了啊？"徐冽不悦地瞥了我一眼，语气中带了几分火气，"总是想着什么呢？"

　　我讪讪一笑，总不能说我在想他吧？只能转移话题，"徐冽，你刚刚说什么？"

　　徐冽无奈地叹了口气，一边开车一边道："明天周六休息，不如我陪你回家看看你爸妈？"

"真的?!"我兴奋地大叫了一声，正要扑过去。他却脸色一变，怒吼道："坐好!!"

我被喝了一跳，一脸惴惴地望着他，石化了一般僵在原地不敢动弹。

徐冽咧嘴轻笑，隐隐露出洁白的牙齿，随即肃容道："开车的时候不要打扰我。你想再出一次车祸吗?"

我连忙摇头，乖乖地端坐回自己的位置上。回想着徐冽刚刚的每一句话，不由甜蜜地傻笑着。

徐冽叹息一声，语调萧索，唇角却是掩不住的笑容，"我怎么会娶你这么笨的女人呢?"

"嗯嗯!"我连连点头，一本正经地道，"肯定是我上辈子修来的。"

"扑哧……"徐冽忍不住大笑出来，伸出大手揉了揉我的头发。见我一脸迷茫外加手忙脚乱地护理自己的头发，忽地竟凑过来在我唇上轻轻印下一吻。

我呆呆地看着他兴致大好地笑，若无其事地继续开车，然后低低地念了一句："我算是服了。"甚至念完还轻轻哼着流行歌曲。我大骇，忍不住暗道：这真的是徐冽吗?

第二天回家着实给了爸妈一个天大的惊喜，妈妈忙把我们安置在我房里，然后由爸爸载着匆匆去菜场买菜。唉！想想真对不起他们，爸妈只有我和哥哥两个孩子，哥哥长年留学在外，我现在嫁了人，家里就只剩下两个老人。想到这里，心里不由得一阵发酸……父母为儿女做的总是那么多，可是儿女为父母做的呢?

一双手轻轻揽上我的肩膀，徐冽低声道："不如把你爸妈接过去住?"

我泪眼蒙眬地抬头看他，心里是酸涩，是感动，是幸福，低声道："爸妈不会愿意的。他们不喜欢拘束，不喜欢寄人篱下，也不喜欢太多的热闹……"

徐冽伸手擦掉我眼角的泪，柔声道："那我们以后多回来就是了。有必要哭吗? 没见过像你这么长不大的女人，都已经是……"徐冽脸上微微一红，不再说话。

我却好奇了，连声问道："是什么?"

徐冽一副凶巴巴的样子把我的头按在他胸口，"笨女人，那么多问题，烦不烦啊!"

我咯咯地笑道："你不要把我当傻瓜，我知道你想说都已经是你妻子了，是不是?"

"你——"徐冽松开手，低头恼羞成怒地瞪着我，我却只看着他笑。他眼中幽光一闪，环在我腰间的手猛地一紧，滚烫的唇便贴了上来。

我脸上一红，在自己的房中总觉得有几分尴尬，却还是羞涩地探出手搂住他深吻。不得不说，我发现，我现在的接吻技术越来越好了，哦……都是徐冽的功劳。

门毫无预兆地推了开来，我和徐冽吓了一跳，连忙分开，面红耳赤地看着门外妈妈

少年恋相世外客 上部

震惊的脸。妈妈干咳了一声，眉梢眼角都是欣慰的笑意，摆手道："啊！我没事，你们继续！继续啊！完了下来吃饭就好。"

"妈！你说什么啊！"我的脸像熟透的番茄，烫得吓人，偷瞥过去，发现徐冽也比我好不了多少。于是更为尴尬，妈妈却已经在此时笑嘻嘻地退了出去。

吃饭的时候，爸妈并没有什么异样的表现，只是时不时笑眯眯地给徐冽夹菜。爸爸则偶尔问问徐冽的工作。说起来，徐冽到底是做什么的？徐天集团董事的儿子应该做什么？总经理？CEO？还是副董？

我摇了摇头，算了！我对家里以外穿西装的徐冽没概念，我只要做好他的妻子就够了。

手机铃声忽然响了起来，徐冽接了微微皱眉，道："爸、妈，公司有事我要先回去一下。"

我、我爸和我妈拿见鬼的眼神瞪着他。他刚刚叫什么？爸？妈？

徐冽嘴角抽了抽，随手取出钱包，抽了些证件和卡自己留下，然后丢在我面前，勉强维持着平静的语调道："四点以后回去，老林会开车来接你。如果想早些回去，就自己打的。不要随便在外面闲晃，知道了吗？"

我忙巴巴地点头，然后跟到门口，目送着他开车离去。

"蓝蓝，妈妈还一直担心你过得不开心。"妈妈轻轻抚上我的头，笑得格外温柔慈爱，"不过现在看来，徐冽对你不错。"

我连连点头，眉眼弯成了月牙，看着眼前的父母认真地道："我过得很幸福。"

爸爸"哼"了一声，却是眼中带笑，"他敢欺负我宝贝女儿，看我饶不饶过他！"

我咯咯地直笑，饭桌上都是欢乐的气息。

这几天天气总是时好时坏的，我怕一会儿下雨，所以两点不到便自己打的回徐家了。临走前，爸妈虽还有些舍不得，却再没有了眼底的忧心，让我心中顿时舒坦了许多。车子开在去徐家的路上，我低头瞧着手里的钱包，忽地脑中念头一闪，脸上露出了顽皮的笑容，忙朝前喊道："司机先生，改去徐天大厦。"

出租车在徐天大厦门前的喷水池旁停了下来，我手握着徐冽灰黑色的方形皮质钱包，眼中映得都是高逾五十层的徐天大厦，宏伟壮丽又不失现代感。等一下进到大厦里肯定会有保安拦住我，该怎么解释呢？说我是徐太太吗？我面上红了红，笑着暗骂自己不要脸。

喷水池的水如浓雾般飘到脸上也不觉寒冷，我四处张望着。只见大门前一对男女正在对话，男子英俊挺拔，女的纤瘦苗条，远远看去如一幅画，让人忍不住赞叹，好一对金童玉女。

我一边走一边观察他们，男子的脸因为角度的转换，缓缓映入我眼中。我脚步猛地一顿，如遭雷击，手上的钱包也掉在地上。

那个男子是徐冽，那个正与人弯身细语，神情没有一丝不耐烦的人，竟是徐冽。我呆呆地看着那雪白如飘仙的女子背影，美得如梦如幻，吸引着每个人目光的孟雪儿，此刻却是仰着头只看着徐冽。我甚至可以想象出，她眼中的专注和深情。

心一阵阵抽痛，我伸出手想喊徐冽的名字，可是每一个音节却都被卡在了喉咙口，无论如何努力，都无法让它成为声音。我只能，眼睁睁地看着雪儿与徐冽并肩离去，坐上徐冽的跑车，坐在我每日都会依靠的位置上。车子，扬长而去。

我手揪着胸口，心中忽然念头一闪。也不知从哪里来的勇气，我刷地弯下身拾起钱包，以百米冲刺的速度跳上一辆出租车道："司机，追前面那辆黑色跑车！"

司机被我吓了一跳，在我连连催促下，才"嘎"一声直冲向前。

车子在我熟悉的皇朝酒店门前停了下来，我恍恍惚惚地付了钱，跟跄地走出车门。眼前忽地一片昏黑，连站立的力气都没有了。待我清醒过来时，我看着两人走进酒店大门。徐冽走快几步去柜台登记，雪儿跟了上去，不知与他说了句什么，于是徐冽低下头去。两人的脸靠得好近好近，我甚至能想象到徐冽闻到雪儿身上清香时的心醉神迷。

心忽然痛得无以复加。耳边只回荡着雪儿那句："他是我第一个男人……他是我第一个男人啊！"我一个趔趄，扶靠在那辆我再熟悉不过的黑色跑车上，两手紧紧捂住耳朵，泪水滔滔而下，无论如何也遏制不住。

徐冽！徐冽！你说的会珍惜我一辈子，可是骗我？你说的早已不爱雪儿，可是骗你自己？徐冽，我才是你妻子……我才是你妻子啊！

从下午到傍晚，我把自己锁在房内，拉上窗帘关上门，房中漆黑一片。徐爸爸和徐妈妈并不知道我已经回来了。我哭得眼睛红肿，头昏脑涨。但结果泪还是流尽了，我只能睁着酸痛的眼睛，看着黑暗中的黑暗，沉寂。

我该怎么办呢？成全他跟雪儿吗？可是我舍不得。装作什么都不知道吗？可是我会心痛。去问他究竟爱谁吗？可是……我害怕知道答案。

钥匙孔传出钥匙转动的声音，门推了开来，随即带入一室刺眼的光线，我忙举手遮住脸。隐约间看到徐冽略显疲惫的脸以及看到我后惊愕的神情。

"你怎么一个人坐在地上?!"徐冽踏前几步开了灯，随即"砰"一声把门关上。语气中带着难掩的火气，"我急得发疯，你却回来了也不说一声，你到底在想些什么啊？"

"徐冽……"我低低地叫了他一声，以为再不会湿热的眼眶再度迷蒙，嗓音因为刚哭过而沙哑，且带着浓浓的鼻音。我说，"抱我。"

徐冽一愣，脱口道："什么?"

我抬起头来看着他，表情凄楚，内心绝望，眼中却决绝万分。我轻声地说："徐冽，抱我。"

徐冽像见了鬼一样，石化在当场，呆呆地看着我。

我踉跄地站起身来，因为抱膝坐了太久而双腿麻木，我一个趔趄差点摔倒。徐冽忙冲前几步扶住我。他正想抽回手，我却一把将他牢牢抱住，抬头泪眼婆娑地看着他，哽声道："徐冽，我是你的妻子不是吗? 为什么你不愿意抱我?"

"伽蓝……"徐冽错愕地看着我，神思复杂，"你知不知道自己在说什么?"

"我怎么会不知道?!"我一把甩开他的手，朝着他尖厉地哭喊，"为什么你宁可抱雪儿也不愿抱我? 我才是你的妻子不是吗? 我才是你的妻子啊!"

"伽蓝!"徐冽一把扶住我，满眼忧切，"伽蓝，你别这样，到底发生什么事了?"

我使劲地摇头，眼泪无声地扑簌而下，"什么事也没有! 没有! 我就是想成为你真正的妻子。徐冽，你抱我好不好? 好不好?"

"伽蓝……"徐冽的话没说完，我已伸手抚上了他的脸，猛地踮起脚吻上他的唇，将他拒绝的话统统堵住，双手急切而笨拙地扯着他的衬衫领口。徐冽浑身猛地一僵，难掩错愕的眼近在咫尺地看着我，一时竟呆愣地由着我施为，忘了反抗。

"冽儿，"敲门声传来，随即是徐爸爸的声音，"凌云的王副总打来电话，说是冰烨有急事命他知会你一声，让你马上过去。"

徐冽一惊，猛地推开了我，我踉跄几步，狼狈地跌坐在床上，可以想象此刻满脸泪痕，衣衫不整的自己有多难堪。徐冽神色复杂地看了我半晌，才深吸了一口气，压下粗重的喘息，应道："爸，我知道了。"

"伽蓝。"他临走前一如往常那般怜惜地望着我，道，"不要胡思乱想。等我晚上回来再说。"

我望着空荡荡的房间，一步步走进浴室，任凭那冰冷的水冲刷我的身体，我的心。

## 第 19 章　情定

"……公子……公子。"

我一惊，忙回神道："亦寒，你刚刚说什么？"

亦寒静静地看着我，漆黑的眸中墨绿色波光闪过，几许关切，几许担忧。半晌，叹了口气道："公子怕是累了，出行的事明日再说不迟，公子好好休息吧。"

我勉强挤出个笑容点头道："好。"顿了顿，我看着已经站起身的他，低声道，"亦寒，你对……我真的很好。"

亦寒一愣，略薄的唇紧紧抿着，唇线很漂亮又不失坚毅。他垂下眼帘淡淡道："公子是主子，属下是侍卫，效忠主子是应该的。"说完，略一躬身退了出去。

一声低低的叹息自上方响起，子默的声音幽幽传入我耳中："他不知自己心爱的人早已死去，这一片痴心，怕是要错付了。"

子默在说什么呢？我摇了摇头，懒得去思考，头好痛。我爬上床平躺着，望着客栈中简陋木床的床顶，思绪仍在徐列和雪儿并肩进入皇朝酒店的那一幕上打转。

"与其放在心里自苦，还不如坦白地去问他。"子默无奈地在我耳边道。

"问他什么？喜不喜欢我？或者说爱我多一些还是爱雪儿多一些？"我闭了闭眼，在漆黑中默念，"子默，我不是临宇。我没有她的自信和决断，我总是患得患失。只要一想到他可能会跟我说，我不会爱上你，我就觉得连活下去的勇气也没有了。"

子默沉沉的叹息声响在耳畔，声音有淡淡的冷漠和厌恶，"伽蓝，你睁开眼看看这个世界的子民。他们时刻活在战乱的痛苦中，今日是朝不保夕，明日或者就是生离死别。今天会不会有士兵来践踏自己的家园，明天能不能温饱，自己的子女能不能平安地活下去，这就是他们每天忧心的事情。你以为你那点痛，比起他们来算得了什么？"

子默是第一次对我这么凶，我心中一阵酸涩的委屈，眼泪便涌了上来。我连忙抬手遮住发热的眼眶，不愿他看见再嘲笑我软弱的样子，明知他是万分清楚我心思的。

"伽蓝，没有他你便活不下去了吗？"子默叹息道，"你们的世界不比这里，女子坚强独立，在这里你本该活得比任何人都精彩夺目，可是如今呢，你不只无法跟临宇相提并论，甚至连楚云颜、玲珑、若水这些人都比你洒脱自信百倍。你就甘心，只全身心依附着一个不知是否爱你的男子，日日担忧，夜夜猜忌地过一生吗？"

"子默，不要再说了。"我翻了个身，右手握住左手手腕，强迫自己睡去，却是泪湿枕巾。

头有些涨痛，睡得迷迷糊糊间感觉自己颈上有灼热湿润的触感，仿佛有什么在我颈上游移，随后那濡湿的感觉慢慢延伸到了背上，似有一双手伸到胸前动作温柔地解我衣服的扣子。

我猛地一惊，睡意全无，顿时清醒过来。睁开的眼映入米黄色的窗帘，幽暗昏黄的粉色灯光铺散在房间的每一个角落，徒添几分温馨暧昧的色彩。

是现代的家？我回过头去，错愕的眼对上徐冽含笑的英俊面容，随后低头看到自己半开的衣襟，露出睡衣里白皙的肌肤。我脸刷地一红，支支吾吾道："徐……徐冽，你……干吗？"

"做你希望我做的事。"徐冽浅笑着支起一只手看着我，高大挺拔的身形牢牢笼罩住我，眼内的神光幽暗深邃，似燃着不知名的火焰。他低下头，轻轻含住我莫名灼热颤抖的唇，低哑着声道："你不是希望我抱你吗？我的妻。"

一句"我的妻"将我全身的血液都炸沸了起来，我面如火烧，却双目含情，全身羞涩难当，却又有着莫名的渴望。徐冽健壮的身躯轻轻覆上我，两手轻柔却坚决地褪去我身上的睡衣。柔软湿润的吻，缓缓在我身上漫布开来。

"徐冽……"我低吟着叫他，声音软软地，丝丝沙哑，"我以为……你讨厌我了……"

"笨蛋！"他喘息着埋首在我颈间，带起一阵酥麻的战栗，我忍不住呻吟出声。他笑道，"专心点。"

"徐冽……"

他顿了顿，抬起头看着我，双目微微赤红波涛激溅，额头汗湿，哑着声命令道："叫我冽。"

我心中仿若被爽口腻人的蜜糖刷了个遍，赤裸相贴的肌肤敏感而火烫。我红着脸低声问："冽，你爱我吗？"我带着一百二十万分的期盼和惴惴不安看着他。

徐列一脸无奈地笑笑，温热的手缓缓抚上我面颊，拨开我凌乱的发丝。那眼中缓缓波动的是我从未看清过的深情和宠溺，他的呼吸仍有些喘，声音也低沉喑哑，却轻柔动听地让我全身心沉醉。他认真地问我："伽蓝，你是我的妻子吗？"

我重重地，像是带着赌咒起誓般地点头。

"那就是了。"他笑笑，低头吻住我的唇，辗转无声，"我现在……只爱我的妻。"

爱……徐列他说爱。幸福的泪涌了上来，又被吻去，我逐渐沉沦在爱的翻云覆雨中。


"嗯……"我咕哝着，幽幽地睁开眼，发现自己侧躺在床上。身边的床位空荡荡的，我动了动，浑身一痛，忍不住便低低呻吟了一声。随即想起昨晚的情动，面上红了个通透，不由得探手抱住身旁的枕头，撒娇般搂在怀里。闻着上面熟悉的香味，闭上眼仿佛徐列就在身边。

门被轻轻推了开来，徐列一手端着杯牛奶，一手提着东西，诧异地看着像小猫般蜷缩在床上独自玩耍的我，笑道："你这是在干吗？"

我"啊"了一声，心道：丢脸丢到姥姥家了！脸微红地躺好，低声问道，"你没去上班吗？"

徐列一愣，面上有几分尴尬，瞥开眼道："今天不去了。"说着把牛奶和手上的东西放在床头，换上恶狠狠的口吻道，"快去洗脸刷牙！"

我瞄了那床头的东西一眼，发现居然是冒着热气的新鲜蛋糕。我"哇"了一声，心花怒放，跳下床便要冲进浴室。谁知"体虚气弱，浑身无力"，我痛得呜咽一声，一个趔趄向旁边软倒下去。

预期的疼痛并没有传来，徐列无奈而又好笑的声音近在咫尺："自从娶了你以后，我觉得自己都快成老头子了。每天不是唠叨，就是叹息。"

我搂住他脖子，开心地笑道："你要是成了老头子，我就去当老太婆。我还是你的妻子。"

"油嘴滑舌！"徐列笑着点了点我的额头，索性就抱着我走进浴室道，"快点洗完出来。"

"嗯，"我一本正经地点头，"我知道蛋糕是你大清早起床，辛苦排队买回来的。牛奶是你……"

"砰——"一声，浴室的门狼狈地关上。我咯咯直笑地站在镜子面前，看着镜中那眉眼含笑，双颊晕红，清秀又不失妩媚的女子，每一个细胞仿佛都写着幸福。我伸手轻轻抚着镜中自己的脸，轻轻地道："别人都说爱情会使人变得漂亮，原来……是真的。"

徐冽牵着我走下楼的时候，徐爸爸和徐妈妈正和爷爷坐在客厅里边看电视边聊天。我总觉得徐爸爸这个董事当得很不称职，把什么事都丢给徐冽，然后自己天天在家中陪老婆，或是跑去游山玩水。

"蓝蓝，身体好些了吗？"徐妈妈关心地走上前来，问道，"冽儿昨天说你身体不适，连饭都没吃……"

我心中一暖，忙摇头道："妈，我没事。"

徐妈妈一愣，有点傻愣地看了看我，又抬头看看徐冽，随后与同样呆愣的徐爸爸和爷爷互视一眼。她有些缓慢地问："蓝蓝，你刚刚叫我什么？"

我脸上红了个通透，连耳根都在发烫，忙把整个头埋进徐冽怀里，支支吾吾地说不出话来。

"冽儿，你们……嗯？"徐妈妈转问徐冽，我虽看不见她表情，可那最后一个发音，带着说不出的调笑和暧昧。

徐冽搂紧了我，声音难掩狼狈："我们出去走走，中午不回来吃了！"

"哈哈……"徐妈妈与徐爸爸相视笑道，"去吧去吧！晚上回来就好。我和你爸爸商量一下，补办你们的婚礼，最好再去度个蜜月。"

啊？补办婚礼？还度蜜月？我瞪大了眼睛想到，对哦！我和徐冽都没真正结婚过……

"伽蓝！"徐冽脸上微红地一把将我扯进怀里，"别理这些老不休的。"随即回头道，"我们走了！"我"啊啊"了两声还想说话，可是已经被半拖半抱地带出了门外。

我还没来得及抗议，徐冽已低头在我耳边轻声道："我们现在就去教堂补办婚礼。"

我刷地抬头，惊愕地看着他含笑却万分认真的英俊面容。他笑笑，柔声道："我已经跟神父打过招呼了，只有我们俩的婚礼。伽蓝，你愿意吗？"

眼前瞬间蒙上了一层雾气，我努力眨眼将它们化去，伸手紧紧抱住他，哽声道："一千个愿意，一万个愿意！冽，我觉得我像在做梦。昨天看到你和雪儿一起走进皇朝酒店，我都不想活下去了。可是今天我们就要去教堂结婚……我……"

"傻瓜！"徐冽回抱住我，轻轻理着我的发丝，"原来是因为这个你才……为什么不问我呢？"

"我怕……"我将脸埋在他怀中，幽幽地说，"我怕你说你爱的人是她，我怕你说，要跟我离婚。我怕极了……"

"你呀，智商都用在胡思乱想上了。"徐冽无奈地笑道，"我跟雪儿去皇朝，是为了让她看清一个人的真面目。我虽然不再爱她了，可也不能眼看着她跳入火坑而不拉一把。"顿了顿，他又好笑地道，"我不觉得有什么，反倒成了你投怀送抱……"

我满脸通红，狠狠掐了他的手臂一下佯怒道："你说什么啊?!"

徐冽痛得皱眉，却满脸都是笑意，阳光般灿烂的笑容在阳光下绽放。我看得呆了，不由得喃喃道："冽，你笑起来好漂亮，以前为什么都不爱笑呢?"

"漂亮是用来形容你老公的吗?"徐冽在我额头上弹了个响指笑骂，随即眼神微微深邃，像是在思索什么，良久才道，"你的喜怒哀乐都简单地表现在脸上，所以跟伽蓝你在一起很轻松，忍不住就笑了。我想我是慢慢喜欢上了这种轻松，才转而喜欢上你。"

我暗道：这话要是被子默听见，肯定很是不屑！然后就抓了我逼我学深沉。

"傻丫头，以后不要胡思乱想。"他笑着牵着我往车子走去，"有什么心事，都可以直接来问我。"我眉眼弯成月牙，重重地点头。


空荡荡的教堂中，只有我、徐冽和神父三个人，我们在神的面前许下神圣的誓言。

徐冽接过神父手中的戒指，轻轻地套在我左手无名指上，凝视我的眼中有着无尽温柔。

神父脸上挂着慈祥欣慰的笑容，朗声道："现在，我宣布徐冽先生和林伽蓝女士结为夫妻……新郎可以亲吻新娘了。"

徐冽缓缓俯下身在我唇角印下一吻，低哑的声音在我耳边说："伽蓝，我的妻。"

眼泪顺着脸颊滑下，那是幸福到惶恐的泪。我抬头问道："冽，我们能永远那么幸福吗?"

徐冽笑笑，轻柔地擦去我脸上的泪，一字一顿地说："会幸福的。伽蓝，我会给你一辈子的幸福。"

那天，我在空旷华丽、钟声阵阵的教堂中，冲着我最爱的丈夫，展颜微笑。

那时的我以为，相爱了就是一生一世；那时的我相信，承诺了便是天荒地老。那时的我，幸福到即便被全世界抛弃，也无所畏惧。然而，现实……就是现实，容不得半分天真和幻想。那是我在好久好久以后，才想通的道理。

# 第20章　生活

"宇飞，你知道吗？我和徐冽……"我擦揩宇飞身子的手一顿，脸上微微泛红，才带着甜蜜的笑容继续道，"我和徐冽已经成为真正的夫妻了，还有，我哥哥也快回来了，你们小时候那么要好，再见到他一定很开心吧。我过得很幸福。所以，你一定要保佑我早日在那个时代找到你，然后把你平安地带回来。"

门推了开来，宇飞的妈妈满脸疲惫，却对我温和地笑道："蓝蓝，你公公已经替我们宇飞找了最好的医生，转到最好的医院，还替他请了日夜监护的保姆。你就不必时常过来了。"

我苦笑着摇了摇头，走前两步轻轻抱住她羸弱的身体，低声道："阿姨，宇飞是为了救我才变成这样的，你为什么一点都不怪我？"

"傻丫头。"聂阿姨轻轻拍了拍我的背，柔声道，"那是宇飞自己的选择，我做妈妈的，顶多心疼、难过、不舍，却不能否定他救人的心。所以，我怎么能怪你呢？"

"阿姨，你放心。无论如何，我一定会让宇飞醒过来的。我发誓。"

我擦着湿漉漉的头发，赤着脚踏在柔软的绒毛地毯上。房中灯光幽暗温暖，徐冽正靠坐在被灯光染成粉红的白色鹅绒软床上，手中端着本厚厚的英文原版书。修长的十指紧贴着藏青色书面，整张脸只有鼻子以上露在外面。

听到声响他抬起头来，漆黑的眼眸在灯光下有些慵懒迷离，却看得我心旌神摇，脸上忍不住泛红。他招了招手让我过去，我忙走到他身边。

"这些都是国外最好的脑科医院。"他指着书某页上一排密密麻麻的英文名对我说，"伽蓝，你有没有想过把宇飞转移到国外去治疗。"

"啊？"我一惊，忙道，"不，不用了。宇飞他会好起来的。"

徐冽歪了下头，一脸狐疑地看着我，"伽蓝，你是不是有什么事瞒着我？"

我面色一僵，不知道该怎么回答，支支吾吾了半天，眼见徐冽脸色一沉似要生气。不由慌了，忙道："冽，我跟你说件事，可是你不能说我胡说八道！"

徐冽面无表情地点了点头。

我皱了皱眉，以跪坐的方式在他面前道："冽，我跟你说，如果，只是如果哦！我告诉你，我每晚在梦中都会进到一个异时空古代世界，成为一个国家的丞相。"

徐冽瞪大了眼，一脸不可思议地看着我。

我困难地咽了口口水，继续道："事实上，我每天白天跟黑夜都会来回两个世界。而宇飞的灵魂也被锁在那个世界中了。所以，虽然我有不去那个世界的办法，可为了找回宇飞的灵魂，只能留在那儿当丞相……"

徐冽微凉的手贴上我额头，摇头叹息道："明明没发烧，怎么尽说胡话。"

啊——我颓丧地叹了口气，道："我就知道你不会相信我。"

"你啊！"徐冽无奈地笑笑，探手把我搂在怀里，理着我湿漉的头发道，"整日都在做这些白日梦，真是个长不大的孩子。"

"我没有！"我在他怀中抬起头，抗议道，"冽，你……呜……"

徐冽猛地低头攫住我的唇，辗转吮吸，一手却极是灵活地解开我本就没扣全的睡衣衣襟。我枕着自己的发和他宽大温热的手掌，哑着声道："头发……湿的……"

"没事……一会儿就干了。"一个翻身，他将我轻轻压在身下，灼热的吻落在我颈畔，低哑的声音在耳边轻喃，"与其想那些，还不如想想怎么伺候你老公……"

我脸刷地红了个通透，手伸进他敞开的衣襟，贴着他滚烫的肌肤，嘴上却喃喃道："冽……怎么会说这种话……你确定你……不是假冒的？"

沉沉的笑声从徐冽胸腔发出来，他俯身含住我的耳垂，用喑哑暧昧的声音倾吐道："你亲身验证一下不就清楚了……"

之后，便是满室的旖旎，温暖的契合。


当夜居然一整晚没回去古代，估计是阴云遮住了月光的缘故。第二天，我精神大好地去学校上课。临走前，徐妈妈塞了个文件袋给我，让我拿去公司给徐冽，一脸的暧昧笑容，搞得我直想钻地洞。出门的时候薇夜已经等在门口了，老林的车一路把我们送到徐天大厦，随后安静地等在喷水池旁的停车场。

我和薇夜嬉笑着走进大楼，跨过大门还没走两步，就被保安拦了下来。我只得打电话给徐冽。挂上电话，薇夜一脸鄙夷地看着我，"你这也算徐太太？"

我脸上红了红，低头道："因为我从来没进过这里。"

薇夜皱了皱眉，"难道你丈夫真像传说中那样，对你很不好？"

"怎……怎么会呢！"我连连摇手，还来不及说话，却听到一个熟悉的女声叫我"蓝蓝"。我愕然回过头去，忍不住眉开眼笑，冲前几步到她面前笑道："盈盈，你怎么会在这里？"

原本拦在我面前的保安连忙退开一步，恭敬地道："范经理。"

我刷地瞪大了眼，一脸崇拜地看着她，"盈盈，你好厉害啊！毕业才不过一年，就已经是经理了?!"

盈盈谦逊地笑笑，眼底深处却也当真洋溢着自豪，拍着我的头笑道："不过是一个项目的市场部小经理，有什么值得炫耀的。倒是你，永远都像个小孩子。"

我羞赧地低下头，忍不住又抬头问道："可是盈盈你什么时候进了徐天的？"

"一个月前吧。"盈盈淡淡地答了，似是不想再多谈，涂着粉色唇彩的双唇水润而丰满，微微勾起，似笑非笑的妩媚，含情又无情的眉眼，看得我一阵呆愣，盈盈她……变得好漂亮啊！

"伽蓝！"徐列的声音从电梯门口传来，无奈而夹杂着几分火气。

我瑟缩了一下，眼巴巴看着慢慢走近的他，低声嗫嚅道："是妈让我把文件拿来给你的。"说着我忙回头从一脸面无表情打量徐列的薇夜手中接过公文袋递给他，又惴惴地补充了一句："我不是故意过来给你丢脸的。"

保安和前台的小姐都紧张地赶来向他鞠躬，"徐总。"

徐列神色淡淡也不搭理他们，手指向我，一脸冷峻地道："记住，她是徐太太，以后如果看到她在公司里外闲晃，就把她带到我办公室来。"

啊？我瞪大了眼。那些保安和接待员瞪的眼绝不会比我小。反是薇夜"扑哧"一声笑了出来，原先她对徐列的那几分探究和敌意，似是顿时消散了。

待人走光，只剩下我们四个时，徐列才把我拉到面前，上上下下看了个遍，没好气地道："你以为我是你吗？会胡乱落东西。被妈耍了也不知道。"

我嘴角上扬，开开心心地上前扑进他怀里，道："可是我甘心被耍啊，否则怎么能见到你。"

"喂！"徐列的身体一僵，接到来自四面八方的注目礼，还有那善意的哄笑，连耳根都有几分泛红了。可是他却没有推开我，而是轻轻揽住，语气说不出的无奈却藏着隐隐的笑意，"伽蓝，你非得让你老公在公司威信尽失吗？"

我"啊"了一声，这才脸色通红地放开他，接触到薇夜和盈盈的目光，更是下巴快点到胸前。

徐列下来时会刚开到一半，所以匆匆上去了，只嘱咐我自己小心。盈盈看着他的背影，嘴角轻勾，一双勾魂摄魄的桃花眼回眸落在我身上轻轻流转，良久才叹息道："伽蓝，你是幸运的。"

我一愣，总觉得盈盈的语气很怪，似羡慕似自嘲又夹杂着某些我探究不出的情绪。

盈盈离去后，薇夜坐在车上静默沉思，完全不管我在一旁唧唧喳喳说些什么。却是忽然开口道："你那个朋友，还是少接近她为妙。"

我呆了半晌才想起她说的是盈盈，不由愕然道："为什么？"

"心思太复杂，心机太深沉。"薇夜撇了撇嘴，"表面上清高，骨子里却想飞上枝头变凤凰。"

"不许你这么说！"我冲着她大喊，"她是我认识了三年的朋友，我难道会不知道她是个什么样的人吗？"

薇夜叹了口气，摇头，伸手摸着我的脑袋，像在摸小狗狗，"你到底是从哪个象牙塔里爬出来的？伽蓝，你不知道吗？在这个社会中，最善变的，就是人心。"

"哈哈……"薇夜眼睛盯着《女友》杂志，一边走一边笑得前俯后仰。我忍不住凑过去问道："什么东西那么好笑？"薇夜把杂志递到我面前，标题大大地写着：《减肥故事》。

晚上公猪总是给母猪放哨，他生怕主人乘他们熟睡时把母猪拉出去宰了。日子一天天地过去，母猪日渐长胖，而公猪则一天天瘦下去。有一天，公猪突然听见主人在跟屠夫商量，要把长势见好的母猪杀了给卖掉，公猪伤心至极。于是从那天开始公猪性情大变，每当主人送吃的时候，公猪总是抢上去把东西吃得一干二净，每天吃好后便躺下大睡，并且告诉母猪现在换作她来放哨，如果他发现她没放哨的话就再也不理她。日子一天天过去，母猪渐渐地觉得公猪越来越不在乎她，母猪失望了，而公猪还是若无其事地过着安乐日子。一个月很快过去了，主人带着屠夫来到猪圈，他发现一个月前肥肥壮壮的母猪瘦得没剩多少肉，而公猪则长得油光。这时的公猪拼命地奔跑，想引起主人的注意，表明他是头健康的猪。终于，屠夫把公猪拖走了，在拖出猪圈的那一刻，公猪朝着母猪笑着说：

"以后别吃这么多！"母猪伤心欲绝，拼命地冲出去，但圈门被主人关上了，隔着栅栏，母猪看着闪着泪光的公猪。那晚，母猪望着主人一家开心地吃着猪肉，伤心地躺倒在以前公猪每天睡觉的地方，突然她发现墙上有行字："如果爱无法用言语来表达，我愿意用生命来证明！"母猪看到这行字肝肠寸断。人类听到这个凄美的爱情故事也无不为之动容，女孩们为了纪念这个爱情故事，开始流行减肥……

我哈哈大笑，把杂志还给她："如果爱无法用言语表达，我愿意用生命来证明！本来是一个这么凄美的爱情故事，怎么就被套在猪身上呢？"薇夜眉眼舒展，全身都洋溢着阳光的气息，本待出口的话语却是忽地一滞。她指着前方问道："那个不是你朋友吗？"

我顺着她指的方向望去，只见街道尽头，一身吊带蓝裙，配着白色披肩的盈盈正大力甩开一个男的。那男的远远看去衣衫普通，头发凌乱，面容憔悴，却有几分熟悉。

我和薇夜走前了几步，隐在人群中。听到那男的用沙哑的声音冲着盈盈喊："我会出人头地的，我会让你过上好生活的，你就不能等我吗？"

"等？！等多久？"盈盈尖锐的嗓音在大街上回荡，"是一年还是两年，或者十年？你以为我的青春还有几年可以蹉跎？我的骄傲自尊还有几年可以消磨？晓东，我们不适合的！"

晓东？？竟然是晓东！！我瞪大了眼，难以置信地看着眼前这个落魄的男人。这个真的是大学里纵横篮球场，让千万人为之疯狂，让女生趋之若鹜的晓东吗？

"不适合你当初为什么要来招惹我？！"晓东拽着她的手腕大吼，痛苦而疯狂，丝毫不管是否在大街上。盈盈想把手拽回来，却纹丝不能动，气得她连连跺脚，尖叫道："当初是我瞎了眼，以为帅气个性可以当饭吃。我现在后悔了，醒悟了，只认钱不认人了，不行吗？"

一辆豪华的轿车"嘎"一声停在两人面前，车窗里的男人看不清脸面，向盈盈招了招手。盈盈用高跟鞋狠狠地一脚踩在晓东脚上，跳上了车，扬长而去。那辆车，我总觉得有几分熟悉。

晓东狼狈地跌坐在地上，大街上的人指指点点，有的嬉笑有的骂骂咧咧，却人人抱着看戏的心态。我连忙冲过去扶起他，忧心地道："晓东，你没事吧？"

晓东抬起头，神色迷茫而又悲怆地看着我，浑身有股刺鼻的酒臭。

"我是蓝蓝啊!"我扶不起他,急得大叫,"你不记得了吗?和小洁、盈盈一个寝室的那个!"

"蓝蓝……蓝蓝……"他缓慢摇晃着乱蓬蓬的脑袋,忽然大笑起来,笑得歇斯底里,"你们寝室没有一个好东西!"

我鼻尖一酸,几乎忍不住落泪,晓东他……怎么会变成这个样子。当年,晓东喜欢的人其实是小洁,可是小洁从高中开始便和向坤在一起,所以坚定地拒绝了他。晓东坚持了整整两年,连我们寝室的其他几人都被感动了,可是小洁却是如铁石心肠般,不接受就是不接受。

大三第一学期,晓东和盈盈忽然成了一对。有人说是盈盈倒追的晓东,也有人说晓东只是想利用盈盈接近小洁。但不管怎么样,他们两个直到我昏迷前仍是如胶似漆的。

"心已经不在了,你追回她的人又有什么意思呢?"薇夜淡淡却异常温暖的话柔柔响起。

晓东浑身一颤,缓缓地抬起头看向她,又看看我,脸上的悲痛清晰可见。

我忙扭过头擦去眼角的泪,合着薇夜的力气将他从地上扶起来。薇夜拍了拍他的肩膀,似玩笑又似认真地道:"你既无意我便休。兄弟,变得有财有势,娶个如花美眷气死她岂不更好?"

我"扑哧"一声笑了出来,薇夜也憋不住了跟着笑,软软动听的嗓音,暖暖的笑容,夹杂着阳光的明媚和率性的洒脱。薇夜的笑容,真的让我有几分莫名的熟悉。

晓东终于也跟着笑了,形容虽然狼狈,我却仿佛从他身上看到了当年的影子。他猛地背过身去,我看到了他眼角的晶莹,却装作没有看见。

110

# 第 21 章  暴风雨前

滨胜，是伊修大陆第三大沙漠——塔拉干沙漠边境的唯一一个小镇。正由于西南两方都毗邻沙漠，所以滨胜的大半地区都常年干燥，易受沙尘暴侵袭。与之完全相反的，湘西虽紧临着滨胜北部边境，却因为靠近北海且地势低下，常年受水灾威胁。

我、亦寒和陈胜走在滨胜的普华街上，人来人往倒也不少，却是人人面罩纱巾，头戴蓑帽。临出发前，亦寒给我做了全副武装，此刻我只余一双水蓝的眼眸露在头巾外忽闪忽闪。万分奇怪地看着亦寒仍旧只穿一身青衣，无任何遮蔽物，却丝毫不受风沙影响。

"子默，我们为什么要来考察这个鬼地方呢？"我郁闷地在心中念叨，"水患不是在湘西吗？我们去考察那里不是更好？这里风沙满天，又闷又热，昏黄一片，有什么好看的？"

子默飘浮在空中，没好气地望了我一眼道："湘西多水灾，与它相邻不过数百里处的滨胜北部却是常年受风沙侵袭，你不认为若能将两者地理优劣势结合……算了，跟你说了也是白搭。"子默摇摇头，一脸你是扶不起的阿斗的轻视样，只顾四处观察地形。

我狠狠地瞪了他一眼，转回头，正巧看到偏远处一家客栈。上下两层，全木质的结构，四周用雨布围起，被风吹出哗哗的响声。在漫天黄沙中，很有种遗世独立的沧桑感。

"龙门客栈?!"我惊呼道。远远看去，当真好像古龙笔下的龙门客栈。我一把拽住亦寒冰凉的手，兴奋地喊道："亦寒，我们去那儿看看？"

亦寒皱了皱眉，手不着痕迹地脱出，淡淡道："那客栈老板并非金耀国人，来历不明，为了公子的安危……"听到这里，我顿时丧气，只得点了点头。

却听陈胜道："老师，其实有风护卫在旁，我们去看看也是无妨的。"

我一听霎时来了希望，马上对亦寒眨巴着极度渴盼的小狗眼睛。亦寒眼中的笑意一闪而逝，无奈地摇了摇头道："公子若真的想去，属下尽心随护就是了。"

我兴奋地击了击掌，摇着他的手撒娇道："我就知道亦寒最好了。"

"伽蓝！"子默冷肃的声音掷地有声，"你适可而止一点，生怕陈胜看不出你女子身份吗？"

我一惊，回头果然看到陈胜略带疑惑的深思眼神，脸色顿时败了几分，忙敛笑凝神，悠然道："清空，那我们到客栈住下吧，免得被沙尘困住。"

"是……是，老师。"陈胜一惊，回过神来，慌忙跟上。


走进客栈，一股异样的清新之气迎面而来。我诧异地看着客栈内与外界全然没有相合之处的素雅摆设，紫檀木的桌椅，闲散而坐的文人、武将，雪白的墙上垂挂着名人字画。左侧角落空着个高台，四周摆满十八般兵器。看衣着也有不少人是粗鄙不堪的，可是在这个店中，即使最声如洪钟的人，却也在低低细语，不敢张扬。

我屏息看去，还未来得及观察四周各色人等，却只觉一阵香风扑面。只见一个身穿窄袖水红缎裙，外套银鼠短袄的女子袅袅婷婷地走上前来，躬身道："三位客官是住店、用膳还是文武会友？"说话时，她头微低，露出一个简单的挽髻，以十二颗等圆的莹白珍珠扣住，灯火下甚至有奇异的红光闪现，中插碧绿玉簪，衬着她颈项细腻白皙的肌肤，分外惹人注目。

我还未来得及说话，陈胜已上前一步追问道："此处还可以文武会友？"

那女子缓缓抬起头来，非是绝色的容颜，却自有一股北方女子少有的柔媚，皮肤细腻，一双翠绿眼眸更是仿如一潭秋水，能将人心融化。她淡淡含笑的眼眸扫过我们，亦寒面无表情，我微微不自在地点头，陈胜却是面上一红，讷讷地低下头去。

"是，敝店掌柜在各方多少有些薄面，才引得诸位才子侠士光临切磋。无关胜负，只为尽兴，三位公子可愿一试？"

子默在她话未说完的时候便在我耳边道："多一事不如少一事。"他的声音平和温润，我却心中一抖。今天屡次不听子默的警告，怕是把他惹生气了。想着连忙上前一步，抢过陈胜的话道："我们用膳即可。"

那女子也不失望，只轻浅一笑道："二楼仍有雅座，三位公子这边请。妾身素梅，公子可唤我梅娘。小二若有什么招呼不周之处，公子尽可找梅娘诉说。"

我一时对她印象大好，连连点头。陈胜却是对一楼的吟诗作对、以文会友极感兴趣，也不顾我的阻拦，独自挤了进去。

我好笑地摇摇头，也不管他，和亦寒到了二楼。随意点了几个普通的菜式，上来却发现烹煮得异常精致，色香味俱全。有的甚至是在现代常见的油炸之物，令我吃得不亦乐乎。

亦寒也不怎么多食，每盘菜都在我吃前先尝了一口，搞得我像皇上似的，异常尴尬，却也感动。最后一盘菜上来时，陈胜仍没见上来，问小二，却说他已通到了第四关，满堂均是喝彩声。想起他是临宇的弟子，我不由得得意起来。

我吃着菜，忽然想到了一件事，忍不住问道："亦寒，你不觉得我失忆后变了很多吗？"

亦寒微微一怔，随即垂下眉眼，淡淡道："公子无论怎么变，都是公子。"

"可是，你不觉得我变得又蠢又笨，还总是给你添麻烦吗？"我一急，几乎是脱口喊道。子默略带震惊和不悦的面孔，也只能忽略不计了。

亦寒深深地看着我，唇角勾起一丝淡若柳丝的笑容，低声道："属下只知道，公子比以前开心了很多。"顿了顿，他又道，"公子或许不知，无论是夫人、李叔还是属下，都不在乎公子是否是女神之子、少年丞相。只要公子愿意，即便是顷刻之间，我们也愿陪伴公子归隐山林。"

我愣愣地看着眼前明明冷漠少语的青衣男子，一阵阵感动冲上来又窜下去，最终化为眼眶间的湿热。亦寒却只淡淡地续了一句："公子，菜凉了。"

我一惊，忙握着筷子低下头，掩饰发热的眼眶。亲人……临宇，有这样的亲人一直陪伴在你左右，你当真……可说是死而无憾了。

最后一盘菜菜名极是独特，叫千里一线。主料是豆腐皮、藕和虾仁，再辅以各种我不认识的作料。亦寒吃完后示意我可以动筷，我欣欣然尝了一口，却是眉头轻皱。

"有点怪……"我含糊地道，"也不是说难吃，只是豆腐皮里有股怪味……"

亦寒先是一愣，随即脸色大变，几乎是用吼的声音道："公子，别咽下去！"

我被一吓，本就在喉咙口的菜，却是咕噜一下，滚了下去。我惊疑地看着亦寒铁青的脸，喃喃道："亦寒，怎么了？"

亦寒脸色有些苍白，全身的肌肉仿佛都紧绷着揪成了一团。他迅速地从怀中掏出一颗碧绿的药丸喂我吃下，自己也吞了一颗。

我正想再问，忽然感觉肚中一阵翻滚，痛得仿佛有刀子在绞，又似有火在烧。我"啊"地大叫了一声倒在亦寒怀中，呻吟间感觉有一双手贴在我的背后，一股冰冷的气息从后背透体而入，瞬时腹中的火热被一股脑儿从下至上推了出来。我"哇"的一声，将刚刚吃进去的菜和着青紫的血一起吐在了地上。

我惊魂未定，腹中还有种被掏空般的痛。却忽觉身边吞噬人般的压力陡增，待抬眼看去，才发现亦寒和我二人，早已被重重包围在手持刀械的人群中。

亦寒一手持剑，一手扶着我，面色有些发白，却丝毫没有惊惶畏惧之色。反是当其冷冷的目光扫过众人，本该凶神恶煞镇定万分的几十人，纷纷面露骇色，不由自主便后退了几步。

亦寒的目光最终落在梅娘身上，冷冷道："你们是什么人？"

梅娘柔柔一笑，不答反问道："两位可是少年丞相秦洛及青霜剑风亦寒？"

我肚里空落得难受，却感觉毒是大部分被吐出去了。闻言不由惊愕地抬头望向红衣绿眸、温柔似水的女子，怎么也想不通，这么一个娇滴滴的贤淑女人，竟是蓄意想杀我们。

"两位不答，那么梅娘就自以为是了。"梅娘纤纤素手在胸前一掏，两把细长柔韧的银钩便已在手中，脆声道，"我家主上希望两位可以留下一聚。只因两位实在太过厉害，恐不愿与主上相见，不得已之下，梅娘只好出此下策。"

我倚在亦寒身上，声音虚弱，问道："你家主上是谁？"

梅娘咯咯一笑，不知要答什么，子默淡淡冷冷的声音却忽地响在耳侧："柳岑枫。"

"柳岑枫？！"我惊得脱口道，"火枫飘尽雪影现的火翎国白衣太傅，柳岑枫？！"

梅娘脸上的从容笑容在瞬息间掩去，神色凝重地道："少年丞相果然名不虚传。秦公子，梅娘想请问，公子是如何猜到主上名讳的呢？"

子默叹了口气，在我身边缓缓飘落道："刚刚我就该察觉的。伽蓝，你细看此女头上的十二颗珍珠，等大浑圆，粗看只是普通装饰物。但细细观察你就会发现，这十二颗珍珠中有几颗在灯火下会呈现流火之光。此乃火翎国特有的赤灵珠。对寻常百姓而言，寻到一颗一年生活便可无忧。而对于贵族，尤其皇室，却不过是普通的装饰之物，根本懒得与普通珍珠去细细区分。我刚刚见到此女便觉奇怪，常年生于滨胜干旱之地，她的肌肤怎能如此光滑水润。现在想来，她只是为了逮你才特地埋伏于此的了。我唯一想不明白的是，今日出行之事……"

"赤灵珠？"梅娘眼中精光一闪，抬手便将盘扣的珍珠扯下两粒，询问却是肯定的语气，"公子想必是从这几颗珠子中看出了端倪？"

刚刚子默一边说，我的目光就顺着他的叙述一一看去，梅娘心思灵巧，就是这般也被她猜出了因由。我觉得事到如今也没什么好隐瞒了，于是依着子默的指示，含笑点头道："柳太傅手下果然皆非常人也，在下今日这个跟斗栽得可谓心服口服。"我偷瞥了一眼子默，只觉他这"心服口服"四个字说得咬牙切齿，细细思量，恐怕是仍在责怪我刚刚一意孤行，非得到这个客栈中来，搞得自己狼狈不堪。

子默瞥了我一眼，露出个无奈的笑容，"今日这个本是他们筹划良久的布局，即便你没有踏入这个客栈，他们一样有办法把你引来这里。所以，你也不用兀自懊恼了，我气的并非这个。"

我还来不及问那是什么，梅娘却忽地眼中寒光一闪，挥手道："能活捉就活捉，否则，生要见人，死要见尸。"

人群哗啦一下冲了上来。亦寒揽住我的腰身，单手持剑，左挪右移，长剑青光快得我根本看不清楚。明明刚中过毒，且身边还有我这个累赘，几十个人十八般兵器，却是没一样能近得了他的身。

"哗——"一声响，亦寒手中的青霜剑划出一道寒芒，裹住整个客栈的遮雨布顿时裂开一道半人高的缝隙。亦寒一手抱紧我，另一手长剑脱手。青霜剑带着璀璨夺目的光芒冲着梅娘呼啸而去。梅娘一声娇呼，举起银钩想架住剑的来势，那剑却在她面前忽地一沉，仿佛有一丝暗线牵住了它，紧贴着梅娘胸前，直坠而下。

## 第 22 章　如此幼稚

梅娘的娇呼变为惊叫，我脸上一红，眼见着她胸前的衣衫寸寸裂开，露出鹅黄的肚兜，雪白的肌肤。身旁的都是粗犷男子，此时望着那乍泄的春光，一个个不是羞窘地扭过头，就是直勾勾地盯着瞧，却都忘了攻击。

就在那一瞬间，亦寒松开抱住我的手，人影一闪，已将那长剑捡在手中，又几个起落跃到我身边，抱着我从裂缝中毫不犹豫地跳了出去。

夹杂着黄沙的烈风毫不留情地刮在我细腻的脸上，疼得我只懂闭眼咬牙，任凭亦寒携着我往前逃去，心里万分后悔竟没戴上那条纱巾。

忽然想到子默刚刚未尽的话，忙在心里暗道："子默，你说并非气这个，那究竟是气什么？"

等了半晌却发现什么回应也无，我困难地睁开眼四处看去，却是昏黄的天空，空寂无人的街道，哪里有鬼魂？哪里有长发书生？

"停——停——"我惊惶失措地大叫。亦寒被我的叫声吓了一跳，一个"紧急刹车"停在原地。我从他怀中跳下来，顾不得漫天风沙，用手遮着眼睛，四处看去，一边在心里急叫道："子默！子默！你在哪儿？快出来啊！子默，你别吓我了！子默……"

"我在这儿！"子默略有些疲惫的温润双重音忽地响在耳畔。我猛地转身，看着前方那飘在空中的身影，由远而近，眼眶顿时湿了，刚刚恐惧彷徨的感觉仿佛犹在心间。我瞪着他那双棕色的眼眸，时时深邃，却又盈满抵达不了眼底的笑意，"你去哪儿了？不是说你不能离开我的吗？"

子默不在意地笑笑，"不能离开并非指寸步不离，一定路程内的距离还是可以的。我刚刚只是在意那在里间一直未出来的人，所以想等在原地看看他的真面目。"

我一愣，刚刚在旁边有人？瞧着他，心问："看到了吗？"

子默摇了摇头，脸上带着明显的倦意，"看来始终不能离开水链太远，只不足一炷香的时间，我便吃不消了。我没看到那人，却见陈胜被他们抓了起来……"

"陈胜?!"我脸色大变，望向身边的人，"亦寒，我们居然把陈胜给忘了!"

亦寒点点头，并没有半分诧异之色，只淡淡道："属下没忘，只是在那种情况下，属下并没有十足的把握，可以既救出他，又救出公子。"

我正待说话，却见空中的子默忽然地从高空直坠而下，我吓得"啊"了一声，惊惶地想去扶，他的身体却如空气般从我指尖穿过。我愣愣地看着自己的手，一时心里说不出的难过。却听子默虚弱的声音道："伽蓝，转动水链，把我封进去，我必须……恢复真元……我不在的时候，别冲动，尽量听风亦寒的。"

我连忙点头，"子默，我知道了。你……你快回水链……"想着，我连忙转动手上的紫色水晶手链，只见白光一闪，跌倒在地上的子默已然幻化成一道光影窜入了手链中。

"公子，怎么了?"亦寒见我怪异的举动，忍不住满目忧心。

我摇摇头，见子默安全，心里的积郁总算好了几分，问道："亦寒，怎么办? 我们要去救陈胜吗?"

亦寒毫不犹豫地摇头，"公子，此处仍属险地不宜久留。我们……"

我一惊，难以置信地看着他毫不在意的态度，亦寒他……竟对陈胜的生死丝毫不关心吗? 我深吸了一口气，望进亦寒漆黑的眼眸中，一字一句地道："亦寒，我想去救陈胜。"

"公子……"亦寒眼中出现了惊怔，良久才道，"公子可清楚自己此刻仍未脱离危险?"

"我清楚啊!"我皱紧了双眉，从他漆黑的眼中看到了自己秀美绝伦的脸上，有种泫然欲泣的恳求，"可是亦寒，我们三人是一起出来的，如今怎么能丢下他不管? 无论如何，那都是一条人命; 无论如何，他都叫我一声老师啊……"

"公子不必再说了!"亦寒打断我，神色淡漠，口气却是无比决绝，"无论如何，让属下先送公子去驿站，回头属下自会派人去救陈先生……"

"不行!"我低吼地打断他，"那样如何来得及? 就算能救得了他性命，他也必定受尽折磨!"

我又深吸了一口气，声音有几分沙哑："亦寒，那毕竟是一条人命啊! 你怎么能如此无动于衷呢?"就算我能以临宇的身份生活，我也始终没有办法接受他们完全不把人命当一回事的态度。难道，人可以自私地只顾亲人的死活就够了吗? 难道，我可以麻木到眼睁睁地看着旁人在我身边死去而无动于衷吗? 不! 我不能! 我也绝不想变成如此冷血的人。

亦寒眼中墨绿色的光芒忽明忽暗，面上明明冰冷如昔，眼中的复杂情愫却似两团火焰在燃烧，只是当时的我看不懂。沉默了良久，他才缓缓吐气道："那公子待要如何？"

我心中一喜，以为他是同意了，忙道："亦寒，我知道就算没有你，夜部的人也一直守护在我周围。我会乖乖待在这里，求你去把陈胜救出来。"

亦寒轻轻垂下长长的睫毛，冷峻的脸上淡淡地看不出半分情绪，他微微颔首道："公子恕罪，这个命令，属下恕难从命。"

"为什么?!"我难以置信地大喊。一直以来，亦寒对我的要求就从未拒绝过，害我以为他真的会包容我所有的任性。更何况这一次……这一次我明明没有错。

亦寒猛地抬起头，眼中的墨绿光芒一闪而逝，神情冷峻得比之捕影更令人颤抖。然而，也只是一瞬，便又回复了那凉薄的气息，淡淡道："对属下来说，唯有公子的安危才是最重要的。"

"我不是说过有夜部的人保护我吗?!"我气得浑身发抖，这个人到底把人命当什么，冲他大喊，"这是命令！如果你今日不肯去救，以后就别认我这个主子了！"吼完我才发现空气中异样地静，亦寒的嘴角轻轻勾起，垂下的眼眸看不见，我却被他浑身散发出来的悲凉和冷意吓了一跳。良久才听他沉沉的声音响起："既是公子的命令，属下自当遵从。"

他朝天空吹了个响哨，只见一个全身黑衣的男子从对面屋顶上一跃而下，跪倒在我面前，沉声道："秦夜参见公子，参见隐主。"

亦寒淡淡地点了点头，示意他起来，面无表情地嘱咐，"不惜一切代价守护公子安全回到驿站。若遇突袭无路可退，就回头来与我会合。"亦寒如刀削般的眉微微一皱，眼中有着几分沉痛的无奈，声音低而冷，"尽量保存夜部的实力，至少……别让自己遇险。"

秦夜的身子微微一颤，抬起头露出一张清秀年轻的脸，被风吹裂的唇一开一合，带着无限的深情和眷恋吐出两个字："师父……"

我一怔，呆呆地看着这两个人，秦夜叫亦寒师父？可是亦寒看上去不过二十岁上下，绝不会比他大多少，怎么会是他师父？

"隐主。"秦夜顿了顿显是意识到了自己的失态，忙低头道："属下定会保护好公子。还请隐主……自行小心，一定要平安归来。公子可以离了任何人……但绝……离不开隐主。"

空气中隐隐波荡着一种一去无回的决绝和离别的伤感，只是那时的我太蠢太傻太自以为是，所以什么也察觉不到。无论是亦寒迫于无奈地从命，秦夜的视死如归，还是子默临走前的警告，统统抛到了脑后。当时的我以为，自己伟大而善良，仅凭一句话，一个命令，就可以救人性命，诲人不倦。当时的我真的以为，在这个世界，我可以永远坚持自己的信念。

我和秦夜走在路上，他沉默无言，周身都散发着淡淡的冷意。有许多念头在我脑中闪过，秦夜为什么叫亦寒师父，他们效忠的究竟是临宇还是亦寒，只是这些也不过是想想而已。真要问出来，临宇"失忆"的事也就暴露了。

"你在生气吗？"沉吟了良久，我最终还是忍不住开口。

秦夜显是没料到我会与他说话，微微一愣，躬身道："属下不敢。"

气氛有些尴尬的静，秦夜嘴角连续抽动了两三次，脸上的表情欲言又止，可最终归于冷漠的平静，沉声道："公子，我们的命都是公子赐予的，又岂能生公子的气，还请公子不要多虑了。但此地实在不宜久留，请公子恕属下放肆。"

我还没来得及问他放肆什么，只见他一个转身掠到我身边，手穿过我腋下将我夹带在侧。片刻间，我只觉头晕目眩，身边的景物飞速后退，空落落的胃更是翻滚得难受。

忽然想到亦寒的怀抱，他每每不是抱着我，只是揽着我的腰或这般提携着我，速度甚至比秦夜快了一倍，可是我却从未感到晕眩恶心或是紧张过。心里有些酸涩的痛，夹杂着内疚和担忧，亦寒不会有事吧？不！肯定不会的！他那么高强的武艺，怎么会有事？

忽然，急行中的秦夜刹那间停滞下来，由于惯性他的上身往前猛地倾斜了一个巨大的角度。我"啊"地惊叫了一声，跟着被甩出去，左肩重重地撞在墙上，痛得我龇牙咧嘴。

脚步声轻若蚊蝇，我却清楚地感受到那至少是几十个高手的步伐。我忙回过头去，却见一身黑衣的秦夜右臂鲜血淋漓，面色凝重地挡在我面前。

"秦夜，你受伤了？！"我扶着墙站起来，骇然惊叫道。

"别过来！"秦夜大吼了一声，眼内锋芒似利箭，"公子让师父离开身边，就该想到这种情况的发生。"他连看都不看我一眼，挥了挥手，刹那间，十几个黑衣人面罩头巾，手握长剑降落在我身边，团团围住我。

一声轻柔的笑声自前方围堵我们的人群后响起，只见换过一身白色镶金武士服的梅娘款款走上来，巧笑道："主上说秦公子身边即便没有风亦寒，也绝乏能人。梅娘本还不信，现在却不得不佩服主上的神机妙算。要杀公子，果然不是易事啊！"

我猛地瞪大了眼，脸色瞬间惨白，指向她的食指似被冰水包裹，冷得我颤抖，"你为什么会在这里？亦寒呢？"

"秦公子这话可问得相当无趣了。"梅娘咯咯笑着摇头，似是对我的无知很是不解又觉好笑，"青霜剑风亦寒天下有几人敢撄其锋，想杀秦公子，自然只有引他离开公子身边。至于他现在如何，就要看我们主上是否愿意手下留情，给他一个痛快了。"

"主上毕竟是主上。"梅娘笑得万般无奈，却又纯然地崇拜敬佩，"是梅娘不自量力才与主上打赌说少年丞相怎可能如此幼稚，轻易上当？谁知……"她摇了摇头，嘴角带笑，眼中却露出万分鄙夷的神色，斜睨着我，淡淡道："伊修爱尔女神之子赤非，说你与天星流剑派的星魂齐名，当真是污了主上名头。"

# 第 23 章　亡命追逃

"公子，你躲在这里，千万不要出去，知道吗？"秦夜将瑟瑟发抖，浑身是血狼狈不堪的我安置在墙角的垃圾堆中，沉声道。

他的面色惨白冷汗直流，身上到处都是大大小小的伤痕，却似是毫不在意，喘着粗气对我说："公子放心，师父非一般人，即便是那柳岑枫也断不可能轻易擒杀他。公子只需好生地等在这里，师父一定能找到你的。"

"秦夜……那你呢？"我一把拽住他冰凉沾血的手，语带颤抖，声音哽咽，"对不起，如果不是我……"

"我去引开他们。"秦夜朝我笑笑，不知为何那笑总有种人之将死的温和，声音沉沉，"属下向师父承诺过，一定会护得公子周全。"顿了顿，他抽回手又道，"请公子不要自责。我们修罗暗营的人能有今天，托的都是公子的福。公子赐予我们全新的生命，师父教授我们武艺，这一生，能为公子和师父而死，秦夜死而无憾了。"

眼泪潸然而下，我抱膝躲在腥臭的垃圾堆中，只觉心头的内疚和恐惧像毒蛇一般侵蚀着我的心灵。秦夜要为我而死，为了保护我而死，我却连阻止的勇气都没有。枉我在两个时辰前，还信誓旦旦地对亦寒说：你把人命当什么？如今，我眼睁睁地看着夜部的成员为了保护我而一个个倒地身亡，却只担心着自己会不会死。原来，我所谓的坚持，所谓的善良，不过如此。那是只有在确保了自己的安危后，才有闲情谈的高贵情操。

时间一分一秒地过去，我的心被无边的恐惧环绕着。天空仍是黄沙漫天的白日，我却像在冰冷的黑夜中浸泡，无论如何努力都不能克制住自己的颤抖。

我试过转动水链，可是却没有丝毫动静。子默……连子默也厌恶我了。如果，如果子默一直在我身边，我绝不会陷入这样的绝境。如果，我听子默的话，不要那么自以为是……夜部的人就不会死，秦夜就不会死，亦寒也不会身陷险境。

我将头埋进双手间，泪水一遍遍浸透衣衫。天为什么还不黑呢？我想回家，我想回到徐列身边。我真的厌倦来这个世界了，我想我是不适合这里的。这次回去，我是不是不要再回来了。宇飞，宇飞……怎么办？害死了那么多人的我，又该怎么办？

"堂堂金耀国丞相，名动天下的女神之子赤非，想不到初次见到，竟是这般落魄的模样。"

我骇得心脏一阵紧缩，猛地抬起头来，对上一张极端诡异的脸。面白无须，双颊晕红，发长过膝，一双眼睛却只有绿豆大小，如今更是压成了一条线瞧着我。

我打了个战，往后缩了缩，带着哭腔问："你……你是谁？"

"在下火翎国柳太傅座下白无常，对公子之名当真是久仰久仰。"他连说了两个久仰，脸上的神色却是说不出的嘲笑鄙夷。

我低头看了看自己狼狈的模样，耳边似响起了子默肃然的话："伽蓝！这等时候如何能发傻！你面对的是风吟国的太子妃，一个应对不当，丢的便是金耀国的体面。"

"无论文斗武斗，两人对峙，首要的便是气势。收起你所有的自卑和怯懦，想着你就是临宇，是金耀国一人之下万人之上的少年丞相，是伊修大陆……"

我深吸了一口气，扶着墙壁缓和双脚的麻痛，从地上艰难地站起来。没有亦寒，没有子默，我就一无是处。可是，我至少还有临宇的躯体、名声以及责任。无论如何，哪怕只有一分，我也要做最后的努力，让他们的付出与我对等。

我看着他，认真地问："柳岑枫这次究竟派了多少人来杀我？"

白无常有些诧异地看着我，绿豆眼微微眯起，神光不断，声音又尖又细，"公子的命金贵得很，为了杀公子，主上手下梅兰秋菊、黑白无常都到了。"

我听不懂他说的什么，只留心记了下来，又问："你是来杀我的，还是抓活的？"

白无常一愣，随即哈哈尖笑道："这才有几分少年丞相的豪气。主上说了，能抓活的自然好，能带回尸体也是大功一件，两者皆难办到时，务必要让公子你死绝死透，尸骨无存为止。"

我浑身一颤，打了个抖，脸上的血色褪了个干净。这个柳岑枫，好狠。

"秦夜……我的手下，死了吗？"我咬着唇，很是困难才将话吐全。

白无常长发飘散，笑得好不开怀，"听说被梅娘钩出了肚肠，小黑嫌他面皮长得太过好看，于是剥了下来……"

"不要再说了！"我大叫着捂上耳朵，眼泪扑簌而下。秦夜，秦夜，都是我害了你！

"哈哈哈哈……这就是少年丞相？"白无常大笑着冲我走来，"主上这回可真担错心思了！如此窝囊，娘娘腔之人，有何可惧？"

我眼看着白无常一步步冲我走来，脚步轻盈，落地无声，笑声却肆意尖锐刺耳。我退一步，他进两步，直到我退无可退，他还是在进。

我忽然想，我死了会怎么样呢？回到现代，过我幸福的生活，虽然可能一辈子要怀着对宇飞的歉疚。在这里，云颜会伤心，李叔会难过，子默会回归孤寂，亦寒若是活着也必悲痛欲绝……可是，不是我不努力啊！我是真的没有办法活了……死亡的恐惧，正笼罩着我。

白无常忽然伸出手，本是修长的手指上尖锐的指甲猛地突出，冲我胸口疾刺过来。我"啊"地叫了一声，绝望地闭上眼，胸口的剧痛传来。

"公子！"惶急、焦虑、担忧，那是怎样的心情交织而成的声音？

我猛地睁开眼，忘记了眼前要杀我的人狰狞的脸，忘记了胸口的痛，只望着身后风尘仆仆而来浑身是伤、少年白发的男子，眼泪潸然而下。

白无常撤回手，尖啸了一声，回身与亦寒缠斗在一起。那是我看不清的几个起落，胸口的痛也让我没办法去细看。只知一声凄厉的惨叫响起后，白无常倒飞出去，撞在墙角，半天爬不起来。而亦寒却是面色惨白地一个趔趄，额前的那一缕银色沾血飞舞，随即他顾不得调息，跃到我身边，一脸焦急，"公子！公子！你怎么样？"

我捂着胸口，待那阵疼痛过去，却发现自己其实并没有受致命的伤，显然是那件奇怪的马甲替我挡去了攻击。亦寒细细查看了我全身，待发现我果然没受什么伤，才松了口气，竟是情不自禁地伸手将我搂在怀里。

我呆呆地由他抱着，脸贴在他胸口，闻着他身上的血腥味夹杂着特有的清冽之气，心口再一次不可抑制地跳动起来。我已经分不清，那究竟是临宇的感觉，还是自己的感觉了。

亦寒像是忽然意识到了什么，猛地推开我，苍白的脸上一片凝重，又像掩饰着什么，扶起我道："公子，属下已让陈胜回驿站找人求援，我们赶快去与他们会合吧。"

我心里一痛，满心的愧疚竟是无处诉说，满腹的担忧竟是无从询问，只能点头，由着他小心地挽扶起，离开这个腥臭的垃圾堆。


直到如今我才知道，什么叫真正的天罗地网。柳岑枫是铁定了心，不会让我生离普华街。亦寒带着我从这个巷口窜到那个巷口，从东边屋顶跃到西边屋顶，可是每条路顶多走不过三四里，亦寒就必然皱着眉寒着脸回头。我知道，那代表着，此路不通。有时甚至躲避不及，会碰上迎面而来的杀手，前无去路后有追兵，若非亦寒强到变态的武功，我们早已死了千百次了。然而，饶是如此，我也清楚地知道，亦寒身受重伤，恐怕已离油尽灯枯不远了。

亦寒不时查看着沿路巷口墙角的标记，竭尽所能往路标所指的方向赶去。我知道那是夜部的人留下的记号，目的地必然是安全无虞的，只要等在那里，陈胜便会马上带人来救援。

我被携在身侧，看着他面色发青，双唇泛紫，那一缕刺眼的银丝不时拂过他俊挺却极憔悴的面庞，不知预示着一种怎样的痛苦和牺牲。我什么都做不了，除了不时将那一缕银丝拂过来，除了不时擦掉他额头冒出的冷汗。明知他做这一切都是为了临宇，我还是忍不住想大声问他：何苦……何苦拿命来拼呢?!

"公子……"亦寒虚弱的声音近在咫尺，"我们到了。"

我一愣回过神来，看清了周围的景物差点惊呼出声，连忙死死捂住自己的嘴才低声道："亦寒，我们……我们为什么又回到龙门客栈了？"

"龙门?"亦寒疑惑地重复了一遍，这个客栈其实根本没有任何牌号挂在上面。他摇了摇头，似是要让自己保持清醒，才道，"最危险之处，也是最安全之处，陈胜大概是这个意思。"说完，一手携了我，如鬼魅般自一个雨布的缝隙穿了进去。

一阵潮湿之气扑面而来，我诧异地望着四周，这里竟是一个酒窖，里面还储备着一些粮食。我饿了一天，刚刚又把腹中所食都吐了出去，一见食物顿时开心地扑了过去。

亦寒也未说什么，只是跟在我身后，淡淡道："公子若觉食物有异，切不可咽了下去。"

我正拿着手中的干粮准备一口吞，闻言不由愕然道："为什么?"

亦寒叹了口气，将外衣脱下来铺在地上，随即扶我过去坐下，自己则席地盘腿坐在我身侧，低声道："公子的六识从小就有异于常人，长大后虽已不再如当初那般灵敏，但只要凝神，听力和眼力仍非常人能及。尤其味觉、嗅觉，因为夫人后天的培养，公子对于毒素，已是入口可辨，嗅之即避。"

"啊——"我低叫了一声，这临宇果然不是普通的厉害，想起一事不由得惊奇道，"亦寒，我既然绝无可能中毒，为何那日醒来……"

亦寒抬头看了我一眼，漆黑的眸子静默如水，完全看不出所思所想，只沉声道："属下当日赶到时，公子已身中剧毒。究竟如何中的毒，属下并不清楚。"

我低低地叹了口气，将手中的干粮递了一半给他。我取了些水，他则直接开了坛酒，两人静寂无声地在这昏黑的酒窖中养精蓄锐。

"亦寒，你的伤……严重吗?"我低声问。

亦寒低沉冷漠的声音，却奇异地能安抚人心，"公子不必担心，调养一日就没事了。"

我咬了咬唇，心底的愧疚难过像虫蚁噬咬在心间那么痛痒难忍，我哽声道："亦寒，对不起，如果不是我无理取闹，夜部的人不会死，你也不会受这么重的伤。我……"

"公子。"亦寒轻轻打断我，平静地道，"属下知道公子在执著些什么，当年，公子也曾那样斥责过属下的冷漠，也曾如今天这般向属下道歉。公子这次醒来可能忘了许多事，但属下不会忘记。公子，你不过是在重走当初的路而已。"

我呆呆地看着他，他是那么的冷静平和甚至淡漠，可是我心里的震惊却根本没办法用言语来表达。他说，我在重走临宇当初走过的路，他竟说我在重走临宇走过的路。那一刻，心像着了魔一样根本由不得自己控制，我仿佛游离在天外，看着自己缓缓伸出手，晶莹素白的手指，指尖微微透明，含着凉意，抚上他更加冰冷的面颊。

我歪着头，表情温柔，眼中却仿佛有着如海的深情，直直望着他，声音是那般的清润动听，仿佛被海风吹动的紫贝风铃，"亦寒，那样艰苦的路，你可愿重新陪我走一遍？"

亦寒眼中墨绿色的光芒一遍遍闪烁，忽然猛地将我抱在怀里，紧紧搂住。揽在我腰间的手紧而颤抖，托住我发丝的手轻柔而坚决。他明明什么话也没说，我却能感觉到那样深的感情，那么刻骨的爱，他对临宇的爱，从他的每个细胞渗透出来，流入我体内。

忽然就有种悲凉到绝望的情绪涌上了心头，我猛地推开他，将自己的脸埋入双膝间，一遍遍在心里喊：临宇，是你吗？是你吗？如果你的灵魂还残留在这个身体里，如果你那么爱眼前这个男人，为什么不回来？为什么要将什么都不懂的我拖入漩涡中？

我看不到亦寒的表情，只是听到他淡漠而平静的声音，一如往常那般在我耳边响起："公子放心，无论如何，属下都会陪公子走下去的。"

我抬起头来看着他坚毅而冷酷的侧脸，心不可抑制地柔软酸痛，却又委实分不清这到底是谁的感觉。正待说句感谢的话，眼前忽地金光一闪，子默长发白衫，头戴书生帽的样子在空气中缓缓成形，正带了几分倦意和慵懒，笑看着我。

# 第 24 章　任何代价

子默有些茫然地看了看周围，显是没弄清楚情况，不由问道："伽蓝，这是哪儿？"

"子默，子默，子默……"我在心里不断默念着他的名字，刚刚几个时辰中恐怖的画面在脑中一一闪过，如果他是个实体，我定会冲过去抱住他痛哭，一如在现世跟朋友诉苦一般。

子默认真读取着我脑中的所思所想，起先还有些好笑而无奈的笑容挂在脸上，慢慢地却是脸色越来越凝重，到最后，明明是那般透明的面庞却青筋暴起地泛紫，明明是棕色的瞳仁却仿似凝成了冰箭，直射向我。

我骇得往后缩了缩，却见他面色一变，仿佛想到了极为恐惧的事，冲着我大喊道："快离开这里！"我一愣，还没来得及询问，他已是劈头盖脸地骂了过来，"我从未见过有人能蠢到你这种地步。我警告过你多少次不可轻易相信旁人，你竟非要受过莫大的挫折，才能明白我的话吗？你以为身边多的是修罗的人保护你就有恃无恐，可有想过，柳岑枫若非有十足把握切断你的援兵，如何敢在金耀境内放肆？那陈胜几番刻意接近你，又将你引入危险之地，如此明显的用意，你竟半点不察？他定是早在被抓的时候就和柳岑枫联成一气了！"

"你……你在说什么啊？"我呆呆地，骇然欲绝地望着他，不！我不相信！我绝不相信，夜部那么多人牺牲性命救回的竟是……竟是……"子默，你说陈胜是火翎的奸细？"

子默狠狠地瞪了我一眼，道："我现在没空跟你讨论这些。取些这里的食物，你们赶快离开！是生是死，就只能看天意了！"

我一时心神大乱，脑子里惶惶然空白一片，仿佛机械般地爬起身顺带拽上亦寒，喊着："逃！亦寒，我们快逃离这里！"

亦寒诧异地看着我，我已是混乱一片，只是按着子默的指示，带上皮水壶，胡乱塞些干粮。亦寒虽面带疑惑，却还是静静地与我一起收拾。全部整顿好后，我们移开裂缝前的酒瓶，从那缝隙钻了出去。

刺眼的光线和割裂人皮肤的黄沙让我忍不住举手遮住自己的脸，亦寒是跟在我身后出来的，但为了安全，一只手一直搭在我腰间。我正待起身，忽觉揽在我腰间的手猛然一紧，亦寒几乎是在一瞬间紧绷了神经。

"秦丞相，风护卫，柳太傅座下梅兰秋菊、黑白无常在此恭候多时了。"一道熟悉的清脆嗓音就在前方几米远处响起。

我缓缓地直起身来，无法置信地看着眼前重重包围我们的杀手，梅娘走在最前面，一身白色武士服，一脸清丽的笑容，那是一种绝对势在必得的笑容。

后面的人长相美丽的也好，诡异的也好，我都看不清。我听到子默那种无计可施的叹息声，亦寒静而平和的心跳声，心中忽然有种悲怆的绝望，又夹杂着太过惊异的麻木。

原来，这就是穷途末路的景况；原来，这就是自以为是的下场。

子默叹息了一声，语气萧索地道："陈胜绝非火翎国的奸细，但他想置你于死地的用意却是不容置疑的。我不知他究竟与柳岑枫或其手下谈了什么，但很明显，他能平安被亦寒救出，能活到现在，绝对是与他们达成了什么协议。我当时太过虚弱，来不及与你说明，所以才让你一切听风亦寒的。他虽不及你聪明，却胜在冷静谨慎，而且一切以你的安危为优先。谁知，你……竟还是到了这个地步。"

"伽蓝！善良并不是坏事，但那些被你愚蠢的善良害死之人该找谁诉说去？你让风亦寒回头去救陈胜，可有想过他为了你的一时善良，要付出什么代价？你让从来隐在暗处的夜部出来保护你，可有想过你一时救人的快意，换来的是临宇多年心血的徒然，暗营实力的暴露。你想做那救民于水火的良人，却抱着如此天真、如此幼稚的念头，不辨敌友，不分轻重；你想秉持你不轻视人命的信念，却偏偏害得这几十人因你的一念之差而平白丧生。"

我的面色一分白似一分，脑中一幕幕回放着夜部的人一个个倒在面前时的凄绝，耳边回荡着秦夜的话：公子让师父离开身边，就该想到这种情况的发生……这一生，能为公子和师父而死，秦夜死而无憾了……

"林伽蓝……"子默对我的后悔痛苦视而不见，只冷冷地道，"你究竟是太过愚蠢，还是骨子里自私得彻底？你竟从未想过，你这般好心做成的坏事，让人无从责备，无力谩骂，甚至比那蓄意而谋的恶意，更让人痛恨吗？"

我猛地捂住脸，滚烫的泪珠从指缝间一滴滴渗出，又滴落在这被黄沙掩盖的地上，消失无踪。对不起！对不起，亦寒！对不起，秦夜！对不起，夜部的每一个人！我浑身瘫软，若非亦寒扶着我，我早已跪倒在地上。

前方围住我的火翎杀手全都露出鄙夷的神色，但面对亦寒却仍是万分警戒，半点不敢松懈。

子默浮在空中四处看去，似是自言自语般地叹息道："四面，不！三面的路都被封死了。只是那个死路，封与不封又有什么区别呢？"

亦寒仍是那淡淡冷冷的表情，护着我，迎着前方排山倒海而来的杀气。我定了定神，擦去脸上泪珠，心中只觉，我做了如此大的错事，此刻即使要死了，也不能如此窝囊辱了临宇的名号。更何况，亦寒仍在战斗，我如何能逃避放弃？

子默四处而散的目光忽然一滞，脸上露出了深思凝重的神色，我顺着他的目光看去，发现竟是匹双峰骆驼，上面挂着些行李，恐怕是普华街中某个行商的。

子默忽地回过头来，看看亦寒，最后目光落到我身上，冷冷道："你想生想死？或者，我该问你，你想风亦寒生或死？"

我呆呆地看着他，完全不明白他的意思，"子默，你在说什么？我自然希望他生。"

子默嗤笑了一声，连望都懒得望我一眼，仍道："无论付出什么代价？"

我只觉浑身忽地一冷，竟打了个抖，想说是，可是却有种诡异的恐惧在心底滋长。我的确是自私的，无论亦寒为我做到什么地步，我仍是不肯为了他的生，而承诺付出任何代价。

子默脸上的笑容更冷，指着那骆驼道："你怎么考虑都无所谓。我只告诉你如今唯一的逃生之路。让风亦寒抢了那骆驼，逃入塔拉干沙漠。"

"什么？！"我惊骇地看着他，"你说……沙漠？"

"没错。"子默棕色的眼眸一瞬不瞬看着我，那冷漠那怨责终于褪去了几分，夹杂了丝丝的无奈，"穿越被称为'魔鬼之洲'的塔拉干沙漠，抵达湘西西部边境，与金耀国军队会合。否则，别无他法。"

沙漠……茫茫无际的黄沙，骄阳烈日，无始无终的道路，干渴恐惧的滋长……在现代的电视中我并非没有看到过。即便是精良的装备，大队的人马，最终又能有多少幸存者？我……我能忍受这些吗？我能活着走出那片沙漠吗？死了，我能回到现代，除了宇飞，无牵无挂。活着，我却要受那烈日黄沙之苦，便是此刻，我都仿佛看到了自己在沙漠中孤独恐惧的模样。

我侧过脸，看着亦寒俊挺冷漠的侧脸，他的眼中连一丝怨责、一分慌乱也没有，只坚定地护在我面前。那一缕银丝，与当初不同，从几个时辰前就未褪去过，仿佛预示着从此以后，他可能就要以二十岁的少年之龄，顶着三十岁的沧桑了。

那抹耀眼的银白终于刺痛了我的心。我默默地点头，按照子默的指示，拽过他的手，在他身体的掩护下，于他掌心写下几个字：抢骆驼，进沙漠。

他猛地回头，一脸惊异地看着我，漆黑的眼眸波光闪烁，似在一遍遍询问，是否当真如此决定。我胸口一酸，几乎又要落泪，忙点了点头。

此后的几分钟，当真只能用瞬息万变来形容。面对梅娘他们的进攻，亦寒完全反其道而行，竟是背着我闯入最强大的战阵——梅兰秋菊、黑白无常之间。寒芒在我眼前忽闪，有好几瞬，我的眼前一片迷茫的白雾，完全看不清东西。

兵刃交击的声音在耳边忽轻忽重，亦寒背着我不时向驿站的方向突围，渐渐地所有的兵力都集结到了来路的方向。我知道，亦寒等的就是西北方防守最薄弱的时候。

亦寒挥剑挡开梅娘和另外两个女子的凌厉攻击，没有一丝喘息的空隙，黑白无常比肩的双掌便劈了过来。本握着剑的亦寒眼中绿芒闪过，竟是忽地撤剑回鞘，拼着本就虚弱的内伤，实打实硬接了他们一掌。

我拢着亦寒的脖颈，在他清凉的背上感受到风沙拂过脸面的刺痛。我们两个像断了线的风筝一般朝着西北方向坠去，直直靠在骆驼身上，才一个趔趄站稳。

骆驼嘶叫了一声，显然是受了惊吓。亦寒猛地吐出一口血，却根本来不及擦揩调息，抬手扬剑斩断拴住骆驼的长绳，将我一把抱到骆驼背上。

青霜剑高高扬起，剑身狠狠拍在骆驼臀部，那载着我的骆驼哀鸣了一声，便开始向着客栈的后方，无尽的沙漠跑去。我身子悬空，只能笨拙地牢牢抱住驼峰，啊啊尖叫。

亦寒却不顾我呼救，回转身面对追上来的众人，长剑忽地插入地面。我回过头去，本想叫他回来，本想说亦寒你若不走，我绝不独自逃生。可是，看着眼前的一幕，我却惊呆了。

亦寒的长发忽然在风中飞扬起来，青丝夹杂着刺目的银白，浑身都散发出冰冷的气息。他的手横举在胸前，两手交叠幻化出千般手印万般幻影。所有人都惊呆了，只为那一刻亦寒千军难敌的气势，超乎常人的冰寒，仿佛要吞掉这山河，灭掉这天地。

夹带着黄沙的风开始在亦寒的周身旋转飞舞，就像以他为轴心的一场漩涡向四周蔓延开去。所过之处枯树枝叶断裂脱落，木质的房屋吱嘎摇晃纸窗破裂。火翎国本还待围上去的几个人身不由己地撞在了一起，齐声发出凄厉的尖叫，本待袭敌的兵刃却是通通刺入了战友的体内。一时间血肉横飞，惨叫连连。

骆驼越跑越远，远得我快要看不清亦寒的面容了。一种深切的恐惧涌上心头，难道……难道亦寒准备牺牲他自己吗？不！不会的，他一定会赶上来。然而这种念头一旦产生，却再也挥之不去。我惶惶然回头，扯着沙哑的嗓子大叫："亦寒——！亦寒——！"

风暴戛然而止，我看不清火翎国众人的惨况，只将悲喜交加的目光牢牢锁在那几个起落飞跃而来的青色身影上。背后猛地一暖、一沉，亦寒几乎把他全部的重量都靠在了我身上。我的恐惧却一瞬间消失了，只知那背后的温暖，肩上的重量，无论如何会保护我，不受伤害。

我稳着骆驼回头望去，只见火翎国众人中能站起来的不足十人，且都摇摇欲坠，没有骆驼，至少短时间内是追不上来了。忽然，我的目光胶着在远方越来越小的一点，那洁净得仿佛不该在人间出现的雪白，那自客栈二楼飘然跃下的身影。

我看不清他的脸，但却知道他看着我，牢牢地将不冷不热、似笑非笑的目光定在我身上，嫣红的唇轻启，不知说了句什么。

柳岑枫！几乎第一时间我就猜到了他的身份。这个与临宇齐名，震慑伊修大陆的火翎国白衣太傅。我猛地回过头，死死压住胸口一下一下跳跃的麻痛。残留在心底最深处，那是一种什么样的感觉，似痛非痛，像是恐惧，又像绝望……临宇……是你吗？这仍是你的感觉吗？

"临宇……我就再给你一次机会……"

我猛地抬起头望向不知何时飘浮在空中的子默，呆呆地回不过神来。

子默幽深莫测地一笑，棕色的瞳仁中闪烁着兴奋的光芒，仿佛是一个久未逢敌手的勇者终于觅到了与自己势均力敌的对手。在漫天的黄沙中，在无望的绝境下，子默的眼眸却是亮若星辰，嘴角轻勾，淡淡道："这是他刚刚望着你时说的话。"

少年相世外客
上部

# 第 25 章　长路漫漫

塔拉干，在伊修神之语中的意思是魔鬼，所以，塔拉干沙漠范围内的一个无法想象的庞大地域，就被称为"魔鬼之洲"。我不知道塔拉干沙漠究竟有多大，只知坐在骆驼上望着前方的茫茫无际和后方的无边无涯，除了绝望，还是绝望。

在滨胜的时候我以为，普华街上的太阳已经够烈了，风沙已经够大了。可是进到沙漠才知道，那根本连沙漠的万分之一都及不上。漫天的黄沙不时翻卷，偶尔不小心瞥到那直直挺立，一半掩盖在沙漠下，一半面向我们的骷髅，我就会恐惧地大叫，想不出他们是怎么死的，而我们又会怎么死。

身边，除了沙子还是沙子。明知在沙漠中白天不该行走，明知我们的饮用水连三天都撑不到，可是我们却不得不走。因为子默说，这里的沙丘移动速度太快，难保什么时候不会卷来沙暴，我们必须尽快离开到达峡谷地带，或是找到沙漠中的古城遗迹。

亦寒单手控制着骆驼，另一只手用他自己的衣衫牢牢包裹住我全身，将我护在怀中。然而，沙子还是一点点钻进我的眼耳口鼻，在这个温度超过五十摄氏度的地面上，我能清楚地感受到，亦寒的身体一点点从清凉变为湿热。

我们都没有说一句话，风沙根本容不得我们说话。我紧紧揪着亦寒胸前的衣衫，将脸埋在他胸口。偶尔亦寒会把水壶递到我唇边，让我润一口我们那珍贵的水，而他自己却自始至终没喝过一次。

天渐渐黑了下来，仿佛是瞬息间的事情，温度从极热变为了极冷，但风沙却渐渐小了。我们选了个看上去固定的沙丘，又将骆驼牵过来挡在身前，准备休息一个时辰左右再出发。按照子默的说法，沙漠里讲究的是"夜行晓宿"，在饮用水不足的情况下白天赶路，那无疑是自寻死路。

我瑟瑟发抖地缩在亦寒怀中，这里几乎寸草不生，我们想取火也没有半点法子。一路无语，亦寒如抱婴孩般拥住寒冷、饥渴、恐惧的我，终于用他沙哑的声音道："公子，可还撑得住？"

我想说撑得住，心里却酸楚得厉害，腹中空荡得难受，嘴唇都干裂了，可是我却不能吃，不能喝。只因没有找到足够的水，吃干燥的食物，只会流失水分，让自己死得更快。我伸手搂紧了亦寒，身体牢牢紧贴着，从他那儿汲取温暖和安慰，轻轻点头，眼眶却润湿了。

亦寒收紧手，怀抱不知为何有丝融融的暖，却又带着凄凉怜惜的疼。我躺在他怀中，神志逐渐迷糊，但偶尔一阵风吹过，我却又猛地惊醒过来。如此睡睡醒醒，抬头一片黄沙盖天，根本看不到月亮，我的绝望和恐惧已无法用言语来形容了。

"伽蓝，起来！"子默毫不留情的声音重重响起，"我们必须尽快抵达固定的沙丘、峡谷地带。还有……"他顿了顿，声音有了几分凌厉，"你的风护卫早已耗尽了所有的内息真元，五脏皆伤，你却仍要他为了你强运内力吗？"

我猛地一震，抬起头恰好对上亦寒苍白的脸，苍白干裂的唇，无神的眼，虚弱得仿佛随时都可能倒下。牙齿咬紧，唇紧抿，我怔怔地看着他，回忆适才那一丝丝若有似无的暖，只觉心痛到无法想象。而且这一次，我很肯定这是我的痛，实实在在的心痛。

"亦寒……"我哑着声开口，用了多少力气才抑制住泪水的泛滥，"亦寒，何苦为我做到这种地步？"顿了顿，我勉强扯出个随意的笑容，道，"你要活着哦！无论如何都要活着，否则，我一个人怎么走得出这个沙漠？"

亦寒静静地看了我半晌，轻微点头，站起来，又俯下身将我抱起放在骆驼上。我只觉背上一暖，他已跃了上来，牢牢扣住我的腰，低声道："公子放心，属下一定会护得公子周全。"

132

那清清冷冷的声音，淡淡宁和的语调，即便在如此绝境下，也从未改变过。


直到今日今时我都没有办法想象，当初的我在那渺无人烟，甚至没有生命气息的移动沙丘地段，究竟是如何走过那三天三夜的。每天只能喝一升不到的水，傍晚吃一口仅够填胃的干粮，在风沙中不断走，有时连骆驼都不能骑，只能徒步，迷路了就想法走回原来的路线，实在太热了就在沙里挖个洞把自己埋进去。那是怎样的三天三夜啊，若非亦寒一直在身边，若非子默不时在指着明路，若非还有那一点水支持，若非还有骆驼代步，我想我早就崩溃了。

直到第三天凌晨，我们两个都精疲力竭，那骆驼虚弱不堪，水袋也几乎空了的时候，漫天飞舞的黄沙渐渐减少消失，天空也变得清澈透明起来，太阳光格外芒白耀眼，而我们经过三天三夜非人的行走，终于抵达了土地较为厚实，没有大风沙的峡谷地带。

头炸裂般的痛，全身究竟出了多少汗流失了多少水分我已经无力去追究了，因为浸透汗水的衣衫和皮肤摩擦，全身开始起疹。包住头的布巾像蒸过那么热，全身像被掏空了一般，那擂鼓的心跳却一丝不停，仿佛在壮烈宣誓着死亡的到来。

跳上某个海拔较高的沙丘，亦寒脱下自己的外衣扑在焦热的地面，又将我放在两块大岩石的阴影下，低声道："公子先在这里休息，属下去寻找水源。"

我有气无力地靠在发烫的岩石上点头，连一丝回话的力气也没有。脚步声渐渐远离，我头痛恍惚之际却听到了细微的咝咝声。迷离的眼还没来得及睁开，却听子默急切地喊了一声："伽蓝，小心！"

只见一条拇指大小呈黄白花色的蛇正吐着信子在我身旁不足一米处。我"啊"地大叫了一声，脸色惨白地从岩石阴影下冲出去。霎时笼罩的烈日让我头脑一阵晕眩，我趔趄地退了几步，想去找亦寒，却忽觉脚下本是厚实的土地一松，竟崩塌了下去。

"啊——"我大叫着，从那高逾十米的沙丘上摔下去，凹凸不平的沙墙擦着我的脊背，沙砾刮着我的面颊，凝结的岩石撞在手上脚上。痛，那是无法言喻的痛。

"伽蓝！抱住头！"子默忧切的大叫在我耳边回荡。

我身在半空，痛得神志都迷糊了，身体却仍在下落。可是，那并非垂直下坠，而是贴着暗藏利刃的岩石翻滚、下滑。我紧紧抱住头，蜷缩起身子，在一声轰隆巨响中，坠落在地。身上覆盖着厚厚的沙子和凝结成石的沙块，蜷缩抽搐，浑身是血，只能呻吟。

"伽蓝！"子默用比刚刚更为忧急恐慌的声音喊我，"伽蓝，快起来！塌方……上面的碎岩又要坍塌了……快离开！"

痛……好痛！我在心里呐喊着，口中却只有呻吟。我紧闭着眼，耳中明明听到了子默的话，心中却只能一遍遍喊痛，一声声哭泣。死了，或许更好，那是我心底最深处的话。

"隆隆"的声音又在上方响起，我在沙堆中，心道：今日，临宇便要埋骨于此。

身子忽地一轻，耳边充斥着急促的喘息声，我被牢牢锁在那清凉熟悉的怀抱中，几个起落，轰隆声近在咫尺，嘴中仍含着黄沙，我被护着，重重跌躺在地上。

"咳咳……"我们同时发出剧烈的咳嗽声。亦寒却片刻就遏制住了，将我扶起来，一脸惊惶，目光牢牢凝视着我，"公子，你没事吧?"

我"哇"的一声吐出满口染着血的沙子，眼泪鼻涕流了一脸，却是浑身抽搐，连哭也哭不出来。心里痛极慌极，却觉得那抱住我的人比我更慌更痛，抓布清理我脸的手僵硬而青筋暴起，裹住我的身子更是从刚刚开始就没停止过颤抖。

浑身痛得没有一丝力气了，又倦又昏沉，我迷迷糊糊睁开眼，看到那双布满恐慌和惊痛的眼，惶惶然想朝他笑笑，却是头一偏，失去了意识。

# 第 26 章　逃避

仿佛是睡了很久很久，又仿佛只是眯一会儿眼的时间。我的神志清醒过来，缓缓睁开眼，首先映入眼帘的是熟悉而沉睡中的俊脸，黑色发质略硬的头发，米黄色的窗帘。

屋中黑沉沉的，却也不是全不能视物。我敲着自己的脑袋缓缓转身，想着：几点钟了，要……上学了吗？前几天为了给徐列送文件迟到过一次，这次可不能再迟到了。

床头钟上显示4：15，我长吁了一口气，暗自庆幸着还能安安稳稳地再眯好久，有暖暖的被窝，软软的枕头，舒适的怀抱。不像……

我顿了顿，眨眼看着雪白整洁的天花板，不像什么……我刚刚想说什么来着？轻晃了晃脑袋，我转回身，目光从墙壁上一幅很是抽象的西方画上掠过。黄白的一片又一片，我从来不去管他画的是什么，现下仔细瞄了一眼，跟大片黄沙似的，也不知有什么立意。

黄沙？我心里咯噔了一下，有什么被我忘记了吗？是什么呢？什么呢？

那是一种来自心底深处的恐惧，让我不愿去回想，可是我不想这么浑浑噩噩的，于是我慢慢回忆着，脑中闪过各种场景。

天空昏黄的城镇，朴素典雅的酒楼，明丽惑人的少女，精致可口的菜肴……还有，还有什么呢？我揪着自己的头发，脑中忽然蹦出一句话：公子，别咽下去！

一张俊挺的脸，褪去了平日的冷漠略带焦急地盯着我，小麦色的肌肤有几分泛红，漆黑的瞳眸墨绿闪烁，让人看着看着心就莫名揪紧了。

随即，那张脸从急切变为淡漠，从忧心变为绝望，还有决绝……忽然猛地吐出一口血来。我浑身骤然僵直，一幅幅画面在眼前如走马观花般凌乱替换。

不断倒下的黑衣人，腥臭的垃圾堆，满手满身的血，少年离去时温和的笑容，清凉却舒心地裹住我的怀抱，棕色眼眸中毫不掩饰的怒火，漫天的黄沙，以及最终坠落在血泊下的身影……

"啊啊——"我大叫一声，卷着原本盖住了我和徐冽两人的被子扑通一声滚下床去。脚被床单卷住了，我却仿佛看到了那血肉翻飞的尸体，我尖叫着踢开它，滚爬到桌边。

我就着桌沿起身想去拿水，可是只听噼里啪啦的声响后，水瓶就倒了下来，犹带温热的水顺着桌沿流下。我如发了疯一般，狼狈地爬过去，仰起头，水叮叮咚咚落进我嘴里。我边浑身抽搐，边迫不及待地吞咽水，一个不慎便呛得连连咳嗽不止。

"伽蓝！伽蓝！"徐冽飞奔过来抱住我，声音掩不住地担忧，"怎么了？伽蓝！"

"水……"我犹自冲着那水哭喊，"水！我要水！"

"伽蓝！"徐冽紧紧抱住我在我耳边大吼，"醒醒！"

我猛地一颤，浑身发抖，抬起湿漉漉的头看向他，眼神却迷离而涣散，仿佛犹不知自己在何方。徐冽一手抱着我起来，一手迅速扶正那水瓶，将剩余的水倒在杯里，递到我唇边。

我连忙抢过来，大口大口地往嘴里灌，不时被呛得咳嗽，却不肯停。徐冽轻轻拍着我的背，柔声道："慢点喝，没人跟你抢。"

没人……跟我抢……我低头看着空空的杯子，眼前仿佛晃过了那张苍白而干裂的唇，他连一口水也未曾喝过。我刷地放下杯子，将整个玻璃水瓶捧起，牢牢抱在怀里，仿佛生怕人跟我来抢，一边语无伦次地念着："亦寒……亦寒你一定要喝水……不喝你会死的……我……我这就给你拿水去……你放心……"

我转了个方向就要走，双肩却被狠狠拽住，一双手把我的身体狠狠摇了两下，徐冽怒极的声音在我耳边炸裂："伽蓝！醒醒！你到底在说什么啊?!"

我被摇得头昏脑涨，耳边也嗡嗡作响，可是眼前的景象却慢慢清晰起来。黑色短发，漆黑眼眸，瘦削瓜子脸，还有一身藏青色棉质睡衣。那是……

"徐冽?"我仰视着他，用极低极小心的声音唤他。

"是我。"他轻轻松了一口气，将我抱在怀里，"伽蓝，别怕，我在你身边。"

我紧紧揪着他的衣衫，闻着他身上熟悉的沐浴露香味，紧绷的神经一分分放松，满心的伤痛却沉甸甸地积压在心底。

我无声地哭了出来，泪水滔滔涌出，浸湿他的衣衫，胸口压抑得几乎不能呼吸，浑身是精神压力过度后的酸痛，可惜，怎及我此刻心中惶恐、内疚、害怕的万一。

"徐冽……我好怕！"我紧紧地抱住他，止不住哽咽颤抖的声音中绝望恐慌的泄露，"我该怎么办？……我该怎么办？"害死了那么多人的我，陷入绝境的我，抛下亦寒独自逃脱的我，究竟……该怎么办？

"没事了。"徐冽轻轻拍着我的肩膀，语调像是在哄小孩那般耐心温柔，"只是噩梦罢了，有我在你身边，不会有事的。"

我再也说不出一句话，只知哭泣，迷迷糊糊地哭倒在徐列怀里，感受到他轻柔地将我抱起，放在床上，盖上薄被，然后在我额上落下一个比羽毛还要轻柔的吻。

"这一次……做个好梦……"

"……当年张骞出使西域，除了骆驼马匹并无其他交通工具，却必须经过漫漫沙漠，但最终……"教授一边放映着幻灯片，一边讲得眉飞色舞。

"砰——"我猛地站起身来，面色惨白，接受着四面八方的诧异目光，勉强扯出个虚弱的恳求表情道："老师，我身体不舒服。"

老师看我苍白的面色，点了点头，关切地道："去休息吧，以后身体不舒服，就别来上课了。"

我连书都来不及整理就冲了出去，在众人诧异的目光中，躲到僻静的角落不断干呕。

一张素白的餐巾纸递到了我面前，我接过来，擦干净嘴角的污渍。只觉浑身酸软，忍不住就着那双扶住我的手，走到前方长椅上坐了下来。

我抬起头，望见那一头绚丽的短发，漆黑的眼眸如黑夜星辰般熠熠闪亮，含着担忧和关心看着我，柔声道："伽蓝，怎么了？"

我摇摇头，背贴上长椅，把头靠在她肩上，低声道："薇夜，我是不是个很没用的人？"

沉默，良久的沉默后，薇夜叹气，无奈地道："会问这种话，证明你本身就是个很没用的人。"

顿了顿，见我不答，连表情也没有，她扯着我的头发笑道："你应该这么问。你敢说我是个很没用的人？"那一副趾高气扬的威胁口气，让我忍不住笑出声来。

"终于笑了。"薇夜松了口气，道，"真不知你这两天怎么了，从昨天开始就没真心地笑过。以前吧，人傻归傻点幼稚归幼稚点，看着你的笑容却很开心，好像我自己也会被你感染一样。以前再难过，对上你那臭屁老公时，也是一副笑开花的模样。可是这几天……"

她叹了口气，良久无语，但最终还是问道："发生什么事了吗？"

我抬头看着蓝蓝的天空，徐徐温暖的凉风在我脸上拂过，空气中带着微微的湿气。正是阳春三月好时光，百花盛开，鸟语花香。可是那里呢？我打了个抖，身体不自觉地绷直以防止抽搐。那里却只有骄阳烈日，漫天黄沙。我……不愿回去啊！

"薇夜，我做了个很恐怖的梦，真实得就像现实世界。"我幽幽地说着，"每晚，只要一闭上眼我就会做这个梦，梦里有好多人为了我而死，梦里有人在魔鬼沙漠中拼了命救我，梦里有人不断斥责我骨子里的懦弱自私，可是……我却跑了。"

"伽蓝，那只是梦而已。"薇夜直起身难以理解地看着我。

"可是……对我来说那却是真的。"我哽声道，"我害死了那么多人，我却逃了；我让他带着我进沙漠，我却抛下了他。薇夜，可是……我真的好怕，怕那个世界，怕那么多的血腥，更怕无边无际像地狱一样的沙漠。所以，我每天强迫自己在白天睡觉，晚上醒着……看书也好，上网也好，发呆也好，只要别睡过去，我就能远离那个世界。"

"伽蓝，你……到底在说些什么啊？"薇夜摸着我的额头，又拍拍我的面颊，忧心地道，"伽蓝，我阿姨是著名的心理医生，不如我带你去看看……"

"不要！"我惊吓地一把推开她，"我没有病。薇夜你不懂，你不懂！我只是恐惧，只是恐惧那个世界。我不想再回去了，永远不要回去。对……对！我只要……我只要坚持十五天，就可以永远不用回去了……宇飞……宇飞……我也不管了……"

"林伽蓝！！"薇夜狠狠一拳敲在我肩膀上，痛得我惊叫起来，她瞪着我，眼眸闪亮，却深邃如海，一字一句道，"你这个样子还叫没病？你知不知道这样下去你的精神会崩溃的？！"我避开她的眼睛，抱住头，嘤嘤哭泣，却只不断重复，"我不想回去……不想……不想……"

"伽蓝，你确定清楚你自己的心意吗？"薇夜扶着我的肩膀，柔声缓沉地道，"你确定，回去……会比你此刻的崩溃，更痛苦吗？"


后面的课我没心思再上下去，于是打了电话让老林来接我。一上车，我就把头靠在坐椅上闭起眼。老林问我去哪里，我也只是有气无力地答了句随便。

在大城市中堵车是常事。车子忽停忽行地走着，我睡睡醒醒，头涨痛得厉害，身体也不是很舒服。不知是心理作用，还是真的感冒生病了。

车子终于稳稳地停了下来，老林把我摇醒，我一抬头，"徐天大厦"四个银光闪闪的字立时映入眼中。老林一脸慈祥的笑容看着我，"少夫人肯定是想少爷了吧，那就进去看看。"

我扯出个笑容，推开车门绕过喷水池走进大厦。忽然想到自己此刻的模样会不会很憔悴难看呢？我拐进洗手间，望着镜中自己苍白的容颜，无神的双眼，忍不住用手抚着，轻轻问："林伽蓝，这还是你吗？"顿了顿，我看着镜中那极端厌恶的眼神，无声地骂了句："胆小鬼。"

补了点腮红，我深吸一口气，努力让脸上挂起平日的笑容，走出洗手间。门刚拉开一条缝隙，却听到一阵急促的令人脸红耳热的呼吸声、呻吟声，还有……接吻的声音，衣物摩擦的声音。

我心怦怦跳了几下，掩不住自己发热的耳根，实在没胆子出去，只得待在里面干等。也不知过了多久，久到我都快忍不住冲出去了，那些羞人的声音才逐渐止息下来。

我松了口气，听到一个略带沙哑的女声，带着娇嗔和妩媚说："俊一……别闹了……被人看见不好。"说完，也不知那男的做了什么，女子又发出几声销魂的呻吟。

我却是浑身一震，脑中空荡荡的，只知不断重复想着：怎么会是盈盈？怎么会是盈盈？

冷静下来了却又暗自觉得好笑，是盈盈又怎么了？难道就不准她在公司偷情？只是可怜了晓东……可是，心里急剧的不安是什么？总觉得有什么不好的事会发生。盈盈刚刚叫那男的……

"小妖精！几天不见，是不是有别人满足你了？"一个熟悉的男声低哑地响起。

我惊诧地瞪大了眼。邵俊一，盈盈跟的那个有钱人居然是邵俊一。难怪那天我看到那辆车会觉得眼熟。可是，邵俊一不是说……他是雪儿的未婚夫吗？

盈盈那边还在跟邵俊一调笑，我却在厕所里急得心乱如麻。忽然，有脚步声向着这个方向走来，铿锵铿锵的，一听就是盈盈的高跟鞋。我也不知怎么鬼迷了心窍，一个闪身躲进门后的死角，死死屏住呼吸。盈盈进来四处看了个遍，确定没人，才又走了出去。

"事情进行得并不顺利。"盈盈带着点烦忧又莫名恐惧的声音在门外几步远处响起，"徐冽不知从哪里得到了消息，对你们皇朝很是忌惮，连着我也受到了一定的监控。"

邵俊一沉默了一会儿，才恨声道："一定是水冰烨搞的鬼，也只有凌云才拥有上怀市最完善的情报体系，看来这次公网铺架的投标，徐冽是志在必得。"

盈盈没有回话，邵俊一于是又道："看来偷企划案的方法行不通了。盈盈，你……负责从林伽蓝下手。徐冽现在很宠她……"

"不行！"盈盈惊惶地大叫，"我一直在算计她老公已经很不对了，怎么能害她？她可是我最好的朋友啊！"

我只觉脑中"轰"的一声响，眼前昏黑一片，耳中嗡嗡作响。一个趔趄，竟碰倒了身边的拖把。

"谁?!"

门"砰"的一声被踢了开来，我晃了晃脑袋，好不容易才看清盈盈震惊、慌乱、愧疚的脸，还有邵俊一眉头紧蹙，一脸的凝重和阴狠。

我扶着瓷砖的墙沿，望向那张美丽却苍白的脸，"盈盈，他不会真心待你的，你离开他吧。"

盈盈倏地拿手捂住嘴，泪水滑下，哽声道："蓝蓝……"

"真的。"我走到她面前，歪着头，固执地说，"他是有未婚妻的人，他的未婚妻是雪儿。"

盈盈的脸色白得像一张纸，她拼命地摇头，声音沙哑，"我知道，蓝蓝，你别说了，我都知道的。"

"知道了你还跟他这样？"我一脸惊诧地瞪大了眼，大喊，"知道了你还为他跟晓东分手？"

"蓝蓝，我……"盈盈的话未落，邵俊一把将她扯到身后，冷着声道："你先出去。"

"俊一，蓝蓝她……"

"出去！！"邵俊一铁青着脸吼道。

我眼看着盈盈流着泪一步步后退，随后转身飞奔离开。我抓了抓头发，觉得自己要崩溃了。或者说，我已经崩溃了。

"你想把刚刚的事告诉你老公吗？"邵俊一眼角微微吊起的双眸牢牢盯住我，像是那锁定猎物的秃鹰，随时准备将我撕碎。

我恍恍惚惚地抬起头，冲他笑，"是啊！我现在就上去告诉他。"

邵俊一一愣，有些诧异地看着我，半晌才道："你……没事吧？"

我晃着脑袋，一字一顿地说："没事，就是头痛得厉害。我不跟你说了，我要去找徐列。"

说着我越过他往前走，谁知猛地一个趔趄跌倒在地上，手肘撞在门轴上，我痛得连连吸气。

"喂！"邵俊一回身将我扶起来，看我的目光像在看怪物，"没事吧？"

我揉着手肘，皱眉道："没事，这点痛，比起从沙漠的岩石上滚下来，差远了。"

这下，他彻底呆了，摸了摸我的额头，"啊"了一声，道："你发烧了！"

发烧？我抬手摸了摸自己的额头，又摸摸脸，"咻"的一声笑了出来，"傻瓜，什么发烧了？在沙漠中这种温度很正常好不好！"

我看着他张大到能塞进一个鸡蛋的嘴，咯咯笑了出来，"我不跟你说了，我要去找徐列了，我要把你在谋害他的事告诉他。"

我刚站起来走了几步，忽然手上被狠狠拉了一下，跌倒在地上，背刚好贴着他胸口。他的浑身都散发着杀气，我太熟悉这种杀气了。

他扳过我的身子，阴沉地看着我，"林伽蓝，我可以跟你做笔交易……"

"啊!"我叫了一声,随即懊恼地扯自己头发,"不可以,不可以告诉徐列!如果告诉了他,盈盈会替你背所有的黑锅,我会害了她的……怎么办呢?子默,你教教我该怎么办呢?"

眼前的人,再度傻眼了。抓住我肩膀的手,收也不是,放也不是。

"你们在干什么?!"徐列暴怒的声音在身后响起。

"列——"我大叫了一声,开开心心地冲过去扑进他怀里。这一次他却没有像往常那般抱紧我,而是狠狠推开,"你们在干什么?!"

我瑟缩地看着他愤怒的脸,瘪了瘪嘴,还没说话,邵俊一极欠扁的声音已经响了起来:"徐总经理,孤男寡女,躲在厕所门口,你说能做什么呢?"

徐列的脸瞬间从铁青变为惨白,他直愣愣地盯着我,一字一句地问:"我要你亲口告诉我,你们在干什么。"

我皱眉想了许久,不能害死盈盈,于是摇了摇头说:"不能说。"

"好……"徐列一个趔趄,却笑了起来,那笑说不出的悲痛、愤怒,他连说了三个好字,甩开我,一言不发地离开。

我呆呆地站在原地,抓着头发,头……好痛啊!有什么在崩塌。明明没想哭,眼泪却止不住地落下。我狠狠敲着脑袋,刚刚徐列那被羞辱被背叛的痛苦表情,一直在脑中晃,晃到我头撕裂般痛了起来。

"啊——"我蹲下身去,哭喊着大叫。

"喂!伽蓝!"一双手扶住了我,眼中有几分惊疑和愧疚,"你……不是就这么崩溃了吧?"

我抬起头泪眼蒙眬地看着他,以前的一幕又一幕在我眼前闪过,我狠狠推开他,哽咽地喊:"你为什么要害我?!你为什么要让徐列讨厌我?!"

邵俊一却没有预料中的反应,只是略带疑惑地呢喃了句:"现在看上去比较正常了。"

"你到底想怎么样?!"我失控地大吼,声音大到足以引来任何人。

邵俊一冷冷一笑,几分玩味几分狠决,还有几分阴森,"伽蓝你不知道吗?我想追求你啊!"

我愤愤地瞪着他,转身就走!

邵俊一悠然的声音在背后响起:"记住,别想着给徐列通风报信。否则,你的朋友会很惨。"

我猛地捂住耳朵,冲了出去。

## 第 27 章　无声的爱

我双眼红肿，形容狼狈地推门走进徐冽办公室。这里窗明几净，沙发桌椅电脑一应俱全。

徐冽站在窗前吸着烟，我只能看到他的背影。醒来后，我从没见过他抽烟。如今，他那被烟雾缭绕的背影，看上去格外地孤单又苍凉。

"徐冽……"我低低地叫他。

他仍是站在窗前，并不回头。我一步步绕到他面前，仰首看着他面无表情的脸，哽声道："徐冽，你别不理我。如果……连你都不理我了，我就活不下去了。"

徐冽垂下眼帘，看着我，冷笑，"活不下去？这话说出来你自己不觉得好笑吗？这两天，你白天避着我，晚上还是避着我，跑到公司就与人偷情，居然敢说你活不下去了？"

"我不是的……"我抓住他的衣服大哭，"我没有，你明知道我没有！你明知道是那个邵俊一挑拨离间……"

看到我的泪，他神色一柔，随即又厌恶地甩开了我，低吼："那么你说你到底在想什么？晚上不肯和我一起睡，白天我想跟你说句话，带你出去玩，你就故意去睡觉！"

他掐住我下颌，冰冷而狠狠地道："是我让你腻烦了吗？还是我本来就只是你的一个玩具，抢不到就拼了命的要，抢到了就厌烦了，要重新选择别的玩具。"

"我没有！！"我尖声大吼，拼命摇头，泪水被一滴滴甩了下来，"我在你心里就是这样的人吗？徐冽，我爱你！我真的真的很爱你啊！"

徐冽浑身一震，神思复杂地看着我，良久才声音沉沉地道："证明给我看。"

我呆呆地，泪眼婆娑地看着他。

他跨前一步，目光牢牢锁住我，"你说你爱我，证明给我看。"

静寂了好久，直到缭绕的烟雾几乎呛到了我，我颤颤地伸出手环上他颈项，将自己冰凉的唇贴上他的，感受到他身体明显地一僵。

还剩一半的烟蒂掉落在绒毯上，烧出一个洞，又熄灭。猛地，他紧紧环住我的腰将我锁在怀里，反噬而来的吻又凶又猛，几乎夺走我所有的呼吸。

他猛地一个倾身将我压倒在沙发上，抬手抓住遥控开关，"咔啦"一声，前方发出了门落锁的声音……密密的吻，随即落满了我全身。

我浑身瘫软地缩在沙发上，头迷迷糊糊的混沌，感觉徐冽拿布轻柔地擦洗着我的全身，擦完后小心地替我套上衣服。然后，他将薄薄的绒毯盖在我身上，觉得不放心，又将自己的西装也铺在上面。

"伽蓝……"他的手抚在我的额头，声音懊恼而自责，"你发烧了。我带你去医院……"

我虚弱地摇摇头，抓住他的手，贴在脸颊边，低喃道："没事的，回家吃点药就好了。徐冽，我好累……"

"对不起，我刚刚还……"他由着我抓住他的手，又坐到身边将我轻柔地揽在怀里，轻声细语道，"你好好休息吧。晚点我带你回家。"

我点头，随即猛地一惊，紧抓住他的手，撑开迷离的眼说："徐冽，天黑前叫醒我。"

见他一脸不解，我忙慌张地重复了一遍："一定要叫醒我，天黑前，月亮出来前，我必须醒过来。"

徐冽反手握住我，无奈地笑了出来，拂开我额前仍有些汗湿的碎发，柔声道："真不知道你在想些什么。好了！安心睡吧，我会叫醒你的。"

我恍恍惚惚地冲他笑，也不知那笑是悲是喜，是痴是狂，缓缓地闭上了眼。漆黑中，还有徐冽宠溺的笑容，温暖的怀抱，以及那抹……青衫银丝残血红的身影……

很久很久以后的今天我还常常想起，如果那天晚上以前徐冽真的叫醒了我，如果那天晚上恰好没有月亮，如果我没有再回到那个无边无际的地狱沙漠，那么，也许一切就会不同。无关乎好坏对错，只是，不同而已。


浑身好痛，细碎的、大面积的、灼热的、干渴的，各种痛聚集在一起，折磨着我的肉体和精神。我低低呻吟了一声，干裂的唇渗出几滴血，与嘴里的血腥味融合在一起。

"公子！"

我听到有人在叫我，他在叫我什么？

"公子……公子！"

公子？谁……在叫我公子？我怎么会是公子呢？我叫……

"公子……"一双手将我扶了起来，随后有东西递到了我唇边。那是饥渴者的本能，碰触到水的本能，我就着那壶口慢慢吞咽，心中想着：这水真难喝，却仍是不肯停。

"公子……你觉得怎么样？"又是那个声音在叫我，清清的淡淡的凉凉的，让周身的灼热都消去了好几分，暖暖的忧心的，又让我忘了身上的痛。可是，为什么叫我公子？我叫……

对了，我叫什么呢？是伽蓝……林伽蓝吗？还是……

"公子？"一双手抱着我，微微地颤抖，又轻轻将我放在地上，地上好热，我往他的怀中缩去，那里有水一样的味道。

"林伽蓝！你想装死到什么时候?!"

谁？是谁在骂我？骂得那么凶，那么痛心疾首。可是，我叫伽蓝吗？我叫林伽蓝吗？还是……临宇，秦临宇。

"公子……睁开眼……"那是清冷的声音，却矛盾地带着温暖和伤痛，"让我……让属下……知道你还活着。"

不要用那样悲伤的口气，不要有那么炽热的怀抱，求你，因为，我的心好痛。仿佛好久好久以前就那么彻骨的痛过。

"公子……求你睁开眼……"

求你啊……他怎么会说求你……不要说求，不要用那样绝望的语气，你可是……可是……

刺眼的光线带着热度射入我眼中，我闭了闭眼，任由眼泪滑落。

"公子！"他大声叫我，"你怎么样？"

"痛……"我低低呻吟着，"浑身都痛。"

他环住我颈项的手轻柔而小心，将我的头搁在他腿上，"公子，别怕，有知觉就没事了。"声音轻缓，淡淡，甚至虚弱，完全没有刚刚的气势。

我睁开眼对上那双漆黑的眸子，只是一瞬，我却心神俱颤，眼泪如洪水般涌了上来。

"亦……寒……"我用嘶哑的声音叫他。

眼前的人面色惨白嘴唇泛紫，眼前的人头发散乱满面胡须，眼前的人双眸再没有以前的星光，整个面颊都凹陷了进去，眼前的人，瘦得虚弱得狼狈得比那街边乞丐还要不如。

这个人，怎么会是亦寒？究竟是谁把他变成这样的？

耳边有谁在不屑地轻嗤，我抬头却什么也没看见。我颤颤地伸手抚上那张早已看不出原来面貌的脸，银色发丝拂过我的手背，却像一把刀割在我心头。

是啊！我怎么会不知道是谁把他害成这样呢？

"亦寒，"我哽声哭泣，"都是我！都是我！把你害成这样！"

"公子，别傻了。"他轻轻地虚弱地抓住我的手，身体摇摇欲坠，仿佛随时会倒，可他却还是扶住我，将水袋凑到我唇边，柔声道，"公子，你受了伤，必须多喝点水，才能走出这个沙漠。"顿了顿，他黑眸闪过一丝清亮的光芒，"慢慢喝，不要急，水还有……"

我忍着泪，唇含上他固执地递到我唇边的壶口，听到水袋里的水咕咚咚的声音，一股刺鼻的血腥味涌了上来。

我猛地瞪大了眼，呆呆地，怔怔地，浑身无可抑制地颤抖。

"公子……"亦寒轻轻地、温柔地揽住我，第一次刻意的绝望的却也充满一切向往和渴望地抱住我，用低沉沙哑的声音说，"公子，一定要好好活下去……活着走出沙漠，我会……看着你，保护你……永远永远……无论我……身在何方……"

那青色的身影随着话音的消逝缓缓倒地，青丝银发铺散了一地，黄色映着黑色、青色衬着白色。他握着水袋的手一松，砰一声掉落在地上，鲜红的液体自壶口流出，淌过他的黑发，淌过他的银发，映红了一片，静静渗入沙底。

青衫银丝……残血红。

"亦寒，你别吓我。"我俯身扶起他，动作很轻，轻到仿佛他是一个熟睡的小孩，而我只怕吵醒他，"亦寒，别跟我开玩笑好不好？我知道错了。"

"啪——"一滴泪落在他额头，化开了血渍，我连忙俯身擦掉，擦得干干净净，看到了他泛青的额头。我"哇"的一声哭了出来，紧紧抱住他大喊："亦寒，求求你醒过来！我再也不逃了，我再也不抛下你了，我会学着坚强，我会学着聪明，我会像临宇一样实现你的理想，求求你不要吓我，你醒过来！醒过来啊！"

"三天了……他一滴水也没喝过。所有剩余的水，都用来救你的命。直到今天早上，水一滴也不剩，你却仍未醒过来，他就用剑割开自己的手腕，把血灌进水袋喂你。"

我呆呆地看着亦寒手臂上那条狰狞的伤痕，恐惧、痛苦、内疚像潮水般吞噬着我。

"那天你从崖上滚下，受了重伤，又昏迷不醒，没有一丝求生的意志。于是三天里，他一共给你输了八次内力，每次一输完，他就昏死过去，可是最终还是会顽强地醒过来。"

明明在沙漠中，我的手却颤抖冰凉，抚上他发紫的唇，泛青的额头。

"他应该从未在沙漠中行走过，所以不辨方向，不懂如何寻找水源，躲避危险。所以，第一天，他就把骆驼丢了，除了随身的水袋，什么也没有。第二天，你们遇上沙暴被困在峡谷，是他用手和剑，一点点挖开沙子，把你救了出去。"

我看到他血肉模糊却早已结痂的手，原本修长漂亮的手，此刻却惨不忍睹，眼泪潸然落下，心痛啊！无论是我的，还是临宇的。

"第三天，岩石塌方，与你那次一样。只是这一次你很幸运，他将你整个护在怀里滚下去，自己的背部受到巨大的撞击，这才是造成他如今昏迷的主因。"

"伽蓝，这些危险，我本都可以提醒他避开。"我抬头看到子默棕色的瞳眸，明明在烈日下，却为何如此的冷，如此的……彻心凉，"只是，他却听不见我的声音。"

噼里啪啦，有什么在崩溃，有什么在坍塌，有什么……在滋长，你听到了吗？

我用沾满沙尘的衣袖一遍遍轻柔小心地擦着亦寒苍白憔悴的脸，心底在一遍遍呼唤他的名字，只可惜，他听不见。

子默说："伽蓝，这样的爱，你无法用我不是临宇来逃避。因为在他眼里，你就是临宇，临宇就是你，而你是他的全部。我从没见过一个人像他这样，没有一丝乞求地爱，没有一点回报地付出，从不说任何爱你的话，却在用他的整个生命宣誓。"

亦寒！亦寒！我扭过头，眼泪一滴滴落在沙子中渗透消失。亦寒，你怎么这么傻？这样爱值得吗？这样为我付出值得吗？连自己的命都赌上了来爱我，值得吗？

如果，我能早一点回来；如果，我能早一点学会坚强；如果，我是临宇……是不是一切都会不同了呢？亦寒，求求你，不要离开我！不要……离开我！

脑中忽然浮现出杂志上那句我曾笑过、哂过的话。

我再也抑制不住满心的伤痛愧疚，在那黄沙烈日下，抱住被血染红的他，放声大哭。

爱，如果无法用言语表达，我愿意用生命来证明……我愿意……用生命来证明……

千年后的天空
黄色织成心痛
漫天风沙隔绝了时空
湮没，湮没
你我的梦

如果相逢是一场梦

我早已将它埋葬在千年前的沙漠

连同你温柔的脸庞

破碎虚空

请让我继续等待

我的夜空不再有你的星座


许多年前的夜晚

你早已化作流星

我在下面挥手

你却慢慢地拥抱了太阳


在心灵最深的地方

为你修建一座神圣的殿堂

子规啼血是我情愿南柯一梦

流云深处是你离别的身影

思念从此化为灰烬

牵挂的绳索我交给了风

牵挂的绳索我……交给了风

## 第28章　大漠孤烟

我捡起地上的水袋，里面还有小半袋的血，我闭了闭眼，扶起昏迷的亦寒，将他自己的血抹到他唇上。但是，因为血和水不同，立时便凝固了起来，这样的润唇并不能为他解渴。于是我含了一口，强忍住那刺鼻血腥带来的呕吐感，唇贴唇喂了他两口，随即把剩余的"水"收了起来。

子默缓缓飘到我身边问道："你不打算用自己的血救他吗？"微微带着几分讽刺的口气，棕色瞳仁中有着掩不住的斥责。

我抬手抹了把额头上的汗，将头巾重新裹上，低声道："我不能随意摧残自己的身体，否则，如何还有力气带亦寒走出沙漠。"

子默愣了愣，满脸复杂地看着我，"伽蓝，你没事吧？"

我奇怪地看了他一眼，开始低头细心地清理亦寒脸上、头上的尘埃，又将自己衣衫的下摆整个扯下来裹住他的头脸，满意地松了口气。

"子默，这里是什么地方？我们距离目的地还有多远？"我一边在附近四处打着转，一边问。

良久无声，一抬头才看到子默紧皱着眉看我，眼中有深深的疑惑和担忧。

我冲他笑笑，"喂，韩先生，我问你话呢！"

子默不知为何猛地瞥开了眼，我完全看不清他的表情。他的声音平静得有些古怪，像在刻意压抑着什么，"这里是魔鬼之洲中最危险的流动性沙漠地段，与我们刚进来的那段路有些相似，没有固定的沙丘，没有厚实的土地，无法辨认方向，也没有什么植物生存。如果不能寻到出路，那么，必死无疑。"

我呆呆地听了半天，心里有种令我战栗的感觉在翻腾，可那时的我却已无法分辨这似恐惧似绝望的心情了。我又想抓头发，却发现头发被裹在纱巾里。我皱了皱眉，将纱巾一把扯下来，终于抓到了头发，扯得一通乱，才抬头道："子默，如果我晚上回去现代，在月亮升起前入睡，这里会过去多久？"

子默瞥了我凌乱的头发一眼，思索了良久道："不超过一炷香。只要没有月光为媒介，你的世界无论过去多久，这里所耗费的时间绝不会超过一炷香。"

"那么，月亮升起后呢？"

子默抬头看了看烈日高挂，却被黄沙遮得若隐若现的天空，良久才道："同步。"

我低头沉吟了半晌，再不犹豫，起身找了个稍微阴凉的所在，开始用青霜剑挖洞。直到我筋疲力尽，当初滚下砂岩被摔伤的伤口又裂开时，一个仅够两人藏身的洞终于挖好了。我把亦寒抱进去，抱得吃力万分，随后用刚刚脱下的外衣盖在头顶上，遮挡阳光。

"子默的这个方法真好。"我笑着说，声音因为干渴而沙哑，"确实比外面凉快多了。"

子默在洞中的身体若隐若现，棕色瞳眸静静地看着我，良久，长叹了一口气，再不说话。

也许身心真的是累到极点了，感觉到月光升起时，我掀开头上的衣衫，闭上眼，就沉沉睡了过去。也不知自己睡了多久，待有知觉时，一双手将我扶了起来，有什么喂到我嘴边。

我缓缓睁开眼，看到徐冽担忧的脸，头还有些沉甸甸地疼。

"徐冽……"声音一出口，才发现跟临宇的一样沙哑。徐冽顿时舒展了眉头，扶我起来，柔声道："伽蓝，你觉得怎么样？先吃点药吧。"

我点点头，就着他的手把药吞进去，又喝了口水，只觉嘴巴里苦涩得难受，身体也不安稳。只是比起在那沙漠中，自然已经算是天堂了。

徐冽扶我躺下，粗糙干燥的手轻轻摩挲着我的额头，"昨天看你睡得很沉，最终还是没吵醒你。"我看着天花板，白花花的，什么都没有，幽幽地笑了起来，"或许是天意我该回去吧。"

"伽蓝？"徐冽紧张而担忧地看着我，"你没事吧？"

我笑着摇头，又挣扎着爬起来，用沙哑得极其难听的声音说："徐冽，你的书房在哪儿？有电脑吗？我要上网。"

"你刚刚还在发烧，上什么网……"

"我要上网！"我直直地瞠视着他，"徐冽，让我去上网吧。"

"伽蓝，你怎么了？"徐冽紧皱了眉，"别闹了，乖……"

"你不是好人。"我嘟着嘴一把推开他，一摇一晃地冲着外面走去，"不让我上网，我再也不理你了。"上了网，我才可以寻找有关沙漠的资料，上了网，我才可以救亦寒。

"砰——"一声，我跌倒在地上，眼前漆黑一片，我胡乱地在地上摸索，形状说不出的狼狈。

"伽蓝！"徐冽冲前一把扶起我，"怎么样？摔疼了没？"

我咔咔地笑，摸着徐冽的脸，"我没摔疼，你摔疼了没？"

"伽蓝！！"徐冽狠狠地摇晃我，"伽蓝，醒醒！你别吓我！"

晃啊晃的，我的脑袋都被晃疼了，迷迷糊糊看着眼前终于清晰起来的人影，不悦地道："子默，你干吗啊？我都说我不跑了，你还对我这么凶。"

眼前的人彻底傻了，我笑着点点他脑袋，凑近了道："我偷偷告诉你哦，我害死了好多好多人！那血像盛开的鲜花一样美丽，你肯定没见过。"

静寂，死一般的静寂。我无聊地拿手当扇子扇着，"沙漠里好热啊！啊！对了，我要去上网……"

身子猛地一轻，我已被人横抱了起来。我不悦地喊："徐冽，你干吗啊？"

"知道我是谁了？"徐冽猛地收紧了手，我慢慢看清了他眼里的恐慌和害怕，只是怔怔地看着。他的手势轻了下来，柔声道："伽蓝，别怕，我这就带你去医院。"

我伸出双手捧住他瘦削英挺的面庞，脑中却不断浮现出那张苍白憔悴几无人色的脸。我缓缓俯下头，将脸埋在他颈项上，灼热的泪无声地涌出，浸透了他衣襟。

我用几乎听不见的声音问他："徐冽，我究竟是快要崩溃了，还是已经崩溃了？"

在他呆愣的时候，我挣扎着跳了下来，随意地理了理自己凌乱的发丝，抬头冲他笑笑道："冽，带我去书房好不好？"

"你在发烧，而且……"徐冽蹙眉看着我。

"没事的。"我抬手抚平他眉间的皱纹，柔声道，"只要冽一直在我身边，我就一定能撑下去。"

他无声地叹了口气，俯身抱起我，往书房走去。


晚上，一沾床我就闭上了眼睛。徐冽本来似是还有话要跟我说，但看我一副疲累的样子，就只是轻轻地将我搂在怀里，低声道："晚安。"

睁开眼的时候，如愿是一片沙漠，黄沙轻轻地翻卷，我爬出洞，又极其吃力地将亦寒也拖出来，将他的右手绕过我肩膀，挂在身上。

临宇的身高有一米七，身体也不算孱弱，但背起亦寒一米八以上的身体，还是一个趔趄，差点摔倒在地上。我稳了稳身体，没有食物，没有骆驼，没有足够的水，开始在沙漠中行进。

"这个叫梭梭。"我指着好不容易找到的沙漠小植物，兴奋地笑道，"找到它和刚才那与地面呈三十度夹角的胡杨，说明这里曾经有古河道经过，只要将这些植物连成一线，就有可能找到古城遗迹，或者植物繁茂的峡谷。"

子默略带好奇地凑近看，忍不住点头道："应该正如伽蓝你所说的。你是如何知道的？"

我将亦寒从地上扶起来，边走边道："子默你明知故问。"

子默抚了抚额头，笑了起来，"电脑？网络？都是些什么东西？再说，不是伽蓝你让我同你正常对话的吗？"

"我……咳……咳咳……"我呛进了一口沙子，咳起来，胸口大痛，于是咳得更厉害。直到面色通红，浑身无力不得不将亦寒放下为止。

"伽蓝，没事吧？"子默担忧地道。

我摆摆手，一屁股坐在沙地上，好不容易才喘息道："临宇的这个身体是不是被我折腾坏了？为什么我老觉得肺部胸口痛得厉害？"

"肺部？"子默诧异了一下，随即凝重地点头道，"想必是你从砂岩上摔下来时，有东西呛进嘴里伤了……那什么肺部，或是撞痛了胸口。等走出沙漠，让大夫好好看看。"

我点点头，重新扶起亦寒往前走，顿了顿，我忽然回头笑道："子默，幸好还有你在。"

子默愣了愣，随即棕色的瞳眸中，闪烁出点点温暖的光泽，就在这刺眼烈日，漫天黄沙下。


如此来去，便是七天，七天后，我筋疲力尽，却终于背着亦寒抵达了一个岩石林立，草木茂盛，几乎称得上绿洲的地段。这七天，是我一生中最漫长的七天，生生把一天掰成了两天来用。

在现代，我天天不是泡在网上，便是去学校图书馆查阅任何有关沙漠求生的书籍。晚上，每每都要在月光出来前入睡，甚至服食安眠药。只因有一次与徐冽温存，回去时却发现亦寒不见了。若非子默告诉我沙丘移动，地貌变更，恐怕亦寒就要活活被埋葬在沙砾之下。所以，从那以后，无论有无睡意，无论徐冽是否会生气，我都坚持在月落前睡觉。

在古代，我总想着这片沙漠终将会成为我的梦魇。如今，我只要在现实中一看到与沙子有关的，就想呕吐。烈日将我的皮肤晒脱了一层又一层，我已经多久没有饱食过一顿了呢？渴了，就用蒸馏的方法在烈日底下挖个洞，用衣衫蓄点蒸馏水来救自己和亦寒的命，或是从沙漠植物根茎处向下挖，挖到湿沙和咸水，通过简易的阳光蒸发、过滤处理后，得到少量味道不佳的淡水。饿了，就吃沙漠中所能找到的所有植物，比如沙枣。

那是一段怎样的日子？前无古人，后无来者，念天地之悠悠，独怆然而涕下。我已经走得麻木了，麻木得忘了害怕，忘了恐慌，忘了懦弱。无论在古代现代，每日总有段时间，我的脑子很是不清楚，忘了很多事，又莫名其妙记着很多事。偶尔会在鹅绒软床上睁着眼看天花板，看久了，仿佛觉得那里悬挂着一颗心，从内而外地腐烂、滴血。

傍晚六点半，我捧着一大捧资料走回自己和徐冽的卧房，离月亮升起不远了。我脚步有些虚浮地走到桌旁，极其熟稔地从抽屉摸到瓶子倒出一粒白色药丸吞下，想了想，又觉得可能不够，于是又倒了一颗，含了口水，再次吞下。

沐浴，换上睡衣后，头已经开始昏沉了，我正要上床睡觉，门却砰的一声推了开来，又砰的一声关上。徐冽一脸阴沉，漂亮的星目此刻沉寂无光，脚步也踉跄得厉害。

我一愣，忙扶他过来坐下，闻到他身上的酒气，心中微微一紧。

"伽蓝……"他喊着我的名字，将两手架在我颈上，神色说不出的疲惫，"伽蓝，今晚不要再推开我。"他沉沉的语调像在恳求，又像在刻意压制伤痛。

我反手扶在他双臂上，柔声道："冽，发生什么事了？"

徐冽猛地收紧了手，将我牢牢按在怀里，哑着声说："伽蓝……我并不想害死她……可是……她为什么要自杀呢？……她那么骄傲的一个人，竟然为了我自杀……"

我浑身猛地一颤，头晕目眩的困顿感顿时去了大半，徐冽他刚刚说自杀？谁自杀？难道是……雪儿？

徐冽把头深深埋进我颈项，热热的呼吸喷在皮肤上，一阵敏感，"雪儿她为什么还不明白？我们回不去的……就算她自杀，一样回不去的。"

"徐冽……冽，你别这样。"我忍着药物带来的困倦，拍着他的背，此时的他就像个脆弱无助的小孩一样，"雪儿她现在已经没事了对吗？人家都说，死过一次的人会想通很多事，所以，你要相信她能重新站起来的。"

徐冽松开手，缓缓抬起头疑惑地看着我，仿佛无法相信这样的话是从我嘴巴里说出来的。

我正要说话，他却眼眸一深，把我搂进怀里深深吻了下来。我手忙脚乱地推开他，哑着声道："我……我要睡了……"而且，安眠药也马上就要发挥效用了。

"我说过，今晚不要推开我！"徐冽忽然如一头暴躁的野兽，重重地将我抛到床上，还没等我反应过来，已倾身压了上来，牢牢制住我的双手低吼，"你每天都说要睡觉！究竟是真的困了，还是厌恶我碰你?!"

"我……只要再过几天就够了……"我喘息着，眼皮却越来越如灌铅般撑不开，"徐列，别这样，如果你真的想要……那么换白天……现在……不行……"

徐列的眼赤红一片，低头猛地噙住我的唇，狠狠地毫不留情地蹂躏。直到我的唇缓缓渗出血丝，他才直起身，用吞噬人般的眼看着我，哑声道："伽蓝，这是夫妻义务，你没有拒绝的余地。"说完，不等我回答，却是猛地扯掉我睡衣，绵密灼热的吻如落雨般在我身上漫布。

睡衣的扣子翻了几个滚，落在地上，东一颗西一颗。我听着那奇特的滚动声，在徐列如火的热情下，缓缓沉睡，灵魂到了另一个世界。

# 第29章　生命之源

我睁开眼，看到黑得极其宁静的天空，一轮明月挂在夜空，还有星星在闪烁，地面上一片银光，看得我心神俱醉。我直起身觉得有些冷，果然看到火光暗淡了不少，连忙将一旁准备好的灌木枯枝又丢进去。

火堆中爆出噼噼啪啪的声音，映着亦寒仍旧苍白的面色。我用衣袖擦了擦他的脸，发现他呼吸均匀沉绵，额头的青色已经褪了，嘴唇也不再泛紫，但却极度干裂。看来，我今天必须寻到流动的水源，否则，我们两个必然会脱水，甚至热衰竭而死。

骆驼能找到水，但我身边并没有骆驼，所以退而求其次，我想到了食草动物和昆虫。凌晨是沙漠中寻找食物和水的最佳时机，我让子默看着亦寒，一有情况就飘到我身边告诉我，然后自己出发去寻找水源。

首先是寻找昆虫，我小心地贴着岩石壁走在乱石上，竖起耳朵仔细听着有无苍蝇或蜜蜂的嗡嗡声。事实上这种事，绝对是说说容易做起来难，直到太阳开始升起，我仍没有找到任何昆虫的足迹。好不容易看到一汪水池，舌头舔着干裂的唇，几乎想不顾一切地俯下去喝了，却看到上面浮着松鼠的尸体，腐烂发臭，池水静止不动。我若喝了，恐怕马上就会染上病菌。

那种生命的源泉明明近在眼前却不能取的痛苦，没有经历过的人绝对无法想象。我带着极度沮丧的心情，一步一回头地绕出了这个峡谷。正准备先回到亦寒处，忽然听到熟悉的咝咝声，我打了个抖，现在的我不像几天前的无知，自然知道这种声音是蛇发出来的。而且，极有可能是剧毒的响尾蛇。

蛇在沙漠峡谷地段是很常见的一种动物，但它们很怕晒，所以往往只在夜里或傍晚清晨出来活动。我心中一动，狂喜涌了上来，有蛇的地方就可能有湿土和水源。我为自己壮了壮胆，一步步朝那咝咝声发出的方向走去。凝神倾听着，才发现临宇这具身体的五官真的很敏锐，听声音蛇与我至少有十米远，我却将它的动向观察得一清二楚。

果然不出所料，我终于找到了岩石底下那湿软的泥土，据资料记载，这种土里含有丰富的水，水是从上方岩石壁上渗下的，我只要筑个小坝，把往沙漠流失的水堵住，不一会儿便能聚集到丰富的水。我内心一阵狂喜，几乎想不顾一切地狂吼出来，但又怕惊动什么毒蛇猛兽，压抑着激动的心情，完全不顾满手泥巴，将坝筑起来，不出片刻，那浑浊的水便蓄了满满"一碗"。

我知道这水经过岩石壁过滤绝对干净卫生，而且含有丰富的矿物质，终于忍不住欢快地低叫了一声，冲出去寻找一种叫"沙蒿"的植物，它的梗是空心的，刚好用来当吸管。

我毫无形象地趴在岩石下，慢慢吸着泥碗里的水。长时间干渴后，不能快速地饮水，否则就会因为不适而呕吐。那泉水仿如甘泉一点点从我的喉口滑入，美味得我几乎想尖叫。

然而只吸了几口，我喝水的动作却猛然一顿，不由暗垂了下自己的脑袋，飞也似的站起来往回跑。跑了两步不由得笑了起来，我怎么又忘了，沙漠里面切忌消耗体力，跑是最忌讳的。

背着亦寒到峡谷底确实有很大的难度，期间我们两个的身体不知被磕碰了几次，不过总觉得在沙漠中我已经痛得麻木了。好不容易来到水源处，我抬头看到子默温暖的笑容，忍不住回他嫣然一笑。

亦寒昏迷着自然无法自己喝水，所以我便小心地以口对口的方式喂进他嘴里。听到水咕咚咕咚被他吞咽下去的声音，我忍不住心情一松，眼泪就啪地掉了下来。

忽然，一双手轻轻抚上我的面颊，手势温柔地擦去我眼角的泪。

我本是抬着头的，此刻明明心中惊喜、期盼、渴望种种复杂的心绪溢满了心头，我却不敢低头去看。只是顺着手抚上那张满是凌乱胡须的脸，感受着嘴里轻轻吐出的气息，一遍遍抚摸，眼泪决堤般汹涌。

"公子……我没事了。"那双手不厌其烦地小心地擦去我的泪，声音虚弱却带着融融的温暖，"对不起，让你担心了。"

我终于缓缓低下头去，看到那张憔悴苍白的脸，带着轻浅到几不可见的笑容望着我，黑珍珠似的眼眸中墨绿色光芒忽隐忽现，清楚映着我满脸是泪的倒影。

我只觉得七天来压抑的埋藏的克制的所有痛苦委屈以及彷徨一股脑儿涌了上来，仿佛是一瞬间我记起了自己是谁，记起了被忘却的喜怒哀乐、痛苦伤悲。我"哇"的一声哭了出来，俯下身牢牢抱住他，边哭边喊："亦寒……亦寒！你吓死我了！你怎么可以这样吓我?! 我以为你抛下我了! 我真的以为你抛下我了!"

亦寒探出手轻柔地揽住我,让我能舒服地靠在他胸口安心发泄,哪怕他的衣衫已被我的泪浸透,哪怕他此刻虚弱得根本承载不起我的重量,哪怕我是那么软弱无能得只会哭泣。

虽然醒了过来,亦寒却仍是很虚弱,而且他几乎带了几分苦涩地对我说,他现在连一分内力也使不出来。我吓了一跳,可他却将我安抚下来,无奈地道:"这只是属下所修习的内功心法缘故。内力尽失后,会有长达一月的时间形同废人,无法运用武功。若强行施展,轻则武功尽废,重则死亡。可若是熬过了这三十日时光,武功便可再进一个层次。只是内力尽失这种事,自古也没有几个人敢去尝试,是以属下也不知是否真有这样的结果。"

我顿时安下心来,却看到子默以深思的目光看着亦寒,随即扭过头沉思,问他也不理我。

有了亦寒,接下来的路自然好走了很多,他按照我的指示一路寻找着一些能指明方向的植物,比如仙人掌、胡杨、沙蒿。虽然没有内功无法纵跃飞腾,普通的攀爬却还是轻而易举的。

沙漠里讲究的是夜行晓宿,我心想如今亦寒苏醒,以后就不必再吃安眠药过来,想来在这里待上两天,回去也不过是一夜时光,再同徐列去和好也来得及。这样想着,我们两人一魂就开始齐心协力,连夜赶路。只是,那时的我怎知,人生就是这样变化无常。有时候,几个小时的差别,很可能就是一生的错过。

只是,"魔鬼之洲"绝非浪得虚名。本来两人已耗掉了十天的体力,水最多也只能灌一袋。饿了顶多也就掏几个鸟蛋果腹,却也不是次次都能如意。就在这样的情境下,我们又走了三天,却发现除非穿越这最后一个流动性沙漠地段,我们根本无法抵达湘西西部边境。忽然有种垂死挣扎想获救却忽然发现死亡越来越近的无力感。

我抬头看着黑绸缎般的天空,明月如画,繁星似锦,地上银白一片,漂亮得像是童话世界的琉璃池。我枕着亦寒的腿躺了下来,声音沉沉地道:"我想睡一下。"

亦寒略带清凉的手拂开我额前发丝,又将自己的外衣盖在我身上,低声道:"公子睡吧。"

我点点头,闭上了眼。

# 第30章 陷阱

醒来时，发现自己衣衫凌乱破碎地躺在床上，全身都酸痛得要死，身上遍布着青紫的吻痕，下身尤其痛得厉害。我苦笑地支起身看着自己狼狈的样子，简直就像被强奸了一样，而且，还是被自己的丈夫。地上也很凌乱，有破碎的衣服，翻落的摆饰，还有安眠药瓶。

想起那晚徐列痛苦又仿佛受到伤害的眼神，以及像要把我和他一起燃烧殆尽的热情，我就一阵心痛。幸好，现在亦寒醒过来了，我只要好好跟徐列解释，就没事了。

想着我连忙起身冲进浴室洗去身上的疲惫和污渍，挑了件体面大方的衣服穿上走下楼去。徐妈妈见我下来，原本紧蹙的眉头微微舒展，却仍是面带忧色。我还来不及问怎么了，她抓着我的手道："蓝蓝，你和列儿怎么了？他天没亮就开车出去了，我从没见过他那么差的脸色。"

"没事的，妈。"我抓着她的手安慰道，"我们只是有一点小矛盾，我去向他赔礼道歉就好了。"

"那就好。"徐妈妈松了口气，脸上终于露出了笑容，"蓝蓝，我看得出列儿已经对你用情很深了。他有时就是脾气坏点，你也别跟他计较……"

我笑着轻轻抱了抱她，"妈，我知道的。"


吃了饭，又在徐妈妈指导下做了个小点心带去给徐列，吃着自己做的精致糕点，我不禁心情大好。实力果然一点也没退步，我就不信徐列面对这样的美食还不肯原谅我。打的来到徐天大厦时已临近傍晚了，我看着喷水池四处乱洒的漂亮水柱，忍不住在心里暗叹：我和亦寒一天都舍不得喝几口水，看着这里泛滥浪费的水，却又偏偏不能拿过去享用。

还没进大门，就听见两个人在服务台上八卦着。

"你说刚刚进去的那个美女跟总经理什么关系？"

"你看她刚刚差点倒下时徐总紧张的样子，你说什么关系？"

我心里咯噔了一下，知道大约是雪儿来找徐冽了，踌躇着是不是要上去找他，却听一个清脆的女声在我身后叫我。

我回过头冲她笑笑，笑容却有些僵硬，我说："盈盈，好久不见。"

盈盈穿着一身黑色的职业套装，下配及膝短裙，长发盘起来，化着淡妆显得妩媚而不失庄重。她快步走过来，笑道："是啊是啊！都有七八天没见了。"

我一愣，这才想起，对我来说是半个多月，对她来说，却不过几天。

"蓝蓝，你还在怪我吗？"她幽幽地看着我，"我发誓我不会再帮邵俊一害徐冽了，我已经……跟他分手了。"

"真的吗？"我惊喜地一把抓住她的手，"盈盈，你能想通真是太好了！"

盈盈颇有些不自然地想抽回手，四处看了看，才笑道："伽蓝你这不管周围是什么状况的性格还是一点都没变。"

我尴尬地笑了笑，收回手，正想说我先上去找徐冽了。她却一把拉住我的手，笑道："我刚搬了新家，龙井家园，三室两厅的，走，一起过去看看。"

"盈盈你不用上班吗？"我一边被她拽着往前走，一边诧异地问道。

"我打个电话请假就是了。"盈盈加快了脚步笑道，"你不去的话我就不认你这个朋友了。"

我拒绝的话只能堵在喉咙口，无可奈何地随她上了计程车，手里还捧着专门做给徐冽的蛋糕。

盈盈的家果然如她的人一般，布置现代化而不觉凌乱，门口放着好多拖鞋，有男式的也有女式的。我坐在沙发上，胡乱转着电视台，脑袋却在徐冽和雪儿一起上去的事上打转，又不时看看窗外逐渐黑下来的天空。没事的，我安慰自己，徐冽说过，他和雪儿已经是过去时了。

正胡思乱想着，盈盈的声音传了过来："刚搬进来，家里也没什么东西，就先喝杯果汁吧。"

我笑道："你这家伙，跟我客气什么？"

盈盈的眼神恍惚了一下，随即笑道："我是怕你被徐冽宠坏了，看不上我们这儿的便宜货。"

我脸上一红，接过她递来的果汁，正要喝。她却猛地叫了我一声，"蓝蓝！"

我诧异地抬头看着她，却见她眼中有太多太多我看不懂的情绪汹涌，又一瞬敛去，极其自然地笑道："就是想吓吓你，看看你还会不会像当初在宿舍一样喷出来。"

我哈哈大笑，端起果汁喝了一大口，才道："你以为我还是小孩子啊！"

盈盈的目光晃了晃，神色慢慢转为凝重的悲凉，"蓝蓝你……从来都只是个小孩。单纯得根本不知道人心的险恶。"

我眨了眨眼，愕然地看着她，"盈盈，你怎么了？"可是等了良久，她却不说话，只是看着我。就在我等不住的时候，她开口了，声音幽怨哀伤而扭曲。

"其实，我一直很嫉妒你和小洁。小洁她心志太坚定，认定了什么便是什么，这样的人不会被诱惑，才活得洒脱。而你太单纯，单纯地难过，单纯地生气，单纯地快乐，明明又蠢又没用，却偏偏活得比谁都鲜活。"

"盈盈，你……你怎么说这些啊？"我咳了声，觉得喉咙有点痒痒的热，才又道，"你也有你自己的优点啊！你漂亮、能干、优秀，自己要的都会努力去争取，何必嫉妒我们？"

"可是你知道你轻而易举得到的幸福，我要努力多久才能抓住吗？"她忽然跳起来冲着我大吼，面目狰狞而悲怆，"我在原来的公司无论多努力，都只是个小员工，只因我不肯陪老总睡觉；我为了一个项目拼死拼活，最终的功劳却全是别人的，只因我没有深厚的背景。可是你呢？你什么都不会，什么都不用做，轻轻松松就成了徐天集团董事的媳妇，让徐列这样的男人都抛弃了雪儿把你捧在手心里疼。"

我扯了扯衣襟，头有些晕又有些发烫，看着盈盈艰难地说："盈盈，你怎么会这么想？"

"凭什么?!"她冲到我面前唾沫横飞地大吼，"凭什么只会添乱的你可以有人无条件地替你收摊子，而我努力不成后，却还得付出自己的肉体，才能为自己谋到一条生路。"

"林伽蓝！"她揪起我的衣襟，带着沙哑的哭腔喊，"我恨你的天真，恨你的无知，恨你的一帆风顺，所以，我要你跟我一样痛苦！不幸！"

我仿佛看到了沙漠中扬起的风沙，我在其中孤独前行，然后有无数双手从地底伸了出来，拽着我拉扯我，将我拖下去，他们有着各式各样血肉模糊的脸，却喊着同一句话：我恨你的天真，恨你的无知，恨你的一帆风顺，我们要拖着你一起下地狱！

头撕裂般的痛，我被重重地甩在沙发上，听到门咔嚓打开的声音，盈盈似乎还在低低啜泣。而我的胸口直至全身，异样的火热。

"我还以为你是受了我的威胁才这么做的。"一个很熟悉的男声在对盈盈说，"呵呵，原来你自己也是这么恨她！"

"废话少说！"盈盈愤怒地打断他的话，"钱拿来！这里……随便你爱干什么干什么？"

好热……好热！我撕扯着衣襟，为什么这么热，从内而外的热。

好像是东西交递的声音，那男声又沉沉一笑道："钱拿好，还有，别忘了你最后一道工作。"

房中只余我的喘息声，盈盈半晌才道："想不到，你邵俊一也有为女人牺牲到这等地步的日子。只是，把她推入别人怀里，为了她不惜放弃你的计划，为了他遭徐列的恨和报复，值得吗？"盈盈在用很平淡的语气说话，可是语音中的不甘、嫉恨和浓浓的爱，却很清楚。

"我的事不用你来操心！"男子——邵俊一像是被踩到了尾巴，大吼，"拿好你的钱，快滚！"说完，门砰的一声被打开，盈盈边喊边被推了出去。

我趁着这个时候拼了命地凝聚起力量向门外冲去，可是眼看着铁门就在眼前，我却被狠狠一拽拖了回来。随即，一双强壮有力的手臂牢牢箍住了我，在我耳边冷笑道："你以为你逃得出去吗？！"

"邵俊一，你这个浑蛋，放开我！"我死命地挣扎、捶打，甚至撕咬他，口里涌进一股血腥味。他低叫了一声，随即一个巴掌狠狠甩在我脸上，我只觉左颊火辣辣的痛，身体却已腾空而起，被他抱在怀里。

"放开我！！"我哭喊，"我是徐列的妻子！你碰了我，他不会放过你的！！"

"砰——"一声，我被甩在床上，头晕目眩得难受，身体又火一般灼热起来。

他转身把门上了锁，又一步步走向缩在床头的我，脸上挂的全是冰冷的笑和恨意，"放过？那你们肯放过雪儿吗？我今天还就是要让他亲眼看看你跟人苟合的样子，看看他到底是要你，还是要雪儿！"

"你……你在说什么？"我抱紧了瑟瑟发抖的身体，难以置信地看着他，"你说……要让徐列看见？看他……到底要雪儿……还是我？"

"是啊！徐太太。"邵俊一笑着走近我，一边脱去他身上的衣服，"你刚刚喝的果汁里掺了我给盈盈的催情剂。你说，若是待会儿徐列来了，看到你跟我赤身裸体纠缠在床上的样子，该是多有趣的一件事？"

"不——"我凄厉地大叫了一声，从床上翻滚下去，想逃出那扇门，可是却被狠狠地扯了回来，一双铁钳似的手箍住我肩膀，来自地狱的魔鬼在我耳边大吼，"你不想又怎样？你以为我会放过你吗？你以为，你们加诸在雪儿身上的痛苦，我不会设法讨回

少年科相世外客 上部

来吗?!"

在他充满痛苦和愤恨的喊声中，我扭头看到窗外逐渐升起的月亮，银白圆润，却怎及沙漠中的明亮清澈，轻易便能铺泻出一个万里银沙的世界。我看到深蓝起伏的窗帘，随着窗外的微风波荡，仿佛绵延的海浪，却怎及得上那无边无际的沙漠海洋，蔚为壮观。我看到，一颗悬挂在窗口的心，烂尽了最后一块肉，流完了最后一滴血，带着鲜红，在风中轻轻坠落，只是那红怎及得上沙漠中银丝残血的凄美动人。

我的眼前一片昏黑，随后在那剧烈的摇晃和将我抛上床的巨大冲力中，再看不到什么。我勾起唇角，轻轻地笑，七天来养成的生物钟像一个尽职的护卫，提醒我不如归去，不如归去。于是我闭上眼，将本就在黑暗中的自己彻底埋于黑暗中，失去了……知觉。

# 第31章 绝处挣扎

我睁开眼，刷地直起身来，哧哧地笑。银沙万里的世界，绵延起伏的沙漠海洋，还有……我猛地转身，对上亦寒错愕看着我的脸，嫣然一笑脱口道："青衫银丝残血红。"

"公子？"亦寒有些发愣地看着我，随即面色转为淡淡的柔和，"公子不再多休息一会儿吗？"

"嗯——"我摇头，挽着他的手臂站起身来，"我们快快赶路走出这个沙漠，我现在很想念云颜和李叔他们呢！李叔知道我们失踪，肯定急坏了。"

"伽蓝，发生什么事了？"子默的声音里难得带了几丝慌张。

"不要叫我伽蓝！"我抬起头幽幽笑着看向某鬼魂，"子默，叫我临宇。林伽蓝……已经死了。"

"伽蓝！"子默倏地飘到我面前，一脸紧张地看着我，"到底发生什么事了？为什么我读取不到你的记忆，却只有零散的片断……那些片段……"

"不要再说了！！"我大吼着蹲下身子，亦寒紧张地冲过来扶住我，我深吸了几口气，抬起头来冲着已呈震惊状的子默笑，"子默，暂时……别提了好不好？"我不要想起那银白月光，不要想起那深蓝窗帘，不要想起那颗腐烂的心，更不要想起……那狰狞的脸……

"伽蓝——"子默难以置信地看着我，那棕色的瞳仁映着夜幕星辰，却暗沉得似有风暴在洗涤翻涌，"谁？！是谁这样对你？！"

"啊——！"我狠狠地捂住耳朵，用尽了全力大叫，无论亦寒怎么问，我都只是尖叫，尖叫，本就沙哑的喉咙嘶哑得更加难听，最后我力气用尽了，只能倒在亦寒怀里不断喘气，明明心里悲凉到撕痛的地步了，我却一滴泪也流不出来。

我哑着声，用乞求的语气一遍遍说："求你不要再问了，不要再问了……"

"伽蓝，别这样。"子默的声音从来没有这样彷徨心疼过，他将手揩伸到我面前，想碰触我的脸，却发现根本做不到。他眼神一黯，低低地说："伽蓝，哭出来吧。"

"我为什么要哭？"我笑得很粲然地看着他，又看看四周，"这里的沙漠那么漂亮，月光那么柔和，亦寒的怀抱那么温暖，子默的声音那么好听，我为什么要哭？"

"公子。"亦寒轻轻地将我揽在怀里，就像初进沙漠时在最寒冷的夜里抱我般，用他整个身体包裹住我，柔声道，"无论发生什么事，我都在你身边。"

无论……都在我身边。我慢慢揪紧了那一袭青衣，想笑，却发现笑不出来。

子默温润带着说不尽痛楚和沉寂的双重音也在这空旷的沙漠中回荡："伽蓝，想哭，就哭吧。"

"你们都在说些什么啊？"我努力扯着笑容，却发现眼泪一滴滴落下来，我很努力地擦掉，它们却还是拼命地掉，越擦越多。亦寒举起一只手轻柔地按在我脑后，让我埋进他怀里，用清冷却夹杂着温暖的声音道："公子，哭吧。"

从低低地饮泣，到最后撕心裂肺般的哭声，我将脸紧紧地埋在他胸口一遍遍喊着徐列的名字。为什么明明没有结局，我却那么绝望？为什么我们的婚姻，我真的看到了尽头。为什么，我们明明相爱，却最终要被迫分离。


"在一百多年后，塔拉干沙漠的面积缩小了不少，可是仍被人称为魔鬼之洲，就是因为在塔拉干中有一个最恐怖神秘的黑沙漠。黑沙漠中没有任何显而易见的植物，也没有高低起伏的沙山，四周的沙丘落差都差不多，像一个个扁扁的馒头，无边无际，在地面上，向任何角度看，都是同样的景色，没有半点生命的迹象。黑沙漠中隔几个小时就会刮起沙风，虽然不大，却会大量消耗身体水分，让人暴躁而神志失常。但黑沙漠中最恐怖的却不是这些。"

子默顿了顿，望着我吞咽口水的模样，笑笑又道："在黑沙漠中又干又渴又累的旅人，会在某天忽然看到不远处有蔚蓝的湖水，肥沃的庄稼，成群的牛羊以及翩然飞舞的美女，可是任凭他们追逐着那绿洲拼命地跑，却还是不可能抵达。那是黑沙漠最大的陷阱——魔鬼的诱惑。"

"海市蜃楼？"我点头，心道，"子默放心，我不会被这些迷惑的。"话虽这么说，心里却还是有些惴惴，想起前十天的沙漠之行已是非人的艰苦，更何况这恐怖的黑沙漠。只是艰苦也好，或许身体的痛，能让我暂时忘了心底的痛，否则，我怕自己会疯掉。

喝水蓄水，寻找食物，储存一些可以长时间携带的食物，我和亦寒就开始踏上了魔鬼黑沙漠之旅。开始的一段路没什么好说的，与从前并没有什么大的区别。除非黄沙把太阳遮得很牢，天气不算炎热，否则，我们一直都是夜行晓宿。炎热、风沙、干渴却只能含一口水湿润，疲惫、烦躁、恐惧时我们就相互安慰，相互温暖。

一日复一日，一夜又一夜，却是永远只能看见那无尽的沙漠，我和亦寒两个人一天天虚弱下去。没有骆驼，没有足够的水，甚至到后来连食物都没有了。

我抬头看着被黄沙遮住的烈日，只觉头撕裂般痛，我知道我是患上急性脱水了，如果再没有足够的水源补充，我将离死不远。以前我不怕死，是因为即便死了我也能在另一个世界幸福生活；现在害怕死亡，是因为那个世界，甚至比这魔鬼沙漠更让我恐惧。

只是，命运是由老天安排的，半点由不得我自己做主。我的心明明比任何时候都坚定地想活下去，可是我的身体却再也支持不住了。"砰——"一声响，我听到自己倒地的声音。

"公子！公子！"亦寒焦急地叫我，我神志清醒，微眯着眼想搭话，却是一句也说不出来。

我感觉他扶起我，给我灌了口水，然后把我背在背上继续向前走。

然后，又走了多久呢？久到我感觉不到自己的痛，像是灵魂要被抽离了。我听到亦寒欣喜的叫声："公子！有绿洲！"

我恍恍惚惚间睁开眼，看到眼前有湖泊，有牛羊，有食物……那是我连做梦都在渴望的东西啊。我想伸出手，我想大笑，笑容却猛地僵住了。魔鬼的诱惑……海市蜃楼。

我想喊：亦寒不要过去！可是我的喉咙却一个音也发不出来，我想要阻止他消耗自己的生命，却有心无力。忽然，我听到子默惊惶失措地大叫："小心流沙！！"

然而，来不及了。我只觉身子剧烈一震，亦寒发出一阵轻轻的闷哼，我们俩就在沼泽般的流沙中慢慢沉下去。也许是死亡的阴影刺激了我，也许是将死的回光返照，我猛地睁开眼，用沙哑的声音喊道："亦寒，别慌！别挣扎！先放我下来。"

亦寒的脸缓缓冷静下来，停止了挣扎，但由于两个人的重量，我们还是在下沉。

"把我平放在流沙上。"我双颊有些不自然地热烫，仿佛是燃烧生命的火焰，但我的心情却出奇的平静宁和甚至坚韧，"记住，尽量只用手，别挣扎。"

亦寒依言把我平放在流沙上，我像癞蛤蟆一样难看地趴在沙面上，往坚实的沙地爬去。转眼间已能看到亦寒清冷的表情，温暖欣慰的眼神，他依旧在缓缓下沉，金色的沙子没过了他胸口。

我用尽了全身的力气，终于爬到沙地上，顾不得吐掉满嘴的沙子，回头大叫道："亦寒，你听我的，别紧张，不会有事的。"

他大半个身子仍在沙子中，脸上满布胡须（我让他不要剃，保护脸面不晒伤），形容憔悴，可是嘴角却挂起了淡淡柔和的笑容，用略带沙哑的声音说："我自然是相信公子的。"

我胸口一酸，有种异样的感动和情愫在疯长。我吐出口中沙子提高声音道："你先将你的右手拔出来……对……身子不要动……然后是左手……小心！好……然后尽量把身子往前上方提……就是这样……往前趴下去，身子接触到沙面……尽量让接触面积变大……别担心，不会下沉的！……保持着这个姿势往前爬……"

我眼看着亦寒一个翻滚到了我身边，衣服上的沙子洒了一地，还有黏腻肮脏的湿土沾满了我们全身。可是我们却什么都顾不得了，紧紧抱在一起，眼泪润湿了他的衣襟。

然而，哭着哭着，我的头渐渐昏沉下去，身躯一软，靠倒在他身上。亦寒似是在很紧张地叫我的名字，子默也在叫，我想应，可是应不了。头，痛得没知觉了。我的路，终于走到尽头了吗？子默，对不起，我最终还是让你失望了。

明明生命已经快流失殆尽了，可我还是感觉到亦寒在背着我一步步走在滚烫的沙漠上。说起来，我记得他的鞋不比我的金贵，好像早就磨破了，他的衣服也……

那是一段很长却也很短的路，那承载着我所有重量的身体忽然缓缓地倒了下去，我想：终于，亦寒，连你也撑不住了。然而，即便倒下，他还是将我紧紧护在怀里。

意识失去前的最后一刻，我仿佛感觉到有几双手粗蛮地要将我们两个分开来，却无论如何都拨不开亦寒僵硬的手，然后我听到有几个陌生的女子在对话。

"居然是两个丑八怪……抱那么紧干吗……两个大男人，恶心死了……"

"小姐，这……这个好像是女的……"

"算了算了，两个都抬回去……有个男的也好……"

# 第32章 梦魇

我做了个梦，梦到徐冽带着我去游乐园，我坐在海盗船上张开手大笑，徐冽紧张地抓住我的手，对我说着什么。我凑过去听，徐冽的脸却一下子变成了邵俊一，狰狞恐怖。我"啊"地大叫了一声，被他从海盗船上推了下去。无止境地下坠中，我看到地面上，徐冽揽着雪儿的腰，冷笑地看着我，一脸鄙夷，转身离去。

我猛地睁开眼，有多久没做过梦了呢？似乎自从来去古代后，我就不知道自己每天到底睡了多久，此时彼时是在梦中还是现实。或者，我根本精神出现了异常，一切的一切包括亦寒、子默，包括徐冽、雪儿都不过是我的一场梦而已。

"醒了？"比毒蛇还幽冷的声音在我耳边响起。

我转头对上邵俊一冷笑的脸，脸上、脖子上有好几道伤痕，血还没有凝结。我感觉到了，自己和他同盖着一条被子，被子下的肌肤隐隐相贴着，未着寸缕。

我应该尖叫，应该哭喊着跟他拼命，甚至应该寻死觅活的。可我却只是很虚弱地问："徐冽来过了吗？"

他愣了愣，随即哈哈大笑，笑容有些扭曲，"自然来过了，推开门看到我们两个那火热的样子，他摔门就走了。那个窝囊的男人，我还以为他会冲过来揍我，没想到居然是一脸恐惧地掉头就走……"

"啪——"一声响，我一巴掌甩在他脸上，冷冷地看着他，"你再侮辱他一句试试看。"

他低吼了一声"贱人"，把我狠狠一巴掌甩倒在床上，揪着我的头发喊："我侮辱他怎么了？啊？你以为你老公有多圣洁，我在跟你上床的时候，他还不是跟雪儿打得火热，或者你以为，他还会为了你这个肮脏的女人守身如玉吗？"

"你胡说——"我一拳拳敲在他身上，泪水终于汹涌泛滥，那是屈辱是悲苦是痛不欲

166

生的绝望，盖在我们身上的被单滑落，两个赤裸的人扭打在床上。

他狠狠将我甩在床上，扔了套衣服给我，冷笑道："徐太太要是忘不了我给你的销魂滋味，可以随时找我啊！"说完，扬长而去。

我拉过被子盖在脸上，浑身抽搐地颤抖，泪水无声滑落。原来，现实才是真正的梦魇。

回到家的时候是早上九点，徐家静悄悄的，欢姐还是一如往常地来迎接我，说是徐爸爸和徐妈妈去欧洲旅行了，今天早上的飞机。

我抚着炸裂般的头，一步步往楼上走去。推门开灯，却"啊"一声吓了一跳，徐列低头坐在床上，手上握着什么，已被他捏得褶皱。

"徐列……"我低低地叫他。

他抬起头来看着我，憔悴的脸，凹陷下去的眼窝，还有绝望而痛恨的神情。我平静的表情再也维持不下去，猛地遮住了眼，按压住滚烫的热泪。

他用沙哑的声音缓缓地说："直到昨天我才知道，为什么你会拒绝我碰你，为什么你会在我身下睡过去，为什么你宁愿吃安眠药也不肯跟我独处，只因为你早有了能满足你的人。而我这个丈夫，从头到尾，都不过是个戴绿帽子的傻瓜。"

为什么会有那么多的泪，哭不完流不尽，无论我怎么努力擦都没用。我想用平静的口气跟他说话，却还是止不住地抽泣哽咽，"徐列，你能不能……最后听我说一次？"

他怔怔地看着我的哀凄，我的泪，冷笑，无比自嘲无比寂寞无比苍凉地冷笑："你说啊！"

我擦着泪走到他面前，一字一句地说："徐列，我真的在梦中到了另一个世界，做了丞相。我和一个朋友被困在沙漠中，走不出来。我害怕那个地狱，所以逃了回来，不肯入睡。这就是为什么我那两天只肯在白天睡觉。结果那晚，你没有叫醒我，我还是回去了。我看到我的朋友为了保护我身受重伤，却仍拿自己的血救我。我无法再丢下昏迷的他不管，所以，我开始回来查沙漠求生的资料。我必须在天黑前入睡，是因为月亮一旦升起，那个世界的时间也会流动，亦寒他一个人……在沙漠中，会有危险。我绝对绝对不是厌恶你碰我，连一丝一毫也没有。今天下午，我本来是去找你的，可是半途被盈盈拉去了她家。"我抽噎，绝望而痛苦地闭上眼，继续道，"她却在我的饮料里下了药……徐列……"

我伸出手想抚摸他的脸，却在中途被他牢牢扣住，那双本来盈满宠溺和深情的眼中，此刻只余痛恨和厌恶，"这种幼稚的谎话，你以为我会相信你吗？林伽蓝，你够狠。前晚我对你那么失望那么痛恨，面对雪儿的主动，满脑子却还是你。我想，也许你只是小孩子心性，不妨再给你和我自己一个机会。可是，我推开了雪儿去找你，看到的是什么？我得到的又是什么？"他猛地起身扣住我的肩膀，毫不怜惜地狠摇，"你这个狠毒的女人。这样把我捏在手心里玩耍很开心吗？看着我一点点沉沦一点点掉进你的陷阱你很得意吗？"

"我没有！我没有！"我全身骨头都快被摇散架了，可是我却不觉得痛，眼泪像断了线的珠子般落下，"徐冽，我说的全是真的，你为什么不肯相信呢？！"

"收起你的眼泪吧。"徐冽松开手，面无表情地觑着我，声音里带着无限的疲惫，"我已经被你骗得团团转了，我已经轻易地掉进你织的网了，何必再在我面前装？"

他伸出手，将那几张褶皱的纸放在我手上，语调萧索厌倦地道："离婚协议书，我已经签了。明天我就会去美国的分公司，如你所愿，我再也不会碰你一下。"

我怔怔地看着手中的那几张纸，泪水落下，根本看不清里面写了什么。只觉徐冽从我身边擦了过去，忽地幽幽冷笑，补充了句："如果你是为了我的钱才嫁给我，那么，恭喜你。协议里我已经将公司百分之五的股份转到了你名下，应该足够填你的胃口了吧？"

我听着他一步步远离的声音，心口像有无数根针在刺，一下一下，不见血却疼痛入骨。徐冽，你可知我是真的真的爱你。我猛地转过身去。

"冽——"我用哭到沙哑的声音大声叫他，语调却出奇地平静下来。

他缓缓回过头来，望向我，瞳孔猛地一阵收缩。

我屈膝跪在地上，万分执著万分坚定地看着他，"徐冽，我很爱你，也从来没有欺骗过你的感情。如果今天我就这样由着误会分开了我们，那么我一辈子也不会甘心。所以，我要做最后的努力。徐冽，当初你跪在地上求雪儿留下，如今我也跪在这里求你相信我，不要走，不要对我绝望，不要抛下我，我是……真的真的很爱你。"

徐冽怔怔地低头看着我，眼中有多少的波涛汹涌在翻滚，他的一只脚跨了过来，我心中一阵狂喜。然而猛地，他闭了闭眼，再睁开却已是冰冷决绝一片，"这些戏，留着跟你的下一号猎物去演吧。我已经……厌倦了！"

"砰——"一声响，门关了起来。眼前猛地一阵黑，恍惚中我看到前方悬挂着我那颗腐烂的心，无数个血肉淋漓的黑衣人正在争抢着撕扯它，偶尔回头对我露出个灿烂的笑容，仿佛在说：这就是你害死我们的报应。

我轻轻地勾起唇角，对着自己的心耻笑，"天作孽，犹可违；自作孽，不可活。林伽蓝，你品尝到鲜血的味道了吗？"

"砰——"一声，我倒在地上，失去了知觉，右手还紧紧捏着那份离婚协议书。

少年
相
世外
客
上部

醒来时，我的眼前一片黑，几乎什么也看不见，好一会儿眼前的景物才清晰起来，洁白一片。我四处看了看，发现这里竟然是医院。

"哎呀，少夫人你醒了啊！"欢姐欣喜地扶起我，"可把欢姐我吓坏了，推门进去竟然发现你昏倒在地上。你先躺一会儿啊，我去叫刘医生。"

我木然地点点头，不一会儿刘叔推门走了进来，手上拿着张报告单，脸上有着浓浓的忧色。他在我床前坐了下来，开门见山地说："蓝蓝，你怀孕了。"

我刷地瞪大了眼，震惊地看着他。他点了点头，示意是真的，"已经一个月了。"

我猛地捂住嘴，阻止自己发出呜咽声，眼泪却止不住地落下。孩子……我有孩子了，是我和徐冽的孩子。

"可是，现在情况很不好……"

我猛地站起身来，揪起他手上的报告单问道："这个是证明吗？"

他有些发愣地看着我，呆呆点头。

我迅速回身拔掉点滴，跳下床，连病号服也没换，冲了出去。刘叔紧张的声音在后面大喊："蓝蓝，你去哪儿？你的状况很糟糕……"

我什么都听不见，直冲到医院外拦了辆的士。车子在飞机场门口停了下来，我摸遍了全身上下也没有一分钱，于是只好把一副耳环抵给了司机。

徐冽！徐冽！你知道吗？我们有孩子了！是我们俩的孩子！我飞奔在登机口附近，形如疯状，拼了命地寻找。我甚至让服务员替我广播，整个大厅都回荡着优美的声音。

"徐冽先生，您的妻子有急事找您，听到广播后请到一号登机口……"

"徐冽！徐冽！"我拢着手不顾别人的目光大喊大叫，声音沙哑了，却也不管。慢慢地，似乎有人被我感动了，开始跟着我一起找一起喊。然而，无论我找遍了多少地方，却还是一无所获。我拖着沉重的脚步，在众人的安慰声中走出机场。

刚跳上一辆计程车，却见一辆我熟悉的跑车迎面而来，在机场门口戛然而止。

我的心一下子雀跃起来，猛地推开车门正要迎上去。却见一个身穿白色连衣裙的女子先走了下来，紧接着是徐冽。我呆呆地维持着一半在车内，一半在车外的姿势，听着他们的对话。

"徐冽，你何必要为了她离开这里呢？"

徐冽沉默不语。

雪儿叹息道："你还是很爱她的对不对？"

徐冽自嘲地笑笑，"你凭什么这么说？"

"就凭你无法坦然面对她。"雪儿幽幽地眼泪都落了下来，"只是你太骄傲了，就算再爱她，也容不下她的背叛，所以你才选择离开。"

徐冽脸色一时变得苍白，冷冷道："别说了。"

"徐冽，逃避不是办法，越逃避只会使你爱她越深，就像我当年一样。"

徐冽的唇微微颤抖，忽然放大了声音向她低吼："那你要我怎样？若无其事地回到她身边？装作不知道她在外面有奸情？时刻担心着她是不是在外面有男人，甚至就算她怀了孩子，我也要担心那是不是我的种?!"

我的脸色刷的一下变得惨白，身子在车里车外摇摇欲坠，几乎要栽倒出去。他们的声音却依旧传来。

"徐冽，你别这样。"雪儿失声哭着抚上他的面颊，"我从来没有看过这样的你，我好怕。"

徐冽闭了闭眼，好半天才平静下来，放缓了声音道："对不起，雪儿。"

"徐冽……"雪儿猛地扑进他怀里抱住了他，哽声道，"让我跟你一起走吧。让我陪你熬过这段时间，求求你，徐冽，给我一次机会！"

"雪儿你……"徐冽的声音都有几分沙哑了，半晌才道，"何苦呢？"

雪儿猛地推开他，从口袋中掏出一沓东西，梨花带雨地看着他，却笑得极其灿烂，"我连护照和机票都准备好了，跟你同班的，你别想推开我了!"

"你、你!"徐冽震惊地看着他，一时脸上是感动是惶惑，竟说不出话来。

我缓缓闭上了眼，司机不断问着我，到底要上车还是下车，我恍恍惚惚闭上眼，看着俊男美女的两人相携走进了机场，心头彻骨的痛，彻骨的凉，随后麻木。

我转身一步步走在路上，似乎有好多人在对我指指点点，有好多人在我耳边喊着什么，可是我却什么也听不见，不想听。

"蓝蓝——"一双手扶住了我，使劲地摇晃，我恍恍惚惚地对上一张英俊的脸，眉目清澈，潇洒不羁。我向他露出个开心的笑容，"哥，你怎么回来了？"

"蓝蓝！蓝蓝！"哥哥却不像我那么开心，反是满脸的惊惶失措，"蓝蓝，你怎么流了那么多血？蓝蓝——"

"哥。"我倒进他怀里，幽幽笑着说，"哥，你知道吗？徐冽他不要我了。连我们的孩子也不要了。"眼前一黑，我倒入了哥哥的怀中。

# 第33章　浴火重生

醒来时，我的耳边发出嘈杂的吆喝声，还有浓浓的汗臭味混合着酒味。我紧皱着眉睁开眼，手一动，身上居然发出丁零当啷的声音，手腕脚腕处还有细微的痛。

"大当家，那妞醒了！"一个犹带稚气的声音喊道。

"嘿嘿，醒了？！"一声粗犷的男子叫声将所有的吆喝声都压了下去，随即朝着我这个方向而来，"大伙，快来啊！看看琳琳新带回来的这妞。"

我吃力地睁开眼，立时被眼前一张张贪婪流着哈喇子的脸吓了一跳。正想跳起来后退，却只觉身上一痛，且又发出丁零当啷的声音。

我一惊，这才发现问题到底出在哪里。我此刻竟被关在一个笼子中，四肢被黄金的镣铐铐了起来，身上穿着质地粗糙的女装，头发胡乱地披了下来垂在胸前。而笼子正被抬放到一个布置简陋的大厅中央。

"绝色啊！当真是绝色啊！"那粗犷的男声再度响起，我循声看去，只见一个身上裹着虎皮，半露出肩膀，脸上胡子一大把，根本看不出年龄的男子正满是惊艳地看着我，口水时不时地从嘴角流下又被他擦掉，"老子长这么大也没见过这么美丽的妞，兄弟们你们说是不是？！"

底下自然是一片应和之声，人人都用只想扑过来扒光我衣服的贪婪眼神看着我。我长长地呼出一口气，随着叮当声，坐倒在铁笼子里。也许，老天真的要逼疯了我才甘心。

呵呵。我无声地笑了，那就疯吧，疯了更好。反正徐列走了，孩子没了，身子也被人玷污了，再过一会儿连临宇的身体也不能幸免吧？这两个世界于我，已经没有退路，没有留恋，我还清醒地活着干什么？不如疯癫……或者，我歪着头幽幽地看着前方，或者……仇恨。

"老大，这妞我们不如别卖了。反正山寨里也不缺钱花，这样的妞，留在山寨里，兄弟们若有需要，也可以……”说话的人擦了下口水，满脸都写着情欲二字，其他人更是跃跃欲试。

那老大沉吟了半晌，爽快挥手道：“好！我这山寨也是兄弟们一起撑起来的！如今有好处当然要大家一起拿，有女人大家一起分。”

“耶——耶——大当家万岁！夏大当家万岁！！”我勾起唇角悠然卷着自己肩侧的长发，听着他们的欢呼声，仿佛此刻发生的一切都与我无关一般。

“伽蓝！”一个身影从我手链上缓缓清晰显像，子默略带焦急地看着我，“你可知自己现在……”猛地他顿住了，显示读取到了我脑中的信息，我抬头，冲着他嫣然一笑。

他呆呆地看着我，棕色如透明的眼中什么也没有，只有我的倒影，然后缓缓地，像是要隐藏什么一般闭了起来。

“子默，好久不见。”我笑看着他，还顺便摆了摆手，听到铁门被打开的声音，我笑容微敛，将脸转向了那些贪婪的男人。其实，什么身子，什么贞操，什么感情，都无所谓吧？

我咯咯地笑了起来，反倒把那些男人撩拨得都快烧了起来，不断说着，这娘儿们够味！笼子很是宽大，躺两个人做那档子事是绝对没问题的。几个小喽啰拿了几张席子和破棉被铺在笼子里，那大当家便迫不及待地脱去衣服钻了进来，而身旁的人，就兴奋地呐喊助威，吞咽口水。

“小美人！”他一把将我拉过来，压在那堆破布上，口里的臭味喷得我满脸都是，毛茸茸的脏手向我伸来，我却仍是笑得开怀。

“伽蓝！”子默大叫，眼中满是惊惶，“你疯了！快反抗啊！总能想出办法逃脱的！伽蓝！”

172

我抬起头幽幽地冲着他笑，一边想一边用唇语念给他听：“我——疯——了。”

衣服被简单地撕了开来，凉飕飕的风吹拂着娇嫩的肌肤。啊，真想不到在沙漠里走了那么久，还能有这样的肌肤。身上的人倒吸了几口凉气，粗短滚烫的手指已经沿着身上的每一寸肌肤，伸到了裙裾底下……

“住手！”一声清脆的娇叱响了起来。随即是噼里啪啦的鞭打声，不到片刻，大厅里的人已倒得歪七竖八，一个红衣飘飘的俏丽女子正怒目瞪视着压在我身上的男人，两道柳眉一皱，杏眼一瞪，已狠狠一鞭甩了出来。

我只觉“铿锵”一声巨响，笼子已腾空翻滚，我身不由己地和那老大在笼子中翻滚跌撞，只听“砰”一声响，笼子摇晃了几下重新落在地上。

我被摔得头晕眼花，全身散架，却听到子默长长地缓过一口气的声音。紧接着，同样被摔得晕头转向倒在我身上的男子，被那红衣少女一把揪住胡子拽了出来。

他一边"啊啊"叫着疼，一边赔着小心，却是丝毫不敢造次的样子。那红衣女红唇一撅，鞭子抽在地上，怒道："我带回来的人你也敢乱碰?!"

"琳……琳琳，哎哟，轻点。这……这妞赏给弟兄们玩，不是经过琳琳你同意的吗?"

红衣女明显一愣，说不出话来，随即小巧的鼻子轻皱，狠狠揪了一下他的胡子，叱道："我现在改变主意了不行吗?! 快点给我放了她!"

"这可不行!"那男子窝囊的样子竟忽然完全消失了，取而代之的是上位者的威仪，"琳琳，哥哥是老大，说话就必须算话。刚刚已经答应兄弟们了，怎么能出尔反尔呢?"

那红衣女显然是明白这点的，一时踌躇地站在那里，揪着胡子松也不是，缩也不是。目光移向我，美目忽地闪过极端复杂的神色，似羡慕似嫉妒又似痛恨。

我微微一哂，不理会她，只随意地拉起衣衫，卷着头发。子默的声音低低响在耳侧，我却闭起了眼，不去倾听，不予理会。

"哼! 不要脸的女人!"红衣女朝我啐了口，随即松开抓胡子的手，撅着嘴自语道，"我可不是不救她，只是救不了。算了，哥哥，随你爱把她怎么样吧!"

"伽蓝!"子默落到我面前看着我，眼里几乎带了淡淡的哀求，"伽蓝，别再折磨你自己了，你再怎样他也不会回到你身边的!"

心里像是被什么狠狠砸了一下，牙齿咬破唇，有血腥味渗了进来。我冲着子默笑，他却几乎面带绝望地闭上了眼。

那老大嘿嘿一笑，宠溺地摸摸那红衣女的头，笑道："这才是哥哥的好妹妹嘛!"说完目光落在我身上，眼中突地升腾起了欲火，淫笑着一步步走进我，眼中异彩连连，显是想起了刚刚的……我低低笑出声来。

"公子。"一道清冷的声音在门口响起。所有人都是一颤，男人发颤是因为他们居然一直都没发现门外站了人，红衣女发颤却是脸色惨白心虚地低下了头。

我还是保持着笑容，看着那青衫银丝的身影一步步向我走近。他脸上的胡须已经剃去了，露出一张俊挺瘦削的脸，墨色的长发束在身后，那缕银丝却不断在我眼前飘过。

"亦寒，好久不见了。"我笑着说。声音没有干涩，清润动听。

墨绿色的光芒在冷峻的黑瞳中闪过，他冷漠的表情微微轻柔下来，蹲下身钻进笼子中，与我面对面相视。

我歪了头看着他继续笑，刚拉起来的衣服滑了下去，露出雪玉一样的肌肤。亦寒眼中森寒的杀意一闪而逝，却逐渐变为温柔怜惜的疼痛。他将身上的衣服脱下来，缓缓披在我身上，然后将我猛地揽在怀里，低声却坚决地说："公子，没事了，属下会永远守护你的。"

我咯咯地笑了出来，想起那个在教堂对我宣誓的男子，一样说过永远。我贴近他耳边，低声柔媚地问："亦寒你告诉我，永远有多远？"

亦寒收紧了抱住我的手，让我紧紧贴着他清凉的身体，明明冰冷的心却奇迹般地温暖起来。他哑着声在我耳边一字一句地说："永远，会比公子的生命，多一天。"

比我的生命……多一天。我下巴搁在他肩上，怔怔地看着前方，茫茫然地，在心里默念着他说的话。明明清冷淡漠，却奇迹般一丝一缕地钻进我心底。

"风亦寒！"红衣女愤怒的娇喝声在笼子外响起，她挥起鞭子想再打翻笼子，看着同样在里面的亦寒却心有不忍，最后只能跺着脚，愤愤道，"风亦寒，你别忘了你答应过娶我的！"

我浑身猛地一颤，在他的怀抱中，感觉到他微僵的身体，带着无限留恋的手，轻轻放开了我，钻出笼子站在那红衣女面前，冷漠地看着她。

那红衣女慢慢心虚地低下头去。亦寒不带一丝感情的声音却响了起来："我会娶你，只要你能让他们放过公子。"

我身体晃了晃，心一阵阵颤抖，亦寒他……刚刚说什么？我只觉耳边噼里啪啦地响，刚刚筑起的高墙，如腐朽了一般，剥落出一个洞，那洞虽小却能清楚看到里面鲜血淋漓伤痕累累的心。可是，它明明没有腐烂，明明没有破碎，只是淌着血，刺骨地疼。

"你救她真的只是因为她是你主子吗？"红衣女子哽声看着他。

亦寒淡淡地道："与你无关。"

"啪——"一声响，鞭子重重地抽打在亦寒身上，露出一条血痕，我惊叫了一声。亦寒猛地回过头来，与我四目相对，浑然忘我。我只觉其中有多少比天高比海深的情意在翻腾汹涌，竟绞得我连那些刻骨铭心的痛一时都忘记了。

他露出个浅淡到几乎看不见的笑容，低声道："公子莫要担心，我……属下没事的。"

我猛地垂下眼帘，滚烫的泪不断顺着面颊滑下，仿佛是那个世界所有牵挂痴迷的流逝。

"哥……哥哥……"红衣女带着哭腔的声音传来，凄凉而悲伤，"求求你，就成全了琳琳吧。"

大厅中长久的静寂，直到一声叹息响起，有无奈有宠爱，沉声道："谁都不得再动这个女子。让兄弟们都动起来，山寨要准备办喜事了。"

众人面面相觑，看看我看看亦寒又看看红衣女，最后终于面色不一地欢呼起来。

174

我脑中的最后一幕，是亦寒离去前，深深凝视我的那一眼。

夜明珠高照，窗外霞光满天，眼看就要有一轮明月升起。我被囚禁在一间布置不算高雅，却明显算得上奢侈的房中，面无表情地看着窗外落日，芳草斜阳。再远处，应该就是黄沙漫天，连绵起伏了吧。

良久，我转过身去抬头看着那飘浮在空中的白衣书生，"子默，亦寒和那红衣女子究竟是怎么回事？"

子默仿佛是一直看着我的背影，解读着我的心思出神，猛听我问话，竟有一瞬的怔忪。棕色的瞳眸似透明又似晶亮，"这里是沙漠中一马贼的聚居处，老大姓夏名虎，那红衣女子是夏虎的妹妹，名唤夏琳，极得夏虎宠爱。那日你和风亦寒昏迷在沙漠中，正是她把你们抬了回来，让人清洗。至于她后来为何会钟情于你那风护卫，我自三天前就进入了水链沉睡，并不知发生了何事。或者是投缘，或者是清理干净见他长得俊俏便爱上了，也未可知。"

我低头把玩着身上的穗带，米黄的流苏一圈圈缠绕在手指上，又被我轻轻松开，"这里是沙漠中的绿洲吗？"

子默摇头道："事实上，这里已属湘西和塔拉干沙漠的交界地带，只要往西走离开这里，再翻过奇瓦山，就能与金耀军队会合了。"

我点点头，知道和亦寒逃出的可能性又多了几分。房中静如温吞的流水滑过掌心，我向上望去，才发现子默深深地看着我，"伽蓝，你的心，变了，可是却又没有全变。"

我轻轻地笑了起来，夕阳沐浴在身上，说不出的温暖舒适，"变得如何？不再哭哭啼啼，不再天真幼稚，不再用尽生命只爱一人，不再有愚蠢的执念，也不再相信所谓的一生一世一双人。子默，这些不都是你期望的吗？"

子默的目光深邃而幽暗，无法读懂他心底真正的想法。我微偏过头，摊开手，让手心被阳光映得通红，仿佛这样就能握住阳光。我笑笑，道："变与不变，都没什么大不了的。我只需知道自己要留着命，找到宇飞，孝敬父母，完成你的梦想，亦寒的期望，云颜的心愿就足够了。"曾经，我真的想过仇恨，想过堕落，想过抛却一切的疯癫，可是，不行啊！那个在沙漠中用自己鲜血喂我的男子，那个为了救我而昏迷不醒的男子，那个孤寂了千年把所有心愿都托付在我身上的男子，我抛不掉，弃不了。所以只能选择活着，为了他们，为了被他们守护的心，虽痛却清醒地活着。

我抬起头看着子默，轻柔婉约地笑，笑得无比灿烂而真诚，泪水顺着我的面颊滑落，晶莹得连那琉璃也无法媲美。我想，在很长一段时间内，这恐怕将是我最后一次流泪。

我说："子默，我终于学会了坚强，学会了成长，你为我高兴吗？"

子默怔怔地看着我，双眼有些迷离，不知道是因为阳光还是其他。他轻轻钩起嘴角在笑，眼神却是那么的哀伤怜惜，温润的声音带着双重的磁性，回荡在夕阳下、芳草间，"……在熊熊烈焰下浴火重生……虽美却痛……美轮美奂……痛不欲生……"

在古代看着那抹月光睡下，我回到了残酷的现实世界。

睁开眼黑漆漆一片只有几分微光，我挣扎着起身，却觉得一阵虚弱。一双手忙扶住我，哥哥惊喜的声音响在耳侧："蓝蓝，你醒了？"

我点点头，鼻尖闻到消毒水的味道，不由问道："哥，这是医院吗？爸妈都知道了？"

"我没敢告诉他们。"哥哥叹气道，"我怕他们难过。听说当年你出车祸，妈妈就差点病倒了。"

我点点头，嘘了口气笑道："还好还好！"

"蓝蓝……"哥哥的口气有些踟蹰，似是不知该怎么开口。

我摸索着握住他的手，努力扯出笑容道："哥，没事的，我有心理准备了。是不是孩子……"

哥哥的手猛然一僵，拉过我将我抱在怀里，咬牙切齿又无限疼惜地骂道："徐列那个浑蛋，我绝对不会放过他。"

我将头轻轻地靠在哥哥肩头，有古龙水的味道，很好闻。心里酸酸的痛，我那未出世的孩子，就这样……再也回不来了。

哥哥轻轻拍着我的肩，像小时候一样安抚着我，病房里弥漫着淡淡的悲伤气息。哥哥推开我，故作轻快地道："蓝蓝，饿了没，哥去买你最爱吃的松脆卷。"

我笑了起来，摇头道："不用了，我有些渴，哥你替我倒杯水吧。"

哥哥连声道好，手忙脚乱地要去倒水，我好笑地拉住他，这个哥哥真是还像小时候一样时而精明时而憨厚，尤其在我面前。

"哥，这么黑我怎么喝水啊，你先把灯打开吧。"

哥哥被我拽住的手猛地一颤，随即是彻骨的冰凉，他似乎缓缓伸出一只手在我眼前摇晃。因为有股凉凉的风，在我面前流动。

我微张的唇轻轻颤抖，半开着，半合着，然后用牙齿紧紧咬住。好疼！那么，是真的，一切都是真的。我用沙哑到颤抖的声音问："哥，灯开着是吗？"

哥哥的手如筛糠般颤抖，他努力地压抑着自己的声音："哥……哥忘了开、开了，这就去……"

"哥，你别骗我了。"我轻轻笑了起来，"我一直以为已经是最坏的情况了，却没想到还有更坏的。哥，我没事的，你去叫医生吧。"

"蓝蓝……蓝蓝……"哥哥猛地倾身把我抱在怀里，身子比我颤抖得还厉害，灼热的液体落进我颈项，"他们怎么可以这么残忍?! 他们怎么可以把你害成这样?!"

我闭了闭眼，将郁结于胸的仇恨和痛苦生生压回去，回抱住他，柔声道："哥，你别难过。没有了丈夫，我还有哥哥；没有了孩子，我还有其他亲人朋友；没有了眼睛，我还有耳朵可以听，嘴巴可以尝，手可以触摸……哥……"我低低地无声地问，"哥，我是不是以后再也看不见了？看不见你，看不见爸爸妈妈，看不见小洁、薇夜，看不见……"

"不会的！不会的！"哥哥哑着声说，"你是我最宝贝的妹妹，我怎么会让你永远看不见。哥哥一定会治好你的。"

我幽幽地叹了口气，抱紧哥哥温暖的身体，"也许，真的是天意让我留在那个世界。"

"哥，答应我一件事。"我忽然推开他道，"在我好以前，不要让爸爸妈妈知道，不要让徐列一家知道。我想同宇飞住在一个病房里，除了治疗和适当的运动，你就让我每天静静地躺着。如果有一天我一睡不起了，你也别难过，因为我在另一个世界，会活得很好。"

"蓝……蓝蓝，你在说什么啊?"

"哥，答应我好不好！"我紧紧揪住他的衣衫，一遍遍恳求，"哥哥，你答应我吧！"

最后，从来宠我到底的哥哥终究还是无奈地点头。


几天后，我的检查结果出来了。X光片显示，我的脑部有一类似血块的物体压迫住视觉神经，导致失明。据医生解释，这个血块是早早就存在了的，且会随着情绪激动而逐渐涨大，所以我才经常出现眼前发黑的情况。他还说：这个血块可能明天就会消失，也可能永远都不会消失，而依当今医学界的水平，做手术的成功几率，只有百分之二十。

我能感觉到，哥哥听了医生的话后，身体的颤抖和手心的冰冷汗湿。


20×× 年 6 月 4 日，我和哥哥、宇飞以及宇飞的妈妈一起乘班机离开了这个令我笑过、哭过、幸福过，同样也绝望过的城市——上怀。听哥哥说，爸爸、妈妈很伤心，因为我直到离开都没有去跟他们告别，可是，他们仍让哥哥和阿姨（宇飞的妈妈）好好照顾我，并说："伽齐，你告诉那傻孩子，就算真的离婚，爸妈还是爸妈啊！如果在外面待累了，就让她……赶快回来吧。"

6 月 10 日，我们终于在瑞士安居下来，哥哥买了套小房子，在瑞士最好的一家医院旁边，平日就由阿姨照顾我和宇飞的生活。我签了离婚协议书，因为那百分之五的股份，我的账户上一下子多出了几千万，再加上哥哥在国外也赚了些钱，总算凑够了我和宇飞的医疗费及其他花销。

也许很难想象，在经历过那么多风风雨雨后，我竟还能以如此平静、仿佛看淡人生的态度在一个陌生的地方开始新生。然而又是事实，我、哥哥、宇飞以及贤惠能干的阿姨在瑞士过起了平静宁和的生活。至于刘英石把我怀孕和即将失明的情况告诉从欧洲归国的徐爸爸、徐妈妈，以及徐列的归国、邵俊一的身败名裂、盈盈的悲惨下场，所有人为了找我几乎翻遍整个地球，闹得天下大乱，那是六个月以后的事了。而那时，我在古代却已历经了整整三年。

少年乂相世外客
上部

卷二

山雨欲来风满楼

原来，再痛恨这个世界，再悲伤宇飞的惨死，我也无法放手。这是一个多可笑的结局？我为了寻找宇飞而来，可是当这个目标终成空时，却发现我已经有了丝丝缕缕的牵绊，再也不可能放手了。

# 第34章　暗夜奇兵

万历七百六十五年十月，时值深秋。是夜，浓雾弥漫。水雾国赤峡谷东侧靠近金耀国湘西的北海岸有一船队陆续停靠。

岸边守夜的是几个身穿深红铠甲的士兵和一个将军，几人脸上都露出欢欣的神色，但严明的军令还是让他们明白不得掉以轻心，连忙上前检查。第一艘船上走出一个身穿灰白布袍的老人，年纪看上去五旬有余，发须花白，但眼中却精芒电闪，显然不是常人。

盘查的人多少有些漫不经心，那长官边跳上船边问："这次的粮草怎么来得如此晚？负责押运粮草的陈副将呢？"

那老人忙答道："这几日尤其是晚上北海浓雾弥漫，行船甚是艰难，所以耽搁了一些时候。陈副将在后一艘船上，听说是有些粮草浸到了水，正在呵斥手下呢。"

那将领不甚在意地点点头，瞅了眼陆续靠岸的船，脸上露出欣然的神色，随即又叹道："我火翎军骁勇善战，连日激战终攻破了赤峡谷。可赤峡谷一过，前有金耀兵，后有峡谷及水雾余孽掣肘，我们的粮草辎重补给成了大问题，士兵们都几天没吃饱过一顿了。钱将军这几日便说，若再无可想之法，恐非退兵不可。幸亏凌雾向将军提了这个好建议，趁着大雾天，由水路运送粮草，神不知鬼不觉的。"

老人连连点头。那将领也不再多说什么，走进船舱，将那盖在粮草上方的防水油布一把揭开。

蓦地，他的眼眸对上了一双双整齐排列、锐利如箭的眼睛。他刷地瞪大了眼，忽然意识到了什么，转身便要尖叫。可是他的声音还没发出来，就发现自己的喉头涌出大量鲜血，然后，他看到了自己前胸的铠甲、腰部的佩刀直至长靴……

老人面无表情地用那油布揩了揩刀上的血迹，挥手道："走吧。记得隐在其他金耀士兵中间，既要助他们完成公子布下的任务，也要隐藏自己的身份，清楚了吗？"一船舱的人沉默而一致地点头，动作迅速毫不拖泥带水地鱼贯而出。

不出片刻，黑压压的一批人，静默无声地从船上跳下，往那军队驻扎的深处而去。老人扫了一眼，眸中露出嗜血的光芒，终忍了下来，一个纵跃朝着反方向而去。

这个时候，钱程，火翎国此次的领兵元帅正在帐中与人商讨明日攻陷湘西城之法。忽听外面传来一阵嘈杂的声音，白色的帐篷上隐约可见火光。

钱程心中一惊，忙与众人赶出去探察。却见本该安静下来的帐营，此刻火光连连，杀声阵阵。他的脑中闪过第一个念头便是——袭营。可是，这怎么可能呢？莫说湘西如今兵困马乏，根本不敢冒这个险来偷袭他们。更何况自己明明在帐营与湘西城之间布置了层层暗哨，如何会神不知鬼不觉就被人攻了进来。

正惊疑间，忽听身边有人发出一阵凄厉的惨叫声。钱程惊骇地回头，发现自己的心腹幕僚项蒙背后中箭，两眼突出，竟是骇然地往后倒去，被一脸惊惶的凌雾扶住。

钱程只觉心中大惊过于大痛，上前两步一把扶住他。项蒙睁着那双恐怖的眼，看看钱程，又看看凌雾，嘴里发出"啊啊"的声音，似是想说什么。钱程惊痛地问："纪舒（字项蒙），纪舒，你想同本将军说什么？"

"小……小……"项蒙看看钱程，又将目光不断地扫向凌雾。凌雾眼泪流了满面，一把握住他颤抖的手，哽声道："项先生安心去吧，我会小心保护元帅的。"

项蒙"啊"了一声，极度沙哑难听，却是一口气没提上来便断气了。那双眼还恐怖地睁着，眼里满是惊恐和愤恨，钱程黯然地闭起眼，用手将其眼皮合上。

"凌雾！"钱程猛地站起身喝道，"传令三军将士不得慌乱逃跑，认识的人一队队组织起来，结伴而站。本将军要让混进来的这些宵小之辈，有路进，无路回。"

"是！"凌雾领命而去，却在转过身的一刹那露出淡淡的冷笑，俊秀犹带稚气的脸上满是不屑。

下完命令，身边的贴身侍卫围了过来团团护住钱程，他总算心定了一点，却忽然想道：刚刚自己身边明明都是护卫，那箭究竟是如何绕过人墙，射中项蒙的呢？

时间一分一秒过去，营中的火光却不见熄灭只见炽烈，喊杀声更是此起彼伏。钱程心头又是惊又是惧，朝身边的人吼道："凌参将呢？为何去了这么久还未回来？！"

那些侍卫瑟缩了一下，显是没见过温文尔雅的儒将钱程发如此大的脾气。侍卫长王强正待上前回答，却忽觉前方火光大亮，随即如落雨般的箭石迎面而来。几声尖叫传来，显然是元帅身边侍卫已有人中招。他心中从未有过的大骇升起，扯开嗓子吼道："敌军来袭了！保护元帅！保护元帅！"

钱程几乎是有些呆怔地看着那黑压压围来的士兵，青黑盔甲，手持长枪，眼眸晶亮嗜血。哪有兵困马乏，哪有疲兵弱旅之态？前方的骑兵一人一马，马脚上均裹着棉布，落地无声，火把是刚刚点起来的，响得噼里啪啦，似乎是为了特意告诉自己，你的死期到了。

忽地，他目光落到骑兵最后、步兵最前方的蓝衣少年身上。有些狼狈的骑马姿势，不知因何而皱起的眉头，被火光映红的俊秀脸庞，明明秀之美之已极，却偏偏淡漠而行，淡漠而喜，淡漠而怒。仿佛美则美矣，却不过是一幅精美的画卷，了无生气。

是他！钱程瞳孔猛地一阵收缩，原本心如死灰的黯然中竟迸发出一阵强烈的恨意。这个害得他哥哥钱谦身败名裂，在家中郁郁而去的罪魁祸首；这个他出征前对着祖宗滴血明誓，无论如何都要取其首级的女神之子——金耀国年仅十八岁的少年丞相秦洛。

"元帅！快撤吧！"王强焦急的呼喊声立时惊醒了钱程，"元帅，再不走就来不及了！"

钱程也只是一忽的恍神，就立刻恢复了理智。是啊！今夜大局已定，自己不逃岂非只能丧命于此？原来，这几个月来自己的险胜巧胜，都不过是他给自己布的陷阱。想不到啊！如此年轻，秀美若女子的少年，竟有如此忍心，如此心机。也难怪大哥当年会败在……

看着那渐渐变为万千黑点之一的少年身影，钱程长叹了一口气，逃亡而去。

话说那凌雾得了令后离开，轻松穿过火光烈焰处，难分敌我酣战中的士兵甚至根本没能发现他的踪迹。忽地，他眼前闪出一把长剑，银芒闪烁，快如闪电，巧如灵蛇。

凌雾低喝了一声，头往后仰，几乎成了九十度才堪堪避过那攻击。不等那剑撤回，凌雾就猛地直起身冲那人直扑过去，牢牢挂在他身上，笑道："秦离，好久不见，想死你们了！"

只见那持剑的也是个与凌雾差不多大小的少年，眉目清澈，只是面上没什么笑容，年纪轻轻就绷着张脸，眼中却有几分笑意，"我随李叔而来的。公子的任务完成得如何？"

凌雾松开手得意地冲他眨眼，笑道："自然没问题。不过，我想不通公子为何要放过钱程，赶尽杀绝不是更好吗？"

秦离白了他一眼，"你若能想通你便是公子了！"但看他一副极渴望知道的眼神，还是妥协道，"公子曾说过，火翎国如今以柳岑枫柳太傅为暗主，除却火翎皇帝君无痕，如还有人能与他抗衡，那便只有世代为帅的钱家。柳岑枫此人实力深不可测，与他正面敌对不如暗中削弱。"

"我明白了！"凌雾满脸惊叹地道，"柳岑枫与金耀对战胜多败少，而钱程、钱谦却均属惨败。而且此次大战，听说柳岑枫就在湘西附近，若让钱程知其在此而不来相助自己，定然暗恨在心，到时就会对柳岑枫多有掣肘。况且，只要钱程仍在，那么作为太傅的柳岑枫就没有太多的领兵机会，毕竟君无痕就算再宠柳岑枫也不能不顾钱家的面子。对付钱程，自然比对付柳岑枫简单多了。公子此计一箭双雕，果然甚妙！"

秦离脸上终于露出了笑容，"想不到你小子在外历练一年，心思倒是灵活了不少。"顿了顿，又道，"公子说，今夜之后你就不用回火翎国了。就算那钱程不对你起疑，若被柳岑枫知道今夜之事，也必然会怀疑到你身上。所以……"

凌雾"啊"了一声，满脸说不出的欣喜兴奋，"所以说我可以回暗营，回公子和师父身边了?!"随即又忧道："可是，我花了一年时间好不容易取得钱程信任，如今一走，公子在火翎的心血岂非白费了。"

"不必担心，公子早在半年前便安排了你的替身在火翎朝堂之上。到时，你只需由夫人易容替下他就成了。"秦离微笑，忽地面色一暗，道："有件事要告诉你。秦夜他……死了。"

"什么?!"凌雾惊叫了一声，待想清楚秦离在说什么，脸色猛地一阵惨白，竟连站立也不得。秦离忙扶住他，"秦雾，别这样。我知道你最重兄弟感情，可是……秦夜是为了保护公子而死的，也算死得其所，我们……"

凌雾，应该说秦雾眼中慢慢浮起了泪水，却连忙将脸埋在秦离颈上，"那日我走前，他还嘱咐我在火翎要多加小心。我还万分羡慕他能留在公子身边，为什么……为什么……是谁？究竟是谁杀了他?!"

秦离眼中慢慢凝聚起森冷，"柳岑枫手下梅兰秋菊、黑白无常。"

"敌军来袭了！保护元帅！保护元帅！"惊惶的喊声从远处飘过来。秦离眼中一亮，"秦雾，公子和师父到了。"

秦雾却仍是在他肩上靠了一会儿才直起身擦干泪，脸上已挂起了平日的笑容，"我定会杀了柳岑枫手下那群走狗，替秦夜报仇！"

秦离赞赏地点了点头，两人冲着火光骤亮处纵跃而去。穿过惊惶失措的敌军人群，迎面而来的刀剑都被两人毫不在意地挡去，直到那阵列整齐的骑兵布在眼前，那在马上坐得极其狼狈的少年身影映入眼中。

秦离和秦雾都笑了起来，只不过秦离是淡笑，而秦雾却是嚣张地大笑，"公子果然还是老样子，骑马的姿势难看死了，而且怎么教也教不会。也难为师父了，日日对着我们这几个学武的天纵奇才，回头再教公子，可让他头大了。"

秦离笑着啐了他一口，但看到那蓝衣少年微皱的眉，左右摇晃的身子，还是忍不住想赞同秦雾的话。他们离、罗、鬼、雾、血、夜六刹本都是各国饱受战乱之苦的孤儿，因着伊修爱尔学堂特殊的招收方式得以过上安稳的生活。后又因六人各自所长而被选入修罗暗营，成为六刹之一，由风亦寒指导武功，公子亲自教授知识，再分别交给三星栽培。

直到那时他们才知道，原来这个让全伊修大陆贵族平民甚至乞儿都趋之若鹜的伊修爱尔学堂竟是眼前这个年仅十五岁的少年一手创建的，而且那学堂不过是为了掩饰修罗暗营存在，并为其培养人才的表象。这个事实若传开去，该是何等的惊人？

只不过，这些都与他们无关。他们六人颠沛流离了十几年，受尽屈辱痛苦，根本连自己原是哪个国家的人都忘了。是公子给了他们优渥的生活，丰富的人生，傲人的才智武功以及情深义重的兄弟。只要一想到这些，修罗暗营中人就无一不愿效忠公子，甚至为其而死。只是暗营中除了三星六刹，人人只知公子其人，却不知究竟是谁。

"秦离快看！"秦雾兴奋的声音传来。秦离忙收回思绪抬头看去，只见那被火光映红的天空中，一蓝衣少年手握锦旗立在马背上，当然若只是他自己一个人是绝对不可能站稳的。

秦离只需想想，就能猜到师父此刻定然站在公子背后牢牢扶住他。

少年手中的锦旗挥动，锦旗上似有什么发光物体，只需火光照射到便金芒四射，即使远在几里外也能看得一清二楚。锦旗打了个圈又挥下，只见少年前方那黑压压一片的骑兵整齐地冲了出来，因为马的足底衬着棉花所以跑起来轻巧无声，唯觉诡异。

而本在营中厮杀的金耀士兵，一见那金光便迅速退了出去，或是隐匿黑暗中，或是在那骑兵面前晃过，胸前盔甲在火光下映出一道同样的金光，骑兵中立时便会有人将他们掩护进去，送至后方。

蓝衣少年脚下的马因为同伴都走了，晃了下，少年立刻一个趔趄差点跌下去，幸好被身后的青衣男子牢牢抱住。秦雾和秦离两人爆发出一阵大笑。

勉强站定后，少年也不停顿，向天空望了一眼，随即双手张开，从秦离的角度，刚好可以看到少年右手中指上套了个银指环，环上衔了几条银色的链子，仿若一面银帘，覆住他手面，又串到他手腕的链子上。秦离忍不住想，如此奇特的装饰，以前倒未在公子身上见过。

正想着，少年张开的双手猛地向前并拢。顿时那本在他身后的步兵有条不紊却迅速地掩了上来，极小部分人围在那少年四周，剩余的有的手持火把将那凌乱的营帐团团围住，有的则冲上来助骑兵砍杀余下的火翎士兵。

剩余的火翎士兵渐渐集中到了一起，虽已砍杀了近一夜，竟还有三四万人之多。而且所剩之人虽形容狼狈却面无惧色，且手中各拿着一个精巧的弓弩，不时有箭从内射出，几乎是射杀了一人，仍有余力穿透，危及第二人。

秦雾皱眉道："看来这里所剩下的便是柳岑枫借予钱程的其麾下最精锐的三万弓弩手。听说他们人人随身携带小巧的弓弩，射程可达百米之远，百发百中。而且这三万弓弩手不仅善骑射，也善行军作战，是以平日即便混在普通士兵中也看不出来。"

秦离点头，"柳岑枫果非常人，这样惊人的战斗力，恐怕也就我们暗营的离罗军才能勉强与其抗衡了。只可惜人数太少，今日恐怕还是要全灭于此了。"

秦雾若有所思道："不知公子会如何决断呢？"

少年丞相世外客
上部

# 第35章 雪影金戈

　　我在马上站得极不安稳，还得不时抬头看子默打出的锦旗暗语再照做，若非亦寒牢牢扶住我，恐怕我早掉落下去摔死千百回了。

　　底下保护我的是三千步兵，人人都不时望望战场，不时又用极度崇拜的眼神望望我。我自动自发地将他们的眼神转赠给子默，搞得他哭笑不得。

　　这场部署三月，一夜成就的战役，眼看就要尘埃落定了。子默身在半空遥望着前方以不损耗兵力的方式慢慢消磨那三万弓弩手的骑兵，忽道："伽蓝，这场计谋中间的每一个环节你都想透彻了吗？"

　　我一愣，抬头看向他。他冲我浅淡一笑，"伽蓝，你要记住，从这场战役开始，我所布的每一个局，所出的每一个计谋，或者不是最好的，但绝对是最适合你的。你要试着观察，试着学习，这样，就算哪一天我不在你身边了，你也能自己应付。"

　　我心里咯噔了一下，不在我身边？忍不住便想说：傻瓜，你都不在我身边了，我还留在这个世界做什么，为谁完成梦想？但他自然知道我的想法，不需问，只从他那微微波荡的眼眸就能看出来了。我点点头，"好，我知道了。"

　　眼望战场，心里开始整理子默的这个计策。这一次因湘西水患，火翎国命钱程和孟昭率八十万大军乘虚来袭。孟昭带兵三十万被吕少俊截在了赤峡谷葫芦湾，也就是塔拉干沙漠的另一头，滨胜左侧城池金谷。吕少俊本就是守城名将，且金谷有后方丰饶城镇平泉补给，丝毫不怕围城，是以显然成了利于金耀的持久战。我当时就很奇怪孟昭为何要打如此愚蠢的持久战。经子默解说才明白，孟昭等在金谷城外以缓攻之势迫得吕少俊不能援军湘西，只要湘西一破，钱程和孟昭两军会合，就算吕少俊有再大的能耐也无法抵御了。

　　而钱程则率领五十万大军过赤峡谷而来。子默让我先命人在赤峡谷与其大战，因让离罗军混杂在士兵中实力大增，兼且让士兵生起双倍炉灶，是以钱程以为我湘西守军全军出击。经过一个月数次激战，我让离罗军悄悄撤走隐藏在赤峡谷附近，我军实力不足自然只能败退至湘西城内。

原本，若要渡过赤峡谷来攻，就必须为自己留好后路，至不济也要将后方清扫干净。可是一来，连日激战钱程五十万大军只剩三十万，也是人困马乏；二来他坚信湘西城中早已空虚无抵抗之力，我又派人放出风声说吕少俊即将派援兵过来，才迫得他不顾一切渡过赤峡谷追击而来。而等在后方待命的离罗军自是轻而易举地切断了他们的粮道。

子默说过，若非离罗军此时也是倦极，实力损耗过大，且有被发现的危险，他只需让离罗军与湘西守军前后夹击便可大获全胜。

另一个理由说来好笑，他认为这样打来毫无计谋可言，我学不到什么战略，是以绕了一大圈，才利用钱程身边的秦雾献策，以水路运粮。又在大雾天半路截击粮草，以金耀士兵替换，趁其不备深入敌方营地，内外夹击，何愁敌军不破。

我甩了甩有些麻木的手臂，对飘在鼻尖的血腥味毫无知觉，"有一点想不明白。为什么柳岑枫明明在附近却不来相助孟昭和钱程，况且还有他自己的三万亲信在此。"

子默点头笑道："伽蓝，近半年训练下来，你的思维开始像模像样了。柳岑枫不来相助钱程，原因有三。第一，柳岑枫是何许人，在火翎一人之下、万人之上。除非君无痕亲临，否则让其挂帅或监军也便算了。可是让他替钱程出谋划策，却绝不是他肯屈尊做的。他此次会来金耀边境，恐怕只是为了你。"

"第二，柳岑枫曾经五战吕将军之父吕林大胜而回，可是近两年却鲜有带兵机会，可见若非君无痕忌惮了他的权力过大，就是朝中非议其身份让其无从领兵作战。可是，这次钱程和孟昭这两个名将率八十万大军出发，可谓劳师动众，若仍是在你手下惨败而回。那么火翎国中就会开始怀疑除了柳岑枫究竟何人还可与你对敌，那么他就很有可能重掌兵权。"

"第三，也是最重要的，所谓旁观者清，当局者迷。柳岑枫显然是对你手下的势力颇为忌惮，知道一二又不甚了了。所以，他人在湘西，却坐山观虎斗，希望通过这次战役，能将你手下的暗营密探了解得一清二楚。"

我点了点头，"那如今临宇手下的势力是否都暴露了？"

子默嘴角一扬，露出个相当悠然自得的笑容，"他是良将，我却也不是省油的灯。他想看你的势力，我就索性出尽离罗军让他看个够。离罗军锋芒毕露，吸引了他所有的目光，他自然无法注意到暗营其他几刹的活动，也未想到，我会利用粮草运送围歼这三十万火翎兵，而非逼退。在滨胜，他迫得夜部损失惨重，又将我们逼入沙漠，险象环生，今日，我就要他这些亲手栽培的精兵偿命。"

果然像是子默的性格。我笑笑，很诡异自己竟对那三万人的生死全不在意，仿佛说的不过是撕烂三万张纸，而非杀死三万个人。

"铮——"一声巨响忽然在左侧山头响起，霎时间金戈铁马、荡气回肠的琴声在整个天地蔓延开来。我、亦寒和子默均是心神一震，仰头望去。

左侧的山丘不高却极有名，名为赤霞。只因满山遍布红枫，一到秋季，山间仿佛由内而外燃了把火，映得上方天空都是红彤彤的。

此时晨光微露，只见那不远处的山丘因黑夜的淡去而慢慢显出其本来的颜色。红枫一片片飘落，仿佛是山间自成一天地，漫漫红雨绵密着一般。当真是美到了极致，又艳到了极致。寻常人绝不敢往那山中而行，莫说这漫天红色迷人眼，单是那种妖冶与绝艳并存的美，便让人自惭形秽，不敢轻易滋扰了。

可是，此刻偏偏却有一人傲立山头，席地坐在那枫树下、枫叶间，操琴抚曲，神态悠然。明明清晨的山色美绝，他的气质却比那山色更美；明明红枫艳绝，他的身姿却比那红枫更艳。万红之白，更迷人眼。清晨的山风吹乱我的发丝，也吹落了满树的枫叶，即便站在这里，我仿佛也能听见那树叶交错间的沙沙声。

我有些恍惚地抚上自己的胸口，一阵阵熟悉的麻痛传来，眼睛却不敢稍离那一片红。红色纷纷扬扬，随着激扬的曲调漫天飞舞，仿佛受了琴声的操控时而飘散开去，时而又螺旋聚集。终于，琴声轻缓低沉下来，红枫跟着飘落，直到那黑发白衣终于慢慢显现在我的面前。我深吸了一口气，看着那仿佛不属于尘世的银白，不属于常人的光芒，心中反复念着那句话：火枫飘尽雪影现……火枫飘尽……雪影现。

离得太远，即便以临宇的视力也看不清他的外貌表情。可是，我却清楚知道他在看着我，止戈歇琴，静静含笑地看着我。那似笑非笑、幽深莫测的神情，仿如魔咒，在我脑中盘旋。

忽地，琴声又起！由原来的金戈铁马变为犀利流畅，那些本被围攻至筋疲力尽的弓弩手竟猛然间精神大振，不顾一切地开始突围。

金耀骑兵虽兵精人多，可是行动却被那琴声所制，再加上一时没在意，竟真的被这群人冲破了一个口子。喊杀声立时震天，骑在马上的在呼喊，立在一旁的士兵也在助威，可是如此洪亮的声音却无论如何也无法掩盖那丝丝缕缕倾袭而来的琴音。眼看着火翎兵越战越勇，就要突围出去，而我军却呈现了乱象。

"伽蓝！玉箫取出来！"我一愣，子默的声音又响起，"李木带给你的玉箫取出来。"

我看他一脸凝重，只得照做，却道："子默，你不会让我压制他的琴音吧？你明知我是音盲，而且也没他那么厚的内力可以传声千里。"

子默倏地降到我身边，"我教你。至于内力，让风亦寒先暂时替你撑着。"我近看了才猛觉一惊，子默的笑容也是如此的似笑非笑、幽深莫测，竟与我脑中柳岑枫的神情一模一样。

忽地，我发现玉箫上多了双修长透明的手影，子默的脸就在我脸侧，身体在我体内若隐若现，棕色的眼眸中燃起了幽深的兴奋和战意，"开始吧！"

不得已，我只得无奈地转头道："亦寒，输些内力给我，让我足够与他匹敌就好。"亦寒眼中闪过诧色，犹豫了片刻，却还是淡淡点头。我们两个巍然地站立在马背之上，我双手执箫，凑到唇边。而他一手扶住我腰侧，另一手抵在我背上，片刻之间浑厚精纯带着点清冽之气的内息从背后涌贯而入。一忽之间，我浑身竟充满了力气，仿佛连全身每一个细胞都涨得满满的。我们两人就这样一前一后站立在马背之上，千人之间，衣袂飘扬，发丝飞舞，看呆了所有人。

口中气息自然吐出，手指随着子默的掩饰和解说轻动，一道连我自己也想象不出的洪亮乐声冲天而起，瞬时与那琴声成对峙之势。然而开始时，即便有子默的教导，也终究是临阵磨枪，不时有错误的音符冒出，被柳岑枫的琴声打压得一塌糊涂。

可是慢慢地，我震惊地发现，我会吹箫。不，不是我！应该说是临宇本身拥有高超的箫技，那种对音乐的敏感几乎已经成了她身体的本能。所以开始时的不适过后，我的手自发地动起来，每一下都与子默的指尖重合，吹出的力道大小也越来越适中。

我的箫声不华丽不激越，没有柳岑枫现在的犀利，也没有他刚才的金戈铁马。可是却仿佛天空绵密而下的雨，将一切牢牢笼罩住，不放过任何角落，既是最柔，也是最韧。

金耀国的骑兵队伍又慢慢成了合围之势，虽有几十人趁着刚刚的混乱逃了出去，可终究还是有将近三万的精兵困在这里，再没有第二次机会逃脱。

然而，成败之局虽定，我和柳岑枫的对决却远没有结束。琴声依旧在，箫声自然也不能停。琴声越来越高，箫声则越来越密，仿佛两道锋芒毕露却又完全不同的剑气飞扬直起，纠缠在空中，越飞越高，越演越烈。直到"砰"一声巨响从左侧山头和我自己身上响起，我只觉手掌唇瓣一阵麻痛，声音已是戛然而止。

呆呆地看着自己掌心碧绿的玉箫碎片，难以置信自己刚刚竟然是在与柳岑枫比拼战场奏乐。左侧山头上，那白衣的身影前弦琴尽化粉末，他似是掸了掸身上灰尘站起身来，静静凝望了我良久，随后转身离去。

我感到清冽的内息一点点自我体内撤却，直到背上那只手离开。我只觉全身劲力，

包括自己本身力气顿时消失了，手足酸软无力，缓缓软倒下去。

亦寒似是早料到会如此，所以手一撤回便打横抱住了我，翩然跃下马去。我瘫软在他怀中，有气无力地问："怎么会这样？"

亦寒回道："公子身体不好，强行由属下注入内力，经脉一时不适扩张，消耗了真元，是以无力。不过，调养半日就没事了。"

我点点头，"那就好。"随即抬头去看子默，见他也正望着我，表情有些怔忪，我朝他笑笑，"今天算你赢还是他赢？"

子默回过神来，叹道："算是平手。柳岑枫这人，真真不能小看，差一点就让他翻身了。"

我耸了耸肩，闭起眼，靠在亦寒怀中，"你下次让他翻不得身就是了。"

渐渐离那片喧嚣和血腥远了，我有些困倦地闭眼靠在亦寒怀里，忽地有一清凉的手指轻轻摩挲过我的唇，一股血腥味顿时渗入唇齿，还有丝丝的痛。

我睁开眼来，对上亦寒略有些幽深的脸，眼中墨绿色的光泽一闪而逝。他低声道："公子，你伤到自己了。"唇上被玉箫的碎片割了道口子，到此刻才渗出血丝来。

我扭过脸，避过他的手，只因原本冰凉的唇瓣已因他的触碰而柔软火热起来。几个月前那曾出现过的绿眸，近在咫尺的脸以及温润清凉的吻，仿佛就在眼前。思绪缓缓飘到了那个红绸铺地、锣鼓震天的日子，也是我和亦寒真正逃离塔拉干魔鬼沙漠的那个月夜。

# 第36章　红烛摇曳

"你……你……你竟然敢……"那道带着无限怨恨、嫉妒和不甘的声音终于慢慢沉寂下去。红色的嫁衣映着她嫣红的脸蛋，倒真的像是一个即将出嫁的新娘子，娇美不可方物。

我伸出略有些冰凉的手拍拍她火热的面颊，直到确信她是真的被我迷晕了过去，才龇牙咧嘴地将手从她的魔爪中脱出来。看着手腕上深深的五道指印和指甲抠出的血丝，忍不住叹息道："夏琳，你也别怪我破坏你姻缘。婚姻要建立在两厢情愿的基础上，否则最终不过是个悲剧。"

毒倒她的药物是迷迭香，强烈的迷药，是从洛南出发前云颜藏在我腰带里的药物之一。

子默提醒道："伽蓝，别再发呆了，恐怕喜娘一会儿就会进来。"

我点点头，忙将她身上的喜服剥下来套在自己身上。这半个月来为了让山寨的人对我疑心尽去，我半步都不出那个牢笼。如此沉默乖顺地臣服，直到今天夏琳和亦寒成婚的前夕，我让丫环通报夏琳说想与她谈一谈，她才肯勉强应允。

初见我时，她高傲戒备而自卑，直到我说我也算亦寒的主子，他们的长辈，在她嫁给亦寒前为她描眉添妆是我们那儿的习俗，她才欣然答应。我一边为她化妆，一边还听她欣欣然地同我说，将来要我多告诉她亦寒的喜好、他们家乡的习俗。说她将来会待亦寒多好多好，然后为亦寒生好多孩子。说她相信亦寒总有一天会真心喜欢上她……

我忽略掉心里那异样而来的痛，看着她仿佛看到了半个月前的自己，爱着一个人，迷恋着一个人，不惜用全部的生命和精力去围着他转，甚至忽略了自己。所以，直到我将迷迭香擦到她唇上的前一刻，她还在开心地说着，而我还在漠然地回忆着。

我刚将夏琳的娇躯塞进床底下戴上红盖头，就听到门吱呀一下打开的声音。一个娇脆的声音问道："小姐，那个秦姑娘走了吗？"

我含糊地应了一声，点头。那丫头也不疑有他，笑道："小姐可等得心急了吧？小翠这就叫喜娘进来，带小姐去拜堂。"不一会儿，门又开又合，一个声音听起来让人掉鸡皮疙瘩的妇人搀扶起我，夹带着满身刺鼻的低等胭脂香，在我耳边念个不停。什么小姐可真是好福气啊！姑爷长得那个俊啊！一看就是多子多孙夫妻相……

耳朵鼻子被荼毒了一路，总算是到达了记忆中那个简陋的大厅，踩着红地毯，由喜娘扶一步步走到堂前。下垂的眼眸映入一双皂白的布靴，青色的衣衫下摆几乎垂到地面，伴着一条流苏，我知道那是他青霜剑上的一个白玉挂坠。

忍不住便觉得好笑，亦寒就是亦寒，连结婚都穿着青衣而非大红喜服。胡思乱想间，我听到有人高唱："一拜天地！"我规规矩矩地跪了下去，却听到大堂里一下子静寂下来，然后是窃窃私语的议论声，有轻有重，扭过头果然看到亦寒仍是立着，姿势不变。

坐在上首的夏虎冷冷道："你不想要你家主子的命了吗？"

然后，微风拂过红色的盖头在我眼前轻轻摇曳，我看到那轻轻撩起的青衣下摆，垫子下陷，亦寒已在我身旁跪了下来。胸口有种温暖的痛，我和他在那粉饰太平各怀心事的众人瞩目下，叩头行礼，完成了古代夫妻的拜堂之礼。

"礼毕，送入洞房——"我扯着那条红绸，由着亦寒把我牵往前方。路又长又吵，万般无聊下，我只好在心里问道："子默，亦寒的武功仍未恢复，若是逃到一半被抓住怎么办？"

良久无声，我又喊了几声，几乎以为他又跑哪儿去闲晃了。却忽听他淡淡的双重音传来："我说过了，最保险的是等到风亦寒与夏琳成亲后再走，那时不管他是否还愿再跟着你，于公于私，你都不会再有危险。"

我叹了口气，心情却没什么起伏，"你也说是成亲后了，我怎么能用亦寒一生的幸福来换我的平安呢？"

子默低低地听不出喜怒地笑了起来，"究竟是他不愿娶夏琳，还是你不想让他娶其他女人呢？"我只是一哂，并不搭话。

而那融在空气中的人，也是再无半点声音。

进入前几天新布置的洞房后还是闹哄哄的，几个人狂嚷着大小姐招婿我们怎么能不闹洞房。可是不知为什么，慢慢地这火热的气氛冷了下来，几个人还干笑着，另有几个人却已是在冷嗤了。直到夏虎用气愤的声音吼了句："好了，都出去吧！"

门咔嗒落了锁，接着是窗户，想起现在屋中应只剩下亦寒一人，也没必要伪装了。正想着，却有一双手比我的速度更快，掀起……哦，确切地说是扯掉那红盖头，一边仍用那淡淡冷冷的声音道："得罪了……"清冷的声音，从容的面色，深邃的眼眸，伸向我脖子的手，在他看到我的脸时，彻底宣告终结。

他讷讷地还维持着手揪红盖头的模样，漆黑的眼眸胶着在我的脸上，震撼、惊艳、难以置信，种种情绪第一次清楚地显现在他脸上，让我不必再去费心探索，就能读得懂。

"公……公子？"他还是无法置信地盯着我的脸瞧，"怎么……你怎么会？"

"咳咳……"我被他瞧得有些不好意思了，只得扭开头，干咳了几声掩饰着脸上泛起的红晕，"我想……我想你可能不是真心愿意娶夏琳姑娘……所以想到用这个办法移花接木，我们好逃出去……当……当然，如果你是真心要娶她……我告诉你她在……"

"有人！"亦寒低呼了一声，猛地搂我倒入红床软枕中。只听门外咔嚓声响，翠儿的声音传来："小姐，大当家真是的，什么也不懂，连交杯酒都没……啊——"

"小……小姐，你们已经……翠儿……翠儿该死……"说着，慌慌张张反身冲了出去。

亦寒的全身重量都在我身上，亦寒身上清冽的气息一丝一缕钻入我的每一个细胞，亦寒的银发落到了我的身上，有几根还轻轻擦着新娘服下裸露的锁骨，亦寒热热的呼吸都吐在我脸上，纯黑眼眸中墨绿的光泽汹涌涤荡……

我的呼吸一点点急促起来，心怦怦直跳，那颗我本以为早已冰冷死寂的心。直到外头那落锁的声音再度传来，可我却只觉浑身酸软，动弹不得。

"公子……"亦寒的声音第一次听起来那么喑哑低沉，仿佛是幽蓝的火苗，随时都会燎原。他一手扶在我的腰上，一手被我枕在颈项，轻轻绕过来拨开面上的发丝。清凉的指尖，几许粗糙几许暧昧，摩挲在我的肌肤上。

"跟我拜堂的是你？"他用同样的声音问，墨绿色的光泽闪烁。我忽然感觉到他下身那异样的僵硬抵着我，脸刷地一下红了个通透，浑身燥热，却还是点了点头。

"让我牵进洞房的也是你？"他问。

我不敢再看那已完全呈墨绿色的眼眸，扭过头，只觉他仿佛变了个人，根本不是亦寒，却偏偏就是亦寒。

唇上忽地温润而清凉，我猛地瞪大了眼，看着那近在咫尺的绿眸。吻？亦寒在吻我？

可是，待我回过神来时，却发现自己仍是姿势僵硬，神情呆滞地躺在床上，而亦寒却已绕了一圈回来，漆黑的眼眸望着我，用他冰冷如昔的声音说："公子，我们几时出发？"刚刚的一切，是幻觉吗？可是，唇上那温凉的触感，为何如此真实？

"几……几时？"我躺在床上，红着脸看着他微微含笑的面容，良久才想起他在问什么，忙直起身理了理衣服道："子……子时过后吧！那时大家估计都睡着了，警备会松懒，适合我们逃脱。对了亦寒，你的武功恢复了吗？"

亦寒摇了摇头，"还没有，不过公子不必担心。相信就在这两天了。"

转了个圈，他从柜子里翻出套男装递给我，"新娘装太过醒目，公子换上男装想来便于脱逃。"

我点点头，正要换衣服，却见他仍目光幽深地盯着我瞧。面上一红，"你这么看着我怎么换？"

亦寒眼中的笑意一闪而逝，"公子穿红装，很漂亮。"说完，脸上有了几分尴尬，转过身去。

我呆呆地回想着他的话，一边换衣一边也忍不住看了看铜镜中自己模糊的身影，笑容浮上了眉眼：真的很漂亮吗？

笑容倏然一僵，我揪起衣服遮住自己胸前，猛地抬头瞪向天空，怒目而视，"他不能看，没有说你可以偷看，你这个色鬼！"

低低的笑声传来，子默悠然地飘到我面前，忽地站在离我只有一寸距离，甚至那如影像般的鼻尖已与我交叠在一起。我"啊"了一声，亦寒忙转过头来，"公子，怎么了？"

待看到我只着肚兜的身体，雪玉的香肩以及抱在胸前不遮还好一遮更引人遐思的衣服，眼眸刷地变深了，那暗绿的光泽像野兽在他眼中奔窜，妄图冲出。他猛地回过身去，房中响起了低低的、压抑的喘息声。

我连忙用最快的速度套上衣服，一边在心里诅咒子默的祖宗十八代。却听他淡淡随意地笑道："伽蓝，还不明白吗？对你，我若真有兴趣，你的每一寸肌肤我都能看见，何必等到你换衣服？"

嘴角猛抽，我一边用气得发抖的手系腰带，一边一遍遍对自己说：好人不与鬼斗，我忍！

换好衣服，亦寒用随身的青霜剑撬开了一个窗户的锁。青霜剑外表看来平平无奇，剑的表面甚至还附着薄薄一层锈，再加上亦寒一出来就是武功尽失。所以山寨中的人从来就没想过他和他的剑都不过是含锋芒而不露。

今晚逃跑实在是一个绝好的机会，月光明媚，星光灿烂，最主要的是，因为今天是大喜的日子，连守门的几个人都喝得醉醺醺的。我们从他们面前飞速经过的时候，也不曾被他们发现。

由于半个月来无事，做得最多的事就是和子默一起研究逃跑路线和学习权谋之道，所以这一次认路特别顺利。也不过走了几个时辰，天微微亮起的时候，我们就看到了奇瓦山。抬头看到呈波浪形的山峰，以及在晨光下微微闪烁的绿色，我转身无意识地握住亦寒的手，眼眸晶亮，"亦寒，我们走出沙漠了，我们终于从塔拉干逃脱了。"

亦寒几不可见地勾起唇角看着我，眼里都是温柔的神光，反手握住了我的手，明明冰凉的带着薄茧的掌心，贴着我时却只觉异常的温暖舒心。

忽地，他面色微变，随即紧皱着眉回转身去，我愕然跟着望去，待到看清那浩荡而来的人影，只觉即将实现的希望再度破灭，心中难免涌起了沮丧之意。

为首的是一身红装的夏琳，不是她平日穿的红装，而是那套被我脱在房里的喜服。膀大腰圆、满脸胡须的夏虎跟在他身后，双眉紧皱，看着我们的目光也是阴狠万分。

夏琳一步步走到我们面前，原本嫣红的脸上惨白一片，看着我磨牙，仿佛在撕咬着我的肉，"你骗我……你居然敢骗我？"

我皱了皱眉，正待说话。谁知一条长鞭刷地挥了过来，如利箭，如毒蛇，冲着我的脸面疾驰……

我还没来得及闪躲，一双手已然横贯在我面前，鞭梢"啪"一声响，被握在他手中。夏琳看着就在我身前的亦寒，面目狰狞起来，"你答应过娶我的！"

亦寒冷冷地松开手中鞭子，"那又如何？"

"你……你……你竟然敢欺骗我！"夏琳厉声尖叫着，忽然朝着天空嘶吼了一声，整个人像变了个人一般。长发披散，脸色苍白，嘴唇泛紫，红衣如血，朝我们冲过来。

"琳琳！"夏虎的脸色微变，忙朝后挥手道，"退后点，小心琳琳伤了你们！"

话说我看着那形状惨烈的夏琳，挥舞着长长的鞭子冲我们而来，可是逃又逃不过，拼又拼不赢，正在无计可施的时候。忽听一道熟悉的厉喝声从背后传来："休伤我家公子！"

长鞭快，那道身影却比鞭影更快，只晃眼间已挡在了我面前。灰白的头发，高挑的身材，灰布衣衫，竟是别了整整一月的李木。那鞭梢疾如风，利如箭，李木却只是从容地伸出右手，手腕漂亮地翻了几个转，便将那鞭子卷在手中。

灰白的头发飘起来，近在咫尺，却又转瞬远离，我只看到李木纵跃的身影，一边卷着长鞭，几个落点已到了夏琳面前。夏琳面色由白转紫，脸孔整个扭曲了起来，突然爆发出一阵凄厉的叫声："死——！去死！你们全都给我去死！！"

只听"砰砰砰"几声巨响，绕在李木手上的鞭子有如点燃的炮仗般爆裂开来，烟雾层层缭绕。我们只听战阵中不断发出各种嘶吼闷哼声，等到烟雾散去，能看清里面的情景时，却发现李木已单手扣住夏琳颈项，脸上尽是残忍嗜血的冷笑。

以前我从不去看人干架，只因这些高手动如鬼魅，根本不是我能看得清的。可是自从发现临宇拥有远超常人的五感后，我尝试用心观察，竟发现自己能清楚看到高手间的过招动作。刚刚我不知道有多少人能看到李木的动作，但我却是看得一清二楚的。

鞭子爆裂的同时李木的衣袖也被炸得粉碎，露出一条青痕遍布的手臂，仿佛手上缠着条巨蛇，异常地恐怖。而夏琳此时早已杀红了眼，尖长的指甲发了疯般挥舞，也不见得是以李木为目标，似是眼前只要有生物她就会血腥屠杀一般。

李木眼中微微有诧色，却也只一瞬，那条青蛇臂抡起风车，看似胡乱挥舞，却又偏偏暗含巧招，竟一一架住了夏琳的狂劲，最后死死扼住她喉咙，让她的劲力一点点泻去。

"血飘真气……哼！想不到一个小小山寨竟也有人学习如此歹毒的武功！"李木的声音完全没有一点苍老，反是说不出的阴柔诡异，回转身来看着我和亦寒，"公子，你和亦寒差一点就成了这丫头的练功陪葬品了。"

"陪葬品？"我惊诧道，"李叔此话何解？"

李木伸出舌头舔了舔嘴角的血迹，神情说不出的愉悦兴奋，"练血飘真气者可男可女，但除了本身修习外，还必须定时与异性交合，且在……欲望的最高端吸干他们的真气，喝干他们的血，如此坚持七七四十九次，血飘真气才有可能大成。看这丫头的能耐，至少也有三十六个男子丧在她手上了吧……"

我打了个抖，回头看看亦寒面无表情的脸，心道：青霜剑风亦寒要是真这么死在一个女人床上，也不知会笑死多少人。想完自己也觉这个想法有些恶劣，不由莞尔。

"李棕……你……你是鬼刹李棕！"夏虎忽然骇然大叫道，"不会错的！青蛇臂、黑豹腿、白虎腰，你是鬼刹李棕！你……你不是应该死在五年前了吗？"

李木眼中的异色一闪而逝，笑容仍是带着冰冷的诡异，"哦？难得到了今日居然还有人记得老夫。不过，记得我可不是什么好事。"

"咔嚓——"一声响，李木猛地加大了手上的力道，"既然认出了我，你们就全部得死！"原本还在挣扎的夏琳只来得及发出一个破碎的音便眼珠暴出，嘴巴大张，眼看就要毙命。

"不要——"夏虎大叫，"求李前辈莫伤我妹妹。她……她并非是要伤风公子，我……我保证，这一次她是真的有心嫁给风公子。求……求求前辈看在她这份心意上……"

李木动作微微一滞，回过头来，"公子怎么说？"

我颇有些意兴阑珊，淡淡道："李叔自己决定就是了。"

李木眼中微有诧色，那冰冷诡异的笑反褪去了几分，"亦寒，那就由你决定吧。"

亦寒连一丝一毫的犹豫也没有，只淡漠地说了一个字："杀。"

又是咔嚓一声响，我面无表情地看着那缓缓软倒在地上的鲜红身影，耀眼而刺目。血腥的屠杀就在耳边，我闭了闭眼，嘴角牵出丝丝冷笑，原来我是可以变得如此冷血的。不仇恨不代表还可以善良，不疯癫不代表还可以理性，我于世界，世界于我，不过是那几分情谊的牵挂，仅此而已。

"仅此而已吗?"我不抬头，却能猜到他此刻正微微拢起双眉。我不凝望，却仿佛看到了那双棕色眸子中，淡淡的怜惜和心痛。他叹了口气，"反正这些人我本就要让你杀了灭口的。毕竟，他们看过了临宇的真面目。"

我抬眼瞥向那如血夕阳，轻声道："亦寒，李叔，我们走吧。"

# 第37章　洛南噩耗

"……公子？"我猛地回过神，才从那辽远的记忆里跳脱出来，望向他。亦寒的武功也不知是什么时候恢复的，更不知恢复得如何，他不提，我也没问。只是这缕银丝啊……我缓缓伸手握住了它，手上无力，便垂了下来，缓缓下滑，最终看着那末梢滑出掌心，心头竟是一片奇异的失落。

"公子，先回营休息下，再去处理军务？"亦寒道。我点点头，由着他抱我进入营帐，安置在坚硬的木床上。

亦寒轻轻给我盖上薄被，低声道："属下就在外面，公子有事可以唤我。"

我疲倦地点点头，打了个哈欠，又道："以后别再自称属下了。"

亦寒搁在被角上的手一顿，半晌没有声音。我又补充了一句："这是命令。"随后侧了个身，蜷起自己，沉沉睡去。

穿越不仅需要沉睡、月光，还需要水链的转动，以前无论是如何睡去的，但总会触到水链的八卦，是以都会穿越。如今我用银链连上指环，固定住水链。除非我愿意，否则绝不会随意穿越。如此一来，我一般都是在古代待足六七天，才回去现代一趟。除了在现代目不能视比较不方便，倒像是拥有了两世的生命，无穷的时间，一天拆成七八天来用。

睡得迷迷糊糊间，闻到一阵清香，随后有一双手轻柔地把我扶起来。我朦胧地睁开眼，对上亦寒清冷的眸子，呢喃地道："天亮了吗？"

漆黑眼眸中的笑意一闪而逝，眼前一黑，紧接着肤上沁凉，却是亦寒将一块绞干的毛巾敷到了我的脸上。擦洗完，我伸了个懒腰直起身来，忽觉喉头一痒，连连咳嗽了起来。

亦寒忙取出一颗碧绿通透的药丸喂我服下，忧道："湘西的气候对公子身体不好，还是早日回洛南让夫人诊治为佳。"

我又咳了好一会儿，直到灌下亦寒递来的茶才缓过气来，面颊上有种不自然的烫，浑身皮肤却沁凉。我知道，这是我在沙漠中落下的病根，有点类似于肺炎，不治恐怕会跟着我一辈子。

正思索间，忽听亦寒抬头冲着门外道："有什么事？"

我一愣，细细一听才发现门外有脚步声和急促的呼吸声。门帘一掀，映入一张年轻俊秀的脸庞，一双秀气的剑眉却蹙在一起，我知道，他叫秦雾，是海王星若水手下的雾刹。只见他匆匆来到我们面前行了个礼，才压低了声音道："公子，洛南传来急信，说是夫人因谋害佳宁公主而下狱，不日就要处刑。"

"什么？"声音一出我才发现竟有几分尖锐，我忙深吸了口气理下思绪道，"是捕影传来的消息吗？具体情况可有说明？"

秦雾摇了摇头，"是冥王发来的消息，只是信件似乎发得很急，并无详细说明。"

我略微皱眉，抬头看向子默。他沉吟了半晌道："伽蓝，飞鸽传书向吕少俊告辞，就说家中有急事。另，我马上教你写告罪表。你连夜回京。"

我很是诧异地看着他，"子默，你不想跟柳岑枫拼个高低了吗？"

子默微眯了眼笑道："山水有相逢，你跟他注定是今生的劲敌，总会再碰面的。"

就这样，我和亦寒、秦雾连夜出发，只有一辆马车、三个人。李叔留在湘西主持大局，而离罗军由秦离负责归整。

这次回洛南我可谓是私抗圣旨，除了飞鸽传书通知了吕少俊，其余一众正在庆祝胜利的人根本不知道他们的监军已悄悄离开。至于向杨毅请罪的上表，我也已经按子默的指示写好了。这样一来，我虽有抗旨之疑，可是一来妻子出事急于回京乃是夫妻情深，其法虽不容，其情却可悯；二来此次我在湘西一战中怎么说也立了大功，就算犯错，也可将功赎罪。想来就算真要处罚，也不会太过严重。当然，若这次云颜入狱根本就是杨毅针对我而设的陷阱，那一切就另当别论了。

但其实这一次回京，实是双重冒险。杨毅的降罪暂且不提，单是我自己的人身安全就无法保证。夜部本跟在我身边的人都已因我的愚蠢死伤殆尽，未来得及重整。离罗军和李叔都留在了边塞，可以说，我身边唯一可以保护我的，就只剩下亦寒和秦雾两人。

不过，按子默的说法，我们此次的行动极度秘密，除了吕少俊和修罗暗营的三星六刹，几乎无人知晓，若不出意外，安全是无虞的。可是对我来说，这世上能不出意外的日子真是太少了。就在抵达洛南城前一晚，我们一行三人遭受了雷霆般迅捷凌厉的刺杀。

也使得子默第一次开始怀疑,我身边亲近的人中,是否有奸细存在。

一路舟车劳顿,我的身体一日差过一日,在第九天时终于病倒了。亦寒和秦雾不得已在洛南城外的一家客栈歇脚,却不敢请大夫,只能配些无伤身体的药为我调养。

"公子,药煎好了。"亦寒小心地扶我起来,"可还撑得住?"

我有气无力地靠在他身上,一口一口仿似无知觉地吞下那碗其实比黄连更苦的药。喝完药,照例的是一杯清茶,馥郁芳香,且清爽怡人。我又咳了几声,总算舒爽了起来。

正待躺下休息,忽觉亦寒扶住我的身体猛然一僵,浑身杀气充盈鼓荡,冷冷道:"太子妃,既然来了,何必躲藏。"

我心中咯噔了一下,还没想清楚,只觉房中忽然飘起了异样的花香。一阵清清雅雅的笑声在屋里回荡了几圈,才见一道轻纱绿影伴着曼妙的身姿,轻盈落下。

木双双。我深吸了一口气,却觉花香骤然呛鼻,连连咳嗽出来。亦寒与那木双双面对面而站,两人一个冷若冰霜一个笑颜如花,却同样都是气凝如山,半分没有移动。

"秦雾,照顾公子!"亦寒低声命令,我越咳越厉害,一双温热的手扶住我,在我背后连连顺气。我好不容易缓过气,抬头问道:"木姑娘……咳咳……如何知道我在这里?"

木双双额头竟隐约见汗,却仍是动作缓慢地举手了理自己的鬓发,用她那清润柔和的嗓音道:"公子如此聪明还需双双多言吗?"

顿了顿,她面上泛起了红晕,望向亦寒的目光却又多了分畏惧和敬佩,"青霜剑风亦寒果然名不虚传。秦公子,你们两人都是天下不世出的人才。今金耀国主杨毅显是忌你功高震主,才软禁了公子的夫人。想公子你十五岁起跟随杨毅,助他除太子登帝位,如今得到的也不过是这等下场。如此只可共患难不能同富贵之人,岂是公子的良主?"

"我风吟东据临海之险,与出云岛国休戚相关。而我风吟国主又礼贤下士,爱民如子。若公子与你手下愿归顺我风吟,双双向公子保证,今生荣华,享之不尽。他日功成,也绝无鸟尽弓藏之事发生。我风吟太子多次提及愿拜公子为良师,以国士之礼相待。公子以为如何?"

木双双一边说,我一边咳,鼻尖花香萦绕,我却是咳得更厉害。到最后终于肯定,病中的我,竟是对木双双身上的香味过敏。

子默听了她的话,却是沉吟了半晌,才叹道:"看来,杨毅的确开始对你有忌惮之心了。只怕今日你死在木双双手上也便算了,若侥幸不死,传到杨毅耳中,后果也是不堪设想。"

"那该怎么办?"我一边咳一边询问,"向风吟投诚吗?"

子默嘴角一扯,表情有几分森冷,"笑话!今日若是火翎来邀降,还可考虑几分。风吟国国主软弱，太子无能，君臣耽于安乐，纵情声色。不被他国所灭已经不错了，还指望统一。更何况，杨毅凭着临宇的扶持登上帝位，他如今想过河拆桥，岂有如此容易？就算当真斗不过他，我也定要其付出惨痛代价。"

子默的表情有种让人心寒的残忍和疯狂，只是我顶多就是听着微微咳嗽，没有反驳，没有应承。既是他的愿望，我随他意而行就是了，生与死，成与败，又有何干？

我勉力提了一口气，向木双双道："所谓忠臣不事二主，木姑娘请回吧。"

木双双的面色明显有几分难看，她讲了一堆明的暗的软的硬的道理，我却只轻描淡写地回了她一句。木双双慨然笑道："少年丞相果然有胆色。既如此，双双也就放心除掉公子了！"

最后一声甫一出口，只见她手腕翻转，竟不知从何处变出一把精巧细致的弓来。弓身主要为银白色，其上镶嵌几颗不太耀眼的墨绿色宝石。明明很是女气仿似装饰品的一把短弓，握在木双双手中却只觉英姿勃发。

木双双再不看我，浅笑吟吟，似是毫不在意地道："双双一直以来便想领教青霜剑之利，只可惜万般事情阻挠而未能如愿。今日恰逢此际，未知风公子可愿与双双倾情一战？"

亦寒皱了皱眉，浑身的冷冽之意更重，却是沉默不语。

木双双弯弓搭箭，箭尖直指亦寒，我浑身一颤，只觉她明明在与亦寒相战，杀气却牢牢锁定在我身上。只见她敛笑肃容，本是出尘脱俗的脸上更显出了几分帝王贵气，"风公子应该很清楚，你我武功相当，所差不过几许。留在此处，公子多有掣肘，反是让双双有机可乘。就算你明知双双在此处埋了伏兵欲擒丞相大人，恐也只得同意双双的请求吧。"

亦寒还没来得及搭话，却听子默沉声道："让秦雾扶你去大厅，好叫风亦寒放心应战。"

我微有些不解，却听他又道："木双双此人武功绝高，你若在一旁，风亦寒定然还要分心顾你，难保不会被伤。但若留在此处，等那两人一走，埋伏的人就会出来，你如瓮中之鳖，如何能逃脱？所以，最好的办法就是以退为进。客栈大厅中人多眼杂，他们既不好下手，你也有逃脱的机会。"

我咳了两声，忙低声在秦雾耳边道："扶我去客栈大厅。"秦雾连半分的怀疑也没有，几乎是半抱着扶起我，向门外走去。

木双双眼中神光一阵闪烁，弓箭方向一转，朝我而来。却只听"锵"一声轻响，很熟悉的声音，显然是青霜剑出鞘，瞬息间亦寒已来到了我和木双双之间，剑尖直指她。

木双双收回投注在我身上的目光，气息的牵引一断，秦雾原本僵硬的身体立时恢复了自由，扶着我朝外走去。离得远了，按理说是根本听不到屋里声响的，奈何临宇的五感超人，我凝神细听，两人的对话竟隐隐约约飘入耳中。

"……哪儿来的？"木双双的声音带着从未有过的焦急，"我问你这玉佩哪儿来的？"

亦寒无声。木双双又道："那玉上刻的可是……似兰斯馨，如松之胜？"

亦寒的声音里终也带了几分惊愕："你如何知道？"

良久的无声，直到声音快超出了我能听到的范围，才听那木双双道："风哥哥，你不记得我了吗？我是灵儿啊……当年无极山上……"

声音越来越远，终至不可闻。而大厅里喧哗的叫嚷声却已传了过来。子默笑道："想知道他们有什么渊源吗？我倒是可以去帮你探听一番。"

# 第 38 章　似曾相识

我寻了半天，都没有找到一张空的桌子。见左边角落里的方桌，只坐了一个人，便让秦雾扶我过去。一边懒懒地心道："不必了，亦寒想说自然会告诉我。他若不想说，我就是知道了也没什么意思。"

"这位公子，请问我们可以借个座吗？"秦雾扶着我，谦恭地问道。

那就座的男子似有些诧异地抬起头来，与我们打了个照面。我微微一惊，蒙面的？脸上罩着个银白色的面具，盖住了他大半张脸，面具下只余一双暗灰色的眼睛似探究似打量地看着我。而且他的神情，他的眼眸，怎么看怎么觉得熟悉。

我又咳了两声，身体越发虚弱。他却视而不见，只专心喝着他的酒，就好像我们是空气，或根本不存在一般。我嘴角抽了抽，嘱咐秦雾搬过一把凳子，正待坐下，谁知脚下劲风扫过。我只觉身下一空，已一屁股坐在地上。

"咳咳……咳咳……"我狼狈地坐在地上，一手扶着桌角，无休止地咳嗽起来，秦雾慌忙冲到我身边扶起我，紧张地问："公子，没事吧？"

我摇摇头，顺着他的手劲站起身来。秦雾猛地转过身怒视着那蒙面男子，"我家公子不过是向你借个座，你何必如此无礼？"

那蒙面的男子扫了我一眼，眸中显然带着幸灾乐祸的笑意，神色却依旧冰冷，"我有说过你们可以坐下吗？"声音如珠落玉盘，甚是好听。

"你——"秦雾气得脸色都发白了。我一把拦住他，虚弱地道："算了。扶我去楼梯口。"

秦雾眼睛都泛红了，竟不听我的指示，踏前一步刷地抽出一条银鞭，冷声道："是你欺人太甚，可别怪我不客气！"

我头痛地揉了揉额角，果然看到那蒙面男子眼中的不屑和杀机。只见他轻描淡写地推开面前的方桌，桌子上明明摆满酒菜汤盆，可是他这一推，竟没有一滴酒汤洒出来。

秦雾的表情一瞬数变，先是惊愕，再是凝重，最后是无畏地挑战。那蒙面男子冷冷一笑，从腰间抽出一把剑来，"我欺人太甚又如何？"

我体内气血翻腾，正想阻止秦雾，却听子默叫道："小心！"

几乎是本能的，我头一偏，只觉一道劲风擦过脸颊。雪白的倩影飘然而落，将我团团围住。劲风再度袭来，我这才发现竟是一条条犹藏暗劲的衣袖。我侧身想避，脚下的虚浮却让我一个趔趄往前跌去。

而这时秦雾和那蒙面男子刚好过了第一招，秦雾一见我有难，想抽身却被那蒙面男子缠住。两人交手，一个状似疯癫以命相搏，一个却是神态悠闲眼神冰冷见招拆招。而我就在这个时候撞进了他们交手的中央地带，只觉两道浑不相同的真气从两个方向直灌入体内。

我重重地咳了一声，体内血液犹如煮沸的油，喉头一甜，嘴角慢慢渗出了血丝。我身躯一软，往那蒙面男子的方向倒去。

那人正准备毫不留情地推开我与秦雾再战。然而，那些白衣飘飘、双脚赤足少女的话，却让他停下了动作，薄唇微抿，暗灰的眼眸如一把利剑，又带着千万分惊疑，牢牢盯着我。

这群白衣少女都与木双双一般无二的打扮，只是木双双着的是绿衣，她们五人一组共结四阵团团围住我们。这二十人都是不过双十年纪的少女，头上统一插着简单的木簪，连面容都有几分相似。双脚赤足站立，脚跟不着地，却形容飘飘，毫不狼狈摇晃。但不知为何，除了每组为首的那四个女子，其余少女均是神色木然，眼神无光。

只听左手边第一个白衣女子喝道："秦洛，今日离了风亦寒的保护，你还有何计可施？还是乖乖束手就擒，随我等回去吧。"

我瘫软在那蒙面男子怀中，浑身连一丝力气也没有，若非他强有力的臂膀箍住了我，我早软倒在地了。深吸了一口气，听得子默言语，我抬起头望了望周围，果然都是被吓坏了的平民和一些凶神恶煞满脸惊讶的武林人士。

那蒙面男子倒不放手，饶有兴致地看着我。我用极是虚弱平缓的声音道："我乃金耀国子民，食君之禄，忠君之事，虽未能有所建树以报君恩万一，但又岂肯做那卖国背主的小人。你风吟国太子妃贵为神女祭祀，屡次三番强邀我叛君背国投效你主。我不允，便千里追杀于我。试问这岂是堂堂一国太子妃、神女祭祀所该为之事？更何况，此地乃我金耀国境，都城洛南之外。当着我金耀如此多百姓之面追杀本官，将置我国主的威严于何地，又置我金耀百姓的尊严于何地？今日本官生死是小，只怕来日风吟国遭万人唾骂，甚至承受我主雷霆震怒之时，也是你们主子身败名裂之日！"

此话我虽说得平缓无力，像在闲话家常。奈何子默的语调实在太犀利了，典型的骂人不带脏字，还让你无地反驳。果然，一旁本抱着看戏心态的众人，尤其是江湖人士眼中露出了愤慨之色，而那些为首的白衣女子却脸色白一阵，红一阵。

"一群小娘儿们居然也敢轻看我金耀国！"

"俺倒要看看这风吟国的太子妃能厉害到什么地步，居然敢来我金耀撒野！"

"什么神女祭祀？我呸！不过是一个追着俊俏小子跑的贱娘儿们！"

群情果然激愤起来，十几个人抽出了随身武器围过来，而那四个为首的白衣女子虽然武功高超，但毕竟只是二十上下的小姑娘，如今一来自己理亏，二来又是在别人地盘上，一时竟慌乱起来。我见阵形一乱，知道子默所说的时机到了，忙揪住身旁的衣袖道："快！冲出去！"

说完，却发现身边的人连一点儿动静也无。一抬头猛地对上了一双暗灰深邃的眸子，那双眸子让我想起了我离开上怀那天的天空，灰蒙蒙的，看不真切，然而，那却是我最后一次看到二十一世纪的天空。我闭了闭眼，推开他少许，正待叫秦雾，却见他嘴角轻勾，冷冷道："好。"

话音刚落，只见他一手架着我，一手扯住秦雾，瞬息间便来到了战阵之外。那些白衣少女脸色一变，就想追出来，可惜客栈的人听了我刚刚的话群情激奋，许多人甚至不顾生死地为我掩护，终于扰得那些白衣少女追击失败。我们冲出客栈外，正不知该去往何方。子默沉吟了半晌道："回去房间。"

我一愣，不解地看着他。子默解释道："你别看那二十个女子单独看来武功不高，若她们集结成阵后，威力便会以数十倍递增。而且不知你有没有发现，每队除了为首一女，其余女子神情呆滞，却杀气外泄，显然是服食了某种药物或受了控制。这种人没有痛觉，不懂害怕，最是可怕。莫说只是秦雾和这陌生男子，便是风亦寒亲临，也未必能在她们手中轻松取胜。是以，我方才才让你扰乱领头那几人的心神，战阵出现破绽，才有可能逃脱。但那些武林人士绝非她们对手，恐怕片刻就会追来。"

"另者，我之所以让你回去客房，是因为风亦寒和木双双都武功奇高，在房中绝不可能全力施展，所以他们定会寻其他空旷处比试。那么所谓最危险的地方也就是最安全的地方，那间房此刻定无人注意。就算他们此刻不是在比试，而是叙旧……"子默顿了顿，嘴角扯出幽冷的笑容，让我心中一惊，"总之在风亦寒身边，也是安全多于危险的。"

"公子。"秦雾紧张地扶住我虚弱的身体道，"我们必须赶快离开这里。师父说过，风吟国的四葵五莲剑阵是从天下三大阵法之一的奎阴阵演变而来的，威力之大超乎想象。

只怕……"

我轻咳了两声，以袖掩住口中的血腥，点头道："我们回客栈房间。"

秦雾眼中的诧色一闪，但也只一瞬，他垂首道："是，公子。"

我无奈笑笑，这半年来也不是第一次见识到六刹对临宇和亦寒的言听计从了，仿佛是死心塌地地确信只要是这两人做出的决定，无论多荒谬，都是理所应当的。反是三星，对临宇佩服有之，对亦寒敬畏有之，但不见得是全然的忠心。

忽听秦雾一声厉喝。"你必须跟我们一起走！"秦雾剑尖指着那蒙面男子，冷声道，"否则你若泄漏了公子行踪……"

"你以为你能留得住我吗？"蒙面男子冷笑地看着他，面对那剑尖反是走近了一步。

秦雾见他走近，嘴角忽地勾起一个极端诡异的笑容，空着的左手猛然一扬，只见一片白光闪过。我只听一声怒极的厉喝，然后是什么粉末呛进了口中痛痒难耐，我连连咳嗽，肺都快咳出来了。睁开眼看到那蒙面男子狠狠掐住秦雾的脖子，一脸阴鸷，"你这卑鄙小人，居然敢下毒！"即便是在这个时候，他的声音也是说不出的动听，仿佛带着哑哑的磁性。

秦雾被他扼得面红耳赤，吐不出一句话，眼中的神色却相当得意疯狂。

我压制住喉间的麻痒，沉声道："放开他。否则，你的性命也不保了。"

他冷冷地看着我，暗灰的眼眸中似有火在烧，"我先杀了你们，再搜解药不迟。"

我沉着地看着他，冷声道："解药在我夫人手上。"

他眉头一皱，手上加重了力道，眼看秦雾就要毙命。

我伸手拿出腰带中的金牌举到他面前，"我乃金耀国丞相秦洛。你该不会不知我夫人楚云颜乃是……咳咳……当年神医楚非凡和毒仙何敏君的女儿吧？她的毒必须配合金针刺血……咳咳……天下除了她自己，无人能解！"

蒙面男子眼中精光不断闪烁，一片挣扎，但最终他缓缓放开了手，阴冷地道："这是什么毒？"

秦雾干咳了两声，待缓过气时连忙跑过来扶住干咳不止的我，从怀中掏出一颗漆黑的药丸，剥去外层露出碧玉通透的内药，喂我服下。紧张地问道："公子，秦雾鲁莽，你没事吧？"

我摇了摇头，缓缓顺了几分气。才见秦雾回首笑道："此毒名为沉香醉，是我家夫人刚刚研制出来的，只对阴柔内力有效。中毒者三个月内会失去六七成功力，只要在此期间内解了毒便无碍。否则，就会如沉睡一般昏迷过去，浑身散发花香，亲身感受着每一寸肌肤的腐烂，直到死亡。故名沉香醉。"

那蒙面男子越是愤恨，恶狠狠地盯着他，秦雾笑得越是灿烂，"所以，这半个月就劳烦你充当我家公子的护卫。虽然你这点半吊子的武功连给我师父提鞋都不配，不过，多个人守护公子总是好的。"

"咳咳……"我低下头掩住眼中的笑意，没再去看秦雾的幸灾乐祸和那蒙面男子眼中的愤恨。良久才抬头问道，"你叫什么名字？"

那蒙面男子微微一震，恶狠狠地瞪着我，浑身的杀气能让人毛骨悚然，幸好此刻他已只剩下一半不到的功力。我含笑回视着他，连自己也没察觉地，学足了子默那嘲讽调侃的语气，"总不能让我每次都叫你'中毒的'吧？"

"扑哧……哈哈哈哈……"秦雾大笑出声，"中毒的！"他大力拍着那蒙面男子的肩膀，"这名字太合我意了，中毒的，哈哈……"

那蒙面男子怒意疯长，眼中满是被羞辱的杀意，可惜此刻药效完全发作，他武功失了大半，提起的手又颤抖地放下，显然是在努力克制着自己的怒气。

他深吸了一口气，面具下的双眼缓缓闭起来，待再睁开眼那彰显的怒恨杀机都已消失不见，只余彻骨的冰寒。他冷冷道："我叫韩靖远。"

"伽蓝。"我一抬头看到子默凝重的表情，不由一愣。只听他道，"此人必身在高位，且在如此情形下还能抑制自己的怒气，绝不简单，你要小心点。"

我看了那见不到容颜，一身普通灰布衣衫却掩不住其浑身霸气的男子一眼，默默地点了点头。


从后门楼梯重新回到客栈，我和秦雾的身边已多了韩靖远这么一个蒙面的人物。不知亦寒若在，看到了会是什么感想。

可惜走进房间却发现里面空荡荡的，一个人也无。秦雾四处察看了一番，才道："公子，房里没有打斗的痕迹，与走前不同的只有门窗开着。"

我点了点头，心道：也不知亦寒和木双双是去叙旧了，还是去比试了。我低低咳嗽了几声，心头有几分烦躁，低声道："秦雾，我休息一下，有什么情况再叫醒我。"

秦雾点头服侍我躺下。我在临睡前瞥了那双幽深的瞳眸一眼，面具下的脸该是比较秀气的吧。不知为何，总觉得这个人有几分莫名的熟悉呢。

闭上眼，头昏昏沉沉的，想是药力发作了。我沉沉睡去。

少年丞相世外客 上部

# 第 39 章　如斯少年

秦雾眼看着公子微蜷着身体睡去，才松了口气。无论如何都要守护公子直到师父回来，否则，如何对得起暗营的兄弟，对得起师父，对得起死去的秦夜。

甫一回头就对上韩靖远幽冷阴暗的目光，像是一条盯住猎物即将上前撕咬的毒蛇，让他莫名地打了个寒战。秦雾蹙起眉瞪着他，"你最好不要打什么主意，别说你现在不是我对手，若公子死了，你永远也别想得到解药。"

韩靖远冷哼了一声，兀自坐到桌边，转首看着窗外。秦雾坐在床沿，一时看看公子俊秀的容颜，一时又皱紧了眉看看窗外，心绪不自觉地有些烦躁。

忽地，几个轻盈到几不可闻的脚步声传入耳中。秦雾浑身一颤，那声音竟已在不远处。除了那几个赤足的女子，何人能如此接近而不被他发现。他猛地抽出长剑，警戒地望着门外，看看熟睡的公子，想叫醒他又万般犹豫。公子身体本就不好，沙漠中落下痼疾，再加上这几天舟车劳顿，染上风寒，身体一日弱过一日。只怕就算再叫醒，也是虚弱得随时会昏迷过去。

忽地，门外压得极低的声音传来，若非秦雾功聚双耳，决计听不清楚。

"二师姐，你确定他们仍会在这里吗？"

"我也不知。但宫主常说，死生之地多变幻，最危之地，何尝不是最安之所。我们小心谨慎总是没错的。"

"师姐教训的是。再说，就算我们搜不到，想必大师姐那儿也必有收获。秦洛此人暗藏天地于胸，又善阴谋诡计，刚刚如此境地竟也被他逃脱，若不诛此人，我风吟危矣。"

说话间，那脚步声已越来越轻越来越近。秦雾脑中转了千百个念头，不断看看床上昏睡的少年，忽地把心一横，卷起里面一床被褥打成卷背在身上。又回头饱含警告地狠狠瞪了韩靖远一眼，突然猛地踹开门大吼着："公子，我们突围！"

背在背上的被褥极像一个人，电闪间那些白衣女子也只能看到飞蹿而出的少年背着她们此行的目标疾驰而去。为首的两个少女同时大喝了一声："哪里跑!!"

韩靖远从头到尾都只是冷笑地看着那少年背着棉被飞奔出去的愚蠢背影，听着呼喝声逐渐远离，嘴角的冷笑越盛。

他慢慢将目光投注在床上昏睡的少年身上，随后缓缓起身走到床边坐了下来。修长白皙的手指缓缓伸出，取下脸上的面具放在一旁，随即掀开被少年蜷缩裹在身上的棉被。

少年微微呻吟了一声，发出一阵低低的咳嗽。肤腻似雪，眉淡如烟，白皙如玉的面上泛起了一阵红晕，更衬得容颜俊美如画。韩靖远微微呆了呆，暗道：想不到，名动天下的少年丞相秦洛，竟是个比女子更秀美，却气息奄奄的孱弱少年。

但也只是一瞬，韩靖远眼中的冰冷更盛，忽地伸出白皙修长的手扣住少年下巴。少年即便在睡梦中也因为他的用力而微微皱眉。只是，那触手的肌肤如此滑腻，竟似有吸力粘住了他的手指一般，让他缓缓放柔了力道。只是眼中的森冷丝毫未减，轻轻的语气却像在缅怀着过去，"嘉应二十三年金科状元，金耀国最年轻的大司马，锦湘苑大学士，伊修爱尔女神之子，名动天下的少年丞相。哼！秦洛，你可知有多少人在你的阴影底下一路走来？你可知因为你我失去了最爱的弟弟？你可知自己的存在……根本就是不被允许的平衡的打破……"

又一阵低低的咳嗽从少年唇间溢出，长长的睫毛微颤，他缓缓睁开眼来。韩靖远眼中光芒一阵闪烁，随即归于冷淡，手一松，他抓过面具迅速戴上。

"咳咳……秦雾呢？"少年并没有发觉什么异样，只是用素白的手扶着头，哑声问道。

韩靖远本不想答，但被那秋水般的眸子一扫，还是冷冷道："引开追兵。"

少年又咳了几声，不再多话。韩靖远冷眼看着眼前之人平静近乎冷酷的表情，听到手下为了他拼命居然连一点反应也没有。这个少年若非是身在高位天生冷血，就是已经习惯了在权力的角逐中牺牲别人，成全自己。如此败类，留下他何用？

想到这里，韩靖远更坚定了自己的想法。只是他现在身中沉香醉，楚云颜的用毒解毒之术天下闻名，他此刻决不可冒险杀他。

韩靖远自己想得入神，一回头才发现少年也在对着空处发呆，时而又皱眉，时而轻咳几声，越见苍白的脸上不时泛起异样的红晕。

"……靖远。"韩靖远一呆，猛地回过神来，才发现自己居然在看着他发怔。脾气顿时暴躁起来，正想说话，忽听得门外又一阵脚步声，忙一把捂住少年的口鼻，自己也屏住了呼吸。

"大师姐，你确定二师姐说的是这里吗？"

210

"你二师姐打的信号是说她们被骗，目标仍在原地。我思索了下，应该是在这里。"

韩靖远扭头看看因被他捂住口鼻而满脸涨红的少年，以及触手的热度，显是高烧的征兆。他有些烦躁地在脑中转了千百个念头，耳听着门外的脚步声越走越近。脑中一忽儿想起弟弟临死前那不甘又无可奈何的模样，一忽儿又想到自己背负的责任，绝不可轻易死去。

最终，他长叹了一声，忽地一脚踢向床的一角，只听微不可闻的机关启动声响起，原本密实的床铺竟忽然缓缓向上掀起。韩靖远回头看到少年惊愕的眼神，冷冷一笑，拽住他一个翻滚掉了进去。机关声再响，眼前顿时一片漆黑，只余几个细小的洞在上方漏进点光线和空气。

身下忽然传来低低的笑声，那声音极低又因为压抑着咳嗽而有些沙哑，但听在韩靖远耳中却只觉怎的如此悲凉又了无生趣。是啦！韩靖远忽然想到，他觉得这少年冷酷近乎无情，可与其说他无情，不如说他没有灵魂，仿佛一具没有思想没有欲望的躯壳。只唯独这一声笑，才带了几分悲绝的情绪。

推门声传来，韩靖远忙屏住呼吸，凝神细听。轻盈的脚步落地无声，风吟国的木双双果然不可小视，竟连几个手下的武艺也如此之高超。只听她们似在房中搜索了一圈，随即停留在床边。

"大师姐，床铺还是温的，秦洛应该逃得不远。"

"嗯，窗子开着，我们马上去追。绝不可让宫主的一番苦心策划白费了。"

声音远远离去，韩靖远却不敢动，待了好一会儿，果然又听到对话声。

"看来当真不在这里了。"

"我们快快去追吧！"

房中又寂静了下来，这一次韩靖远才缓缓推开上方的床铺，一道耀眼的光线刺入，他猛地闭了闭眼才适应过来。低头正想冷斥身下那人起来，却忽然发现房间里除了他自己的呼吸，静谧无声。静谧无声？

韩靖远一愣，低下头，触目就是少年那惨白到无一丝血色的面容，双唇却红艳似涂丹。整张脸都微微舒展了开来，分外地宁和平静，仿佛连照射到他身上的光线也柔和了几分。

猛地回过神来，韩靖远晃了晃自己的脑袋，迅速地跳出来，随即探手将他抱出。脑子里忍不住便闪过一个念头：轻若无物，腰肢不盈一握，当真比女子更像女子。

韩靖远俯下身轻拍他的面颊，压低了声音道："这么容易就死了？凭你也配做金耀丞相？"

面具下那高挺的鼻尖几乎触到他，韩靖远能感觉到他呼吸的微弱，时断时续，仿佛随时都会断气。他冷笑了一声，满脸不屑和嘲讽，但最终还是无奈地抓过他纤细莹白的手臂，狠狠一掐。

"咳咳……"一阵灼热的呼吸喷到了他的侧脸，随即面颊上有一阵柔软湿热的触感，还带着淡淡清冽的芳香。

韩靖远像被什么虫子触到了一般猛地跳起身来，满脸复杂地看着床上睫毛微颤，缓缓睁开眼来的少年。

# 第40章　帝王杨毅

我缓缓清醒过来，只觉全身像塞满了棉花，窒闷又没有一丝力气。一睁开眼就看到站在床边的韩靖远，狠狠地瞪着我，那神情既似想把我撕碎，又似想把我一口吞了。

韩靖远没有被面具遮住的皮肤其实是相当白皙的，手指修长，身材俊挺，脸型瘦削，锁骨若隐若现，面具下的脸若无毁容，那必定是个绝世美男。可是他此刻自两颊到脖颈都涨得通红，连耳朵也是红的，再配上银白的面具，倒是有些好笑。

"怎么了？"我用咳得沙哑的声音问道。

他冷哼了一声，红潮终于褪去，却是转过了身看着窗外，不再理睬我。我只得抬头问子默，却发现我问了好几遍某鬼都是在沉思。

"子默。"我咳了两声调侃他，"你是不是看到什么不该看的了？"

子默紧皱了眉，棕色的眼眸忽明忽亮，望着那韩靖远孤傲不群的背影，叹道："或许……是吧。"

"糟了！"我正在愣神间，忽听韩靖远低叫了一声，猛地转过身来，架住我，"快走！"

"来不及了！"一道清脆的嗓音自门口响起。

随即在窗户旁也有另一声应和的笑声，"还是大师姐厉害，没有打草惊蛇，我们葵莲阵一成又岂怕他们逃脱？"

我听到子默长叹一口气的声音："伽蓝，抱歉，是我的疏失，刚刚太过……是以忘了提醒你。"

我顺着他的目光低头看去，瞥到床沿摆着的鞋，心里顿时明白过来：她们是看到我的鞋仍在才确定我必然待在这里未走。可是只有两组她们怕抓不住我，所以，就故意令我们的放松警戒，等会合了另外两组才赶来。

那个被称为大师姐的少女笑意盈盈，却满目寒意地问道："秦公子，究竟是乖乖束手就擒，与我等回风吟，还是身首异处，还请公子决断。"

我叹了口气，抬头望向子默，"只能投降了？"

他无可奈何地点了点头。我和他眼中都浮现了几许笑意，不知为何原本苍凉的心，反暖了几分。他忽地道："伽蓝，饶过那韩靖远的性命吧。"

我不解地看着他，只见他棕色的眼眸在阳光映衬下仿似透明，却偏偏无论如何都读不懂最深处的东西。那几分暖意一点点冷去，我从腰间取出一块玉佩，小心看好了纹路然后费了九牛二虎之力掰断，递给韩靖远道："我夫人现在被囚在金耀大牢中，你若能设法见到她，便把这块玉佩给她看，她会为你解毒的。"

韩靖远神色惊疑不定地看着我，极其悦耳的声音仍是冷漠倨傲，却又带了几分波动，"你呢？"

我微微睁大了眼，"当然是投降了。"

"投降?!"韩靖远低叫了一声，还未来得及说话，几把长剑冲着他疾刺而去。他左挪右闪，身形灵巧地避过，可惜终究因为内力失去大半而被制住。

其中一个少女笑道："少年丞相果然识时务，此人我们绝不会伤害，还请秦公子与我们走吧。"

我瞥了那韩靖远就快喷火的灰眸一眼，叹了口气，困难地起身，其间还不时夹杂着低低的咳嗽。那几个少女面面相觑，脸微微泛红，显是想来扶我，又害怕男女授受不亲。

终于，那看上去最年幼最活泼的少女踏前一步道："秦公子，我来扶你吧。"她羞红着脸，看看我，探出手正要钩住我手肘。

忽地，眼前青光一闪，我只听砰的一声，那少女已飞跌出去，撞入人堆中。浑身被一阵冷冽凉薄的气息柔柔包围着，仿佛那夏日的清泉，淌过指尖，难以言喻的温馨舒爽。

"公子，没事吧？"他低头看着我，冷漠的眼眸中藏着点点觉察不到的紧张和担忧。我低低咳了两声，靠在他怀中，出口的第一句话却把我自己吓呆了，"亦寒，你是去比武，还是去叙旧了？"

亦寒一愣，黑白分明的眼中露出一丝慌乱和错愕。我低咳了一声，这一次却是故意的，扭过脸道："秦雾没事吧？"

"多谢公子关心!"秦雾笑嘻嘻的声音从门口传来，"公子放心，我顺利逃脱了。倒是他……"秦雾目光一转瞪向韩靖远，"他没对公子无礼吧？"

我这才记起韩靖远仍在房内，浑身都散发着冰冷孤绝的气息，负手看着窗外，竟似

跟我们隔绝成了两个世界。我淡淡道："没有的事。我们马上启程回洛南。"

回到洛南赤宇楼的时候，我的身体几近虚脱，但却不能找人医治。迎接我的是玲珑，她虽然满目忧心，神色却还是万般镇定，果不愧是临宇身边的人。

玲珑一扶我坐定，就将云颜的情况简略告知我，"月前，夫人奉命进宫陪伴年贵妃，可是却一去不回。捕影多次去皇宫探听，却只见宫中一片混乱。直到第二天午时，宫中传来消息说夫人意图毒害皇上的妹妹佳宁公主，人证物证俱在，夫人经司廷监初审，敕去一等宁国夫人封号，现已被打入狱中。原本有朝臣参奏，公子御妻不严理当降罪，是皇上一力承担了下来。"

我点点头，问道："捕影呢？"

玲珑眼中一阵闪烁，仿佛挣扎了良久才道："捕影他……潜入牢中暗中守护夫人。公子，冥王他只是想完成公子的命令保护夫人，并非是……"

我眼中一片愕然，问道："并非是什么？"

玲珑的表情顿时一僵，呵呵干笑了两声道："公子还是老样子，对自己的事永远不会上心。"

我有些摸不着头脑，喉头微痒，低咳了两声道："玲珑，替我准备朝服，我进宫去见皇上。"转头瞥见一脸冰寒的韩靖远，我头痛地揉了揉额角道，"另外，这个是韩公子，给他安排个住处，别怠慢就是了。"

玲珑连忙应是。我不顾亦寒的阻拦吞下一颗小还丹。小还丹又名绯火丸，那是伊修大陆一种花的名字，形状功效都与现代的罂粟差不多，美丽而剧毒。当然，小还丹经云颜改良，毒性是绝对没有的，且能激发人的潜能，让人在十二时辰内神清气爽，只是过后反噬极大，非得静心调养半月以上不可。

我换上一身紧身缎服，外罩银丝混织水纹的浅蓝纱服，头发用一根银簪固定住，两旁垂下银色的流苏混杂在黑柔的青丝间。我静静地看着琉璃镜中俊秀的自己，用眉笔将两道淡淡的烟眉描黑描粗，又化淡了朱唇的红艳。亦寒则小心地为我贴上喉结，那是云颜制作的，仿如最精致的人皮面具，贴在颈上讲话时上下滑动，简直与男子一般无二。最后再垫宽双肩，无论远看近看，镜中都是个英姿勃发、俊秀无匹的少年，而非绝色女子。

肩上一暖，亦寒将一件黑色貂鼠斗篷披在我身上，"公子，外面天气开始转冷，公子病未痊愈，还是小心些好。"

我点点头，感受着斗篷的温暖。不由想到，初到这里时只是四月，如今却已近初冬了。从走出塔拉干沙漠到如今，已将近半年。而在现代，那个漆黑一片的世界，我却只经历了短短不足一月。

无论如何也想不到的是，我进到宫中杨毅居然不肯见我。太监领着我到洛非园，只神色淡淡地说，皇上政务繁忙，过后自然会来相见。我皱眉抬头间，猛地一震，发现洛非园竟已改成了甘霖宫。这一次，无需子默提醒，我也清楚地知道，杨毅……准备对我下手了。

自古权臣最忌的便是功高震主，尤其在伊修大陆所有人看来，杨毅的宝座都是临宇一兵一卒地替他打下来的。若临宇肯在功成后身退，或有所收敛也就算了。可是她偏偏位居丞相之位，又让天下只知有神子赤非而不知有天应帝杨毅。杨毅初登帝位，急需招贤纳才，是以自继位起，年年都开设恩科。临宇千不该万不该便是接下每一次主持恩科的任务，试问朝堂之上若都是一人的门生，那该是何等恐怖。更何况临宇手下的强大势力，杨毅不知全部，也该清楚一二。就算他再宽厚宠信临宇，也绝不可能容忍临宇在自己手下如此壮大起来。

只是，我实在想不透，依临宇的聪慧睿智，怎么可能会犯如此急功冒进、引人猜忌的错误。就仿佛……仿佛是她知道自己的时间不够用了，却又急于完成某件事，而不得不将所有的一切顾虑都抛下，孤注一掷，破釜沉舟。

甩了甩头，想得脑袋都痛了，不知不觉已经等了三个时辰。从日头高照，到日头偏西。不过饮食茶水有人伺候，我也不急，只是细细听着子默所说的各种情况分析，应对之策，然后一一牢记在心里。

直到申时，洛非园……甘霖宫外才传来太监尖细的叫喊声："皇上驾到——"

眼看身着九龙彩绘皇袍，头戴紫金冠冕的杨毅走进房来，我连忙起身相迎。这一次，他却没有在我跪下以前扶起我，而是由着我向他行足了大礼，才冷淡地道："平身吧。"

他在主位上坐了下来，我站起身立在一旁，亦寒则站在我身后，房间里除了呼吸，静寂无声。良久，杨毅忽地挥手道："除了丞相，其余都退下。"

众人应是，都退了出去，我低着头总觉得气氛不对，一抬首才发现杨毅冷冷的目光看着亦寒。见我抬头，忽然冷笑地望向我，"临宇，你的奴才也太不把朕放在眼里了吧？"

我转头低声道："亦寒，你先出去吧。"

亦寒沉吟了半晌，才道："是，公子。"临走前，他淡淡清冷的目光若有似无地扫过杨毅，我却能感觉到杨毅明显僵硬的身体和眼中恼羞成怒的杀机。

房里终于只剩下我和杨毅二人，当然还有子默这个鬼魂。他似是在沉思，良久有些疲惫地指了指身边的座位道："坐吧。"

我恭恭敬敬地行礼，"谢皇上赐座。"才坐了下来，只挨着半张凳子，坐着还不如站着舒服。

"临宇，你可还记得当初？"我心中一惊，抬头刚好看到杨毅缅怀的神色。略带了些许的悲伤，连忙低下头含糊地应了一声。幸好他也不是真的问我，只自言自语般说道："那时我还是三皇子，虽然贤名远播，鏖战沙场建立功勋，却因为上有太子为长，下有孝贤皇后之子四皇弟名正言顺而无望皇位。当时我虽有心想登上九五之位，奈何却无力回天。直到……三年前在翰林院遇到了你。"

"当时，你正与一群大臣侃侃而谈。我从未见过一个人能如你一般，身处人群中从容淡定，话不多，只偶尔插上两句，却让所有人都将心思放在了你身上。那时，我是有意接近你，想招揽你的。只可惜，你金科状元的身份，老早就引起了太子和四弟的注意。你平日与我和其他皇子侃侃而谈，并无亲疏之别，却也从不接受招揽。所以，我慢慢也死心了，无论从哪方面考虑，你都不可能选择辅佐我，或者你如此中立算是最好的了。"

杨毅缓缓抬起头来，嘴角挂了分温柔的笑意，望着我的蓝眸水波荡漾，似是真的在凝视一个情深义重的朋友，"直到那个雨夜，你狼狈地冲进我的宅邸，甚至我的房间，劈头就问我想不想杀了太子，夺取皇位。我知道当时应该严词拒绝，应该让人以犯上之罪把你逮捕的，可是不知为何，那夜看着你苍白的脸上挂着泪痕，头发散乱，脆弱得仿佛随时会倒下，然而一双眼睛却灼灼闪亮决绝而疯狂，我忽然就拒绝不了，也否认不了。我只觉，若我拒绝了你，那时的你定会马上崩溃。"

"从那以后，你就开始辅佐我，当真是不遗余力地辅佐，甚至不惜自己的生命。"杨毅缓缓叹了一息，望着我的眼中满是敬佩，"直到那时我才知道，临宇你不单单是外表看来的见识广博、才华横溢，更是个常人难以想象的帅才、将才乃至……帝王之才。"

我浑身猛地一颤，杨毅眼中的寒光一闪，又恢复了原样，"临宇你用计有如天马行空，丝毫无迹可寻。我自认从小聪慧坚忍，却竟也看不透你所用的每一个计策。太子伏诛，四皇弟受牵连，甚至利用风吟国的进攻让父皇心甘情愿让位于我，你走的每一步棋都环环相扣，让人掉入罗网而不自知。我倾心佩服，事后想来却又颤抖不已，只觉若你不是选择辅佐我而是其他皇兄，我便连一点胜算也没有。你对敌人心狠手辣，冷血无情，但对身边之人却从不疑心，所以他们无论先前抱着怎样的想法接近你，最终都视你为天敬你为神，守护你甚至超过自己的生命。登位之初，内忧外患，你对内将所有的政务处理得井井有条，对外率领我军将士以少胜多击退火翎袭击，朝中军中老迈迂腐的官员都被你彻底革清，提拔上来的所有将士都尊你为神。甚至，整个伊修大陆都只知有你秦洛，而不知我这个天应帝的存在。"

杨毅嘴角的笑容慢慢从温柔变得阴冷，那是种因不得不下某种让自己痛心的决定而形成的扭曲，"临宇，朕也是直到那时才发现，朕实在是太纵容你了。以至于，让你忘了，究竟谁是主，谁是仆，谁才是真正的帝王！"

　　我怦怦直跳的心稳了下来，静默地看着他良久才道："微臣不敢。"

　　杨毅的神色变得万分复杂，猛地一闭眼，甩手道："罢了，莫说火翎风吟虎视眈眈，朕如今根本缺不得你，更何况……朕也当真下不了手。"他的神色有几分疲惫，原本方正雍容的国字脸甚至瘦削了下来，看着我的眼眸情谊还是残留了几分，"你先去奈何轩见见你夫人吧，回来朕再与你详谈。"

　　我的胸口猛地一阵剧痛，脸色发白，奈何轩……奈何轩……那是，什么地方？为什么我仅仅听到了这个名字，就心痛到无法抑制？仿佛整个人都要被撕裂了一般。

　　"你果然还记得那里。"杨毅低沉的声音响了起来，"朕以为，那么多年过去，你早该忘了。"

　　我揪着胸口，怔怔地看着他。

　　他直起身，忽地伸手抚上我的面颊，比我幽深数倍的蓝眸中有什么汹涌涤荡，"三年前那个雨夜，你也是这般面色惨白地来到我面前，也是用这种近乎绝望的表情看着我。于是……我就被蛊惑了……即便被你利用成为复仇的工具，也甘之如饴。谁料想，你的野心却不只如此……不只是复仇，而是金耀，甚至伊修大陆的整片江山。"

　　"来人！"杨毅朝外头喊道，"带丞相去奈何轩！"

　　眼前青影一闪，亦寒已牢牢扶住了摇摇欲坠的我，一脸忧心地看着我，"公子，你没事吧？"

　　我摇了摇头，直起身行礼道："微臣告退。"

　　杨毅背对着我没有转身，只用极为严厉的口吻喝道："小安子，两个时辰后带秦丞相到朕的御书房，否则，你的小命就不保了。"

　　"是……奴才……奴才遵命！"小安子连忙领命带着我走出甘霖宫，往皇宫后方走去。

　　走到半途的时候，小安子四处看了看，皱眉道："公子，皇上这次恐怕是铁了心要对付你了。宫里所有你安插的人，不是被皇上除去了，就是如我一般被严加看管起来。现在皇上不杀我，恐怕也只是想用我们的命来牵制公子。"

　　我一惊，抬头看向子默，他点了点头，神色极为凝重，"看来我是当真低估杨毅了。能坐上九五之尊宝座的人，绝不可能是善与之辈。不过，他说的也对，如今金耀前有火翎，后有风吟，你又刚刚打败钱程声名更噪。杨毅若现在杀了你，只会让火翎、风吟两国以为有机可乘而齐集来袭，那他无异于自毁国土。杨毅不会如此愚蠢的。"

小安子又道："公子，夫人在奈何轩没有吃什么苦头，但是身上被锁上了玄铁镣铐，只能在奈何轩中活动，除了皇上手中的钥匙，恐怕任何人都无法救出夫人。"说到这里，小安子的神色黯淡下来，劝道，"公子，我们都知你深爱夫人。可是这一次……你再不妥协恐怕是不可能了。"

我没有听明白小安子的话，抬头望向亦寒，只见他神色有些尴尬，扭头看向了别处。我只得向小安子行了个礼道谢。

小安子吓得连连摆手，就差跪下来，"公子这样可真折煞小的了。小的一家能苟活至今，都是公子的恩赐。而且我一个废人，公子却从不鄙弃辱骂，待我一如常人。我……我……"他擦了把泪，笑道，"公子，皇宫里眼线众多，奴才不能多说了。前方就是奈何轩，公子有什么话定要与夫人交代清楚，夫人……夫人一定会理解的。"

我顺着小安子的指示抬头看去，只见那草楷挥就的牌匾就挂在前方。这里是个极偏僻的院落，如果不是打扫得很干净，树木又剪修整齐，我一定要以为是冷宫所在了。

奈何轩，奈何轩！我一步步走向这个在秋冬交替之际显得无比萧瑟的宅院，胸口在一下一下跳着，痛！及至骨髓的痛一点点蔓延上来。这究竟是临宇的痛，还是我的痛？

亦寒一把扶住我，圈在我腰侧的手微微颤抖，几乎想将我整个人包裹在他体内。沉沉的声音从头顶传来："公子，过去了……一切都过去了。"

什么？什么过去了？我恍恍惚惚地抬头看他，又望向这里的每一根圆柱，每一条回廊，每一棵花草。这里，究竟是什么地方？明明陌生至极，却偏偏让我痛得如此熟悉。临宇！临宇！你究竟在这里经历过什么？又决定了什么？

# 第41章　尘封往事

小安子说云颜没受什么苦的时候，这句话我大半没放在心上。可是推开房门看到那斜卧在软床上的倩影，这句话突地就冒了上来。确实……没受什么苦，而且，似乎过得更加滋润了。

一见我进来，她的眼中猛然闪过狂喜，砰地从床上跳起来，身上发出叮叮当当的声音。脖子被一双素手紧紧抱住的时候，我全身有一瞬间的僵硬。云颜的全身都在颤抖，抱住我的手更是紧紧地企图勒死我，仿佛我们已分开了几年之久。

"临宇……"她在我耳边哽声低喃，"你没事……你真的没事……你这个浑蛋……"

那一阵阵无声的啜泣仿如锤子一下下砸在我筑满高墙的心上，企图将那冰冷疏离全体砸碎。等到回过神来时，我已经紧紧抱住了她，像抱住自己最真挚的朋友一般，由她在我肩头哭泣，泪水浸湿衣衫。

哭过后，我正要松开她，她却一把抱住我，用梨花带雨的面容望着我，"夫君，你总算回来了，云颜好想你！"

"咳咳……"我忙低头掩住笑，揽住她坐在床上，"夫人莫怕，为夫既然来了就绝不会再让你受到伤害。对了，云颜，你为何会被责毒害公主？"

云颜在我怀里嘤嘤哭泣，就是不说话，哭到我就要不耐烦了。她忽地抬头冲我做了个鬼脸，随即马上低眉敛目，幽幽道："云颜也不知道为什么会这样。那日，我奉命进宫陪伴年贵妃，年贵妃正好命人准备了一些精致的糕点，又说公主上次说想吃，就让我挑一些送去给她，顺便给她请个安。夫君也知道……公主向来对云颜没什么好感，云颜想，如此若能与公主交好倒也不错。于是就应承了年贵妃。谁知……谁知……公主吃了云颜带去的糕点却忽然腹痛不止，太医诊治后发现糕点中有剧毒。可是年贵妃和宜嫔吃了却没事，所以她们就说是云颜因为嫉恨下毒害公主。夫君……夫君……你该知道，云颜虽是毒仙的女儿，可是从来都恪守妇道，贤良淑德，大门不出一步，如何会做那恶毒之事？公主……公主的毒真的不是我下的！"

"好了！云颜，别哭了！我相信你！我自然……咳……是相信你的。"我一边拍着她的背安抚她，一边低下头死命地忍住笑。只因她一边说，一边在我手掌上如此写着："开玩笑！我怎么会下那么没水准的毒？我若下毒，定要下'剜心'，让她先痒足十天十夜，容颜尽毁，再浑身腐烂而死！区区一个断肠散，我闻闻就知道了，手上至少有一百种药可以轻易解了这个毒，不过是欲加之罪，何患无辞！"

安抚……算是安抚了云颜后，我开始询问她近两个月来发生的事，也将自己的情况简略告诉于她。絮絮叨叨说起来居然发现有许多话想说，直讲了一个时辰，却听亦寒忽然道："公子，监视的人离开了。"

我和云颜同时松了口气，相视苦笑。云颜照例先找了个东西往我头上一拍，怒道："你这个笨蛋！又把自己弄到九死一生的地步，还差点拖了亦寒和整个暗营给你陪葬。那柳岑枫岂是好惹的？明知他已经有异动了居然还敢擅自离开军队去滨胜，差点就一命呜呼。害我……自收到李叔的信后，日日夜夜为你担心，连一日好觉也没睡。现在可知道错了？"

我闭了闭眼，脑中那些尘封的记忆轻轻翻滚，又被我压制。我笑道："云颜，我知错了，以后不会再犯。"

说到这里不由忆起为何当初子默会同意我去滨胜。一来自然是想考察滨胜地形，同时也相信亦寒和夜部的保护能力，只是被我的愚蠢扰乱了计划；二来却是正因为猜到了柳岑枫在滨胜，是以让我安插了一部分人留在滨胜，以防交战时柳岑枫切断金谷和湘西的联系。到时湘西孤立无援，极容易陷入苦战。但他万万没想到的是，柳岑枫到滨胜竟全没有助钱程取胜的意思，而只是一心一意想置我于死地。子默说，连他也不得不佩服柳岑枫的果断狠决。

云颜忽地轻轻抱住了我，柔声道："临宇，不要露出这样的表情，我看着……好心痛。这里又让你想起他了是吗？"

我浑身一颤，开始缓缓地回顾四周，目光从紫檀木的书案，到铺着锦绣垫褥的短榻，几盆错落有致放置的古梅金橘盆景，雪亮剔透的窗纱，最后目光落在身后这张黄色菱花儿丝褥铺成的大床上。恍惚间，我看到一个在上面挣扎哀号的身影，他有着一张日月为之失色的俊秀脸庞，此刻却痛苦地扭曲；他有着两片点染妖媚婉约的唇，此刻却鲜血淋漓；他有着一双灿若星辰不笑而自含风情的凤目，此刻却盈满了仇恨和苦痛……

他……他曾经是如此的仪容秀雅，风姿如仙。可是此刻他却揪住我的衣摆一遍遍念着："我恨……我好恨啊……"死不瞑目。

"砰——"一声响，我似乎听到了什么动静，我想问发生什么事了，可是却动不了。云颜和亦寒紧张地叫我，然后有一双手小心地扶我起来，清冷安心的气息包围住我全身，"公子，公子!"我这才知道，原来，那砰的一声，竟是我跌倒发出来的。

我缓缓抬起头，云颜隐含泪水的眼眸中映出我苍白如雪的容颜。我听到自己用很平静的声音问她："云颜，这里曾经关过谁?"

"临宇……"她低低地唤了声，双唇颤抖，"你开始记起来了吗?"

我不说是，也不说不是，只是静静地执著地看着她。

云颜低叹了一声道："可为，任可为。临宇，你可还记得这个人?"

脑中有些混乱，我凭着临宇超强的记忆力在脑中搜索了好久，才猛地抬头道："任尧，字可为。就是那个我为了替他洗雪冤屈而参加科考，又为了替他报仇而辅佐杨毅之人。"

云颜眸中一暗，轻轻揽住了我。我发现她的身躯在不住颤抖，于是我伸手扶住她肩膀，想抚慰她，却猛地发现，原来那颤抖竟来自于我自己。

"那任尧是金耀出了名的美男才子，前朝监察御史任飞之子。他虽早早就死了，却仍被世人将其与你秦洛、韩府三公子韩绝以及火翎国的柳岑枫并称伊修大陆四大绝世佳公子。嘉应二十二年，太子杨潜因为查出任飞有意投靠三皇子杨毅，便给他安了个莫须有的叛国罪名，全家抄斩的抄斩，充军的充军，入狱的入狱。而那任尧，就被秘密囚禁在这里整整一年。"

我抬头瞥了眼四周，又连忙垂下，心里有种异样的恐惧，害怕看到什么，"我与那任尧是怎么认识的?"

云颜又是一叹道："当年你确实有志于救民水火，但你宁愿在民间开设伊修学堂，也不愿……事实上你的身份，也是不敢走入官场。那任尧才华横溢，却与你存着同样的心思，认为官场是个大染缸，不入也罢。你们二人在酒楼偶遇，从相识到相知，随即便是整整三天三夜的谈天说地。只是，你那时正要赶往水雾，便约定三个月后相见，谁知……谁知等你回来，他们全家下狱，而他，你只打听出被太子囚禁，却不知情况如何。第二天，一个小厮模样的人送来一封信，你看完后居然如发了疯一般要冲进皇宫去救人。我和亦寒、李叔好不容易打晕了你，才将你带回来。可是，第二天你却未跟我商量就擅自报名参加了科举。"

云颜扶我坐在短榻上半靠着，而她则将头枕在我身上，"临宇，你也知道你的身份，官场如此复杂，又不乏能人，万一哪天被发现，那可是欺君之罪啊! 可是，我却阻止不

少年相世承客

上部

了你。从小你便对任何事任何人毫不在意，无论处在怎样的境地，你总是那么镇定，那么冷静。那是我第一次看到你如此慌乱，就像天要塌下来了一样。就是……就是秦叔死的时候，我也没见你这般恐惧伤心过。所以，才答应你入官场。谁知，还是晚了一步……"

我静默了许久，才将脑中纷繁的思绪统统沉寂下去。尽管很痛，但那些毕竟是临宇的，而不是我的。我这样对自己说着，于是抬头问道："云颜，捕影呢？"

云颜一愣，脸上闪过一丝异样的红晕，撇嘴道："我怎么知道！"

我诧异地看着她，"可是玲珑不是说他进宫陪你来了吗？"

云颜嘟起了腮帮子，形态甚是可爱，良久才颓然道："被我气走了。"

见我一脸惊讶地望着她，她狠狠地在我脚上捶了一下，像是在通过我的脚捶某人。直到我低叫呼痛，她才道："谁让他非说要带我走？莫说这皇宫守卫森严，就是我手上这镣铐打得开吗？然后，他又说要去刺杀皇帝，气得我脱口大骂，'你又不是我什么人，要你管什么闲事？'结果，他就跑了。"

我半张了嘴，看看他，又看看亦寒，他眼中闪过一丝笑意，点了点头。我还是有几分不信，抬头看子默。子默"扑哧"一声笑了出来，"说你迟钝真是抬举你了，简直就是榆木脑袋。你猜得不错，捕影确实喜欢你家夫人。"

我低头看看云颜又是愤恨又是娇羞的绝丽容颜，心中一动，看来云颜也并非无情啊！正待说话，却听小安子在外叫道："公子，两个时辰到了。"

我一惊，才记起杨毅的话，一想到又要应付那喜怒莫测的帝王，我的脑袋便一阵阵涨疼。云颜扶着我站起身来，眉头紧皱，"夫君，事情或许没有想象中那么糟，你随机应变就好，千万莫要太过倔强让自己受伤。"

云颜话中有话，可是一听她改了称呼便知已不方便讲话了。我只得点了点头，抱了抱她，随后在她的注视下，迅速离开了这个让我压抑万分的房间。

# 第42章　伴君伴虎

皇帝的御书房外层层关卡，亦寒在第一层时便被拦了下来。我握了握他冰凉带茧的手，两人相视无语，他眼中的关心和担忧我却看得一清二楚。心忽然有某个角落被触动了，那本就是被他剥裂出一个洞的角落，亦寒……亦寒……我在心底默念着他的名字，猛地一个转身朝那吉凶未知、祸福难料的虎狼之地走去。

我踩着水磨石铺就的地板一步步走到那张楠木雕花案几前，杨毅正坐在金龙椅上定定地看着我。案几左侧摆了个青瓷瓮，瓮中插着卷轴字画，隐隐遮住了他左侧面孔，可是那双灼灼望着我的眼眸，却是丝毫掩饰不了的。他，外表看来谦和仁厚，礼贤下士，兼且爱民如子，可是，他毕竟是个帝王，主宰万万人生死的帝王。

我深吸了一口气，恭恭敬敬拜了下去，"参见皇上。"

"免礼。"他淡淡说了一句，我一抬头看到他一如往常的笑容，虎目带着温和又不失贵雅之气，仿佛他仍是原来的那个谦谦君王，我也仍是他最宠爱的臣子。明明是如此和煦的气氛，我却在他走下来扶起我时，轻轻打了个抖。

杨毅坐主位，我在左首第一位坐了下来。他亲切地看着我，一副感激我劳苦功高的笑容，"临宇，你一向对我金耀忠心耿耿，此次去湘西又在短短半年内逼退了火翎军。可你早已官拜丞相，金银珠宝想必也入不了你的眼，朕实在是想不出还有什么可赏赐你的。"

我忙低头道："皇上过誉，能为皇上尽忠效力，是临宇的福分。"

杨毅伸出一只手覆在我手背上，我身体一僵，几乎要缩回，但马上便忍了下来。只听他笑道："不过，如今可让朕想到赏赐你的法子了。"

我愕然地抬头望向他。只见他面上仍挂着笑容，眼底却有种刺骨的冰冷，"朕的妹妹佳宁公主一直仰慕临宇才学，总说：除非是像丞相那样的人物，否则她宁可终身不嫁。

朕知道临宇深爱你的夫人。正所谓糟糠之妻不可弃，临宇你的深情，朕能理解。可是此次宁国夫人犯下如此大的罪行，我皇妹差点一命呜呼……唉！虽说是不想有人觊觎她的丈夫，可是如此善妒又狠毒的女子留在身边……"

"皇上明鉴！"我忙起身跪下道，"云颜她绝不是这种人，这其中怕是有什么误会！"

杨毅低头看着我，我也抬头看向他，他眉头一皱，挥手道："来人，传陆太医！"

说完，他马上恢复了祥和的笑容，亲身扶我起来，道："朕也是不愿相信的，但事实……罢了，等下陆太医来了，临宇你可亲自询问于他。"

我在心底暗骂：都是你的人，你指使他说的话，还有什么好问的。面上当然不能表现出来，直到一个老迈的御医走进书房，我和杨毅都没再讲过一句话。

"微臣参见皇上。"陆太医颤巍巍地跪下磕头。

杨毅笑道："起吧，陆太医也算是老臣子了，在朕面前就别多礼了。今日召你过来，是因为秦丞相想了解一下宁国夫人下毒一案的具体情况，你定要据实以告，绝不可有半句虚言。"

陆太医连连应是，才在太监搀扶下站起身来，口齿有些不清地说道："当日，臣检查过公主的脉象，确定是中了断肠散的毒，而后臣几人又在宁国夫人送去的糕点中发现了断肠散。"

我见杨毅正注视着我，只得硬着头皮问道："虽然那糕点是我夫人送去的，可是也不能断定便是她下的毒啊！比如说制作糕点的师父，甚至将糕点交给我夫人的年贵妃，都有可能。"

陆太医砰一声跪下，重重磕了几个头，似是极惧怕我，又道："大人明鉴。臣只是负责检查公主的身体和糕点中是否有毒，其余的，臣也不清楚。"

我叹了口气，有些意兴萧索地问道："公主如今可有事？"

陆太医忙答："公主如今已无大碍了，只需将养数日便可痊愈，这些都是托皇上的洪福。"

杨毅甚为开朗地笑笑道："好了，你先去偏厅歇着。一会儿朕和丞相谈完，找你仍有事。"

陆太医忙叩头谢恩，满头大汗地退了出去。


御书房中又只剩下我和杨毅二人，他含笑看着我，我也面无表情地看着他。他轻轻拂了拂袖，语调温和地道："秦洛接旨。"

我浑身一颤，仍是看着他。他明明在笑，那目光却是万分凌厉。我抬头看看子默，他无奈地点了点头，我一咬牙，只得"扑通"一声跪了下去。

"丞相秦洛自辅佐朕登基以来夙兴夜寐，鞠躬尽瘁，实乃朕不可或缺的左膀右臂。朕因感念卿辛劳，故将朕的皇妹永乐佳宁公主指婚于卿，以示嘉奖。佳宁公主与宁国夫人楚云颜平起平坐，互为姐妹，不分大小。"

我呆呆地抬头看着他，他也看着我，深邃如海的眼眸中闪过一丝寒光，迅即敛去，温和地笑道："正所谓，良缘夙缔，佳偶天成。秦洛你谢恩吧。"

"皇上，我……"

"临宇！"杨毅猛地低下头，灼灼凝视着我，压低了声音道，"这是朕给你的最后机会。你依旧要辜负吗？"

我只觉脸上的血瞬间褪尽了，连唇都有几分冰凉，"皇上，微臣不才，难以高攀……"

"秦临宇！"杨毅低吼了一声，声音瞬间提高了几倍。他抬头见周围的太监宫女都有些骇然地看着我们，挥了挥手，把他们都斥退了下去。他居高临下地看着我，冷冷道："临宇，你是不是仗着朕如今不敢杀你？"

我扶着木椅站起来，忽然喉头一痒，我猛地咳嗽出声，紧接着只觉眼前一阵头昏眼花，双腿酥软，几乎就要一头栽倒在地。我脑中猛地一闪，心中惊惧一片：小还丹的时效过了？明明还未到十二时辰，小还丹的效用竟开始失去了吗？

我抬起头，看到杨毅有些复杂的面色，他的眼中映出我惨白憔悴的面容。他闭了闭眼，再睁开，我便已找不到自己的身影。他淡淡道："宁国夫人意图毒害公主，罪在不赦。除非公主愿意不计前嫌，否则，就是朕也保不住她。临宇，你回去好好想清楚吧。婚期，就定在下个月初八。"

"你连婚期都定了？！"话一出口，我才觉不妥，果然见他脸色瞬间大变。我只觉喉头瘙痒，胸口又气血翻腾，本想跪下请罪，却是再也忍不住扭过头连连咳嗽起来。

我咳到力尽体虚，满面通红，只能扶住桌沿才能勉强站立。一双宽大温热的手扶住了我，杨毅担忧的声音响在耳侧，"临宇，你没事吧？"

我用尽了全身力气，好不容易才压制住胸口的剧痛和麻痒，抬头虚弱地道："皇上，臣一生只愿娶云颜一人，再无他想，还望皇上……"眼前一阵昏眩，看来，小还丹的时效真的到极限了，我本就虚弱不堪，如今受到药的反噬，恐怕更是……

"放肆！！"他抓住我的手劲骤然加大，连带着毫不留情的摇晃，恍惚中听他在我耳边低吼："你把朕的话当什么？你以为你是什么人？居然敢三番五次地抗旨！你……临宇？临宇！临宇！！……来人！传陆太医！"

"伽蓝！伽蓝！快醒过来！伽蓝……"

我在沉沉的黑暗中，感觉有人把我放在柔软的床榻上，随即耳边嗡嗡响说着什么，然后是一双粗糙的手捏住我的手腕。我……在哪儿？他们又是在做什么？

对了，我刚刚好像忽然看不见，听不见了，然后杨毅吼了什么？他说……传陆太医……陆……太医……太医?! 我心头一个激灵猛地睁开眼，一个挺身跃起来，顺带抽回被那老迈太医抓住的手腕。

我看看杨毅，一脸担忧却又夹杂着幽深的探究，那老太医却是一脸被吓到的表情。我猛地跳下床，却只觉眼前一片昏黑，一个趔趄差点跌倒。

杨毅一把抓住我的手肘，沉声道："临宇，你身体如此不好，何必还要逞强。还是快让陆太医看看。"说着便要将我拉到床上。

"不用——"我几乎是尖锐地叫了声，待想起，脸色不由白得更彻底，忙跪下道，"皇上恕罪，臣……臣的体质较为特殊，除了云颜，其余人开的药吃了不仅无用，还会过敏。更何况，臣没有什么大碍，只是旅途劳顿，有几分累了。还请皇上恕臣告退回府。"

杨毅死盯着我看，我也就由着他盯，果然，他点头道："也好，你且回去休息。朕与你说的事情，你好好考虑清楚了，再答复不迟。"

我诺诺地点头，脚下虚浮，甚是困难地往外走去。有个小太监连忙上前扶住我，隐隐约约我听到杨毅在房里问那太医，我的病况究竟如何，可是头实在太痛了，我再也集中不起精神去听那太医的回复。

走到宫门外，果然看到亦寒等待的身影，清冽凉薄却又屹立不倒。他总是那样等着我，默默地无声地，风雨不改，仿佛就算等上千年万年也心甘情愿一般。

我微微露出一个笑容，叫道："亦寒。"那声音很轻很轻，离得他又远，可是他却猛地回过身来。漆黑的眼眸一阵闪亮，只转瞬间就已来到了我面前。

"公子！"他从小太监的手中扶过我，"你的脸色为何如此差？"

我摇摇头，倚在他身上，低声道："小还丹的时效过了，亦寒，我……有些撑不住了。"

扶住我的手微微一颤，紧接着我只觉身体一轻，已被他打横抱在怀里，清凉的气息牢牢包裹住我，说不出的舒适安心。再没有半分戒备和焦虑，我将脸埋在他怀里，沉沉睡去。

# 第 43 章　身份暴露

　　杨毅目送着那孱弱少年由太监扶着一步步走出御书房，却仍是呆立了许久，才将心头的抑郁沉寂下去。转头不甚在意地问道："丞相的身体如何？"

　　谁知那陆太医却像是受了天大惊吓一般"扑通"一声跪了下去，全身瑟瑟发抖，布满皱纹的额头不住地重重磕在地上，声音颤抖又不连贯："皇……皇上……饶命……臣……臣也没有……诊清楚，皇上饶命！"

　　杨毅浓眉一皱，心里有什么咯噔了一下，他面色一沉，不可抗拒的帝王威严顿时笼罩了整个书房。他沉声道："朕恕你无罪，有什么话快快说来。"

　　陆太医这才惊颤地抬起头，额上已是通红一片，惊惧的泪水溢出眼眶，脸上一片狼藉。他不敢看那正瞪着他的帝王，只得盯着前方暗红色的桌角，心中着实被刚刚诊断出的事实惊呆了。直到一声饱含杀意的"陆太医"传来，他浑身猛地一颤，又是一个叩首把额头抵到了地上，才嘎着声道："臣……臣不知为何，竟诊出……诊出秦大人脉象阴盛阳虚，滑而无涩……实乃……实乃……"

　　杨毅猛地瞪大了眼，他眼前恍惚间掠过那张俊秀无比的脸，眉若青黛，唇似涂丹，身姿更是纤细而孱弱，却比那香雪无垢的秀丽风光更胜三分。杨毅俯下身一把揪起那太医，冷声道："实乃什么？"顿了顿，他的心情平复下来，手一松，那太医却是"扑通"一声又倒在地上。他沉声道："陆太医，你好好想清楚了，要知道欺君之罪，朕足以诛你九族！"

　　"皇上饶命！"陆太医凄厉地喊了一声，"臣……刚刚只是一瞬，臣医术不精，实也不能确定。是……是臣老糊涂了，皇上饶命，定是臣胡乱诊断之故！"

　　杨毅脸上回复了谦厚的笑容，扶起他道："朕并无责怪之意，陆太医你先回去休息吧。"

228

那陆太医连连叩首，再也顾不得形容有多狼狈，连滚带爬地冲了出去。

待御书房中人一空，杨毅立刻低声喊道："修儒，小桂子！"

只见御书房后的内门一开，有两个人影迅速闪了出来。还没来得及跪下，杨毅便提高了声音道："小桂子，替朕送送陆太医。"同时眼中寒光闪过。

那被称为小桂子的少年会意地点头，同时也大声道："是，皇上！"一张脸眉清目秀，面白无须，又带了几分稚气，但一双冰晶般的眸子却有着潜藏的肃杀之气。

见小桂子跟上去，杨毅才松了口气，在木椅上坐了下来，问道："修儒，这件事你如何看？"

那被称为修儒的青年侍立一旁，只见此人身材挺拔，虽穿着文官服饰，却隐隐露出衣衫下结实的肌肉。他的面容并不出奇，顶多就是五官端正，可是一双眉却黑浓如漆，棱角分明，配着一双漆黑的眸子，叫人一见之下便印象深刻。

他听后表情也没什么变化，只垂首道："臣方才细细想了一下，认为秦丞相是女子之身的可能性，并非没有。"

杨毅心口猛地一跳，强力抑制住自己激动的情绪和擂鼓的心跳，半天才勉强淡淡问道："此话何解？"

修儒抬头看了杨毅平静的面容和波涛汹涌的蓝眸一眼，在心底叹息一声，才又继续道："其一，丞相虽已娶妻两年，却至今并无子嗣，且那妻子楚云颜本就是丞相旧识，若说两人串通隐瞒，假凤虚凰，也并非不可能。"

"其二，丞相容颜秀美绝伦，莫说男子，就是皇上后宫三千佳丽，比之她也多有不及，若说她是女子，反倒更让人信服。"

"其三，人都说天下男子无不爱慕美色，如今稍有身份的男子谁不是三妻四妾，婢仆成群？可是唯有丞相，至今只娶了楚云颜一人。想那公主天香国色身份高贵，又对他痴心一片，他竟也看不上，实在说不过去。但倘若他是女子，那么一切就能解释得通了。"

杨毅在不知不觉间已握紧了双拳，脑中不自觉回忆起前尘往事。以前在三王府他常与自己秉烛而谈，却从不肯同榻而眠；自己偶尔对他做出等同袍泽的亲密举动，他却会一脸尴尬地躲开。无论春夏秋冬，他的衣衫永远穿得齐整，不露半分。他的声音虽刻意低沉，却仍掩不住那珠圆玉润的清脆。自己……自己与他相处这三年，竟从未发觉他可能是女子，自己竟生生被一个女子欺骗了三年！

眉头轻皱，种种复杂的情绪在他脸上一一闪过，良久，他问道："这么说，已能确信秦洛是女子？"

修儒摇头道："不！臣完全不能确定！"

杨毅骤然抬起头，幽深的虎目含着帝王威严瞧着他，冷冷道："又如何不确定了？"

修儒心头一颤，忙垂首道："秦丞相的手段气度是皇上一路看过来的，就是我朝男子也难及其万一，皇上当真相信区区一个女子能做到如此地步吗？"

杨毅一愣，顿时想到了两年前那场战役。自己当时受四皇弟陷害，被火翎国大将钱谦围困在赤峡谷。身边仅余十万亲兵，粮草断绝，围困他们的敌军却有三十余万。当时人人都绝望了，可是唯有临宇，那总是懒洋洋不出什么力，被自己的亲信嘲讽不过是虚有其表文弱书生的临宇，却在此时说他有办法搬来救兵。

杨毅当时是不相信的，可是那少年却用着极其从容淡定的语气问他："殿下，你是想随着臣先避到安全之所，还是留在这里与众将共患难等臣来救援？"顿了顿，他又道，"其实臣的建议是殿下留在这里，如此一来众将士便会感念殿下的恩德，于长远考虑来说是有益的。请殿下放心，臣定然会马上搬来救兵。"

那晶亮的眼眸，夺天地之精魄的气势自己到今天还记得一清二楚。然后，他就真的突围出去了。不费一兵一卒，只带了他身边的那个青衣侍卫，从水雾的高空中飞翔而过。从赤峡谷看去，那真正与女神之子赤非翱翔天际的壁画一般无二，甚至更夺人心魄。

杨毅晃了晃脑袋，面无表情地望着前方，淡淡道："你继续说。"

修儒看皇帝的神色，便知他是在回忆往事了。其实，何止皇上难以相信，他自己也实在难以置信，世间难道真有这般的奇女子，能成男子所不能成之事，甚至被世人尊称为伊修爱尔女神之子，这未免也太荒谬了。他叹了口气继续道："虽说臣方才所说的三点都值得怀疑，但也未必完全说不过去。男子貌美，古今也并非没有，就是我府中三弟，皇上也是见过的。其俊秀比之秦丞相，也不遑多让。再说他只娶楚云颜，若是他真是这般痴情之人，即便夫人不能生养也不愿弃她，甚至另娶，虽不合理，但也并非全无可能。所以……"

他顿了顿，发现皇帝正灼灼地看着他，他忙道："所以除非皇上亲自派宫中验身的嬷嬷去检视，否则任何人都无法断定……"

"万万不可！"杨毅挥了挥手，断然道，"临宇怎么说也是我金耀丞相，我派人去验他身份，若验出是女子也便算了，但若是男子，这份羞辱你让他如何肯善罢甘休？"

修儒低头想了半晌，脑中不自觉浮现出蓝衣少年与青衣男子依偎而行的身影。他的眼中精光一闪，靠近了几步，低声道："皇上，臣倒有一法子可以一探丞相身份，而且，无论丞相是男是女，这个法子都对皇上有利。只是，恐怕要委屈……"

万历七百六十五年十二月，金耀的又一个冬天来临了。也许只是错觉，金耀的国民总觉得这个冬天比往常都要来得寒冷萧瑟，一如他们风雪交加的心情。湘西水灾，火翎压境，丞相病重，种种情形都预示着对金耀来说，这是极其不祥的一年。所以，当新年即将来临之际，洛南的每一个神殿前都挤满了人，无论男女，不分老幼，他们都在虔诚地祈祷伊修爱尔女神能保佑她的孩子平安度过此劫，保佑金耀百世平安昌盛。

尤其赤宇楼中更是人人忧心忡忡，他们的主人——少年丞相已经整整昏睡十几天了。这十几天来，无论什么大夫都被那青衣侍卫拒之门外，只说除了夫人，其他大夫所开之药，只会对公子不利。就连皇上特地遣来的太医，也毫不例外。

皇上震怒，一个宅院中的人都跪了满地，可是那个青衣侍卫却依旧冷冷站立着，守着那扇门。除了他自己，根本没人知道屋里少年的病况究竟如何。莫说是气得脸色发青的帝王，就是他们这些平日极熟悉他的奴仆也开始怀疑他的用心。直到，夫人的归来。

三天前，皇上终于释放了夫人，并下旨说毒害公主一事纯属诬陷，宁国夫人平白遭受冤屈，朕特命恢复其一等夫人称号，并赏赐黄金万两。夫人一来，便顾不得任何人，直接进了那间被封闭了十几天的房间，直至三天后的今日，也毫无动静。

"……亦寒……亦寒……"躺在床上的少年紧紧皱着眉，雪白的衣衫包裹着他瘦弱的身躯，轻轻颤抖，干裂的唇间不断吐出一声声呼唤。

"公子！"一旁的青衣男子忙俯下身抱起他，面容憔悴，神色间满是忧虑，"公子，我在这儿！公子！"

少年低低咳了两声，眉头有几分舒展，往他怀里靠了靠。忽然，他低叫了一声，又发出呓语："徐冽……我没有骗你……没有……"

晶莹的泪自眼角滑落，滴在青衣男子的指尖，如滚烫的烙铁烙在上面一般，他不由得收紧了手。那少年却浑似不觉，只依旧低喃着，声音沙哑而悲伤，透着丝丝绝望的乞怜，只让所有听到的人都忍不住心酸，"孩子……不要走……孩子……我看不见了……什么都看不见了……"

"用生命……来证明……我不要……亦寒……我不要你死……亦寒……不要抛下我……"

"公子！"青衣男子清冷的脸上再掩不住惶恐的痛楚，声音低哑而充满绝望，"公子！我不会抛下你，你也莫要……莫要……"

"咳咳……咳咳……"少年不住咳嗽，直到嘴角缕缕血丝渗了出来，映着他苍白如雪的容颜，分外凄绝，"徐冽……你我今生情断……再也不会痴恋你……永远不会……"

少年又咳了两声，青衣男子不断擦着他嘴角的血液，却是越涌越多。少年紧皱着眉，依旧在不断梦呓："我不能死……亦寒会伤心……云颜会难过……我死了……谁帮子默……谁为他结束千年的孤寂……不能死……绝对不能死……"

"公子！公子！"青衣男子紧紧环抱住他，却只觉少年的身体一寸寸变冷。他眼中充满了恐慌害怕，以及不顾一切的疯狂。他将少年扶正，正要再输功力给他，却见少年忽然轻轻一笑。那笑说不出的平和宁静，又熟悉得触手可及，青衣男子有些恍惚，却见少年歪着头，用沙哑的声音道："我叫秦洛，你呢？"

青衣男子微微一愣，看着少年紧闭的眼，长长的睫毛微颤，干裂的唇带着几缕血丝，却噙着淡淡的没有半分忧伤的笑容又道："风亦寒，你可知自己这样做非但帮不了他们，反而会使他们受到更大的伤害？"

青衣男子浑身猛地一颤，怔怔地看着眼前苍白纤瘦，却反而更美得绝艳的少年。他仍在笑着，轻轻说："置其身于是非之外，而后可以折是非之中；置其身于利害之外，而后可以观利害之变。亦寒，你身在局中反看不透水雾的结局吗？若想结束这个国家的苦难，必要有一明君自西向东，或自东向西统一伊修大陆。你若真的想为自己在乎的家乡做些什么，不如跳出水雾这个国家，选择辅佐明君，让天下早日统一。"

少年的脸上隐隐浮起几分红润，明明闭着眼，青衣男子却仿佛看到了那双精芒四射的眼眸，笑看着他，对他轻柔语说。忽地，少年脸色一白，面容变得万分悲怆，声音也发颤："云颜，云颜，就当我求你了，让我去救可为！无论付出什么代价，我都在所不惜！……他已经为我死过一次了，这次我绝不容许他再受伤害！"

少年不住地梦呓，脸色一忽而白，一忽而红，青衣男子抱着他，只觉他脆弱得如瓷娃娃，绝美却易碎，让他连输内力也不敢为。少年低咳了两声，面色一阵嫣红，又念道："你说我就要死了，我又凭什么相信你？"

"亦寒——"少年的手猛然握紧青衣男子手腕，指甲嵌入他骨肉，声音尖锐而恐慌。青衣男子仿似丝毫不觉手腕的疼痛，同样干裂的唇轻颤，却再吐不出"公子"二字。

少年的面容忽然平静下来，带着淡淡的哀伤和悲苦，却万分决绝，"我要回来！无论付出什么代价，无论……请你一定要将我……"

"吱呀——"门推开的声音响起。一个少妇打扮的绝美女子匆匆走了进来，青衣男子一惊便没有再听到少年越来越低缓的声音。那女子一见躺在青衣男子怀中嘴角溢血的少年，脸色大变，惊叫了一声："临宇——"急冲过来。

那女子勉强稳定住自己的心神为少年把脉，时间每过去一秒，她的眉头就紧皱一分，青衣男子的心也随之沉一分。女子轻轻闭着眼，内心在翻腾地煎熬着，轻颤的睫毛，苍白的唇，都在显示着她心里的恐慌。

"你怎么能由着她不就医！"女子猛地睁开眼冲着那青衣男子大骂，"她任性也不是

少年亦相思恋客
上部

一次两次了！究竟是性命重要还是隐瞒身份重要?!"

青衣男子神情一黯，冰寒的面容却透着凄凉的绝望和哀伤，"公子他坚持，说只有如此，皇上才可能释放夫人回来。他不想让夫人在那个地方再多待……哪怕一天。"

"这个傻瓜!"晶莹的泪珠顺着面颊滑下，女子哽声冲着床上昏睡的少年大骂，"临宇!你如此担心我，就不知我也会担心你吗?竟把自己搞成这样，你这个任性妄为的浑蛋!"

"夫人……"青衣男子的神情忽然平静下来，清冷淡漠，但你若细看，就会发现他的眼中有着沉寂如死的决绝，"公子还有救吗?"

女子狠狠擦掉脸上的泪水，口中念着："哭有什么用，我可不是这个任性的笨蛋。"随即猛地抬起头，道："如今只有一个办法可以救临宇的命。但若不成，不只她会立时毙命，你我也可能受到牵累，非死即伤。你可愿一试。"

青衣男子面色淡淡，一如平常，"夫人明知是多此一问。"垂下眼帘望向怀中的少年，他的神色不自觉地变轻变柔，漆黑的眼眸中墨绿色光泽一闪而逝。

女子眼中露出欣慰的笑意，随即便被凝重取代，她沉声道："此法名为'劫后余生'，我要先喂临宇服下剧毒的蘼桑散，用金针激发她体内的潜能，随后以银针刺血治疗。而在此期间，你必须时刻为她输入内力，将蘼桑散聚集在丹田阻止毒性扩散，同时也要为她擦揩因疼痛而产生的汗水，以防扎入穴道的银针受到外物干扰。"

"输送内力时必须小心，过多则她受过激发的经脉脆弱不堪会爆裂而亡，过少则毒气扩散甚至反噬于你我，我们大家都九死一生。这些你定要记清楚了。"

青衣男子点了点头，问道："何时开始。"

"一刻也拖不得。"那女子断然道，"只是……"她顿了顿，转头瞥向依偎在青衣男子怀里的少年，目光多了几分复杂和难以言喻的暧昧，"'劫后余生'这个法子被施针者必须解除一切束缚，也就是说……我必须要脱去临宇的衣衫。而你到最后时刻要将临宇体内的毒液缓缓收束到自己体内，然后排出，自然也不能穿着衣服……"

女子抬头刚好对上青衣男子难得变色的面容和错愕慌乱的眼眸，即便在如此忧心的处境下她也忍不住嫣然一笑道："你若定要助我，就必须遵从两点。第一，施针时绝不可心猿意马，导致走火入魔。第二，你与她男女有别，却赤裸相对，将来必须对她负责。这两点，你若能依从，我们就开始吧。"

# 第 44 章　劫后余生

　　我仿佛做了一场很长很长的梦，梦里有亦寒、有子默、有云颜、有徐冽和我那未出世的孩子，还有许许多多我不认识却又极其熟悉的人。但最奇怪的是，我的梦中还有临宇，如今我早已忘了那些梦的内容，但却清楚地记得，在那个迷乱而混沌的世界中有临宇。而在梦中，我，就是临宇。

　　当我醒转的时候天光大亮，我却第一时间便想到，我昏迷了几天？没来得及启动水链，那么现代是不是已经陷入昏迷了，哥哥岂不是会很担心？

　　"第八天了。"低沉而熟悉的双重音自上空响起，我抬头望去，只见子默带了几分疲惫和怜惜看着我，"放心吧，只昏睡一天，今晚应该就能回去了。"

　　我长舒了一口气，正要说话，却见子默定定地看着我，那眼神怎么说呢？像是千丝万缕纠缠在一起的线打了结，而且是死结。因此越是挣扎迷乱，越是沉迷坠落。

　　"子默？"我在心里唤他，"怎么了？"

　　那双棕色的，独一无二的眼眸里究竟埋藏着什么呢？我在心里问着，子默你可愿告诉我，你的心底究竟埋藏了怎样的秘密？

　　"伽蓝……"在子默面前我从来没有隐私，我想什么他一清二楚，所以，此刻他猝然叫了一声我的名字，棕色眼眸中的光芒快如闪电，然而最终却沉寂了下去。他用沉沉的声音说："伽蓝……对不起……"

　　对不起吗？我闭上眼，不愿再多说什么。恰好在这时，门推了开来。我睁开眼，恰好对上亦寒清冷憔悴的面容，不知为何，胸口竟涌起一阵酸涩和温暖。我仅记得，我的梦中有他，无论是多么痛苦的场景，多么绝望的时刻，我的梦中总有他的存在，仿如空气缠绕在我周围，丝丝入扣，暖我心扉。

　　他看到我先是眼中闪过狂喜，放下东西闪到我身边扶起我道："公子，你醒了？"然而，如此近的与我眉眼对上，他不知想到了什么，面上一红，身体也有些僵硬，扶在我身上的手，欲放不放，很是奇怪。

我虚弱地笑笑，问道："云颜呢？皇上放她回来了吗？"

亦寒点头道："夫人几天前就回来了。前日为公子施完针太过劳累，此刻仍在歇息。"

我点点头，"那就好。"亦寒正好端了碗清粥过来，我勉强喝了几口，胃中一片翻滚，于是便摇头不再喝。亦寒也不勉强，从怀中取出一粒晶莹碧绿的药丸喂我服下，胸口顿时一阵舒爽，连气淤的感觉也少了几分。

亦寒扶我躺下，动作轻柔地理着我的鬓发，又替我掖好被子道："夫人说，知道你不爱喝苦药，所以就制成了药丸，让你每日别忘记服用。"

我笑了笑，"云颜真是太了解我了……对了，那个韩靖远还在吧？等云颜醒了，就让云颜替他把毒解了，让他走吧。"思索了一下，我又问道，"我现在身体状况如何？"

亦寒点头表示应承，随即又答道："夫人说，已无大碍，将养三日便没事了。只是身体恐怕会比从前虚弱几分，而且心脉受损严重，这些都是急不来的，至少还要好好调养几年。"

我点头，也没怎么在意，药力发作已经有些昏沉了。我低声道："亦寒，若是杨毅来了，你便让他进来，但是你要让云颜告诉他我身体仍未恢复，短时间内是绝不可能成婚的。"

"公子的意思是……"

我眯起眼，睡意慢慢笼罩了我全身。我含糊地道："能拖得一天是一天，其他的，以后再说吧……"

隐隐约约中，我听到那熟悉的双重音在空旷的某处轻轻说："伽蓝……总有一天，你会不再需要我……总有一天，你会变回……"


我没想到的是，我醒来的消息发出去当天，杨毅就亲自来看我了。而且也丝毫没有再提起与公主婚事的意思，让我很是不解。

我仍躺在床上，挣扎着要起身拜见，杨毅连忙阻止，伸手想要把我按回床上，却被亦寒伸来的手恰好挡住。他眼中闪过浓重的杀机，虽只是一瞬，我却看得一清二楚，眉头不由皱了起来。

亦寒拿过靠枕垫在我背后，又将锦被盖严实了，才起身站立在一旁。杨毅冷冷地看着他道："朕与你家主子有话要说，你先出去。"

亦寒一动不动，连半分神情的变化都没有，但一双寒眸却冰晶彻骨，让杨毅忍不住便浑身一颤。我反手握住亦寒的手，冰凉凉带着薄茧的掌心，我忍不住用拇指轻轻摩挲过那层薄茧，感觉到他身体微微一僵。我低头轻咳了一声，掩过笑道："亦寒，这是皇命，你先出去吧。"

他这才缓缓地抽出手，转身离去，临走也根本没向杨毅施半分礼。

杨毅死死地瞪着我，我回视他，淡淡道："皇上有什么话，现在可以说了。"

杨毅浓眉紧蹙，他的面貌并不俊秀，五官如刀削斧凿般深刻分明，但多年养尊处优的生活为他平添了几分儒雅之气，综合起来竟有种阳刚的英气和帝王的雍容混杂在一起。

他走到我床沿，却不坐床边那张红木椅，而是紧挨着我坐了下来。虎目深深凝视着我，幽深地探究着，打量着，却不露声色。忽地扭头看到床头的雪梨银耳粥，脸上露出了淡淡的笑容，"朕的到来打扰你进膳了吗？"

我顺着他的目光看去，不由点了点头，肚子是有几分饿了，本来亦寒就是拿午饭过来的。可是皇上总比午饭重要吧，所以只好忍饥挨饿，先伺候眼前的衣食父母了。

杨毅探手将那碗粥端过来，脸上的笑容温和而轻柔，将他脸上的肃杀之气冲淡了许多，我却反觉得诡异，本来舒展的眉又皱了起来。

他舀了一勺递到我唇边，姿势有几分笨拙，显然是不常干这样的事情。我皱眉看着这递到面前的清粥，却连半分食欲也提不起来，目光上移与身在半空的子默相视，传递的都是惊疑之色。

"怎么，不饿吗？"杨毅低低的声音响在耳侧，汤勺紧贴着唇，鼻尖已能清楚闻到那清香之气。我只得开口，无声地喝粥，咽下。见他又要舀第二勺，我忙伸手道："不敢烦劳皇上，臣自己来吧。"

"临宇。"杨毅反手握住我伸过去的手，异样的温热从我的指尖传递到全身，我打了个颤，想要抽回来，他却握得更紧。深蓝的眼眸牢牢盯着我，"临宇，你可还记得，以前在三皇子府时，你都唤朕什么？"

我心中惊疑更甚，勉强镇定了心绪道："皇上恕罪，当年之事臣已不太记得了。"

"你不记得，朕却记得一清二楚。"杨毅握住我的手一紧，却不是把我拉向他身边，而是自己猛地挨了过来，"叫我远之。"

我身子向后仰了仰，避过那近在眼前的灼热呼吸，正色道："皇上，君臣有别，臣岂敢念及皇上名讳。"

我不顾那双灼灼盯着我的虎目，费力地抽出手，白皙如玉的手腕上红痕一片，可见其用力之甚。拉扯间，砰一声响，他手上的碗，掉落在地，摔了个粉碎，雪梨银耳粥从他的腰间一路洒到脚上鹅黄底色金龙暗纹的鞋上。

我登时傻眼，眼见着他一双浓眉紧紧皱在一起，眼中泛起恼羞成怒的杀意，也顾不得自己身上穿的是白色的雪缎，倾身用衣袖替他胡乱擦揩，一边不断叫着："皇上恕罪，臣不是有意的！"

低低的笑声从上方传来，我还来不及抬头，却只觉一双手环上我肩背，将我紧紧抱住。我浑身猛地一僵，心中的惊惧已经无法用言语来形容了，只觉身上似有一条条带刺的玫瑰花茎在拉扯，似疼非疼似痒非痒，却难受得想要撞墙。

子默叹息一声道："看来，杨毅还是怀疑你的女子身份了。"

我捏紧了双手，想推开他，他的手却越抱越紧，低沉的嗓音还不断念着临宇的名字。我急了，几乎想一拳砸在他脸上，门却在这时打了开来。

我抬头看到亦寒清冷的面色，以及森然的眼眸，墨绿色的光泽似暗夜的霓虹灯不断闪烁。杨毅这时才放开了我，饱含杀机的目光瞥向亦寒，冷冷道："放肆，朕有说你可以进来吗？"

亦寒垂下眼帘，似是在遮掩什么，微微躬身道："公子，韩公子来向你辞行，此刻就在门外。"

我连忙点头道："让他在旁边的房间歇息一下，我一会儿再见他。"说完，我又将目光转向杨毅，一脸诚恳地歉意道，"皇上，臣今日身体多有不便，怠慢皇上了。"

杨毅僵硬的面色这才缓和过来，温和地笑道："临宇你太客气了，既是身体不便之故，朕又岂会怪罪于你。好了，朕先回宫了，你也好好休息吧。"

我连连点头道："臣恭送皇上。"巴不得他快快离开。却见本已转身的他忽然回过头来，脸上挂着幽深的笑容，凑近了我几分，沉声道："临宇，朕知道你不想娶公主。所以朕特意另拟了道旨意，就当给朕一个台阶下，你可万万不能再拒绝了。"

我一惊正待问是什么旨意，却见他一甩手，转身迅速离去。临出房门前，他有一瞬间的停滞，我看不到他的目光，却清楚看到了亦寒眼中的冰寒凛冽。

待他的脚步声终于远去，外头也传来皇上起驾的吆喝声，我才彻底放松下来。看着被子上沾染到的污渍，忍不住长叹了口气。

亦寒走到床边瞥了一眼，低头道："属下去叫人拿干净的衣服和床被过来。"说完便要出去。

我一把抓住他的手，抬头看着他惊诧道："亦寒，我不是让你别再自称属下了吗？"

亦寒点点头，也不看我，淡淡道："我知道了。韩公子就在外面，等换完衣衫，我让他进来。"

"亦寒！"我紧紧抓住他要抽走的手，倔强地看着他。我甚至不知道早已心如止水的自己，为什么会有如此激烈的情绪波动。

为了要拽住离去的他，我整个上半身都撑了起来，因为身体太过虚弱了，只半分钟便气喘吁吁，连额上也开始冒出冷汗。亦寒显然是察觉了，这才紧张地转过身来扶我躺好，"公子，你怎么样？我去叫夫人过来。"

我连忙摇头，低咳了两声，脸上泛起了热潮道："没事的，躺一下就好。你去让人拿衣服来吧，顺便请韩公子过来。"

亦寒淡淡地点头离开。我闭起眼，静静平复着自己的心绪。我知道我现在对亦寒有异样的感情，可是，那究竟是临宇的，还是我的呢？我真的已经分不清楚了。

"都一样……"

我猛地抬起头看着刚刚发声的子默，"子默，你刚刚说什么？"

他笑笑，无比的自嘲和冷凝，"我有说什么吗？伽蓝，你听错了吧……"

# 第 45 章　韩氏靖远

韩靖远来的时候已是半个时辰之后，其间我换了衣服，还饱饱地吃了一顿。所以，见到他时，我的精神已是无比的舒爽。

我指了指那个被杨毅忽略的红木椅道："韩公子，坐吧。"

韩靖远也不客气，踏前几步就坐了下来。他的脸上仍戴着面具，但我却是第一次在充足的阳光下细细打量他。一身灰白长衫，朴素无华，如瀑青丝只用一根银色锦带松松束住。虽然看不到面容，可是立在这狭小充满药味的房中却仍只觉仪容秀雅，风姿如仙。

我微眯了眼侧头看着他形态优雅地坐下来，坐姿既不显散漫却也没有半分战战兢兢的压抑，显是受过良好的教育却又是善于发号施令之人，至少也是贵族子弟……我一愣，有些无奈地笑着敲了敲自己的脑袋，抬头看向子默。

他也是一笑道："看来这半年来教你的权谋之道，你开始融会贯通了。懂得如何看一个人的深浅，勉强算得上是名师出高徒。"

"咳咳……"我被呛了一下，连连咳嗽，才在韩靖远古怪的注视下收敛起自己的表情道："韩公子，毒解了吗？"

他冷冷地点了点头，嘴角一勾，笑容极有嘲讽的意味，"韩某是否还要多谢公子饶命之恩呢？"

我尴尬地笑笑，"此次韩公子无辜受累，确实是临宇的错，临宇在此替手下向韩公子请罪，还望公子不要再与他计较。"

子默拆招一：保秦雾。我是丞相，自然不怕他报复，若他真的要对付我，那就绝不是为了区区这点仇恨。但秦雾不同，这韩靖远一看就知道不是简单的角色，若我不在这里先将他担下来，怕是哪天无故死了还会将暗营牵扯进来。

我见他面无表情，不由苦笑道："韩公子，你也看到了临宇这一个月来体虚气弱，生死悬于一线，差点就一命呜呼了。也算是自作自受，遭到了报应，韩公子的气也该消了。"

子默拆招二：装可怜。韩靖远这半个多月一直住在府中，自然清楚我是如何从鬼门关转了一圈才回来的，想必就算是再大的怨恨也消散得差不多了。我再软语道个歉，依他外冷内热的性格，必然不会再与我计较。可是，我很奇怪，这个韩靖远，左看右看上看下看，怎么看都是块冰山。子默凭什么说他外冷内热？

韩靖远眼中隐隐浮现笑意，幸灾乐祸中又夹杂了几分清润，我一愣，歪头看着，这种淡淡悠远的感觉，怎么看怎么熟悉，他究竟……像谁呢？

韩靖远低咳了一声，我一愣才回过神来，见他神色有些愠怒，才想起自己居然直勾勾地盯着他瞧了半天。面上一红，我忙道："韩公子，你可愿接受我的道歉？"

韩靖远沉吟了半晌，冷声道："丞相大人言重了，韩某人自认没有这个能力报复公子，也不敢妄动公子的手下，惹来报复。"

我嘴角抽了抽，这人既说不会报复，口气又那么不忿，实在是……只好用第三招：利诱。

我从床头拿过一个极其轻薄的锦盒递到他面前，笑道："韩公子肯不与在下计较，那真是再好不过了。这里是一点薄礼，还望公子笑纳。"

韩靖远眉头一皱，神色已变得凌厉，"你当我韩……是什么？"

我依旧淡笑道："韩公子不妨看了再说。"见他仍不肯接过，我只得自叹命苦，乖乖地替他打开来，再递到他面前。果然，他那暗灰色的眸子猛然睁大了。

我笑笑把盒子硬塞到他手上道："这是一张制作精良的人皮面具，轻如无物，戴上后几乎看不出任何破绽，临宇千辛万苦得到后却发现没什么用处。我看公子常年戴着面具，不知是怕人认出，还是有其他原因，希望这张面具能对公子有些用处。"

我这些话绝对不尽不实，什么千辛万苦得到，那人皮面具根本就是云颜制作的。只是天下无人知晓罢了。要知道云颜的易容术天下第一，使毒解毒天下第一，这些虽然是暗营里头自封的，可是绝对八九不离十。据亦寒说，伊修大陆自两年前开始有人皮面具流传，但事实上那都是出自云颜的手笔，她一共只制作过十张，有五张留给了暗营，两张给了我，剩下的三张才高价售了出去。由此足见我送给韩靖远这个礼物的珍贵。

他目光灼灼地盯着我，"你当真要把这个送给我？"

我知道，人皮面具在很多时候都是保命、刺杀、潜入的珍宝，是以尽管世间只有三张流传，却人人争抢得头破血流。但这对我又有什么可在意的，给了一张我还剩一张，就算没有了，顶多让云颜再做几张就是了。

所以我从容淡定地笑道："君子一言，驷马难追。自然是真的。"

韩靖远手捧锦盒静静打量着我，暗灰色的眼眸中波光潋滟，也不知他在思考探究些什么。但慢慢地，他眼中的敌意缓缓褪去，一丝淡淡的笑浮上他眉眼。他放松了身体，形状慵懒地斜靠在椅子上，淡淡道："你若是个平庸无能之辈，在下连看都不愿看你一眼；你若是个嫉才妒能之人，在下无论如何都要让你身败名裂，以免危害我金耀朝廷；你若是个冷血无情，不顾手下生死来铺就你称霸大业之人，在下就算拼得一死也要阻止你将伊修大陆变为血腥战场。可是，你终究都不是！少年得志，意气风发，韩某却只见公子谦和有礼，淡然处之。身处险境，皇权压身，韩某也亲见公子从容以对，不卑不亢。有经天纬地之能，却不以才凌人；有吞吐乾坤之力，却不任意妄为。如此之人，才配做我金耀丞相，才配被称为女神之子，才配……让我弟弟因嫉恨郁郁而终。"

啊？我猛地瞪大了眼，前面夸得好好的，可是这最后一句。我见他慢慢直起身来，暗灰的眸子不知为何显出奇怪的色彩，竟似正在慢慢变得鲜亮。

他嘴角挂着笑容，不似嘲讽，也非敬佩亲近，倒像是看透世事的沧桑和寂寥，一如那双沉寂的眼眸。他说道："秦丞相怕是早忘记舍弟这个人了，嘉应二十三年金科第二名，榜眼韩勤，字宗政，被先皇任命为翰林院从侍一职。就在秦丞相你声名鹊起、震动天下的时候，他在韩某身边郁郁而终。"

我呆呆地看着他，他也似笑非笑地看着我。良久，我道："韩靖远，既然你今日将这些事亲口告诉我，是否代表你已不再因你弟弟而嫉恨我了？"

他一愣，飘在空中的子默一愣，我也一愣。我刚刚说了什么？却听韩靖远低低笑了起来，朗声道："好！秦洛，秦洛！我韩绝从不服人，你却是第一个。"他明明用极豪爽的语调在讲话，声音听来却依旧温润悠远，落在耳中犹觉回味无穷。

我怔了怔，韩绝，这个名字好生熟悉。还没来得及搜索记忆库，却见他反手快速地将脸上面具摘了下来，笑道："如若秦公子不弃，我愿与公子交个朋友。"

我抬头正想说当然不会，谁知目光一落在他的脸上，神色骤然剧变，竟"啊——"的一声惊叫了出来。

对面的人五官精致秀丽，容颜俊秀无双，论雅致似竹露清风，看风姿比明珠玉润。长眉入鬓，一双凤目似开似闭，噙着三分笑意七分悠远还有隐隐潜藏的看破世情的淡漠，透射出清亮的棕色光芒。这人的长相，比之男装的临宇有过之而无不及，实是绝世难见的翩翩美男。

可是，可是，我惊讶的并非这些。我骇然地看看他，又抬头看看半空中面无表情的子默，这个人虽俊秀绝伦，清雅无双，可是那张脸分明和子默有七八分相似。而且，那双棕色的眼眸，在伊修大陆中我看过黑色、蓝色、墨绿色甚至茶金色的眼睛，却除了子默从未见过棕色的。此人，究竟和子默是什么关系？

子默叹了口气，仍是那般地面无表情，淡淡道："他是我的祖先。"

"祖先?!"我死瞪着眼看看上空的子默，又看看面前错愕疑惑的韩靖远，天哪！韩氏祖先和一百五十年后的子孙居然齐齐出现在我面前？可是，总觉得子默的态度很奇怪啊！第一次在客栈见到他的时候，子默明明不知道他身份的。可是今日他看韩靖远摘下面具，也没有丝毫惊讶，显然早看过他的真面目，那又为何不告诉我呢？

我抬头看着子默，他扭过头去望向窗外，神色冷漠无喜无悲，我却只觉心头一阵阵冰凉。这些时日来缓缓沉淀起来的喜怒哀乐，竟一下子变得苍白无比。

"秦公子?"韩靖远皱眉疑惑地叫了一声。

我回过神来勉强笑道："韩兄，叫我临宇吧。我自然愿意交你这个朋友。之所以会惊讶，是因为韩兄与我一个朋友长得七分相似，在下一时失态了。"

韩靖远不置可否地点点头，嘴角噙着笑容，收起那锦盒起身道："临宇你身体未愈，我就不叨扰了。将来若有什么事要在下帮忙，可以去城南韩府找三公子。"

我也只是淡淡点头，目送他离去。这人的性格我多少摸到了一点，既认了朋友就绝不喜欢婆婆妈妈的客气，否则，反倒让他看轻了。

"子默。"我躺在床上闭起眼，一边在心里念道，"杨毅究竟是否知道我女子身份了？还是如今只是怀疑？你猜他会下什么旨意呢？"

子默的声音也带了几分凝重："应该只是怀疑。他今日对你做的异常举动，与其说是调戏，不如说是试探。至于那道旨意，我也说不准，但愿……不是我想的那样。"

我伸手揉了揉太阳穴，又轻咳了两声，随即伸出手转动了水链，道："我今晚回去现代一趟，顺便让哥哥去查些古代相权皇权的资料……这些钩心斗角，真是有够烦人的。"说完，便沉沉睡去。

242

# 第46章　皇帝诏曰

　　又过了三天，我的病终于痊愈了。这日，我裹了厚厚的披风，怀中抱着小暖炉在园中亭阁赏景。冬日百花凋零，树木萧瑟，但赤宇楼中却又是另一番景象。园中种了十几株梅花，此刻正处于半开半闭之际，随着微风，暗香浮动。前方是一片人工开凿的湖泊，不大也不深，但却是引自城外护城河的活水，是以常年清澈。

　　此刻，由于天气寒冷湖面凝结了一层薄薄的冰。从此中望去，亭台楼阁，迤逦蜿蜒。斜阳之下，雪湖凝冰，茫茫一片。若是隔几日，待天气再冷，下一场大雪，那么香雪花海，汹汹绵延，想必是说不尽的缤纷风流，清奇壮观。

　　亭中点着暖炉，三面和屋顶又用保暖的绞绫纱围了起来，坐在亭中丝毫不觉得寒冷。此时，云颜坐在我的左侧，与我一般懒洋洋地赏着园景，时而搭上几句话。右边则坐着亦寒，正面无表情地泡茶。说起来亦寒所泡的茶当真堪称天下一绝，冷热适宜，清新爽口，而且不同时节、不同心情下，他都会选择不同味道的茶。喝过后只觉口齿留香，心情舒畅，回味无穷。

　　据亦寒说，是因为当年他师父极爱品茶，是个茶道高手。可是自己却甚懒得动手泡茶，是以把他教会，以代辛劳。

　　想着正觉得好笑间，忽听门外一阵呼喝，云颜正待起身询问，却见宅院的正门大开，一个穿着太监服饰的少年在几十个侍卫的簇拥下大踏步走了进来。

　　这个太监我是认识的，叫小桂子，听说是杨毅身边最得宠的人，年纪轻轻就做了总管。只见他此刻手拿明黄卷轴，一脸肃穆地走进大门，用尖细的嗓音朗声道："圣旨到——"

　　我只觉眼皮扑扑直跳了好几下，才在亦寒的搀扶下起身，就在亭中跪下。赤宇楼中上上下下的人跪了一片，本是笑语轻盈的园中，顿时有种死寂的沉默。而我的声音在此时响起，就有些洪亮得刺耳了，"臣秦洛接旨！"

"奉天承运，皇帝诏曰……"小桂子顿了顿冰寒的目光扫过亭中跪着的我和亦寒，续道，"风亦寒身为丞相府侍卫素来恪尽职守，忠心耿耿，多次保护朕的爱卿于危难之中。当年赤峡谷一役，更是救过朕的性命。故朕特此加封其为近卫军副统领，特例官升三品，并将永乐佳宁公主赐婚于卿，婚期定于下月初八。着其即日起上任，钦此！"

赤宇楼中的沉静一下子被打破了，所有人都在交头接耳地议论着，看着我的神色是同情的，看着亦寒的神色是不忿的。我却只觉脑中轰的一声响，似炸开了一团麻，若非亦寒扶着我，很可能便一头栽倒下去。

小桂子走上前来，将圣旨递到亦寒面前，笑道："风护卫，从此以后你就是驸马都尉了，比起跟在丞相身边做个默默无闻的侍卫，那是何等的荣耀。还不快接旨谢恩？"

亦寒冷冷地抬头看着他，小桂子脸上的笑容一僵，眼中闪过凌厉之色复又回复那谦卑的笑容。

"伽蓝！千万不能犹豫，赶快接旨！"子默的厉喝声当头传来。

我浑身一颤，深吸了一口气，知道我若再不开口，亦寒恐怕就要爆发了，当着这么多人的面，抗旨不遵，只是平白给杨毅一个借口杀他。最可气的是，除非我不做金耀的丞相或是暗地放亦寒逃走，否则，就连阻止的理由也没有。

"臣代风亦寒接旨。"我双手举过头顶，几乎是将圣旨从他手上抢了过来，"谢皇上圣恩。"

我站起身来，刚好瞥到小桂子嘴角的冷笑一闪而逝，而亦寒扶着我的手明显一僵。我只能装作不知，垂首道："恭送公公。"

传旨的人终于陆陆续续退了出去，云颜看看我，又看看亦寒，终于发飙了，"临宇，你最好给我说清楚这到底是怎么回事！"

我苦笑地看看有些懵的众人，看看怒气冲天的云颜，又看看满面冰寒的亦寒，心中把那个杀千刀的杨毅诅咒了千百遍。

一路无语地回到驻宇轩——我的书房兼卧室。子默沉沉的声音不断响在耳畔："杨毅此举至少有三个用意。其一，自然是试探你女子身份。临宇和风亦寒同进同出，形影不离，早已是天下皆知的事情。旁人只惊叹临宇能力出众礼贤下士，才让风亦寒这等高手甘愿为仆，倾心相随。却不知临宇其实是女子。你说，若是让人知晓了你的女子身份，他们会怎么想？"

我皱眉沉吟，"他们定会以为，风亦寒肯屈尊相随实是因为与临宇存有私情。而临宇与风亦寒同进同出，丝毫没有避过男女嫌疑，自然也是倾心恋慕于他的。"

子默赞许地看了我一眼，继续道："所以很清楚，杨毅这道圣旨一下，你若是女子，且真的与风亦寒相恋，必然会失态，甚至想尽办法抗旨不遵。那么杨毅就能确定他的怀疑了。不过方才你虽有些许失态，总体来说表现不错，就是杨毅也无法顷刻做出判断。"

我在心底暗叹一下，事实上若非子默那一声厉喝，我是肯定会失态的。想不到，对他的感情竟已经如此无法控制了。只是，那究竟是我的，还是临宇的？

"其二，你有没有注意杨毅赐封风亦寒的官职，近卫军副统领。这是一个看似高位，实则没有什么权力的虚职。如此一来，若风亦寒真的接旨，就必须离开你身边去上任，却又被架空。到时为了保护你的安全，就必须动用修罗暗营的实力或是求助皇帝的势力。总之不管结果如何，对杨毅都是有百利而无一害的。另外，你和风亦寒的关系天下皆知，杨毅更清楚你不可能不顾他生死，所以你若当真是男子，他让风亦寒娶了公主，碍于姻亲关系，你就算真要谋逆篡位，也要考虑再三。"

我叹息，对这件事终究百思不得其解，"子默，你说临宇这么聪明的人，又明知自己是女子，不可能犯上谋逆。她为何还要锋芒毕露，功高震主呢？如此一来，就算杨毅肯相信他，朝中那些拥护传统皇权的大臣也会看不下去，完全是将自己置于了险境。"

子默忽然无声，我愕然望去，却见他幽深的眼眸望着空处，神情既似漠然又似哀怜，极其古怪。良久才缓缓道："或许她是明知自己时日无多，将来祸福难料，却又拼了命想保护自己的亲人朋友……"

我眼前一晃，仿佛看到了某个熟悉的场景，有个清润悦耳极其熟悉的嗓音，在我耳边说："他既肯为了我默默无闻地等待死亡来临，我为他所做的这些事又算得了什么？"

我揉了揉眼睛，驻宇轩就在眼前，亦寒和云颜跟在身后，子默也是如往常一般，身处重重阴谋，反而越加神采飞扬，"其三，无论你是否是女子，若风亦寒当众抗旨不遵，这就是杨毅最希望看到的结果。你若是女子，杨毅显然对你另有企图，那么风亦寒就是他最大的眼中钉肉中刺。从这几次相见就看得出，杨毅恨不得立刻将风亦寒除去，只是苦于明着来没有充足的理由对你不好交代，若是暗杀，风亦寒武功之高，没有百来个高手如何能困住他？就算杨毅后来相信了你是男子，那么风亦寒就是你建功立业的最大保障，若能除去他，那么将来他要向你下手时，也就容易得多了。"

我摇了摇头，推开门去，幽幽叹息，"天下熙熙皆为利来，天下攘攘皆为利往。然世网哪能跳出，但当忍性耐心，自安义命，即网罗中之安乐窝也。"话一出口，我顿时呆了下，云颜颇有感触地叹息一声，亦寒淡漠着没有表情，子默却是蹙眉深思。刚刚……我说了什么？

云颜在一旁坐了下来，斜睨着我问："杨毅开始怀疑你的女子身份了？"

我讪讪一笑道："云颜，你怎么知道？"

"废话！"云颜站起身在我额头重重扣了一下，怒道，"只有你这个迟钝的笨蛋才看不出来。这几日他来看你，就是透过那木门往里瞧，眼神也是极其暧昧不明的。而且，若非他开始怀疑你女子身份，又岂会不将公主指婚给你，而是指给亦寒？"

我很是无奈地坐在她左侧叹道："我也不想啊！那日我服了小还丹进宫，谁知不到十二时辰小还丹的药效就过了，我一时虚弱在他面前昏迷过去，他就招了太医给我诊治。不过，只是一瞬，我马上清醒了过来。原以为，那个太医该是查不出来的。"

云颜蹙眉问道："你所说的可是御医院院判陆太医？"

我点头惊诧道："云颜，你怎么知道？"

她深深地凝视着我，良久才道："就在你回来那天，陆太医被发现猝死家中，原因不明。"

我浑身一颤，脸色瞬间惨白，那么说，他确实跟杨毅说过什么，所以被灭口了。我不由头痛起来，如今到底该怎么做才好呢？亦寒是绝对不能娶公主的，自然，我也不能娶。可是，皇命不可违，究竟还有什么办法？等等，我们不能违抗皇命，但是公主可以。若是……若是公主坚决不肯下嫁，是否就算杨毅也没有办法呢？

"没错！"子默笑道，"伽蓝，看来你确实不笨啊！"

我没有丝毫喜悦，摇头，"先不说公主的意愿不是我们可以控制的，就是她当真不想嫁亦寒，但也未必肯为了自己的终身大事抗旨毁婚，那毕竟是要付出代价的。"

"别人或许不能左右公主的意志，但有一个人肯定能。"子默含笑静静地看着我。

我嘴角抽了抽，"你不会让我去跟她说，其实对她倾心已久，我们今生无缘，来世续吧？"

子默"扑哧"一声笑了出来，"这倒不必。你只需给她灌输三点思想。第一，是你忠贞不渝的爱情观，一生只爱一人。而你虽除了云颜终身不娶他人，但仍对她有怜爱之心，不希望她终生不幸；第二，风亦寒并不爱她，而且若她嫁给了风亦寒，你们两人时常见面，难免会黯然神伤。不如寻一个真心待她之人，托付终身；第三，圣旨不可违，但她毕竟是皇上的妹妹，若以死相抗，杨毅也是不会强求的。只是……"

子默深深凝视着我，棕色的瞳仁中透出怜惜无奈的神光，"只是这个方法难保不会出现鱼死网破的局面，杨毅一个心狠，换来的便可能是公主的香销玉殒。"

我扯起嘴角，淡淡冷冷地笑，"我知道。如今却顾不了这么多了。"

我当时并不知道，我和子默的这个计划，竟会间接促成我和柳岑枫的第一次会面，也彻底改变了我的人生、子默的命运、亦寒的未来。

# 第47章 尔虞我诈

我把子默的计划跟云颜说了一通，她没有反对也没有赞成，只是皱眉道："何必如此麻烦？直接将那公主毒倒，或死或昏迷几个月，不就行了？"

我沉吟了半晌道："那样很容易把别人的目光吸引到你身上，毕竟论到下毒，谁也比不上你。不过，若我的方法实在不可行，不得已也只能下毒了。"

云颜伸了个懒腰道："反正这些出谋划策我不在行，临宇你决定就是了。我还是去睡觉吧。"

我抬头惊诧道："云颜，你不同我一起睡吗？"

云颜诡异一笑，瞥了亦寒一眼，"今晚就不了，留点单独的时间给你们商讨计划吧。"说完，不等我挽留，就匆匆退了出去。

我跟亦寒面面相觑，我尴尬地扭开了头道："亦寒，对不起啊，是我连累你了。"

亦寒淡淡道："公子言重了。"声音无悲无喜，像是从机器里发出来的。

我心头顿时有几分烦躁，挥了挥手道："我有些累了，你先出去吧。"

他微微倾身道："是，公子。"腰间青霜剑所挂的玉坠荡开一个幅度，那块晶莹剔透的雪玉在我眼前轻轻摇晃。

我忽然道："亦寒，那玉坠可以让我看看吗？"他一愣，抬头看着我，我紧抿着唇一步步走到他面前，用手掌托起那白玉。

只见上面用繁体的隶书刻着两排字：似兰斯馨，如松之胜。字体古朴隽秀，像是名家手笔，掌中的玉清凉入骨，显然也不是凡品。

我抬起头，尽量用开玩笑的口气问道："这玉小巧雅致，像是女子之物，是不是什么人送你的定情信物啊？"

亦寒低头看着我，清冽的气息离我只有几寸之远，"公子究竟想说什么？"

我想说什么？我想问你和那木双双究竟是什么关系？我想问这玉你常年戴着从不离身，是否玉的主人对你来说是个极重要的人？那么，我究竟想知道什么呢？

我晃了晃脑袋，松开手道："只是好奇而已，究竟是何人送了你这块玉。"

他忽然揪着我松开的玉一使劲，将它从剑柄上拽了下来。我"啊"地叫了一声，瞪大眼，他却轻轻执起了我的手，将玉放在我掌心，然后又捏着我的手将玉包裹起来。

我怔怔地看着他，他也看着我，眼中忽然闪过一丝笑意，"公子耳力超群，那天听到我和木双双的对话了是不是？"

我面上一红，扭开脸去，喃喃道："你从不跟我说你的来历，明知我都不记得了。你也不说你师承哪里，我对你的过去，甚至不如她知道得多。"

身上忽然一紧，我被他抱在怀里，虽然只是一瞬，我却听到他用极轻的声音在我耳边说："这是我师母留给我的遗物，从十岁起便未离过身。"

我还僵在那里，他却已松开了我，像是怕我看到什么一般，匆匆转身离去。听着门迅速开合的声音，我瞧着掌心那块晶莹的玉坠，银白的流苏还在晃来荡去，不由痴了。


又隔了几日，我身体的虚弱之感完全消失了，杨毅也三番五次派人请我去商量政事，我才施施然进宫。这样，即便在宫中和公主偶遇，杨毅也不会多加怀疑。

我一路走一路低声对亦寒道："虽然杨毅现在多半不会动我，但也无十分把握。你通知李叔让暗营运作起来，但切记小心谨慎，勿让人看出端倪。无论如何，就算是叛出金耀，也要为我们所有人留好后路。"

亦寒点头道："公子放心，昨日我已经秘密将消息传递给了三星，想来他们已经开始准备了。"

我点了点头，随即想起子默的话，虽存了很大疑惑，却仍道："那个韩靖远还记得吗？你让捕影派人监视着韩家大宅，但并非监视韩靖远，而是他的二哥韩宁，有什么异动，马上来向我禀告。"

亦寒眉头微蹙，"此人名声从来不显，比起他的两个弟弟更是懦弱有余，才智不足。公子为何会注意到此人？"

我皱眉，总不能说是一个鬼魂给的提示吧，问子默原因，他又不肯说，只得搪塞道："只是有种直觉，怕他坏我们大事。"

亦寒正要回话，却见前方总管打扮的小桂子匆匆而来，行礼道："丞相大人，皇上等你多时了。"目光瞥向亦寒，语调仍是一般恭敬，"都尉大人安好，皇上让奴才询问大人，为何仍未去上任？是否准备抗旨不遵？"

亦寒冷冷地瞥了他一眼，顿时让他面色一僵。我忙笑道："我正准备带他向皇上告罪呢，还请桂公公带路。"

小桂子眼中寒光一闪，扬了扬眉用尖细的嗓音道："不必了，皇上只想见丞相一人，都尉大人且在这里稍待。"我和亦寒相视一眼，他眉间的忧虑和冷冽更甚。

想起刚来古代时，无论我走到哪儿杨毅都容许亦寒相陪，甚至都从不见他向杨毅跪下行礼。没想到今日竟……我摇了摇头，无奈道："烦劳公公带路。"

还是那间御书房，杨毅坐在上首噙着温和的笑容看着我，刚过而立之年的他浑身上下充满了成熟男子的自信以及身为帝王的雍容华贵，不愧为天下传颂的谦厚仁君。

我恭恭敬敬地跪下叩首道："臣参见皇上。"

他欣然地走下来扶起我，"不必多礼。临宇，朕前日得到湘西军情，孟昭已然退兵，湘西灾情也完全受到了控制。这都是你的功劳。"

我忙施礼道："此乃皇上泽被苍生，庇佑子民，臣不敢居功。"

杨毅抓着我的手肘将我拖到案几前，笑道："你也别再谦虚了，来帮朕看看湘西以后的军防该如何布置。如今，你可是我金耀唯一的常胜将军了。"

我不得已来到紫檀木的桌案前，与他并排而站，房中的熏香隐隐缭绕在我的周围，吸入鼻中有些烦躁。杨毅指着案几上军事布防图的每一处问我意见，我或是按子默之意解答，或是随意敷衍，时间不知不觉过了许久。

"这一处无需太多重兵，只要多几个精通水战之人防止河道被封即可。"我一手拢着宽大的衣袖，一手食指点出，轻轻指在那些点上。

杨毅的手伸过来，似是要指点位置，却忽然转了个弯将我的手一把握住。我打了个颤，正待抽回。却听他笑道："临宇，有没有人说过你的手很像女子？"

我心怦怦跳了几下，勉强镇定道："皇上说笑了。"

"不，朕没有说笑。"杨毅忽然紧挨住我，在我耳边吐息道，"你的手，甚至比朕任何一个妃子的手都美。"

我眉头一皱，待要后退，腰上一紧却被他紧紧搂住。他幽深的眼眸看着我，呼吸灼热，气息不稳，夹杂着有些刺鼻的熏香喷到我脸上，"临宇，你若是女子，朕一定娶你为妻，后宫佳丽三千，朕只宠你一人。"

"皇上！"我狠狠推开他，脸上挂起了盛怒，冷冷道，"皇上，士可杀，不可辱！皇上怀疑臣的忠心，臣无话可说，但求一死以报君恩。可是皇上侮辱臣是个女子，还对臣妄加轻薄，却实在让臣太过寒心了。"

我扑通一声跪在他面前，神色淡淡道："皇上若真的再容不得臣下，就请赐死临宇吧！"

杨毅低头看着我，神色瞬息万变，良久才哈哈笑道："临宇，朕不过是跟你开个玩笑，何必当真呢？赶快起来！你是朕最钟爱的臣子，朕的左膀右臂，朕如何舍得赐死你。"

我松出一口气，这才顺着他的手势站起身来，背后一冷，才发现自己竟已出了一身冷汗。我略一躬身道："皇上，臣大病初愈，有些疲惫，先告退了。"

杨毅又宽泛地安慰了几句，才笑道："临宇近日是该好生休息，下月初八是公主与风都尉成亲之日。临宇作为风都尉主子，这证婚人之位是决计跑不掉的。"

我不知道自己的脸色如何，又是如何从宫中走出来的。只知杨毅最后看我的那眼，饱含了许许多多复杂难明的意味。

子默轻轻的叹息响在耳畔，"就差一点便让他全信了，可惜，功亏一篑。"

我惶惶然抬头看着他。子默无奈道："我刚刚一直没有出言提醒你，就是希望你在他面前表现得自然。那房中点了让人心绪不宁、思维混沌的迷香，若非你意志坚定，便会被杨毅套出话来，至不济也会露出破绽。可是，或许是你对药物的敏感，你刚刚的表现天衣无缝，就是杨毅也开始怀疑自己的判断。可是，他一提风亦寒的婚事，你便脸色惨白，只怕……"

我扯出个苦笑，心中思绪混乱不堪，脚步虚浮地往御花园走去，按计划"寻找不见踪影的风亦寒"。

同样是冬季的花园，皇宫景致却又比赤宇楼多了几分华美和壮丽。我穿行在假山草木间，果然在白梅丛中见到了蹙眉而立、风华绝代的佳宁公主。

杨佳宁，封号永乐，是嘉应帝杨繁最宠爱的女儿，也是杨毅唯一的同母妹妹。据资料所说，佳宁公主生性温顺，善琴棋书画，待人又从不苛刻，是以很得宫中上下众人欢心。她的追求仰慕者甚多，但不知为何最终都被她引为知己，却无一人得她倾心。唯有比她还小上一岁的临宇，却让她一见钟情，并在杨毅面前立誓：除非是如丞相那般才貌无双的人物，否则她宁可终身不嫁。

我低低咳嗽了两声，装作毫不在意地四处寻找，脸上还带了几分焦急之色。果然，一声低柔的轻唤响起："秦丞相。"

我浑身僵了僵，装作才看到她的样子，走前几步躬身行礼道："臣秦洛参见公主。"

"免礼。"她幽幽道，"秦相今日为何会来御花园？没有在家中陪伴娇妻吗？"

我尴尬地笑笑，冷汗都快滴下来了，只垂着脑袋快速答道："臣与亦寒来皇宫觐见皇上，出来却发现不见他踪影，听人说他往这个方向来了，是以臣过来看看。"

佳宁公主莲步轻移向我走来，一股女子特有的芳香随着寒冷的空气扑面而来，我嘴角的苦笑更甚了。只听她语带幽怨地嗔道："秦大人，佳宁就这么让大人讨厌吗？到现在连瞧都不愿瞧上一眼。"

"公……公主哪里的话！"我都想去撞墙了，却还是不得不谨慎地抬起头来，望向她。嗯，远山般的黛眉、精巧玉立的瑶鼻、嫣红的樱唇和一双秋水明眸，再加上其绝代的风姿，果然是个美人。但比起云颜的绝艳，毕竟还是差了几分。

也不知是不是我的心思被她看穿了，她双眉轻皱，眸中浮起了莹莹水光，"佳宁就要被迫嫁人了。秦大人自然是不会有半分忧心的。"

"怎么会呢?!"我低叫了一声，见她神色猛地一阵狂喜，顿时头疼。总不能告诉她，我不是担心你嫁不嫁，而是担心我家亦寒娶不娶呢。讪讪一笑，忙补充道，"公主于臣而言，就如红颜知己一般，无关乎男女感情，但无论如何都是希望公主幸福的。"

眼前光芒一闪，我有些惊诧地看着公主眼中落下的泪珠。她哽声道："秦大人真的如此爱自己的夫人吗？男子多三妻四妾，佳宁……佳宁并不介意和楚姑娘共事一夫。"

我额头冷汗更甚，却忽然想到这可是给她灌输爱情观的最好时机，忙敛衽正色道："公主，你可愿听臣讲一个故事吗？"

佳宁怔怔地看着我，含着泪点头道："自然是愿意的。"素手一指道，"大人这边请。"

我和她面对面在露天的石桌旁坐了下来，我开始用忧伤而缅怀的语调缓缓讲述一个凄美的爱情故事。在佳宁听来，她肯定觉得我虽说是故事，但必然是我和云颜的亲身经历。但若是有个现代的人听到，绝对笑喷血，因为我此刻讲的，分明就是梁山伯与祝英台、罗密欧与朱丽叶的综合版。只是将结局改成，我和云颜两人终于冲破了重重阻力私奔逃离家庭，来到金耀国开始新的生活。

经典爱情故事的魅力果然是无穷的，只见温文贤淑的公主此刻哭得是泣不成声，配上子默在空中极欠扁的笑声，当真是让我哭笑不得。

佳宁公主哀哀道："我从不知，世间竟有人能爱得如大人与夫人那般深刻。佳宁还妄想插足，实在是痴心妄想。"

我连忙道："公主千万别这么说。公主天人之资，温柔又贤淑，多少人爱慕还来不及，又怎能自我嫌弃。但臣有句真心话，不知当不当说。"

佳宁公主嗔道："秦大人何须客气，有话就说吧。"

我站起身来，长长一揖，正色道："今日皇上为公主指婚，臣本不该过问，但一来公主待嫁之人乃是臣的手下，以后不免尴尬。二来，臣这个侍卫心中实已有心爱之人，嫁与他臣只怕委屈了公主。三来，臣与公主今生无缘结为夫妻，却仍可引为知己，臣真心希望公主能找到一个与自己倾心相爱之人，共度此生。臣言尽于此，虚言冒犯之处，还望公主见谅。"

# 第48章 使臣归来

万历七百六十五年这无论对金耀还是对我来说多灾多难的一年，终于在烟花爆竹的隆隆声中平安结束。我坐在赤宇楼主楼的屋顶上，靠在亦寒身边，一边品着馥郁芳香的栀子酒，一边看着这灿烂绚丽的长空。

"真幸运呢……"我轻轻笑道，"刚吃完蛋糕，又能看到美丽的烟花，就像特地为我庆生的一样。亦寒……"我仰起头看着他，脸蛋嫣红，"跟我说一句生日快乐。"

亦寒的眼中微微闪过几丝疑惑，却仍是轻道："生日快乐。"

我端过酒杯，芬芳的酒香扑鼻而来，我一饮而尽，胸口霎时窜上融融的热气。我正要倾倒，一双手伸过来挡住我，"公子，再喝就醉了。"

我摇摇头，靠在他肩上，呼吸离他只有几许，"今日醉了也无妨，反正明天不用早朝。"

"公子。"亦寒还是决然地拿走我手中的酒壶，淡淡道，"酒喝多了对公子的身体无益。"

"我知道。"我撑起已有些昏沉的脑袋看着他，"以后不会多喝。但今天，亦寒，你就让我喝吧。"我笑笑，趁他错愕的时候，一把夺过酒壶，斟了一杯却不饮尽而是久久望着天空，"亦寒，你知道吗？生日的时候，应该在蛋糕上插满蜡烛，然后把灯关了，一片漆黑中却有莹莹的烛光闪烁，还有最亲最爱的人为你祝福，蜡烛吹灭时明明一片漆黑，却是最幸福的片刻。以前，我一直是这么以为的。"

"公子……你醉了。"亦寒的声音有着平日没有的柔和。

我低低一笑，饮尽杯中酒，"我若说我没醉，你定是不相信的。"我又斟了一杯，眼看着那想阻止我的手伸到一半，又缩了回去，我一饮而尽，"而如今，我天天处在这诡异的幸福中，却只觉那是无边的地狱，恶魔的沼泽，挣不脱，逃不了，还要强作欢笑。"

我一杯一杯地灌着酒，脑袋终于开始有点昏沉了，意识虽然清醒，却无法控制自己的言行。我轻轻笑着，讲话的声音有些含糊，"有时候我总在想，为什么两个世界好像都不是属于我的。我爱的人，不爱我了。我的世界，我看不见了。爱我的人，爱的并不是真正的我。我驻留的世界，却从不属于我。哈……真好笑，像在绕口令……"

"公子……"这一次，亦寒坚决地拿过我手中已经快见底的酒壶，轻轻抱住了已经东倒西歪的我，"公子，你醉了。"

"醉了？"胸口一股酒气上来，我重重地咳嗽出声，嘴唇面颊热得发烫，"我倒希望能醉了。忘了徐冽，忘了伤痛，忘了曾经的愚蠢。可是，我却偏偏比谁都清醒！"

身体一轻，我被他抱了起来，双手自然地拢上他脖子，清冽的气息一股脑儿钻进我口鼻间，熟悉得让我想要落泪。我将脸贴着他的锁骨，居高临下俯视着热闹喧哗的都城洛南，只觉那样的繁华，从来不是属于我的。我幽幽道："亦寒，我若爱上你了怎么办？"

紧贴着我的身体猛然一僵，轻浅的呼吸缭绕环绕在我的周围。我无声地说："明知道你爱的人不是我，我却还是爱上你了，该怎么办？"

覆在我身上的手一寸寸收紧，漆黑的眼眸中又有那熟悉的墨绿色在挣扎奔腾，似要突破重重障碍窜出来。我咯咯地笑了起来，用手指戳戳他坚实的胸膛道："傻瓜，跟你开玩笑的。"

我抬起头，看到在空中流泻飞舞的墨色长发，清秀脸庞，棕色眼眸，嫣然一笑道："临宇选的这条路，根本没有爱人和被爱的权利。你说是吗？"

低下头刚好对上亦寒清冷深邃的黑眸，那里沉淀了太深的渴望太多的痛楚。我的脑袋无力地垂下，低声道："我或许真的醉了，亦寒，我们下去吧。"

我紧紧地缩在亦寒怀中，感受着从空中降落的轻盈和虚幻。我在心中一遍又一遍对自己重复着什么，直到轻喃出声："徐冽……再见……"泪无声地涌出，又无声地消失。

254

又过了几天，新年的气氛终于消散了。这日我听到一个令我关注的消息，我金耀出使火翎的使者回来了，随同而来的还有火翎国使臣。由于此次大战是我金耀大获全胜，所以无论如何都该由他们提出结盟。但我所关注的并非是这个消息本身，而是这个使者，竟是被我遗忘良久的陈胜。想到他处心积虑地把我骗到危险之处，想到夜部的几十条人命，想到我和亦寒在沙漠中遭受的痛苦，想到他此次回来定会第一时间过来见我，我无声地笑了。

果不其然，这日我正舒服地躺在亭中赏景喝亦寒泡的茶，就有下人进来递上了拜帖。看到暗红拜帖上的"清空"二字，我嘴角微扬，淡淡道："带他到书房来。"

陈胜进来的时候，亦寒正点着熏香，而我则斜倚在短榻上阅读一本札记。提到这个，我不得不说下，因为在现代双目失明，除非是哥哥为我朗读，否则根本无法看书。所以在古代这半年多，我竟慢慢迷上了阅读各种书籍，临宇这具身体的记忆力极好，家中藏书又多，闲时我和子默两人一上一下看得真是相当畅快。只是据子默所说，这些藏书中绝版孤本不多，倒是有些遗憾。

　　陈胜一进门就恭恭敬敬地向我行礼，"清空拜见先生。"转了个身面向亦寒又躬身道，"清空拜谢风侍卫救命之恩。"

　　亦寒正轻轻地将熏香拨均匀，随即来到我身边手法熟练地冲泡清茶，丝毫没有搭理他的意思。我笑笑道："清空不必多礼。"指了指熏香旁的梨木椅，"坐吧。"

　　陈胜依言坐了下来，偷看我的表情有些惴惴，见我只是淡笑着不时喝口茶看看书。只得面色有些尴尬地道："老师，学生当日回去普华街时，你和风侍卫已经不见了，那个客栈也废置了。学生也是急得不行，恨不得进那沙漠去寻找老师，可是……可是，皇上圣旨一下让学生出使火翎，学生才不得已……"

　　"清空。"我打断他，笑着抬起头来，"当时你如何知道我和亦寒是进了沙漠的？"

　　陈胜面色大变，眼中神光闪烁，语调也有些结巴，"学……学生当日察看客栈种种迹象，推断出来的。"

　　我不置可否地端起茶饮尽，等亦寒又倒满了一杯，我递给他道："这种茶味道不错，你自己定是还没试过。"亦寒点了点头，接过茶一饮而尽。

　　我笑道："味道如何？"

　　"泉水味淡了些。"亦寒淡淡答了一句，取过茶壶又倒了满满一杯，递给我。但因杯子极小，是以即便饮尽也不觉多。

　　我抬起头见陈胜的面色越来越凝重，眼底还有潜藏的杀机，不由笑道："陈胜，你也不必再装了。木胜字无涯，风吟国宰相木成英的族侄，曾是太子卓清侍读，帝王宠臣，我说的是吗？"

　　陈胜猛地瞪大了眼，脸上的震惊和骇然简直无法用言语来形容。他恐怕做梦也想不到，我竟然能清楚查到如此机密的事吧？

　　我轻轻把玩着茶杯，斜睨着他，"你说，我若是让人将这个消息传到皇上耳中会如何？"

　　陈胜脸色忽青忽白，半晌才勉强定下心神笑道："老师不会的。"说这句话时，他的嗓音仍有些颤抖，但话一出口他反而镇定了下来，脸上露出与他平日完全不像的幽深笑容，"老师若是想告诉皇上就不会特地跟学生说这些话。更何况，老师如今与皇上的不合，懂得局势的人早看得一清二楚了，我想把我的身份暴露给皇上，对老师并没有好处吧？"

我仍是不置可否地笑，他微微疑惑地看着我，似在探究又似在怀疑，忽地轻喃了一句："老师与半年之前简直判若两人。"

我微敛了笑意，有些不耐烦地直视着他，"木胜，你该清楚，光这些理由无法说服我。"

陈胜幽幽一笑，眼底深处竟是成竹在胸的自信，"老师能查出学生的身份，想必在风吟是有极大的势力。但这些暗探，老师却从未告知与皇上。再加上普华街中那些莫名出现的人，清空若是被皇上怀疑了身份，为了自保，不得已也只好出卖老师了。"

看着他极其自信甚至骄傲的眼神，心底有种冰凉的痛快。我莞尔一笑，转向亦寒道："去把熏香灭了吧，陈公子吸入如此多的丹心海棠，也该够了。"

陈胜眼望着亦寒面无表情地走到他刚刚点燃的熏香前，袖子轻挥，烟雾一阵飘荡便渐渐消散无踪。他的脸色却是一阵阵发白，那神色分明在说：我怎会忘了他是毒王的丈夫。

我低低一笑，那笑却冰冷彻骨至极，"此药不会要你的命，但绝不可碰触到鸠尾穴，且每月这个时候你必须到我这里索取解药，否则，痛不欲生。"

顿了顿，我又道："你定是奇怪为何我和亦寒没中毒……"我含笑两手拈起茶杯在他面前晃了晃，"只因，这茶中加了解药。你若不信，尽可以自己按下穴试试。"

陈胜的面色惨白，看着我的眼神怨恨无比，他缓缓伸出右手颤抖着按了下去……

"啊啊啊——"陈胜大叫了一声跌倒在地上打滚，原本清秀的脸庞整个扭曲在一起，翻滚蜷缩又难看地匍匐爬向我。我也被吓了一跳，抬头看向亦寒，"这药如此厉害吗？"

亦寒眼中的笑意一闪而逝，"夫人说，此人害得她几天没睡好觉，没吃好饭，她自然要好好感谢一番，是以稍稍改良了药物的成分。"

我低咳了两声掩过笑意，那哭叫声仍在持续，实在太尖锐了。我有些无奈地捂着耳朵道："好吵，亦寒，让他停下来吧。"

陈胜仍在低低地呻吟，可是他匍匐在地上看着我的神情，却是连怨恨都没有，只余恐惧和骇然。我走前几步低头看着他，浅浅笑道："陈胜，下个月初八以前你最好想清楚如何说服我早早给你解药。否则，我也只能用你的痛苦来慢慢抵我手下的生命了。"

"亦寒。"我挥了挥手道，"送他出去，记得莫让人看到他这副半死不活的样子，免得疑心于我。"亦寒走前两步，也不见怎么用力，就已将陈胜提了起来，只一个闪身，就消失在门外。

我听子默笑道："伽蓝，你越来越像那大权在握、冷血无情的丞相了。"声音有些悠远。

我抬起头来冲着他笑，心底却是说不出的虚空清冷，"子默，这不正是你希望的吗？"

夜晚做了个很奇怪的噩梦，似是在奈何轩发生了什么事情，可是冷汗涔涔地惊醒过来时，却什么也想不起来了。

我有些口干舌燥地爬起来，在一片漆黑中，却很是顺利地摸到案几旁，倒了杯水喝下，中途没有碰倒任何东西。我一愣，苦笑地摇了摇头，正要去睡，却闻到空气中隐隐弥漫着一股莲花香。要知道，临宇的五感是相当敏锐的，尤其这莲花又曾是我敏感之物，虽然只是淡到几不可闻的清香，我却也能万分肯定，木双双来了。

我穿上软甲背心，披上件中衣，悄无声息地往外走去。很难解释我到底出于怎样的心理，才不在第一时间呼唤亦寒，而是像做贼一样在自己府邸中潜行。寻着香气越来越浓烈的方向而去，竟慢慢到了赤宇楼的后花园。今夜月黑风高，适宜抢劫杀人。脑中蓦然冒出这句话，我忍不住摇头轻笑，正待再往前走，熟悉的声音随着冬日令我颤抖的凉风飘入耳中。

"虽然你武功高强，可是如此大胆地闯入金耀都城……"亦寒的声音何时也会带着这样的责备和担忧，我轻轻揪紧了身侧的双手。

木双双发出轻盈的笑声，"风哥哥在担忧我吗？呵呵，今日是迎新夜，人都有松懈之心，金耀的戒备似紧实松，我来去自不是问题。"

无声，亦寒的声音带了几分无奈，"你来做什么？"

"你放心吧，我并非来为表哥讨解药的。"木双双笑着，声音却慢慢凝重起来，"风哥哥，我只是想来问问你，你究竟在做什么？你明明是师父最钟爱的弟子，为何到如今还……"

亦寒的声音清冷了几分，猝然打断她，"我的事不用你管。"

"是，我是不该管你！"木双双的声音陡然提高，带着淡淡的怨和情，"我管你做什么？若你赢了，我还需向你俯首称臣；若你赢了，我不是终生受制就是命丧黄泉。我为何还要管你？！"

我听得很是糊涂，连原本淡淡的揪心都消失了，只余迷茫和几分若隐若现的恐惧。却听木双双静默了一会儿，似是在叹息，又道："他真有这么好吗？还是，你只是想抗拒自己的命运？"

"灵儿。"亦寒淡淡道，"你不用再说了。我有我的理由。"

良久，木双双的语调平稳下来，声音却压低了下来，"你若真的这么看好他，就用你的能力将他扶上帝位。或者索性……如此这般上不上，下不下，究竟是什么道理？"

"我永远不会强迫她，也不会离开她。"亦寒的声音异常平和轻柔，"至于成王败寇，我从来没有在意过。"

木双双沉吟了良久，害我都忍不住探出头看去，府邸中仍悬挂着照夜用的灯笼，朦胧中我看到木双双退开一步，怔怔看着亦寒，随即嫣然一笑道："风哥哥，无极山上送饭求情之恩灵儿一辈子也不会忘记。就算为了风哥哥，灵儿也会放手与那人一搏！"

亦寒的面色有些复杂，还来不及回话，他的眼眸倏地一下睁大，我也是那般震惊地看着那轻纱绿衣的绝尘女子猛地扑进他怀里，嫣红的唇紧紧覆盖在亦寒的唇上。

"你干什么?!"亦寒猛地推开她，浑身的煞气连远在百步之外的我都能感觉得到。

木双双咯咯地笑道："风哥哥还是这么讨厌和女子亲近，不过灵儿就是喜欢。对了，万万小心伊修大陆的四大杀手，他们效忠的是同一人。今夜言尽于此，灵儿先走了。风哥哥，保重！"

如青烟般无声消失，一如她来时的寂静，木双双是一个如谜一般吸引人的女子。伊修大陆的四大杀手？好像听李叔说起过，叫什么飞，什么六，很奇怪，又有点熟悉的名字。我摇摇头站起身来，往回走去。

"谁?!"岂知我刚一将叹息吐出口，耳边就传来亦寒的厉喝。紧接着，眼前黑影一闪，一只冰凉的手已带着彻骨的凉意贴向我脖子，然而，还未来得及碰到我。那人影却是重重一颤，脱口道："公子!"

我有些苦笑地对上那双漆黑的眼眸，冰晶般的透彻清冷中却夹杂着一丝慌乱和恐惧。忽地鼻子一痒，我忙扭过头打了个喷嚏。

窸窣声响，我看到亦寒寒着脸，迅速将身上的衣服脱下来为我披上，"公子，你身子不好，为何还穿得如此单薄出来。"

"亦寒。"我扯住他的手定定看着他，"木双双说的是什么意思？你的师父到底是谁？"

亦寒的身体轻轻一僵，淡淡道："公子，这些事你就不要管了。天气寒冷，还是快进屋去吧。"

我固执地说："可是，我想知道。木双双说的所有事，我都想知道。"

"公子。"亦寒的双手搁在我的肩膀上轻轻收紧，黑眸深不见底，"今夜听到的一切，你最好忘得一干二净，连半分也不要想起。听明白了吗？"

我抿了抿唇，牙齿不自觉地紧紧咬住直到牙龈发痛。我笑笑道："好，我知道了。亦寒不用送我，也去休息吧。"

说完，转身离去，头脑有些昏沉，我挺直了背脊，让自己走得步伐稳健些。

第48章 使臣归来

# 第49章　有情无情

夜半，金耀皇宫凝香殿中香气扑鼻，又隐隐夹杂着淫靡之气。激情过后，杨毅从累瘫熟睡的雪白胴体上下来，喘息看着眼前娇美艳丽的女子，脑中却浮现出另一张绝丽的脸。

他站起身来，自有人上前替他擦揩身体，服侍他入浴，而那瘫软在床上的女子则由人用锦被裹了起来，从哪里来送回哪里去。

杨毅洗浴完却不想睡，他取过今日火翎使臣范重进献的礼单又细细看了一遍。若非此次火翎失礼在先，又惨败而回，这份礼单的分量绝不会如此之重。湘西军营并不是没有他的探子，所以临宇所用的每一个计策，他就算不是一清二楚，也是知道大概的。

就是这样一个比女子更纤瘦孱弱的少年，胸中为何会有如此锦绣？面若朝霞，肤腻似雪，身体虚弱，却偏偏浑身都是掩不尽的英气。若说他是女子，那该是何等的美丽？

"皇上。"小桂子轻手轻脚地走进来道，"刚刚伺候公主的李尚仪说，公主一直不肯进食。"

杨毅眉头一皱，"佳宁素来柔顺听话，这次为何会如此激烈地反抗？"

小桂子眼中寒光一闪，低头道："皇上，公主在抗旨前，曾和丞相私下里交谈过。"

杨毅一愣，脸色从惊愕到了然再到愤怒，手中的礼单砰一声丢了下去，声音冰寒，"好！好一个临宇！居然连朕的亲妹妹也有法子控制。他倒是在意那个侍卫。"

小桂子面色有些犹豫，半晌才道："皇上，奴才有句话不知当不当说。"

杨毅瞥了他一眼，"有什么话你就说吧。"

小桂子走上前一边整理着凌乱的书案，一边低声道："皇上，那风亦寒不过是个区区武人，既无势力，也无谋略，公主嫁给他实在是委屈了。皇上若是真的不想看到他出现在丞相身边，随便给他安上个罪名或是让奴才想法找人暗杀他就是了，何必劳皇上如此费心。"

杨毅"哧"的一声笑了出来，语调带了几分鄙夷，"小桂子，你当真以为那风亦寒只是个普通的武人吗？嘉应二十四年（万历七百六十三年）朕被困赤峡谷，众人的目光都被临宇的计策吸引了过去，是以没注意到他。但朕却是亲眼看着他，一人独守赤峡谷口，迫得钱谦三十万大军无法越雷池一步。他杀人的手法相当干净利落，一剑殒命，且剑抽出时快如闪电，滴血不沾。当时，很多人看到他一身青衣，额前银丝缕缕，青霜剑在那重山般的尸体之上舞动如暗绿萤火，才知此人竟是超越了三大宗师的绝顶高手。当时谁还敢说区区一介武人不足挂齿？朕也不是没想过招揽他，但他本不是我金耀国民，除了临宇，他根本未将任何人放在眼里。当时为了招揽临宇，朕曾承诺他在金耀不必遵循君臣之礼，只效忠临宇即可。而以他的武功，你说要暗杀他，谈何容易？更何况……"

杨毅面色一寒，冷冷道："临宇手上的暗势力朕暗查了三年都没办法摸清，临宇身边虽能人辈出，但若说除了他自己有谁能统帅这些势力，那就非风亦寒莫属了。小桂子，你以为朕不想除掉他吗？只是这样一个人，朕若随便给他安个罪名，临宇又岂肯善罢甘休，到时只会迫得他提早反叛而已。"

小桂子心中一凛，忙垂首道："奴才受教了。"

杨毅叹了口气，重新拿起那礼单，无意中瞥到上面写着：珍本书籍百册，精巧古玩百件。心中一动，不由想起那人向来没有什么爱好，却独喜欢寻找珍贵的藏书和历史悠久的玉器。杨毅指了指这两个礼单道："明日给朕备齐了。"

小桂子虽不解，还是应了声是，随即却是瞪大眼，瞧着杨毅脸上露出了柔和的笑容。


今日风和日丽，空气中虽渗着丝丝的寒意，阳光照下来却又让人觉得通体舒爽。秦雾站在赤宇楼偏门门口伸了个懒腰，师父去了洛南的暗营分坛交代事情，自己不得已只得扮成普通侍卫的模样跟在公子身边保护他。不过，此刻公子正在睡午觉，自己就免不了偷懒一下了。

正想着师父也快回来了吧，忽见一辆样式普通的马车在赤宇楼偏门前停了下来。要说这马车普通，可是秦雾却一眼看出了它的不同凡响，马匹神骏，车轴光亮，赶车的小厮眉目清秀却带着逼人的煞气，连门帘都是混着金丝织成的。

秦雾正思索着来人是谁，只见那小厮回头撩起门帘，恭恭敬敬地将车里身披黑色貂鼠斗篷的男子扶了出来。国字脸，浓眉挺鼻，贵气逼人，秦雾浑身一颤，已然猜到了他是谁。正待转身飞奔回去，却听那小厮叫道："别惊动你家主人。"

秦雾的脚步一滞，心里七上八下地打着鼓，却见那两人已走到了自己面前。杨毅问道："你家主子呢？"

秦雾心里揪紧成一片，装出一副没见过大场面的样子，颤巍巍地道："回皇上的话，主子正在驻宇轩小憩。恐怕……"

杨毅嘴角微微上扬，挥了挥手道："无妨，朕去看看，不会吵醒他的。你也莫惊动任何人。"

秦雾心中的惊疑更甚，面上当然完全不敢表露出来，只得躬身道："是，皇上。"

杨毅只身带着小桂子穿过长长的抄手长廊，快到驻宇轩时，踩着青石台阶的脚步明显缓了下来。杨毅脱下貂鼠斗篷递给小桂子，压低了声音道："不要让任何人进来。"

小桂子嘴角含笑，带着点暧昧的神色，点了点头。

杨毅推门关门的动作很轻，连表情也是淡淡的轻柔，可是当他的目光触到短榻上侧着身酣睡的人时，眼眸倏地就幽深了起来。

这个房间是个暖阁，丝毫没有沾染冬日的寒气，所以躺在短榻上的少年只着了件月白色的中衣，襟口因为侧睡的角度微微敞开着，露出白皙精致的锁骨。他的脸半挨着秋香色的套枕，半边略显苍白的脸上却浮着淡淡的红晕，秀气的柳眉似蹙非蹙，嫣红的唇微微翘起，呼出均匀的气息。他的身体本就娇小，此刻蜷缩在不大的短榻上，更是显得玲珑而怜人。

杨毅的呼吸顿时急促起来，他勉力屏着息一步步走到少年面前，近看了，这张脸更是美得令他心动神摇。这样的人，为何不身为女子？杨毅想着，缓缓伸出了微颤的手指，抚向他脸庞。这样的人，若是女子，自己定然爱她宠她，给她所要的一切，胜过宫中任何一个妃嫔。然而这样的人，若是女子，又该是何等的惊世骇俗？

就在他的指尖要碰到他脸庞，甚至已能感受到那细腻的触感时，躺在床上的少年却猛地睁开眼来。带着几分惊恐和迷茫的浅蓝色双眸定定看着他，随即缓缓平静淡漠下来。

他挣扎着从短榻上起来，一边念着："参见皇上，臣不知皇上驾临……"

"免了。"杨毅笑着按住他的肩膀，让他仍躺回床上，"朕看临宇睡得正香，就没有吵醒你。临宇你的脸色仍有些不佳，朕方才还想瞧瞧你是否发烧了，如今身体可大好了？"

少年一脸受宠若惊地道："谢皇上关心，臣已经没什么大碍了。"

杨毅笑笑道："那就好，朕可是一刻也缺不了你这个左膀右臂啊！"

少年坐起身来，杨毅一看就知道他是要招人来，忙阻止他道："你也别招人折腾了，朕就是来看看你，顺便给你送些把玩的东西。"

说着他从袖中掏出一张纸，一脸柔和地看着素衣少年，"这是火翎国刚刚进献的礼单

之一，百册珍本书籍。朕让他们列了个书目出来，你看看有没有你想要的，朕让人誊写了副本给你送来。"

果然，他看到少年的眼睛明显一亮，俊秀的面容上浮现了些许喜色，"皇上，这个可以吗？"

杨毅不知为何只觉胸口前所未有地舒畅起来，执起他的手将纸递给他，笑道："朕以前也不是没有送过你，有何不可。对了，另外还有百件古玩，朕今日只带了一件出来。"

说着，他摘下腰间的玉玦递给他，这块玉玦通身雪白晶莹剔透，在任何光照下却又会显现明媚的七彩光泽，玉玦上雕刻了一幅精致的山水画，杨毅一见便觉得临宇会喜欢。

少年惊诧地拿着玉玦在灯光下翻转，不时侧着头看着空中似乎在聆听什么话，脸上有着淡淡的平日从所未见的孩子气笑容，"谢皇上赏赐。"

明眸皓齿，笑颜温暖，嗓音软软沙哑，杨毅仿佛被蛊惑了，情不自禁地伸出手去……

"砰——"一声响，门被重重踹了开来，杨毅伸到一半的手僵在空中，在少年还没察觉的空当悄无声息地收了回来。他看到少年脸上还挂着淡淡的笑容，而门口闯进来的那人原本清冷的面色却一下子变得冰寒无比。

杨毅与那冰晶般幽寒仿似不带一丝感情的眼眸对上，竟缓缓笑了起来。那笑说不出的幽深阴狠，又带着浓浓的挑衅，他转头刚好望见少年忽地闪亮如万里晴空的蓝色水眸，那是他看见任何东西时都不会有的发自内心的喜悦。

杨毅忽然觉得胸口如被野兽噬咬般地疼痛愤恨。他缓缓站起身来，脸上还保持着温和雍容的笑意，道："临宇，那朕先回去了。想要的书目，你遣个人送来宫里就好。"

少年忙挣扎着要起身相送，硬是被他按了回去。杨毅与那青衣男子擦身而过的时候，噙着笑低低地说了句："你给不起他的，朕都能给。"说完，也不看他神色，扬长而去。

# 第50章 迷雾重重

我看着杨毅离去想着终于可以松一口气了，却听他在经过亦寒身边时用极低的声音说了句："你给不起他的，朕都能给。"心口猛地一阵揪紧，忍不住便想冷笑出声。

我问道："亦寒，暗营的事这么快就处理完了吗？"一边说，一边缓慢地爬起身来，去取挂在前面屏风上的外套。亦寒走前两步先取了外衣给我，点了点头，道："公子再休息一下，我去外面候着。"

我眼疾手快一把抓住他瞬间已离我一米多远的手，掌心的冰凉和僵硬，让我浑身都打了个抖。我扯出个笑容站起身来道："我休息你也一样可以在屋里的，不必特意避出去，外头太冷了。"

亦寒面无表情地抽回手，"属下……我不怕冷。"

"风亦寒！"我有些火了，一把拽住他的双手，怒视着他，"你非得跟我这么客气地说话吗？"

亦寒眼眸中的墨绿又一次开始闪烁，我不知道那代表着什么，可是被我拽住的那双冰冷的手却渐渐温暖起来。

我喘了几口气，才将激荡的心情压抑下去，一开口语调竟带着几分愤恨和委屈，"你到底是怎么了？杨毅说什么话，又不代表我的意愿，你跟我生什么气？可是你跟木双双说的话我都听不懂，你也不肯告诉我真相。她吻你，你也由得她吻……"

"我没有！"亦寒脱口喊道，话一出口，他的脸蓦然变红。

我抬头定定地看着他薄薄的唇，轻抿着，唇线坚毅而优美，如今又染上了几分淡红。我能感觉到自己的唇慢慢变热变软，甚至有种淡淡的酥麻从心间窜起。我想我已经分不清那究竟是临宇的感情，还是我的了。可是这一次我却不想再管，就算是临宇的又如何，反正现在，我就是临宇，临宇……就是我。

我紧抓着他的手，借着反拉之力缓缓踮起脚，将柔软灼热的唇印上他的双唇。

亦寒猛地瞪大了眼，定定地看着近在咫尺的我，漆黑的眼眸中墨绿色的光芒又似那每秒运算上百次的计算机般疯狂闪烁，那仿佛即将出笼的野兽般挣扎咆哮的墨绿，只在我诧异的一瞬间，便充盈了他的双眼，甚至变为一种更为梦幻迷离的颜色。

只是，我却再也看不清楚了。因为原本呆呆站立的亦寒，忽地拽着我的手狠狠搂紧我的腰反吻了回来。我的手被反剪在身后，身躯紧贴着他衣衫下灼热而紧绷的肌肤，探入我口中的舌疯狂地搜寻着，容不得我半分退缩。那吻再不是清润温柔，也不是浅尝辄止，而是惊涛骇浪般地吞噬我们，是压抑了许久后释放的无法遏制的激情。

直到我力尽气竭，呼吸困难，瘫软在他怀中，他才喘息着放开了我。反剪住我的双手松了开来，缓缓地带着几分小心地环上我的腰。

我的思绪还处在混沌的状态，直起身刚好看到他漂亮耀眼又带了几分诡异的墨绿眼眸，低低地叫了声："亦寒……"声音一出口才发现竟仿佛低吟般撩人，脸顿时红了个彻底。

亦寒退开一步将我和他之间的距离拉出几厘米低头看着我，手却仍轻轻环在我的腰上。他用略带沙哑的声音道："公子，你确定要和我在一起吗？"

我傻傻地抬起头来看着他，唇微张，却听不懂他为何如此问。

亦寒眼中的墨绿又带着点淡淡的暗紫，眼眸深邃如无底漩涡，仿佛一不小心便会被卷进去。他紧了紧双手又道："公子，你一旦选择了我，我就绝不会再放手，就算是追到地狱，就算是毁灭一切，就算……你打算放手，我也绝不会让你离开。公子，你真的想清楚了吗？"

我微微一怔，恍惚间胸口有种酸涩的痛，亦寒爱的人其实是临宇而不是我吧？就算我可以努力忘记徐冽，就算我已经慢慢爱上了他，可是他爱的人始终是临宇而不会是林伽蓝。我可以自私地留在他身边，装着他爱的人是我吗？我可以无耻地窃取了临宇的身体，临宇的势力，又接受本该属于她的感情吗？

我想开口说不确定，可是胸口却痛到无法抑制，心中有个声音在一遍遍对我说：若错过了这一次，你定会一辈子后悔，你定会一辈子后悔……

身体猛地一紧，我被亦寒紧紧抱入怀中，贴着我的身体在微微颤抖。他抱住我的力道，像是要将我嵌入他体内，声音低沉而沙哑："不要再考虑了……不许再考虑了……"

感动的酸涩、幸福的甜蜜伴随着微微的惶恐一股脑儿涌了上来。我再没有半分犹豫伸手紧紧搂住他细瘦有力的腰，不确定自己的心情又如何，被当成临宇的替身又如何，这个人我是绝对绝对不要放手了。他如今爱的不是我，那我就努力让他爱上真正的我。

没有临宇优秀，没有临宇出色，我就加倍努力配得上他，加倍努力地爱他。我太想要一个温暖的怀抱了。

"亦寒！"我将脸埋在他怀里，浅淡的幸福化为淡淡的笑容在我嘴角溢开，我低声却坚决地说，"我们在一起吧，永远在一起。"

如许薄弱的幸福中，我听到子默在空中发笑，那笑不似嘲讽，不似祝福，却带着浓浓的悲伤孤独和寂寥，让我忍不住打了个寒战。


后来的几天还是这么平静地过去了，每天上朝办公调养身体，直到宫里传出一个翻天的消息，佳宁公主离宫出走了。这对我不啻于晴天一霹雳，本以为杨毅一直没再逼迫亦寒娶公主和上任，那么这件事算是和平演变成功了。谁知佳宁居然会在这当口偷偷溜走，难道，事实上杨毅一直在逼迫她吗？

但无论如何，这个寻找公主下落的重任就落到了我的身上。杨毅这几天面对我时总是一脸的怒气和无奈，显然是早知道公主的反抗是我挑唆的。半个月来，我几乎动用了所有的势力，甚至连暗营也秘密出动了，却始终找不到公主的下落。可是某一天下午，我刚准备继续去寻找，小桂子却匆匆来通报说，佳宁公主已经平安回宫了。这场虎头蛇尾的公主失踪记，当真是让我哭笑不得。

可是更让我哭笑不得的事情，却在第二天发生了。原本已经陆续离开金耀准备回国的火翎国使臣忽然返回，竟代表他们的国主君无痕要求迎娶佳宁公主为后，两国结为姻亲，则盟约也更为牢固。而一直身体不佳不问世事的我，却是在当天才知道，原来那个去而复返的使臣姓范名重，字荣归，就是半年前发出一纸书信骗得临宇去湘西边境，害她身死，让我穿越的火翎国御史大夫、柳岑枫门生之一。

不着痕迹地打量着他，此人长眉凤目，面白无须，虽已年近四十，却仍风度翩翩。

在与杨毅的洽谈过程中，他不断地以微微含笑、好奇而探究的眼神注视着我。但奇怪的是，我见到他居然没有什么特殊的感觉，既不痛恨，也不感伤，仿佛纯然只是个陌生人。

那么当初他送的那封信上，究竟写了什么，才引得临宇抛下一切赶去呢？


这几天晚上我时常会做梦，梦到最多的就是那个熟悉而陌生的奈何轩。奈何轩华丽典雅的卧房中，有个少年用他苍白的手紧抓着我说着什么，模糊的脸却能看到狰狞扭曲的表情。忽然，眼前一花，少年的手腕上一阵亮眼的白光闪过，然后他便气息断绝了。我"啊"的一声叫了出来，不断喊着他的名字，然后惊醒过来。可是醒来后却无论如何都记不起自己喊了什么，那手腕上的白光又是什么，只知无论对我还是对临宇，那都是极其重要的。

我猛地直起身来，全身冷汗涔涔，梦中的景象历历在目，可是某些重要的情节却怎么也记不起来了。又做到这个梦了。我惊恐不定地边喘息边擦着自己的额头，似乎见到范重后这个梦就变得清晰无比，有什么迷雾正在我眼前一点点被拨开，即将水落石出，可是心底阵阵而来的恐惧是什么？总觉得这个真相，我必须知道，可是知道了，却会让我痛不欲生。

门被轻轻推了开来，外面的月光洒在来人身上投射出长长淡淡的影子。我虚弱地笑笑道："亦寒，又把你吵醒了吗？"

他关上门瞬间来到我身边，点起的烛火映照在他漆黑的眼眸中，荡漾着点点的担忧和心疼，"做噩梦了吗？"

我点点头，靠在他身上。清润干爽的气息隐隐环绕着我，原本忐忑心慌的情绪奇迹般稳定了下来。我抓着亦寒的手轻轻把玩，他的食指修长，骨节匀称，却不似我的软绵，掌心带着练剑留下的薄茧，仿佛蕴藏着千钧的力道隐而不发。我问道："亦寒，任尧究竟是个怎样的人？"

亦寒微微一怔，垂首看着我。我叹了口气道："不知为何，这几天晚上我总梦到他死在奈何轩的情景。以前的我，跟他的情谊当真有如此深吗？"

亦寒的身体微微有些僵硬，看着我的眼眸幽深而辽远，但他仍是用清冷的声音道："公子初次与他相见便觉得投契，还曾说过，没想到在这个世间竟还有人与你的想法如此相近。后来我随公子去了水雾整顿伊修学堂，公子也时常想起他。回来时才听说他们全家入狱，当时公子虽说担忧却还是能冷静地处理事情、分析情况。直到任尧的小厮送来一封他的亲笔信，公子一见便脸色大变……"

"亲笔信？"我猛地直起身来，"亦寒，那封信现在在哪儿？"

亦寒原本任我抓着的手忽然反手抓住了我，力道不重却带着万分的坚决。但他的面色仍没有什么变化，只淡淡道："当初，公子连着他的尸体一起火化焚烧，撒入海中了。"

我苦笑，重新窝进他怀里，双手紧紧环着他的腰，寻找安心的气息。

亦寒扶我躺下来，声音清冷却含着温柔，"睡吧，我看着你。"

他的脸在烛火的暖光映照下不再显得那么冷峻，反奇特地衬出几分儒雅清秀，银丝轻轻飘荡着，不时泛起点点红光。我的脸微微发热，却见银丝忽然近了，发梢轻撩过我的锁骨，又垂下来与我的青丝混杂在一起。

唇上一热，那映着烛火的眼眸就在面前，轻轻地温柔地辗转吮吸。我闭起眼抱紧了他，这几天只要没有外人时，我们就常常这样拥吻在一起，或是只纯粹地拥抱。心底有种说不出的温馨，仿佛是与他相恋了千年的默契，闲时平淡，爆发出来又如惊涛骇浪般激荡。

当那绵长温柔的吻结束时，我们已经相拥着躺在了床上，他一手环抱着我的腰，一手轻轻抚摸我脸颊的肌肤、发烫的耳垂、精致的锁骨，指尖带着融融的暖意。

"亦寒……"我还有些细喘，低声道，"抱着我睡好吗？"只有在这个清凉的怀抱中，我才能安心，才能不被噩梦打扰。

亦寒的眼眸介于墨绿和漆黑的幽深，但眼底却有浓浓的宠溺和疼惜。他一边点头一边起身脱去鞋子和外衣，躺在我身边，柔软温暖的绒被密密盖住我们两个，将那清冽凉薄笼罩上了一层温馨的热气。他探手将我搂在怀里，将我整个容纳在他体内，柔声道："睡吧。"

我点点头打了个哈欠，脸埋在他怀中噙着淡淡的笑容，沉沉睡去。

第二天我的精神总是有几分恍惚，连杨毅问我与火翎国君主联姻的这场婚事好不好，我都只是心不在焉地应声。直到子默连连提醒，我才猛地惊醒过来，发现杨毅正若有所思地看着我。

"临宇，你身体仍不舒服吗？"他含笑问道，"还是不愿意公主出嫁？"

我忙摇头撇清关系，"皇上明鉴，只要公主愿意，这场联姻对我金耀来说是有百利而无一害的，臣岂会反对？"杨毅不置可否地点头。

我皱眉沉吟了半晌，忽然退开一步跪在地上，"皇上，臣想要独自去奈何轩一趟，还望皇上成全。"

杨毅一愣，眉宇间喜怒难辨，"那里如今不过是个荒废的宅院，临宇有什么落在那里吗？朕可以派人去替你取出来。"

我摇头道："皇上，臣只是想去那儿追忆一下友人。"

杨毅手一伸，把我扶了起来，脸上挂着宽和的笑容，"好吧！不过切记不可太过忧心，伤了身体，朕可是会心疼的。"

我浑身鸡皮疙瘩都快起来了，连忙谢恩告退，匆匆走出御书房。

再次走入奈何轩，那难以言喻的痛楚还是在周身不断蔓延开来，我下意识地抓住亦寒的手汲取温暖，他微微一顿便反手抓住了我，将我搂在怀里。

奈何轩主卧室中的摆设没有什么变化，只是因为长时间无人居住而蒙上了一层萧瑟死寂。脑中恍惚间又闪过梦中的情景，那个清透明净的少年慢慢毁灭陨落的过程，明明对那张脸毫不熟悉，却痛到无法忍受，仿佛是失去了最宝贵的东西。

我走到床前，看着铺叠开来已经蒙上了一层灰的锦被，缓缓闭起了眼，梦中的景象鲜明而狰狞。少年的身上都是鞭痕，下体一片凌乱，床单上是血，明黄沾着血成了暗紫，他那漂亮的深蓝眼眸像是地狱的冥火那般幽沉，屈辱愤恨而绝望。

我浑身开始如筛糠般颤抖起来，即便亦寒紧紧抱着我也不能停止。就算我是白痴，也知道他曾在这里发生过什么事情。那个太子……那个太子怎能如此禽兽不如？整整一年，他究竟在这里度过了多少个暗无天日的岁月？

我轻轻挪动脚步，案几前冰冷的青石地板上，少年浑身蜷缩着躺在地上，我紧紧地抱着他，却只觉他的身躯一点点变冷，他的眼眸一点点灰暗。他苍白细瘦的手青筋暴起，紧紧揪着我的衣摆，声音嘶哑而悲愤，"我好恨……好想毁灭这一切……"那手腕上有什么忽然闪烁起来，晃得我不得不闭上眼，等再睁开时，光芒消失了，少年咽下了最后一口气，他手腕上的东西也消失了。我猛地一个趔趄倒在亦寒怀里，紧紧抱着头，是什么，少年手腕上的是什么？那么熟悉，就仿佛一个解开重重迷雾的钥匙，只要抓住就能知道一切真相。

这里的每一个摆设，甚至每一块青砖都透着浓浓的悲凉，悄无声息地渗进我心底。曾被囚禁在这里的少年，用了一年的时间把他的痛苦和仇恨镂刻在了这里，缠绕不去。我仔细察看着每一个地方，忽然在床头发现一些奇怪的字，仔细辨认，竟是密密麻麻的"正"。我一个一个数过去，每多数一个心口就像被多剜了一刀。七十多个"正"，排列在床头上，从原来的工整到后来的狂乱却深刻到底。他是用怎样的心情来回头看自己所刻的每一画呢？

我抚着这些"正"字，忽然手势一顿，虽然"正"字本不易辨认，但开头这几个工整的"正"字，笔迹好熟悉啊。我思索了良久，却想不起究竟像谁的。

"公子，我们回去吧。"亦寒轻轻抱着我道。

我点点头有些恍惚地跟着他往外走。忽然砰一声响，案几上的青瓷瓮被我不小心碰落在地，砸了个粉碎，瓮中插的字画滚了一地，我正要去捡，亦寒却一把拉住了我，"小心伤到手，我来吧。"说完，他弯腰先将字画取走，长袖微微一抖，那些碎片便如有了生命一般以他的衣袖为中心聚集过来。忽然，他的手一顿，碎瓷片又撒了满地，他从碎瓷中捡起一块白中透红的绢布递给我，"这是什么？"

# 第51章　生死徘徊

我忙接过来展开，浑身猛地一颤，这分明，就是一封血书。顾不得再说什么，我细细辨认绢布上的每一个字，读了下去：

世界有多灰暗，人心就有多丑陋。我宁愿疯癫，也不想这么清醒地痛苦着。杀吧！杀吧！杀光所有伤害我的人，就算是毁灭一切，拖着所有人下地狱也在所不惜。

可是，我……究竟是谁，梦中那些奇怪的场景，脑中莫名其妙的记忆，都是什么？我总觉得我在寻找一个人，一个很重要的人。如果无法见到她，我绝不甘心这么死去。

我好恨！恨透了这个世界！恨透了这个国家！下地狱！我诅咒你们统统下地狱……

你在哪儿？我等了你一天又一天，寻找了你一天又一天，为何你还不出现？我好想回去，回去有你的世界。但那只是梦，美好而残酷的梦……

有人说，如果罪孽污染了这个世界，那么就用血洗尽它。也有人说，弱小本身就是一种罪。一定是我不够强大，所以才被肮脏的血清洗。如果一切重来，我会紧紧抓住权势，抓住能让我变强的所有，宁可我负天下人，也不让天下人负我。

我又梦到你了，你一定曾在我身边出现过。可是，你为何还不来见我？是否一切只是虚空，包括你，包括那个世界，甚至包括我自己……

由爱故生恨，由爱故生怖……哈哈……

毁灭吧！总有一天，我要毁灭你们，所有我爱的，我恨的。统统万劫不复！

生亦何欢，死亦何惧。可是，我多想多想再见你一面……蓝蓝……

我手握着纸，颤抖，浑身发冷，想要大声地歇斯底里地尖叫。我甚至想着，为何我不干脆在夏家寨疯狂地堕落，为何我还要如此清醒地看到这一切？我活在这个世界，究竟是为了什么？究竟是……为了什么？

"哈哈……"我一手揪着亦寒的衣衫，一手握着那张纸，笑得花枝乱颤，笑得直不起身来。随后就是没命地咳嗽，一边笑一边咳嗽，"真是……天大的笑话，哈哈……为什么不让我笑死？咳咳……哈哈，为什么不让我也死了算了！"

"公子！别这样，一切都过去了！"亦寒紧紧地抱着我，潺潺的内力不断从手掌输送进来缓和我的咳嗽。我却仍是在大笑，笑到眼泪一滴滴落下，笑到殷红的液体顺着我的嘴角流下。我开始大口大口地咯血，迷离中看到宇飞胖乎乎的脸向我炫耀着新买到的CD，看到任尧全身是血地在锦床上哀号挣扎，看到子默悲伤怜惜又复杂万分的脸，还有那双只映着我、牢牢倒映着苍白的我的漆黑双眸慢慢变为墨绿，恐慌漫溢。

我缓缓地勾起一抹冷笑，那么悲伤，那么愤恨，那么绝望，随后眼前一片黑暗。

这一病，是伤上加伤，我每日迷迷糊糊地躺在床上，用杨毅送来的最珍贵的人参吊着命。可是我的身体却一天比一天虚弱，隐约地我听到云颜在对谁说："哀莫大于心死。她心存了死志，就算我是神医，又有什么办法！"

随后我感觉到有双手紧紧抱着我，浑身颤抖。云颜仍握着我的手在说什么，声音悲伤绝望，"临宇，你忘了吗？你答应过会永远陪着我，你明明答应过总有一天会陪我看遍山水的！临宇，你怎可言而无信！"

云颜……我睁开眼看到她悲戚的面容，绝艳的脸上一片灰败憔悴，我缓缓伸出手，想擦去她脸上的泪，可是手却从她脸庞穿了过去。

我一惊，回首看去，只见房中站满了人。李叔站在墙角，脸上是难以置信的骇然，他的须发原本只是灰白，此刻却似乎白了大半，显出苍苍老态。玲珑紧紧用手捂着嘴，牙齿咬着发出咯咯的响声，泪水却一滴滴滚落下来。秦雾的眼神呆滞，口中不断念着：不可能。犹带稚气的脸既是悲痛又是倔强。

若水就站在玲珑身旁，不时伸手拍拍她的肩，又将她搂过来靠在自己肩上，面容平静，眼中却带着浓浓的哀伤。霖宣负手立在门口，有些不耐，有些烦躁，瞪向我的眼神很是凌厉。捕影站在云颜的身后，浑身冰冷，眼中却是全然的怜惜心痛，然而伸到一半的手，却最终缩了回去，手背青筋暴起。

他们为什么都这么悲伤呢？我歪着头想着，微微转移了点视线，吓得"啊"地叫了一声。怎么长发飘飘的子默会站在我身边呢？我飘啊飘，荡到他面前，现在我跟他飘得一样高，他便不能再居高临下的一副拽样了。想着，我把手猛地伸到他面前，大吼了一声："子默！"

可是他却没有一点反应，我正觉得奇怪，可是看到他的脸却是浑身一震。那张原本清秀的脸此刻如死寂了一般了无生机，可是那双棕色的眼眸却看着床上猛烈地汹涌翻腾，仿佛是清楚昭示着身体的主人正在遭受怎样的煎熬。

"子默……不要露出那么难过的表情。"我有些担忧地叫着他的名字，手伸到他面前轻挥，"出什么事了？"

子默的眼睛明明看我，却穿透我越向了前方，他透明的唇微微开合说着什么。我凑近了几分，仔细听才听清楚，"伽蓝……对不起……我当初并没有想到你找的人会是他……我真的没有想到我所召唤回来的人竟会是……"

"亦寒！你要做什么?！"云颜的大叫声打断了子默的话。我只觉心口被什么扎了一下，缓缓回过头去。亦寒紧紧抱着"我"的身体，淡淡道："我会想办法救她的。"他的表情那么平和宁静，我却只觉熟悉得骇然颤抖。

在哪儿见过呢？他这样的表情，冷静中带着点温柔，绝望中带着点乞求，唇边甚至勾起难得的笑意，这样的表情我究竟在哪儿见过呢？

爱，如果无法用言语表达，我愿意用生命来证明。

脑中猛地飘过这句话，我大惊，我终于想起我在哪里看过他这样的表情了。是在沙漠中，当他用自己的血喂我，来维持我生命的时候；是他为了救我，宁愿跟夏琳成亲的时候；是他明知我的命令会让他身陷险境，仍默默遵从的时候。

"不——"我大叫着飘到他身边，"亦寒！亦寒！你别做傻事，我不会死的！我不会死的！我不需要你用生命来证明，不需要啊！"

可是他却什么也听不见，抱着我的身体往前走，云颜大叫着要人拦阻他，可是谁都挡不下他。甚至云颜的毒药也只是让他一晃，眼中七彩纷呈的颜色像燃放烟花般灿烂，灿烂地夺取他的生命。我仿佛又看到了沙漠中缓缓流淌的殷红，银丝交缠着黑发，黄沙映衬着鲜红，青衣褴褛。青衫银丝残血红……心口像被狠狠刺进了一刀，剧痛无比，随即有一双手撕扯着我，将我整个人割裂开来。黑暗，倾覆而下。

原来，再痛恨这个世界，再悲伤宇飞的惨死，我也无法放手。这是一个多可笑的结局？我为了寻找宇飞而来，可是当这个目标终成空时，却发现我已经有了丝丝缕缕的牵绊，再也不可能放手了。

"咳咳咳咳……"我猛地咳嗽出声，声音不是很大，在这个忽然静寂下来的房中却显得是那样的嘹亮。我用最后一点意志支撑着自己睁开眼来，对上那张熟悉的憔悴脸庞和墨绿的眸子。

困难地伸手揪住他飘散在我面前的银丝，我用微弱低沉的声音恶狠狠地道："风亦寒，你若是敢死，我就追你到地狱……"眼前蓦然一黑，我再次陷入了昏迷之中。


"公子，该吃药了。"亦寒推门进来，眨眼间已到了窗前，明明是在缓步走路的，却像有缩地法一样，当真奇怪。

我瘪着嘴挣扎着坐起来，亦寒在我背后垫了个靠枕道："夫人已经把药放温了，一口气喝下去就好。"我点点头，捏着鼻子把药统统倒进嘴里，苦得我直吐舌头。

亦寒笑着把蜂蜜水递给我，我几乎是抢了过来，喝了个够，才心满意足地呼了口气。

亦寒一边把碗收起来，一边用手指擦揩着我嘴边的水渍道："你这次病了一个月，杨毅来过很多回。还有，佳宁公主的出嫁之日已经定在下个月初八，火翎国的迎亲使者……是柳岑枫。"

我一愣，有些怔忪，"柳岑枫？为什么火翎国会派堂堂太傅来迎亲呢？"

亦寒摇头道："这个我也不知，想必杨毅来也是为了跟你商议这件事。"

我点头道："如果他再来你就让他进来吧。我想有些事老这么跟他打太极下去也不是办法，该是到摊牌的时候了。"

"公子？"亦寒漆黑的眼眸微微透出担忧，薄唇紧抿。

我笑笑，凑前在他的唇上轻轻吻了一下，清冽的凉意传遍了我全身。我笑道："别担心，杨毅现在不可能除掉我，所以我死也不能让他知道我的女子身份。既然他认定我会谋反，我就顺着他的意愿跟他谈……"

抚在我唇畔的手倏地转了个弯，勾住我的颈项将我带入他怀中，清凉的吻便落了下来。我的话被打断也不着恼，反伸手搂住他脖子，与他紧密相贴，感受着他的呼吸他的唇一分分变热。

门"吱嘎"一声响，我们猝然分开，刚好对上门口云颜促狭的脸，以及捕影和秦雾惊骇的表情。

"咳咳……"我脸微红地看着地板，不敢看他们，"云颜，你怎么来了?"

"师……师父?!"秦雾的反应最是激烈，"你……为什么你和公子……你和公子是断袖……"

我嘴角抽了抽，抬头看着他整个脸都扭曲了，这可怜的孩子，准是被吓坏了。忽然感觉一道凌厉如剑的视线胶着在我身上刺得我极不舒服，但只是一瞬，青色的身影微微移了个位置，那莫名其妙的压力就瞬间消失了。

我抬头对上捕影痛恨到想杀人的表情，心虚地咽了口口水，正想向云颜求救，却见她面带幸灾乐祸的微笑好整以暇地看着我。我嘴角再抽，这女人，你不仁，别怪我不义。

"你们猜得不错。"我叹了一声道，"我喜欢的……是男子。"废话，我不喜欢男人，难道还喜欢女人啊?

"啊——"秦雾凄厉地大叫了一声，脸上清楚写着偶像形象破灭的悲愤，但对上亦寒清冷的眸子，却是浑身打了个颤，再不敢有任何造次。

"那你为何娶云颜?!"捕影失控地冲到我面前，却被亦寒挡住，他狠狠地瞪着我，"你既然喜欢的是男人，为何还要娶云颜?!"

我幽幽叹息了一声道："你也知道官场难立足，到了我这个位置，朝中多的是皇亲国戚要跟我联姻。我若不娶一房妻子以掩人耳目，如何能堵住悠悠之口?"

我把感激的目光投向云颜，如愿地看到她脸色微变。我继续看向捕影道，"我和云颜从小一起长大，情同兄妹，这世间也只有她肯与我做一对有名无实的假夫妻，甚至不惜掩藏自己真正的感情。"

捕影脸上的表情明显一滞，连原本彻骨的冰寒中也带了几分傻气，"你说……你们是假夫妻?"

我低咳了两声，掩过笑意，抓住亦寒的手，他也配合地靠过来搂住我。我抬头瞥到他眼中的笑意，几乎忍不住笑出声来，忙正了正神色道："那是自然。捕影，云颜心中喜欢的人是谁你不会不知道吧?"

"秦——临——宇——"云颜大叫了一声，随手洒了一把粉末过来，"你再说一句，我……我……"

是迷药。本来想不吸进去也是可以办到的，不过反正我困了，打了个哈欠，我看着已经完全呆滞的捕影迷迷糊糊地道："你们将来的第一个小孩，要认我做干爹。"

说完再不管屋里那诡异到极点的气氛，枕着亦寒的手臂沉沉睡去。只是梦中，还是出现了那张胖乎乎带笑的脸，不断地喊着："蓝蓝……蓝蓝……"还有那在血中狰狞扭曲的俊秀面容。怎么办？我在梦中无声地问着自己，如果这个梦一辈子也无法消失，该怎么办？

杨毅第二天一早就来了，一个月不见，他的国字脸瘦削了几分，眼窝也凹陷下去，显得有些憔悴。我诧异地看着他眼底深处的担忧和焦虑，微微一愣，难道他是真的关心临宇？

杨毅见我已经大好，欣慰地松了口气道："临宇，以后莫要再这么吓朕了。"

我一愣，准备了一天的话却有些说不出来。抬头看看子默，他只是淡淡道："在你不会威胁到他江山的基础上，他自然是有些喜欢你的。"

我微微皱眉，总觉得，这次醒来后子默很奇怪。灵魂出窍时他的话还犹在耳边，我曾问为什么当时同样是灵魂他却看不到我。子默沉吟了片刻，语调有些悲凉地说："可能因为你是生魂，而我是死魂。"子默是第一次对"生死"这两个字有着如此大的情绪波动。

一回头见杨毅正怔怔地看着我，心中微凛，我淡淡地笑道："皇上，佳宁公主既然即将与君无痕大婚，那么是否赐给臣属下风亦寒的赏赐都可以取消呢？皇上也知道，臣体弱多病又不善武艺，身边实在离不开此人的保护。"

杨毅眼中寒光一闪，温笑道："朕自然清楚。可是风侍卫任了都尉一样可以随在临宇身边保护，若是真的缺人，朕也可以调派些高手到临宇身边。虽比不上风侍卫的绝世武功，但保护临宇还是绰绰有余的。"

我摇头道："臣感激皇上对亦寒的一片爱护之心。只是，亦寒本是水雾国民，跟在臣身边只因对臣当年的一点恩惠念念不忘，但他却万万不想投效他国朝廷。还望皇上成全了臣和他的这点私心吧。"

杨毅浓黑的双眉猛地一皱，双眼如鹰目般牢牢盯住我，"究竟是他不想，还是你不愿呢？"

我稍稍往后靠了一点，脱离出他身体的阴影和压迫力，笑道："皇上，你想将亦寒调离臣身边无非是不想臣造反是吗？"

杨毅一怔，显然没想到我会忽然说得如此直白，阴郁的脸上挂着幽深不明的冷笑。

我从枕下摸出一封信递给杨毅道："皇上不妨先看看这个。"

杨毅皱眉接过去，只粗粗看了一遍，他的眼中已闪过数道凌厉的光芒，抬起头来看着我冷冷道："你这是什么意思？"

我抬手把玩着腰间的流苏，手背上的银链在灯光下闪烁着耀眼的光芒。子默所说的釜底抽薪之计，既是冒险，也是此刻唯一维持平衡的方法。心底说不出的宁静平和，成竹在胸，那种在重重危险中谋求胜利的刺激，那种火中取栗的快感，我竟觉得自己能慢慢体会到子默的心情了。

我抬起头淡淡道："皇上何须大惊，这封信是你我当年商讨如何设计陷害太子的。皇上如今皇位稳坐，又爱民如子，这封信即便流传出去也不过是引来些流言蜚语。但臣就不同了，本来已是功高盖主，权倾朝野引人侧目，若再让人知道臣是如此卑鄙阴毒的小人，世人定会唾弃臣，朝中百官也会容不下臣。到时，皇上就可以名正言顺地褫夺臣的官职甚至性命了。"

杨毅捏住那信的手微微颤抖，信纸褶皱起来，显然他心底在剧烈地挣扎。

我冷冷一笑，即便他此刻怀疑我是女子，但我将如此明显的证据摆到他手中，他还是会犹豫着要不要就此除去我。这就是帝王之爱啊！不过，这样更好。

我继续道："臣将这封信交到皇上手中是为了向皇上表明臣的心，臣绝没有反叛之意。更何况，皇上应该清楚，如今金耀外表看来居五国之首，实际却是西有火翎压境，东有风吟虎视眈眈，出云岛国更是不时派人袭击我国商船。臣虽一介书生，但至少对各国仍有些威慑力。臣只怕臣若一死，金耀将陷入内忧外患的境地。"

"你敢威胁朕？"

我对他的怒气视而不见，"皇上，臣若是想威胁你，又何须将这封信交到你手中？"

杨毅眉宇间的杀意慢慢消失，他深望着我，冷冷道："那临宇究竟想如何？"

"给臣三年时间。"我直起身来，坐姿依旧懒散放松，眼中却精芒四射，"臣保证三年内绝不会有谋逆之心，更不会妄图将朝中势力揽于手中。臣会尽心尽力辅佐皇上统一天下，绝无二心。也请皇上在三年内莫要动臣身边的任何一个人，当然也包括臣自己。"

杨毅盯着我，我就任他盯。他的目光又瞥到手中的信纸上。我笑道："若三年后臣真的有了反心，皇上尽可将这封密函公诸天下。"

"不过。"我顿了顿道，"臣还有一个条件。"

杨毅蹙眉沉声道："说。"

我从袖中取出一幅绢画展开来，淡淡道："永远不要让这个人进入官场。"

杨毅脸上的表情千变万化，"此人跟临宇有仇？"

我摇头，眼中有了几分柔和的笑意，"臣只是清楚他并不喜欢官场，也不适合官场。请皇上永远不要为了他手中的势力，与人合谋逼迫他进入朝廷。否则，臣也只能……"

276

少年相世外客

上部

我挑了挑眉，没再说下去。

房间里一片静寂。良久，杨毅终于哈哈一笑，将信收进袖中，再抬头时已完全变成了初识时那谦厚的仁君，"朕以后需要仰仗临宇的地方还多得很呢！"

收起画，我们心照不宣地相视一笑，背脊有些沁凉，这才发现自己刚刚竟出了一身冷汗。

他起身负手道："佳宁就要出嫁了，记得选几个得力的手下追随她。还有，与她好好谈谈，让她无论何时都记得，她可是我金耀的公主。"

我心中一颤，这可是要让佳宁去火翎当卧底了。但面上却不敢表现出来，只笑道："皇上放心，臣绝不会让皇上失望的。"

我抬起头朝半空中的子默笑笑，笑容灿烂，心底却有些苍凉，"子默，你希望留在金耀，我便乖乖当这个少年丞相。你想让我和杨毅的隔阂越来越深，我便让他时刻存着除掉我的心思。你不想让韩绝进入官场，我便想法断了他的一切青云之路。所以，请你不要再露出一副即将离我而去的样子。"

子默缓缓闭起了眼，悄然却决绝地掩藏了棕色眼眸中的一切波涛和感情。

## 第52章　风雪雷电

伊修大陆有四个公认的冷血杀手，他们武功不见得最高，心肠不见得最狠，所杀过的人却是多得令人毛骨悚然。

飞廉，出生地不详，使软剑，剑法快如风疾如电，杀人对他来说如砍瓜切菜。喜欢一刀割破人的喉咙，对其他部位不屑下手。

滕六，出生于金耀国东部，无长型武器，但手上戴着银丝手套，以天蚕丝织成。喜欢以指力折断人的手脚，再掏出心脏，但手套却滴血不沾。

律令，出生于莽木国，惯用细长的刀。杀人无特殊嗜好，怎样简便怎样来。

列缺，出生地不详，使用反手剑，剑长而刚直，难以弯折。杀人时换正手，眉心一点殒命。

这四人虽齐名，彼此之间却甚少有关联。他们杀人没有明码标价，也不接受任何组织的招揽，是以谁也不知道他们杀人的成功率究竟有多高。然而，越是如此，人们对他们的畏惧也就越大。

金耀都城洛南的一家客栈中，有四个衣服颜色不一的年轻男子围着一个方桌团团坐着。

"飞廉哦，你千里迢迢把我们叫到洛南来，难道就是为了让我们聚在一起发呆吗？"一身白衣的滕六将手中的东西砸向对面，桌子上顿时淌了一道血迹，那竟是一颗心脏，飞廉侧头避过，心脏擦着桌角，砸在地上，让身着黑衣的列缺白了白脸。

飞散的血迹向旁边溅去，一身浅灰锦袍暗紫绣纹的律令眉头微微一皱，避了过去，脱口道："脏！"

一身暗绿宽松服饰包裹着偏瘦身躯的飞廉趴在桌子上，半眯着眼，有气无力地道："彼苍的召集令，我敢不通知吗？别忘了我们'月魄'的宗旨。"

一直没有说话的列缺兴奋地接上他的话，"想要的就去抢，无拘无束，唯我独尊，但是一切要以月魄的利益为先。"

"砰——"重叠的三声巨响，列缺连闷哼声都发不出便晕倒在桌上，三人鄙夷地看了他一眼。

律令取出布擦了擦手，"讨厌。"

滕六叹息道："这个新加入的家伙真无聊哦。列缺怎么会被这种人杀死哦。"

飞廉还是拿手支着头，一副昏昏欲睡的样子，"杀了他如何？替列缺报仇。"

"你忘了哦？月魄内部成员间不许动武哦。"滕六眼珠子一转，手指在昏迷的列缺脖子上划出一道血痕，诡笑道，"不如我们雇人把他杀了哦？"

毫无预兆地，门吱呀一声开了。一个月白长衫的男子从外面走进来，三人同时抬头看去，然后瞪大了眼，眼底满是惊叹。

"彼苍。"滕六哇哇叫道，"半年不见你怎么越长越不像人了哦？"

飞廉半眯着的眼睛神采奕奕，直盯着轻轻一推将昏迷的列缺拨到地上的白衣男子。

白衣男子——彼苍一坐下便摊开手看着掌心一片火红的枫叶，枫叶上写着密密麻麻几行字。闻言他抬头淡淡瞟了滕六一眼，"那像什么？"

"神。"一直没有发话的律令说出一个字，引得飞廉和滕六赞同的目光。

"彼苍！"飞廉侧了个头，宽松的衣襟滑开去，露出锁骨和小麦色结实光滑的胸膛，"你在火翎国当太傅当得好好的，怎么突然跑金耀来了？"侧身时能看到他的右手臂上有个枫叶的图案，枫叶顶端写着个"风"字。

彼苍长长的睫毛动了动，目光终于从手中的枫叶移开，落在飞廉身上，"有一个许久不见的老朋友，想来看看他的变化。"

飞廉眼中精光闪过，半眯的眼睛开了少许，露出墨绿的眼眸，"很重要？"

彼苍露出个高深莫测的笑容，声音优雅而富有磁性，"很重要。"

飞廉扯了扯身上滑下的衣衫，依旧一副懒洋洋的样子，声音却有了几分冷意，"彼苍，你别忘了。一切以月魄的利益为先，这可是你说的。"

"嗯。"彼苍接过律令递过来的茶杯饮了一口，对满桌的血痕视而不见，"我知道。"

"见谁哦？有这么重要哦？"滕六撩起袖子，露出手臂上与飞廉一模一样的枫叶图案，只是顶端写了个"雪"字，他用套了天蚕丝手套的手指在桌上蘸着血然后无聊地往手臂上抹，"难道是那个与你齐名的秦洛哦？"

彼苍姿势优雅地将左腿架到右腿上，露出个颠倒众生的笑容，"正是。"

三人的表情明显都是一滞。律令先开口："理由。"

彼苍终于看完了红枫上的情报，轻轻一个翻转，晶莹如玉的掌心上已经卧了另一片。一双修长有力的手伸过来握住枫叶连同那玉一般的掌心，飞廉侧着头眼眸幽深，"有必要在月魄聚首的时候还为君无痕卖命吗？"

彼苍的笑容变得幽深无比，绝美却又带着丝丝寒意，飞廉打了个抖，将手收回去。彼苍淡淡道："让你们狙杀风亦寒有多少把握？"

滕六脸色不满地皱眉，"彼苍哦，那你狙杀他又有多少把握哦！"

彼苍一手托了头，如瀑青丝顺着手腕垂在桌上沾染了血丝，他恍若未觉道："不到五分。"

飞廉的脸色白了白，"连你都只有五分？"

彼苍叹了口气，"是我的失误。没想到把他们逼入沙漠，反让他突破了先天境界。"

"先天？"律令发问。滕六和飞廉也是一脸疑惑。

"这个与你们无关。"彼苍终于收起了最后一片枫叶，拢了拢青丝，发梢末端的血迹在白衣上勾画出了极诡异的几笔，"秦洛身边有一批暗势力，总部在水雾，火翎和风吟都有势力分布。飞廉，你去水雾，记着暗查，不要打草惊蛇。滕六，你去风吟，顺道看着木双双的动静。律令，你去杀一个人。"

律令凝眸问道："谁？"

彼苍将茶饮尽，淡淡道："韩绝。"

"不过是四大公子之一的韩绝哦！"滕六一脸疑惑，"这种人有什么好杀哦！"

彼苍看着他笑，那无关男女的绝美笑容，让滕六脸一红低下头去，抗议声变成了呢喃。

彼苍拂了拂衣服站起身来，"我走了。这个人留着吧，在没找到替换的人以前。"

律令看着他的背影脱口道："美。"

滕六连连点头，飞廉又恢复了先前懒洋洋的半眯眼状态，偶尔会有墨绿的光从他狭长的眼眸中泄露出来。

# 第53章 琴音剑舞

万历七百六十六年三月，火翎国迎亲使臣到达金耀洛南都城外。虽然这一次火翎和金耀的联姻出乎所有人的意料之外，也让大多数人忐忑不安，但无论如何，这是一件近几年来最重大的喜事。本来两国联姻，结为连理者又都是这等尊贵的身份，婚礼自该由男方亲自迎接然后在男方的国家举行，而女方则派重臣或亲王护送，称为送亲使者。但君无痕却提出由柳岑枫代他迎亲，并在水雾国举行婚礼，杨毅思之再三，表示同意。

再见到佳宁公主时，我只觉眼前一亮。她看着我时眼中再无从前的迷恋，也无带着纯真的款款深情。可是此时此刻的她却忽然有了种成熟妩媚的美，举手投足一颦一笑间有专属于恋爱少女的酸甜苦辣。

她向我盈盈下拜行礼道："多谢秦丞相当日点拨之恩，否则佳宁永远也无法寻到真正爱的人。"

我在她面前坐下来，研究着她脸上淡淡期盼的表情，忽然问道："你出宫之日遇到君无痕了是不是？"

佳宁脸色一变，随即双颊慢慢泛红，默默点了点头。

我笑笑，为了缓和她紧张的心情，柔声道："公主还记得臣当日同你说的话吗？臣虽不喜欢你，但仍把你当朋友。放心吧，臣不会去同皇上说的。"心中却道：杨毅就算开始不知你去了哪儿，你一回来，君无痕转眼就来提亲，他又不笨，岂会猜不到。

佳宁感激地看着我，我朝她微笑。她转头看着御花园中慢慢开始绽放的桃花，思绪似是停留在了某个远方，表情忽悲忽喜，慢慢道："我起先并不知道是他，他也……不知道我的身份。我只是觉得他待我很好，很温柔，不知不觉就喜欢上了他。本来，本来我只是想让他带我远走高飞的，谁知，他听了我的话，却让我回宫。他说……他是火翎国的皇上，会明媒正娶地将我接回宫去。"

"那不是很好吗？"我不自觉地想去握她的手，见她有些惊吓地避开，才想起自己是男装，忙转移话题道，"公主，有多少人想嫁自己心爱的人，却被迫劳燕分飞。有多少人明明心爱的人就在身边，却不能表达……"

我声音顿了顿，分不清如今是悲是喜，继续道："公主却为何还面带忧伤呢？"

佳宁看着远处清波荡漾的河面，眼中慢慢泛起了泪光，却是不语。我也不好逼问，只得耐心地坐着。在我几乎以为她绝不会说，想告退的时候。她却忽然道："我不知道是为什么难过，是为了皇兄逼我做金耀的探子，是他望着我的时候总像透过我在看另一个人，还是他抱着我口中却念着'药儿'……"

我有些诧异地瞪大了眼，良久才意识到佳宁的意思。君无痕喜欢她不过是把她当成了另一个人的替身，而杨毅让她嫁人不过是看重她能为自己带来的利益。最是无情帝王家，果然没错。

我叹了口气，缓缓道："公主，你可愿听臣一言？"

佳宁终于转过头来看着我，轻轻点头，泪水顺着面颊滑落。

"公主，你可以尝试着好好爱君无痕，但千万别忘了先爱你自己。若是他的心里永远装着另外一个人，那么不妨放弃这份爱。没有爱，就没有嫉妒；没有嫉妒，就没有恨。那样，你在冰冷的后宫中，就能活得轻轻松松一些。至于皇上的要求，你应该遵从，却也不能遵从。"

我见她疑惑地看着我，于是解释道："公主对君无痕的一片赤诚，臣很清楚，也明白公主不愿皇上在陪嫁人员中安插间谍的真情。可是公主却也明白，无论公主怎么坚持，无论皇上如何真心疼爱公主，这都是一场两国的政治婚姻，皇上的旨意不会也不能改变。既然如此，公主又何必平白与皇上决裂呢？"

"而臣说不能遵从，是因为公主既嫁到火翎，便是举目无亲，若公主仍将金耀国的包袱背在自己身上，总有一天会连君无痕也怀疑了公主，那么公主的日子就会过得异常辛苦了。与其两面为难，公主不如两面都不讨好，无论皇上和君无痕想做什么，有什么目的，公主都可以假作不知。难得糊涂，岂不幸福？"我站起身来，恭恭敬敬地行了一礼道，"公主，臣能说的只有这么多，唯愿公主一生顺畅，幸福快乐。臣告辞。"

走出十步之远的时候，我超人的耳力听到佳宁轻到几乎听不见的声音："谢谢你，临宇。"

万历七百六十六年三月十八日，火翎国迎亲使臣正式到达金耀国皇宫，金耀天应帝杨毅派丞相秦洛负责接待，司成韩宁（字修儒）从旁协助。宴席大开，歌舞升平，人人脸上都挂着笑容，眼里却又蕴含着各种心绪。毕竟像如今这种金耀、火翎、风吟、水雾各国重臣聚集的日子并不多。

我坐在主位上悄悄打了个哈欠，对眼前这些美女衣服半遮半露、蛇腰扭动的舞蹈实在没什么兴趣。第一次看到秦归还真是吓了一跳，没想到真是个半大不小的孩子，比秦雾他们看上去还小了两岁。看着我的眼眸晶亮晶亮的，嘴角勾起，可爱的酒窝就在两颊若隐若现，我嘴角抽了抽朝他礼节性地笑笑，连忙移开目光，免得被人看出端倪。

谁知那小子居然蹬鼻子上脸端了杯满满的酒来敬我，脸上还挂着一副崇敬的笑容，可惜眼底的狡黠出卖了他。这么大一杯酒喝下去我不挂了？正在为难的时候，我忽见秦归脸上的笑容猛然一僵，随即露出害怕又可怜兮兮的讨好表情，一口饮尽了自己手中的酒，灰溜溜跑回自己的位置。我回头看看不知何时站到我身后的亦寒，嘴角轻咧，对着他嫣然一笑。

又一场歌舞尽了，司仪在外面唱道："火翎国柳太傅到——"

我砰地放下酒杯，揪了揪又不自觉发麻发痛的胸口，终于要见到他了，终于要见到这个曾让我生不如死，既熟悉又陌生的火翎国太傅了。

大殿忽然诡异地静寂下来，那是一种针落可闻的静，就连原本预备退下的舞姬也呆呆地望着门口回不过神来。所有人的目光都聚焦在一点，那个一身朴素月白长衫，缓步走入的男子。

我与他对视着，唯有我还能清醒地打量他，审视他的每一个表情，只因胸口的麻痛一阵一阵提醒着我，这个人绝美的外表下包裹着怎样可怕的剧毒。

他有一双与我一样的浅蓝色水眸，眉如远山般悠远而宁静，唇角微微勾起仿佛永远都挂着魅惑人心的浅笑，左耳上戴着个暗红色的耳钉。如瀑青丝垂泻下来，遮住了那耳钉，却遮不住肆意流泻的暗红。论外貌柳岑枫并不比韩绝出色，可是他身上却有种奇异的蛊惑人心的特质，让人不自觉地想要迷恋，想要靠近，哪怕那不过是飞蛾扑火。

我看着他，他也在看着我，掺杂着探究的打量，在右首边坐下的瞬间微眯的眼眸睁开，冰蓝的色彩随之光芒四射。他极是懒散地斜靠在椅背上，双脚交叠，修长的手支着头看我，"临宇，我们又见面了。"

我蹙眉看着他，心脏一下下的收缩让我指尖的筋脉也随着跳动。我在心里问："子默，怎么办？他好像真的认识临宇。"

没有声音，我一愣，正待抬头，却发现子默就站在我的身边。棕色的眼眸冷冷盯着柳岑枫，瞳眸深邃而波涛汹涌，完全看不透他在想什么。全身有些冷，我在心里又唤了一声："子默。"

他回过头来看着我，用从未有过的凝重语气一字一顿地说："不要接近他！"

我心中微暖，忙点头，心道：就算你不提醒，我也不会傻到去接近这种危险人物的。

子默摇了摇头，微微一叹，"伽蓝，你最好能记得我说的话，无论他是谁，都不要接近他。"

歌舞重来，在座的众人也终于缓过神来，只是每个人的目光都忍不住朝我和柳岑枫这边瞟过来。嗯，可以理解，毕竟表面看来我们这里有两个绝世大帅哥，光看也是极养眼的。

我召人来给柳岑枫上茶，一边又公式化地询问一些婚礼相关事宜。他依旧是那副懒洋洋的样子，含笑看着我，我问一句，他就答一句，我不问，他就沉默着喝茶。那种笑该怎么说呢？优雅深邃，诡秘莫测，仿佛是那深不见底的黑洞，外面撒着金币鲜花，明知进了就是万劫不复，却还是忍不住被吸引。

"临宇……"他的嗓音很醇厚，带着磁性，听来仿佛钢琴的低音阶般，有如用一根羽毛轻轻撩拨着我的心房。只是他还未来得及把话说完，一声清脆响亮的声音在对面响起："柳太傅，在下常闻太傅精通音律，一曲拂袖，一场剑舞，连贵主上也是惊叹叫绝。不知今日我们在座的是否有幸欣赏到柳太傅的绝艺呢？"

说话的人是秦归，我抬眼望去，只见他浅笑盈盈，一副好奇崇拜的可爱模样，宛如一个精致的娃娃。原本人人以为出言之人是为了羞辱柳岑枫，一见开口之人反收起了这种心思，却都忘了秦归不只是个清秀稚龄的少年，更是风吟国权势滔天的帝王宠臣。

大殿中所有人都将目光集中在了柳岑枫身上，他却恍若未觉，依旧微侧了头含笑看我，"临宇也想听吗？"那笑怎么看怎么像是赤裸裸的勾引。

我嘴角抽了抽，只得憋出四个字，"不胜荣幸。"

284

嘴角的弧度缓缓加深，他拂了拂衣袖站起身来，深邃如海的蓝眸明明看着我，却连半分我的影子也没有，唇角的笑容幽深诡异得让我忍不住打了个寒战。

早有人下去取了七弦琴上来，柳岑枫接过轻轻拨了拨，随手摆在我和他坐椅间的案几上。我有些诧异地看着他，刚刚就有些奇怪他怎能一边抚琴，一边舞剑呢？却忽然一张放大的俊脸猛地凑到了我面前，我条件反射地往后一仰，惊疑不定地看着近在咫尺的他。

柳岑枫微微一笑，带着魅惑和挑衅，热热的呼吸都吐在我脸上，"让我看看，你究竟是谁吧。"

我猛地瞪大了眼，心怦怦地跳着，几乎要蹦出来。他却一甩头往大厅中央走去，青丝末端滑过我的面颊，痒痒酥酥，让我忍不住打了个寒战。

一双手轻轻扶住微微颤抖的我，清冷凉薄的气息立时包围了我，恐慌慢慢被驱散开去。我回头冲亦寒笑笑，"放心吧，我没事的！"那只是一种潜意识的恐惧罢了。一定，是的。

柳岑枫似笑非笑的目光从我移向亦寒，明明是那么浅蓝若透明的水眸，却仿佛是黑不见底的深渊。随后勾起的嘴角，犹如挑衅，又如了然。他左手向腰间一摸，霎时抽出一把软剑，剑身晶莹发亮，又微微透着蒸腾的热气。右手却是轻轻在胸前摊开，只见掌心竟有一片火红的枫叶，随着他一头青丝的轻轻舞动，红枫动了起来，仿如带了生命般，在他掌心轻轻旋转。

柳岑枫右手向我身旁轻送，只听铮一声响，我猛地回过头去，竟见那红枫已立在琴弦之上，轻轻抖动，发出微弱的音节，就仿佛有根线在无形地牵动它一般。

琴弦"刷"地绷直，柳岑枫朝我露出个诡秘莫测的笑容，唇无声地开合吐字，"你可要看清听清了，临宇。"

我的目光从琴弦上如有生命的红枫转到柳岑枫身上，只见他剑尖自上而左下划了一道影痕，就仿佛一场电影拉开了序幕，右手摊平在身体右侧，轻轻旋转的红枫映着他白皙晶莹的掌心，格外地引人注目。身动，琴响，歌声温润，我却只觉脑中轰然一阵巨响，脸色惨白无比。

> 敢问天涯在何方
> 一个人一壶酒
> 风里浪里漂流
> 水里火里奔走
> 天大地大任我游

白色衣衫翻飞，青丝飞扬，红枫旋动，他潇洒随意如仙地在这满是红尘沼气的大殿中舞动着长剑，剑尖挽出一个个灿如烟花的银芒。歌声随着剑缓缓充塞了殿堂的每一个角落，如一根七彩的羽毛，就在你眼前，轻轻撩拨你的心房。

"砰——"一声，我手中的茶杯掉落在地，摔了个粉碎，茶水溅了一身，我也毫无所觉。

"我说宇飞，你怎么唱来唱去就这首《拂袖》啊？"

"因为我唱得最好啊！"一双胖胖的手握了本卷起来的书凑到嘴边陶醉地唱道，"纵然是是非非不问，恩恩怨怨不论，英雄也会泪满襟……"

"臭美!"我啐了他一口,随即笑道,"不过嘛,如果你的嗓子变得动听点,样子变得英俊点,说不定还真有可能成为男歌星哦!"

> 古来世间多少愁
> 说聚散说不够
> 一场繁华过后
> 物是人非时候
> 多少感慨在心头

冰蓝色的水眸扫过我,透着了然和深沉的诡谲。手中的剑仍在舞动,掌心的枫叶仍在旋转,那舞美得动人心魄,那身姿高雅如仙又带着深深的诱惑,所有人都被震撼了,因为那属于天神的美和属于魔鬼的魅的混合。唯有我,唯有我只能呆怔地看着他,耳中如轰鸣般响着熟悉至极的歌声,眼前不时闪现出那胖胖的陶醉的身影。

眼前忽然蒙上了一层雾气,我浑身都在颤抖着,抓住椅子的指甲几乎抠进红木中,掌心全是一点点湿透冰冷的汗。

宇飞,是你吗?是你吗?!我在心底声嘶力竭地呐喊。

> 纵然是是非非不问
> 恩恩怨怨不论
> 英雄也会泪满襟
> 于是凡尘世事回不去
> 想要高飞却越陷越深

仿佛是为了回应我的疑问,银芒闪烁的剑端忽然向上飞跃,那修长的手臂在空中停留了数秒,宽大的衣袖滑下来,露出晶莹修长匀称有力的手臂。

我"砰"的一声从位置上站起来,椅子几乎向后跌倒。他的手腕上套着一条莹白透明的水晶链子,随着大殿光芒的照耀,反射出七彩的迷离光芒。

我再也抑制不住心中的汹涌激荡,疼痛像尖刀的刀刃刮扯着我的心,喜悦像沙漠中的最后一滴水让我渴望而坠落深渊。我一步步向大殿中轻灵舞动的白衣男子走去。

"伽蓝!你忘了我的话了吗?不要靠近他,他会害死你的!伽蓝!"

子默……泪水顺着面颊滑落，滑进口中苦涩而咸湿，子默，我怎能不靠近他？他可是宇飞啊！是为了我昏迷不醒的宇飞！是为了我受尽痛楚的宇飞！是为了我沉沦在这个世界的宇飞啊！

就算今天明天是梦
今生来生是怨
到底谁人能安心
真正拂袖的能有几人
留下的真究竟有几分

我一步步走到他面前，丝毫不顾大殿中众人诧异震惊的目光。柳岑枫的剑舞停了下来，没有气喘，没有细汗，甚至连嘴角那幽深的浅笑也未褪去。可是他的蓝眸中却波涛汹涌，此时此刻终于满满倒映上了我的影子。他用低如耳语的声音问："现在可以告诉我你是……"

我猛地伸出手紧紧地抱住了他，他的话音消失无踪，颤抖冰冷的身子贴着他火热的身躯，却只觉更冷更凉。心底汹涌害怕的是什么，脑中盘旋的声音又是什么，不！我什么都不想管了，我只知道，宇飞还活着！无论如何，他还活着！

"你这个死胖子！"我松开手一拳打过去，泪眼婆娑地看着他，"你把我吓死了知道吗？聂宇飞！"

# 第54章　久别重逢

拳头在半空中就被一把抓住，望着我的蓝眸闪过明显的震惊，他脱口道："蓝蓝?"

我一脚踹向他的膝盖，一如往常踹了个正着，声音还有些沙哑地哽咽："你这个浑蛋!"

柳岑枫脸上的震惊褪去，转为似笑非笑的幽深，啼笑皆非的无奈，以及隐藏在一切情绪后完全看不透的复杂。他大手一伸，猛地把我揽进怀里，那怀抱火热得几乎要把我和他一起燃烧，"居然是你，居然还……果然有趣!"

我不明所以，正待问他，却只觉手腕上一紧，已被拖离了柳岑枫的怀抱。亦寒淡淡清冷的表情就在我面前，"公子，人多口杂，小心了。"

我一惊，这才发现殿堂中所有的人都用含笑诡谲的目光看着我们，带着暧昧，还有几分嘲讽、耻笑。在座的不是各国重臣，就是金耀高级官员，今日的事一传出去，恐怕少年丞相秦洛喜好男色，乃是断袖的流言就会纷纷扬扬。正待装作久别重逢的样子弥补，却听子默冷冷道："你想坐实通敌叛国的罪名吗? 与其如此，还不如被人误会你有断袖之癖。"

我一惊，伸出的手缩了回来，无力感顿时传遍了全身。脸上索性挂起了一副色眯眯的样子，挽着柳岑枫含笑扫向大厅众人，除了秦归的面无表情，所有人都打了个寒战。

柳岑枫忽然低下头在我耳边吹气道："明日辰时，我在城北暗香阁等你，记得一个人来。"

我--惊抬头，却只能看到他皂白的衣角在门口处飘然消失。回头时恰好看到秦归含怒的眼眸和亦寒清冷的神态，心头有些烦躁，半旋了个身挥手道："今日宴会到此为止，修儒，安顿好各位使臣的住处，切莫耽误了。"

韩宁应了声"是"，我再不理会，转身走出了大殿。

暗香阁，我望着身边围绕的莺莺燕燕，闻着鼻尖浓烈的脂粉香，嘴角抽动得厉害。这个王八蛋宇飞，居然让我到妓院来找他。

我穿了一身极其朴素的灰白长衫，头发是时兴的书生髻，手中一把大大的折扇牢牢遮住半张脸，略带局促地道："我找柳公子。"

那个妈妈桑模样的中年女子闻言上上下下打量了我一番，遂笑道："哎哟，公子可算来了，柳公子都遣妾身出来看过好多次了。"

左转右绕套了好几圈，转得我头都晕了，"妈妈桑"才在一间毫不起眼的雅房前停下来，轻轻敲了三下。门吱嘎一下打了开来，迎面是一张苍白的脸，晕红的双颊，我低叫了一声，几乎是在第一时间后退了几步，"白……白无常！"

白无常眯着眼，分不清是在笑还是惊讶，挥手让那妇女下去，才尖声道："主上等公子好久了。"说着侧开一条道，躬身待我进去。

我闭了闭眼，脑中清晰地晃过秦夜他们死时的情境，那些如地狱般的日日夜夜。我擦着他走过去，闻到淡淡的血腥味夹杂着脂粉香，让我直欲作呕。

刚踏进屋中，身后的门就缓缓闭上，一股清润的花香扑面而来。柳岑枫正双手环胸靠在窗前，青丝漫飞，窗外梨花无声飘落，有几片落在他衣衫上，白色的花瓣映着白衣，仿佛被融化了，再瞧不出任何痕迹。

东风夜放花千树，更吹落，星如雨。

脑中不知为何忽然冒出这句话，我呆呆地看着这人这景，只觉美轮美奂，分不清天上人间，不由痴了。

"来了吗?"他嘴角轻勾望着我，如谪仙般的飘逸立时被打破，仿佛是一朵盛开的罂粟，绝美而剧毒，"换了衣服，我们出去吧。"

"啊?"我眨了眨眼。

他笑笑，一个晃身来到我面前，手指轻柔地抚了抚我发丝，"我陪你去逛街。"

"真的?!"我惊喜地看着他。从前，我很喜欢在周末去逛街，可是小洁不喜欢，盈盈只爱逛贵得吓人的大商厦，哥哥又早早出国了。唯有宇飞总是不厌其烦，不怕被取笑地跟着我出入各家衣饰店。

柳岑枫眼中浮现了些许宠溺的笑意，"自然是真的，我何时骗过你了?"

一刻钟后。

"喂！我们为什么要穿成这个样子?"我鼓着腮帮子瞪他。

"没办法啊！"修长的手指利索地把如瀑青丝挽起用木簪束住，"谁让我们俩的身份都那么引人注目呢？"

"扮成两个男的不行吗？"我愤愤地扯着自己的衣带。

柳岑枫扯过我手中的衣带，摇头笑道："刚刚传出秦洛与柳岑枫是断袖的流言，两个男子行状亲密地出去你不怕引起旁人怀疑吗？"

"可是……"我揪住那张美到不像话的脸往两边拉，"凭什么让我扮成你老婆？"

某人一张脸被我扯得变形，眼中戏谑的笑容却更甚，"蓝蓝，你也知道这里是古代，孤男寡女在街上逛，多惹人注目啊。扮成夫妻就不一样了，再说，跟你扮夫妻，牺牲的人是我……哎！痛！痛！好吧，那你说怎么办？"

皮肤真是好得没话说了，我恨恨地松开手，居然还有几分舍不得，比起以前那张又胖又可爱的脸，这张男女通杀的脸蛋还真是让人下不了手！

"宇飞，你从什么时候开始穿到柳岑枫身上的？"我瞥了眼他手腕上的水链。

他一边系着我身上复杂的衣带，一边毫不在意地道："三年前吧。"

我好奇地看着他，"那时他已经是火翎国太傅了吧，你能应付得来吗？"

他的手势顿了顿，嘴角依旧挂着淡淡的笑，"为什么这么问？看不起我吗？你都能应付得过来，我就不行吗？"

"咳咳……"我瞥了空中面无表情的子默一眼，嗫嚅道，"我要是应付得过来就不会被你逼入沙漠，险死还生了。"

柳岑枫松开手抬起头来看着我，蔚蓝的眼眸溢彩流华，"蓝蓝，你在怪我吗？"

我忙摇头道："怎么会呢？你当时又不知道是我。"

他的指尖在我鬓发上摩挲，笑容浅淡，"或者恐惧于我的改变和冷酷？"

我唇颤抖地开合，"我能了解，你经历过那样的惨痛……"

脑中暮然闪过那张鲜血浸透的遗书，宇飞是为了谁才变成这样的，要我怎么去责怪他？恐惧他？脖子上猛地一紧，勒得痛了，却不窒息。柳岑枫脸上的笑冰冷得没有一丝温度，"如果你想说是怜悯的话……"

他的声音戛然而止，冷笑转为苦笑，"蓝蓝，你以为我们还是没长大的学生吗？"

我揪住他面颊的手更用劲，揪得他脸都红了，才咯咯地笑道："要是让你手下那些梅兰秋菊之流看到他们心中崇敬的太傅如今这副模样，不知道是什么感想。"

缓缓松开手，我双手背在身后将头轻轻枕在他肩上，语调轻柔，"明明有很多话想跟你说，真的见了反而不知该先说什么。宇飞，能再见到你太好了！你绝对猜不到，我有多高兴你还活着，哪怕再也回不到原来的世界，哪怕你不再是原来的你……"

匀称有力的手紧紧揽住我，怀抱柔韧火热，"蓝蓝，这世界上只有你可以无礼地待我，我只赋予你这样的权利，你定要记清楚了。"

良久，他将我扶起来，揪揪我散下的长发笑道："虽然只是男扮女装，还是想不到我的蓝蓝也有变成绝世美女的一天。"

我不甘示弱，掌心搓着他脸上细腻的皮肤笑道："我也想不到我的胖子竟有变成绝世美男的一天。"

"好啦！"他把一块面纱系在我鬓角，蒙住我半张脸，蔚蓝眼眸中的光芒何其温柔，"再不去，大街就要收摊了，蓝蓝小姐。"

"那你呢？就这么出去招摇过市了？"呼出的湿气点在面纱上，轻柔黏软。

他自怀中取出一物，反手在脸上随意一弄，灿若星华的脸瞬间变得平淡无奇，只余那双眼眸依旧沁蓝。我诧异地瞪大了眼，竟是……竟是云颜制作的人皮面具之一？

民间多有流传，走过河坊街，就等于走过了洛南城的千年历史，由此可见河坊街在洛南城民眼中具备的意义。河坊街又称"前朝后世"之街，是伊修大陆上唯一一个保留了前朝穆嘉王朝遗迹的地方。我自从来了古代天天绷紧了神经过日子，虽早听说过这条街，可是，一来位高权重实在不好到这种地方逛，二来也没有那样轻松的心情。

我站在河坊街"前朝"入口处，望着大街上熙熙攘攘的人群，他们有的擦肩而过，有的相互问好。年轻娇丽的女孩手提缀满鲜花的篮子走在大街上接受青年男子们恋慕的注视，她们不时拿拿这个，看看那个，眼角余光却瞥向目光的主人。直到花篮终于满了，才恋恋不舍地自"后世"出口袅娜离去。小贩们的吆喝声如编织在一起混而不乱的网，此起彼伏，纵横交错，吸引着来人的目光。露天小吃的摊位前散发出诱人的食物芳香，有馄饨、烧卖、面条各类不等。绸缎店门前总是花花绿绿的，既是新出的布匹花饰，更是那些爱不释手的姑娘们。

这一切的一切，看得都是那么鲜明，那么真实，就在我的眼前。一双手落在我的头上，动作轻柔地抚摸，"傻丫头，不过是逛街，有什么好哭的？"

是啊，不过是逛街，我为何要哭？用衣袖轻轻揩掉眼泪，笑道："谁说我哭了？不过是风沙迷了眼睛。"可是宇飞，你可知道，在那个你曾经陪伴我的世界，我再也不能逛街，再也不能看到那人来人往的街道，灯红酒绿的热闹了。所以，我才那么感激你，感激你让我在这个世界重温曾经的美好。

柳岑枫浅浅一笑，明明是平凡无奇的脸，那笑却如破晓的晨光，只一束便能洒遍大地，驱散黑暗。忽然，他蔚蓝的眼眸微微闪烁，转头往身后瞥了一眼，我诧异看去，除了人来人往并没有什么差异。

一阵灼热的呼吸吐到我脸上，我只觉两颊一紧，柳岑枫已捧住我的脸凑过来，眼中带着戏谑的笑意，"既是风沙迷了眼睛，我帮你吹吹吧。"

眼见着那冰蓝的双眸越来越近，灼热的呼吸一一吐在我脸上，让我的毛孔一阵收缩。我猛地推开他，脸涨得通红，"吹你个头啦！你以为言情小说啊？"

柳岑枫沉沉笑了出来，也不迫近，手一伸搭在我的肩上，把全身一半的重量压在我身上道："言情小说？这不是以前的你闲时最喜欢捧来看的吗？"

我嘴角抽了抽，一边走一边推他，"喂！你好重啊！又不是老头子，干吗挂在我身上走路！"

"与老头子也没什么区别了。"柳岑枫话语中带着笑，"整整活了快四十年的人，能不老吗？"

我一愣，抬头看着他似笑非笑的脸，微眯的眼眸，忽然道："宇飞，你想回去吗？"

"回去？！"柳岑枫嗤笑道，"如何回去？二十几年过去，别说物是人非，尸体也早腐烂了。"

"不是的！"我一手拽住他的袖子低叫道，"你的身体还在，真的。那个世界，只过去了两年而已。"

柳岑枫一愣，垂眸看着我，眼神幽深莫测，"蓝蓝，你怎么知道那个世界的事？"

我正要说话，眼前忽地一闪，黑亮几近透明的长发在我眼前晃动，我看到子默凝滞的表情，略带哀伤的冰冷眼神，有什么欲语还休的话在那透明的棕色中轻轻涤荡，搅得他浑身都带上了冰凉寂寥的气息。我有些颤抖，不是害怕不是气愤，而是心疼，凉丝丝又渗入骨髓的心疼，颤巍巍地竟连腹语也说不踏实，"子默，怎么了？"

子默叹了口气，双重音失去了往日的磁性，只觉冬日冰水般的冷冽，"不要说实话。"

"为什么？"我诧异地看着他，"他也是来自现代的，他有权利知道不是吗？"

子默嘴角轻勾，眼神冰冷无比，"随你的便。"

胸口一股气冲了上来，你不让我说，我偏要说！可是目光却刚好瞥到子默眼眸中掩盖在冰冷之后的落寞和伤痛，脑中又充斥了那些黑衣男子倒下的景象和沙漠中青丝银发交缠鲜红的情景。我深吸了一口气，挽住柳岑枫的手边走边道："因为我一年前才刚刚来到这个世界啊！穿越前我在医院见过昏迷的你，清瘦了很多，不过并没有死亡，你妈妈一直在照顾你。"

"就如植物人一般？"听到妈妈两个字，他的神色明显滞了滞，浅蓝的眸中有恍如隔世的迷茫，但也只是一瞬，眼底升起了疑惑，"我家的经济足够负担我的医药费？"

我脚步一顿，心口有种恍惚的痛，我是想努力扯出若无其事的笑容的，但看到柳岑枫的表情，我知道我没有做到。我听到那熟悉又陌生的声音轻声道："是徐列……支付的。"

"是吗?"柳岑枫的笑容有种虚幻的缥缈，空荡而冷漠，"那不如让他死去。"

# 第55章　暖人心扉

逛完河坊街我们又去了东门渠荷街吃了精致的糕点，再到暗香阁换了衣服，是以回到赤宇楼时，天色已经昏暗下来了。

我一眼就看到了站在门口的青色身影，他手中抱着青霜剑，斜倚在门口的石狮上，墨色的柔软长发贴着冰冷的石头雕刻让他全身都蒙上了一层清冷。额前的银色发丝在风中轻轻飘荡，拂着他冷峻瘦削的面庞，拂过漆黑如秋夜的眼眸。

"亦寒！"我一把收起遮面的折扇冲到他面前，清冷凉薄的气息在他周身几丈内就能清晰感觉到。我抓住他持剑的手，刺骨的冰冷及肤而来，忍不住打了个抖，眼眶却湿润起来，"亦寒，你在等我吗？"

他抬头望了我身后的柳岑枫一眼，牵起我的手，掌心由冰冷变得温热，"夫人等你很久了。"

我没来由地打了个寒战，连忙转身道："宇飞，进来坐坐吧。"正想过去，却忽觉手上一紧，捏住我的手从温热变得滚烫，瞬间又恢复了原来的温度。

柳岑枫摇了摇头，尽管在平凡的面具掩映下，他的笑容和声音都带着幽幽的蛊惑："多有不便，还是算了。三日后你我都要作为使者前往水雾国，到云亭（水雾都城）再聚不迟。"

我看着他转身离去，特意避开月白的淡彩锦服在夕阳下有如幻紫流金的彩霞，包裹着他修长的身体，仿佛要乘风飞去。"宇飞！"我脱口喊了声他的名字，心底却仍觉空落落的难受。

他回过头来看着我，浅蓝的眼眸近乎透明，反射出夕阳的艳红。

浑身的力气仿佛一瞬间被抽光了，明明眼前的人就是宇飞，眼中所见的却仿佛只是一个标志了宇飞名字的躯壳，心底一寸寸凉透。我勉力扯出个笑容道："云亭相聚，不见不散。"

"傻丫头。"柳岑枫"扑哧"一声笑了出来,一边走一边头也不回地朝我摆手道,"好!不见不散。"


我伤了云颜的心。从她墨绿的眼眸蒙上雾气,从她用冷漠的口气说:"他是你朋友,我们便无关紧要了是吗?"从她僵直着背转身离去,我就知道云颜伤心了,就如那天在大殿上亲眼看着我和柳岑枫亲密的秦归一般。

六刹不仅仅是我的手下,更是亦寒的徒弟,我们的家人。他们都是孤儿,从一个学校而来,又一起习武长大,感情比亲兄弟更亲。秦夜的死,没有人是不伤心、不痛恨的,而我,他们效忠的主人,却与那害死他们兄弟的凶手称兄道弟。

门关上前,云颜淡淡道:"如你所愿,以后你的事,我再也不会管了。"

我看着空荡荡的房间,清冷的月光洒进来,只觉得孤寂。我颓然坐倒在椅子上,衣袖蒙住了发热的眼眶,可是止不住啊!滚烫的泪还是润湿了衣衫。

门吱呀开合,带进夜幕的凄凉,我哑着声道:"亦寒,云颜不再管我了,怎么办?"

眼泪流得更凶,几乎让我抽噎,"我也想为秦夜报仇,我也痛恨柳岑枫让我们九死一生,如果不是他,我甚至不会有那些惨痛的经历。可是,他不是柳岑枫,他是宇飞啊!是我最重要的朋友,是为了我不惜生命的宇飞……同一个身体,不同的灵魂,我要怎么告诉云颜呢?"

"不知道怎么说就可以不说吗?"清脆微哑的嗓音在上方响起,我猛地放下遮脸的衣袖,涕泪交加满脸狼狈地看着那张绝美的脸。

"你这个笨蛋!"云颜蹲下身来,把头枕在我腿上,泪水滑落浸湿了我的衣衫下摆,"幸好我想起你是个怎样爱逞强的人,幸好我回头来看看。临宇,我们之间还有什么不能说的吗?无论你说什么,无论你的解释多么离奇,我总是相信你的。"

"这种幼稚的谎话,你以为我会相信你吗?林伽蓝,你够狠……"徐冽那凶狠冷漠的声音仿佛就在耳边,他厌恶痛恨的表情仿佛就在眼前。

为什么同样离奇的话,有人无条件地信我,有人却当作幼稚的谎话。徐冽啊徐冽!论关系,云颜是我名义上的妻子,你是我真正的丈夫,可是你待我的心却还不及她的万分之一。你从未真正的信过我,也没有把我当作风雨同舟的妻子,或许连那一星半点的爱,也不过是一时的兴趣。我紧紧抱住云颜,浑身颤抖,手足冰冷,心里筑起的高墙却在一点点剥落。既是如此我何必再想着他,既是如此我何必再为了他伤心难过,既是如此我更应该为了爱我护我的人而活,而不是沉浸在悲伤之中。

云颜哭累睡过去了，我将她轻轻扶到短榻上歇下，自己却了无睡意。推开房门，清新的空气扑面而来，我深深吸了几口，漆黑的夜中唯有灯笼在风中萧索地摇晃。

一侧头竟发现亦寒的房中还亮着灯，清清幽幽地映出个模糊的人影。在我还没反应过来的时候，我已敲响了他的房门。

不过眨眼的片刻，门便打了开来，亦寒略带诧异地看着我，问道："夜如此深了，公子还不睡吗？"

"那你呢？"我的眼睛还有几分干涩，不知道他是不是能看到其中的红肿，我从他手臂下钻进去，笑道，"这么晚还不睡在干什么？"

门在身后轻轻关了起来，我诧异地看着桌上摊着的地图，分明写着"水雾云亭"，心中乍暖还热。我还没回头，他已从身后轻轻拢住了我，把我包裹在他怀中。

我仰起头看着他，漆黑的眼眸满满倒映着我的身影。我低声道："亦寒，你生我的气吗？"

他缓缓松开了手，我回过身来望着他道："柳岑枫曾害了秦夜，害死夜部十几人，害得你我陷入沙漠九死一生，更差点害你武功尽失。如今我与他这般亲密，你生气了是吗？"

亦寒静静地看着我，漆黑的眼眸如没有星星的夜空，冰冷而辽远。他淡淡道："公子想要做什么就去做，不需要经过我的同意，也不需要顾及我的感受，只要时刻担着自己的安危就是了。"

"亦寒，如今我不是你的主子，你也不是我的手下。我们是在交往的情侣。"我歪着头看他，"你如果生气就说出来，如果不高兴我做什么，也说出来。"

"说了公子会听吗？"亦寒面无表情地说了句，随即自嘲一笑道，"我知道了。夜深了，公子去歇息吧！"

我一把抓住他的手，气鼓鼓地看着他，"你这种态度，我们哪里像在交往了？还不如分手算了！一遍遍喊我公子，好像生怕我不知道你把我当主子守护一般。"我狠狠甩开他的手，朝外冲去，不想他看见我发红的眼眶，也不想他看见我眼中的惶恐。无论我如何努力，他待我还是像临宇一般，而不是林伽蓝。

一股巨大的冲力自后而来，我只觉眼前一花，背脊沁凉，双肩紧痛，已被牢牢按在了墙上。亦寒墨绿掺着暗紫的眼眸近在咫尺，仿佛要吞噬人般牢牢钩住我。

又来了，这个似亦寒又不似他的男子，就像在一瞬间完全变了个人！我微微向后瑟缩了一下，却惹来更汹涌的墨绿色波涛。唇被狠狠攫住，辗转吮吸，吞噬我的呼吸，吮痛我的舌尖，直到我因缺氧猛捶他的胸膛，他才慢慢放开我。

双手撑在我颈项两侧，我被牢牢困在他胸前一方狭小范围内，身体贴着他宽阔结实的胸膛，熟悉的温度隔着厚厚的衣料传递过来，还有急促的心跳，沉重的呼吸，我有些晕眩了。

"不许离开我身边！"亦寒猛地低头再次吻住我，本就红肿的唇微痛，我本能地倒吸了一口凉气往后退。

"不许在旁人面前露出半点风情！"他扣在我腰间的手一紧，身体顿时与他紧密相贴，灼热得几乎要沸腾的温度透过衣料传递过来。

"不许爱上其他人！"他的吻从唇畔蔓延到锁骨，酥麻的感觉立时传来，我浑身一缩，猫一般的呜咽声从唇齿间溢了出来。

亦寒的动作一顿，几乎要把我腰勒断的手轻轻松了开来，慢慢上移，忽地用手托住我后脑勺，断断续续琐碎地亲吻，"我可以……这么要求吗？"

我呆呆地由着他吻，一时竟反应不过来。

傻瓜……心的某处被触得柔软，我吃力地踮起脚，双手从他腋下穿过去牢牢缠绕住他，"傻瓜……"轻轻吻住他温热的唇，舌尖描绘着那弧线流畅的唇形，"傻瓜，你当然可以，因为……"刚刚缓和下来的呼吸再度粗重，我就在那狂风暴雨般的亲吻以及酸酸甜甜患得患失的复杂心绪下沉沦。因为……我爱你啊！

三日后，我代表金耀国护送佳宁公主前往水雾国成婚，这是我第二次率领着大部队向西行进。途中一如所料遭到了多次埋伏，只是柳岑枫离去前似是把一切都安排妥当了，是以次次有惊无险。以至于到达水雾边境再次遭遇刺杀时，我就躺在亦寒腿上安安稳稳地睡觉，连出去看一眼的兴趣都没有。

婚礼在五月初八举行，我们到达的时候水雾国皇宫德奉殿已装点得分外喜庆，到处都洋溢着火热的艳红。佳宁被安排在北首玉青宫，而五日后到达的君无痕则会住在南首瑞廷宫。直到婚礼进行之前，两人都不得相见。五日来我一直耐心等着柳岑枫的消息，可是直到君无痕到达，整个婚礼的预定流程开始，我也没能见到他。心里开始有些忐忑不安，不知道他是出了什么事，还是压根不想见我。

三日后就是婚礼了，我半夜惊醒，梦中的景象历历在目，仍是奈何轩中任尧惨死的情景。如此鲜明，如此痛彻心扉，仿佛亲身经历过一般。醒来后便了无睡意，于是我披了件外衣沿着抄手长廊缓缓步行。经过亦寒房间时忍不住停下来推门进去，房间里空荡荡的什么人也没有。我心里咯噔了一下，随即摇摇头笑自己穷紧张，说不定他也是睡不着，出去走走罢了。

一路忽停忽走不知不觉便来到了御花园，水雾国只是个夹在两个大国间的潦倒小国，既没有自主的权利，也没有强盛的财力武力，因为这是火翎和金耀绝对不允许的。所以尽管同样是御花园，水雾的繁华锦簇绝对无法跟金耀相提并论，甚至比起赤宇楼的素雅，这里的假山布置，亭台楼阁还显出了几分俗气。若非大婚所需布置过了，恐怕更让两大国的人鄙弃。所以，我也就越发想不通君无痕为何放着好端端的火翎不举行婚礼，偏要在水雾。

初五的月亮只是一道弯眉，两端轻轻弯起，整个夜幕都被染上了清幽的银彩。我刚拐过一个假山，打算到前方的石凳上坐下来，却忽听前方有轻微的交谈声。声音很轻，尤其今晚的风有些急，不时吹打着枝条掩盖了其他声响，只余细碎却连绵不绝的噼啪声。我有些好奇，是谁会在这样寂静的深夜如我一般无法成眠出来赏月呢？

我蹑手蹑脚地往声源处走去，月光为所有的景色都蒙上了几层朦胧的面纱，我只能隐约看到前方有个柔和的身影，一道分辨不出男女的声音随风传来："……我也知道你一向最清楚自己要的是什么，决定了便不会后悔，只是后日……"

"谁——"一阵厉喝破空而来，我被吓得一屁股跌倒在地上，掌心压在尖锐的岩石上刺骨的痛入体而来。那柔和的身影微微一颤，只说了句："灭口！"便消失在茫茫夜色中。

那声音仍有些迷离，可"灭口"两字我却听得浑身一颤，恐惧如毒蛇缠绕着我，让我窒息。轻如无物的脚步声由远及近，落在旁人耳里恐怕只是风声与枝丫的摩擦声，我却清楚地感受到那薄如烟雾却无处不在的杀气。

再来不及多想为何这凉薄冷冽的杀气如此熟悉，我顾不得手上的伤一把将自己从地上撑起来，喉咙有些沙哑地酥麻，我抓紧这千钧一发的时间大喊："救——"

声音戛然而止在冰冷掐住我喉咙的那一刻，我心底仍里里外外翻腾着，"亦寒，救命！"喉头却再发不出半个音，只因眼前翻腾的熟悉的银丝青衫让我全身血液瞬时冰冷。

掐住我喉咙的手猝然一僵，随即我听到了一个再熟悉不过的声音："公子——"

"咳咳——"他的手一松开，我便发出剧烈的咳嗽声，垂下的眼帘中映入熟悉的青衫和挂着银白流苏的青霜剑，眼前顿时蒙上了一层水雾，心里空落落的难受，泪水便紧接着落了下来，说不清是放心、委屈还是气愤。

"公子！"亦寒一把抱住我，微凉的指尖手忙脚乱地擦去我的泪，总是清冷淡漠的脸上，此刻清晰地写着惶恐和心疼，"公子，我弄痛你了吗？我……我不知道是你。"

"你要……杀……你要……杀我！"我揪着他的衣襟一边抽抽噎噎地低声哭泣，一边词不达意地控诉。方才浑身冰凉的恐惧仍在心尖徘徊，不是因为死亡的迫近，也不是因为寒夜的冰冷，而是那熟悉到不能再熟悉如我呼吸般萦绕在我身边的青衫银丝在那一瞬

少年醉相世外客 上部

间爆发出的杀气，冲我而来的杀气。我无法想象，如果有一天亦寒用陌生的目光看着我，剑尖直指我的心脏，我该怎么办？我还有勇气在这个世界生存下去吗？

"公子，别哭……别哭……我不知道是你！"亦寒将我紧紧抱在怀里，声音是我从未听过的轻柔小心，"我怎么会杀你？就算死，我也不会伤害你！"

他低下头用微凉的唇——吻去我脸上的泪，明明笨拙紧张，却是那么的温柔怜惜。心底慢慢蹿起了柔软的暖意，我踮起脚尖寻上他的唇狠狠吻下去，牙齿微一用力血腥味便丝丝渗出，双手自然攀上他肩膀。

他猛地瞪大了眼，退开一步反手抓住我的双腕，眼中的惊痛清晰可见，"公子，你受伤了！"

这个不解风情的笨蛋，非要在这种时候跟我研究狗屁的手伤吗？我狠狠甩掉他的手，犹带血污的手绕过去紧紧环住他颈项，吐出热气的唇离他只有两寸，我气息不稳却恶狠狠地瞪着他，双唇开合间不意外地碰到了他的唇瓣，"你到底要不要吻我？过了这个村可就……"

突如其来牢牢封住我双唇的湿热清楚说明了他的回答，我紧紧攀附在他身上，听着薄薄衣料下沉稳有力的心跳，陶陶然忘记了一切。忘了曾经有过的爱恋，忘了曾经彻骨的伤痛，也忘了纠结在我心头的爱恨。坚固的高墙一分分剥落，露出里面逐渐愈合的心，我想我是可以开始新生活的，与这个我爱和爱我的男人一起。心底隐隐有什么不安在波动，似是即将失去某样重要的东西了，然而那样的惶恐来得太快也去得太快，以至于……

# 第 56 章　猜忌成恨

亦寒紧蹙着剑眉，双手小心翼翼地捧着我的手掌，将伤口中的碎石和木屑一一挑掉。火辣辣的痛传来，我"咝"地倒抽了一口凉气，他脸色一白，眉头皱得更紧了。

我忍不住用另一只没有受伤的手轻轻抚平他的眉，见他抬头看向我，眼中的怜惜和自责清晰可见，不知为何心情大好起来。晶莹修长的食指轻轻点着他鼻尖，我趾高气扬地道："我是你最重要的人吗？"顿了顿觉得自己太霸道了，忙又加了句："当然你师父师母除外。"

亦寒一愣，随即眼中的笑意轻轻泛起涟漪，伸手抓住我的手，清凉的唇在我掌心印下一吻。

明明没有任何暧昧和情欲的亲密，我却只觉浑身一阵酥麻，连耳根都燥热起来。简单短暂的一吻却诉说了太多的坚决和深情。只听他轻声道："公子，从很久很久以前就是了。"

仿佛有根针轻轻扎在我飞上云端的心间，不痛，却足以使我清醒地坠落。我勉强笑笑，想说什么，却一句也答不上来。亦寒并没有发现我的异状，低下头专心清理我的手掌。

忽然像是想起了什么，他眉头轻皱，沉声道："明日我要离开天余，若水会代替我在暗处保护你。公子切记乖乖待在皇宫中，我定会在婚礼开始前赶回来，知道吗？"

我一愣，脱口问道："去做什么？"

他的表情清冷淡漠，眼底却有轻浅的怀念和哀伤，连声音也不自觉带了几分哀沉："后日是我师母的祭日。"

我轻轻"啊"了一声，唇微微开合，总觉得该安慰他些什么，却一句好听的话也说不出来。良久也只能轻轻握住他冰凉的手掌，轻轻握紧，将我掌心的温暖传递给他。

亦寒好看的唇角微微勾起，弧度不深却极明显，漆黑闪亮的眼眸看得我浑身都暖暖的，清理我伤口的动作轻柔而小心。

我忽然想起了那句灭口，眉头微皱道："亦寒，刚刚跟你说话的人是谁？"

他的动作微微一顿道："是我师妹。"

我一愣，"木双双？声音不像啊。"

"回去上药吧。"他仔细地看我的手，确定没事才一个倾身将我打横抱在怀里道，"是我另一个师妹。"

我意味深长地"哦"了一声，笑睇着他，"你到底有几个师妹啊？怎么一开始见到木双双都没认出她来？"

亦寒眼中的笑意一闪而逝，随即是清浅如月光的温柔，我可以想象那双黑眸满满倒映着我的样子，"我还有一个师兄。"

我脸上一红避开他的目光，却听他续道："我们师兄妹虽从同一个师父在无极山上学艺，相互却从未见过面，只除了小师妹。"

"就是刚刚那个人？"我诧异地回头看他，目光落在他身后，"为什么只除了……宇飞！！"

"宇飞！你这几天都去哪儿了？我找得你好辛苦啊！"我惊喜地叫道，那在月色中若隐若现光华满身的白衣男子不是柳岑枫是谁。我挣扎着想要跳下，亦寒的手却猛地收紧，眼中暗涛汹涌再不复方才的柔情。我心中一惊，想起自己承诺过的当然可以，挣扎便慢慢停了下来。

柳岑枫的嘴角轻轻勾了起来，绝美的脸在月色下有种惊心动魄的魅惑，似笑非笑的神情恍如逐渐绽放的罂粟，妖娆而令人恐惧。他掌心忽地轻轻摊开，轻灵的月光流泻在他手上，一片红枫在他莹白如玉的掌心轻轻旋转，流彩殷红交替着拂过他蔚蓝如海，深邃如漩涡的眼眸。

"蓝蓝，"他斜靠在假山上看着我，嘴角微微勾起了笑，那笑映入眼眸却有些冰冷，"你在跟他交往吗？"

我脸上一红，只觉扣在我腰间的手，贴着我身体的胸膛都分外让我燥热，我轻轻点了点头。

笑容在柳岑枫的脸上微微收敛，随即更为灿烂，他道："你爱他吗？"

我正想说自然爱，他却用极蛊惑人心的低音忽然道："比爱徐冽更甚？"

我不知道自己此刻的表情是怎样的，只是清楚地感觉到，血液从脑中被抽尽，从额头到鼻尖再到嘴唇都冰凉得彻骨。

一双手轻轻拨弄着我的发丝，我抬起头看到柳岑枫就站在我的面前，将那片红枫别在我发髻，声音轻柔却如拂动的羽毛，"傻丫头，你暗恋他多年，又岂是说不爱就能不爱的？"

不！宇飞你根本就不懂！我咬着下唇拼命摇头，你不知道我与他曾发生过什么事？更不知道我是被伤到如何体无完肤的地步，又如何撑到现在。

"公子。"亦寒清冷低沉的声音传入耳中，莫名地让我心安。他低头看着我目光轻柔怜惜，"夜深了，回去睡吧。"

不知为何心里的阴暗一下子就被驱散了，轻轻点了点头，正要同柳岑枫告别，蓦然抬头却发现他早已不在原地。远处树丛中，月白修长的身影恍如一幅画，白衣飘飘，月光袅袅，遗世独立的男子子予而行。

第二天一大清早我就去找柳岑枫，可是他却不在，像鬼七分像人三分的白无常交给我一片枫叶，只道："主上说，他要讲的都在上面了。"

我有些沮丧地回到房中，翻来覆去枫叶上也只有一幅简易的地图，其他什么都没有。本来还想好好与他商量回去现代的方法，没有理由同样戴着水链，我可以自由来去，而他只能被困在这个世界啊！我甚至想着，反正杨毅防我忌我，那么三年后待达成了子默的目的，我是否可以随宇飞去火翎生活，或是一同隐居。

想到此，我忍不住便抬头看向那隔绝于世的孤魂，为什么明明与以前没有差别地在我身边，我却总觉得子默与我越来越遥远，仿佛刻意地让我忽略他，甚至遗忘他。

我心中微微一痛，低低地叫了一声："子默……"他的目光依旧驻留在窗外，没有回头看我，甚至没有挪动半分。我心问："子默，到底发生什么事了？"

他嘴角微扬，不说话。我胸口抑郁，却不死心，继续道："你不再为我出谋划策了吗？不再看着我成长了吗？不再需要我替你完成梦想了吗？"

还是静默，我咬着牙狠狠捶了一下桌子，手痛得麻木，正待起身出去透气，却见子默忽然转过身来，神情淡漠冷静，棕色的眼眸深邃而幽静。

他忽然冷冷地笑了起来，看着我道："有些事，我只怕再不告诉你，就再也没机会说了。"

我一愣，看着他的眼神仿佛兜头有一盆冷水浇过来，又似条条毒蛇在我全身上下钻入窜出。他仍在笑，却与平日的温润相距好远，他分明是孤魂韩非，是我在这个世界曾经最信赖的子默，却让我如此陌生。

子默缓缓飘到我面前道："伽蓝，你从来没有好奇过吗？明明我是来自一百五十年后的人，为何从不告诉你，伊修大陆的未来如何，你的命运又是如何？"

我一愣，眨巴着眼看他，"我……我以为是你历史学得不好，或是记载不完善……像我就未必能说得清楚一百五十年前某个小人物的命运啊！"

子默幽深的表情一僵，棕黑的瞳眸中忽地清楚倒映出我的脸，又迅即掩去。他也不接我的话，只继续道："耀国史记，万历七百六十五年，金耀国少年丞相秦洛死于非命，金耀朝廷动荡，火翎风吟趁机入侵；万历七百六十六年，火翎太傅柳岑枫率兵攻打金耀边境夺城池数十余座；万历七百六十七年，天应帝杨毅启用庶民韩绝，拜其为大司马整顿朝纲；万历七百六十八年，柳岑枫身患绝症的消息传出，不到半年猝死；万历七百六十九年，金耀国在大司马韩绝的整顿下再度强盛，不仅夺回失去的城池，更再度让各国臣服；万历七百七十三年，火翎国传出君无痕病逝的消息，年仅八岁的君清连登基，玉玲太后垂帘听政，大将军钱程专权；万历七百七十四年，杨毅敕封韩绝为金耀国史上第二任集所有权力于一身的丞相，开始了金耀国的统一之路；万历七百八十年，年过不惑的杨毅终于完成了伊修大陆的统一，定国号为耀，起始年号伊元。"

我从起始的震惊仓皇，到慢慢的冷静，扶着桌沿缓缓坐下来，"如果我没有穿越，这就是历史是吗？"顿了顿，我已忘了自己不必说话，只想宣泄什么，声音干涩地道，"我的穿越，改变了历史和所有人的命运是吗？"

子默神思复杂地看着我，微微一笑，又道："金耀的史记仍未讲完，伽蓝你想继续听下去吗？"

我只觉脖子僵硬如灌了铅水，竟连简单的点头也做不到。

子默却不理会我的反应继续道："韩绝一人得道，韩府便鸡犬升天。但韩绝深知功高必然震主，集权必然遭妒的道理，是以天下一统后便想功成身退。然而杨毅却无法放心他带着一身荣誉和士兵将领的敬慕离去，既不肯给他实权，又怕杀害他令功臣心寒，最终再度听信韩绝二哥韩宁的建议封他一个有名无实的兴阳侯，可世袭，然而子子孙孙终生不得参政参权，更不得离开洛南城半步。"

我心中凛然一片，皱眉道："那靖远，我是说韩绝为什么不偷偷逃离或者索性谋逆反叛呢？"

子默微不可察地叹了口气道："那对我来说是很久远的事了，只有流传无从考证，我只知韩绝本是个不喜欢被俗事牵扰的人，他进入官场一是见不得国家遭外族践踏百姓流离失所，二却是因为杨毅在韩宁的谋划下抓住了他的软肋。"

"韩绝其父韩文元膝下只有四子，分别是老大韩风，老二韩宁，老三韩绝和老四韩勤。四人中老大最是勇武威猛，甫一成年便跟随吕大将军东征西讨，乃是吕少俊手下不可或缺的先锋，在与火翎一战中战死，年仅三十八。老二韩宁表面看来生性懦弱，才智愚钝，其貌不扬，实际却是心机暗藏，在杨毅统一伊修大陆后韩府一门皆被架空，唯有他一鸣惊人成为帝王宠臣。老四韩勤三岁识字，四岁写诗，乃有天人之资，本是韩文元最为钟爱和宠幸的儿子。只可惜嘉应二十三年殿试，兵法谋略、治国之道统统输于当时名不见经传的秦洛，一时被人传为笑柄，年仅二十便郁郁而终。"

我忍不住道："你所说的韩绝的软肋究竟是？"

子默幽深地笑笑道："韩绝本性凉薄，可就大义，却绝不肯屈小节。他或者肯怜惜天下百姓疾苦，却绝不会因任何事而受威胁，除了一个人，那便是他从小疼爱的弟弟韩勤。"

"可是……"我瞪大了眼，"韩勤不是死了吗？而且，若他真的如此重视他弟弟，为何明知我是害韩勤郁郁而终的元凶，却仍要与我为友。"

"韩勤曾与青楼女子有染，留下一子，被韩宁找回领养。"子默忽然一顿紧盯着我，冷笑道，"你最重视与徐列夫妻之情，最悔恨风亦寒当初承受的痛苦，如今不也是与柳岑枫亲密无间？或者韩绝也只是发现了更让他重视的人罢了。"

短短两句话像是一把重锤砸在我太阳穴，耳畔嗡嗡作响，我咬了咬下唇，雾气升腾，忙再咬，直到唇齿间渗进血腥味才将泪意逼回。我哑着声道："那你要我怎么办？杀了他为秦夜报仇，为自己雪恨？可是我这条命，本就是他救的。或者至少该与他疏远，形同陌路，可是子默你告诉我，曾经，我留在这古代的目的是为了什么？不就是为了找到他，带他回现代吗？他不是别人，他是我最好的朋友，是为了救我连命都可以不要的朋友！！"

"林伽蓝，你给我睁开眼睛看看清楚！现在的这个柳岑枫，除了拥有聂宇飞的记忆，还有哪一点像他？！"子默失控地甩袖大吼，棕色的眼眸充斥着通红，"如今的他，是魔鬼，是冷血得你无法想象的病态的人，绝不会念着你们过去那一点幼稚的情谊就放过你！"

"你闭嘴！！"我几乎是尖叫着，喘着粗气打断他，"你凭什么这么说他？韩子默，你又是本着什么目的待在我身边？你以为事到如今我还会相信你的目的仅仅是想让天下统一吗？你不要把我当傻瓜，你所教我走的每一步，虽然化解了危机，却也让我和杨毅的隔阂越来越深。我又凭什么要再笨到被你骗得团团转？！"

我的声音很大，在空荡荡的房中回响，子默眼中的难以置信、痛楚和悲愤慢慢掩去，沉淀为深深的冰冷和孤绝，他冷冷笑道："是啊！你已不再是从前的林伽蓝了，你已聪明到能自己发现身边的阴谋诡计。可是，你终究还不够成熟。"

他顿了顿道："知道我为什么会魂魄不散成为千年孤魂，甚至回到伊修大陆四分五裂的年代吗？一百五十年后，耀国朝政开始腐败，天下眼看又要大乱，是我辅佐新登基的太子稳定政局，镇压了各地的起义。韩家再度功勋卓著，一门三侯，荣耀甚至比之当年的韩绝更甚。可是就在三个月后的某夜，一群武功精绝的强盗闯入韩府，烧杀抢夺，奸淫掳掠。我亲眼看着我的父亲被砍去头颅，我的母亲举刀自尽，我的弟弟五脏滚了一地被踩得稀烂，我的妹妹被十几个大汉轮番强暴而死。我永远忘不了那一天，当黑衣人的首领在掐断我喉咙前，面纱被我扯下的一瞬，熟悉到不能再熟悉的脸，我曾发誓一生效忠的主子，当年的太子，如今的皇上。也就是在那一刻，我的灵魂清晰地从肉体脱离了出去游离在九重天外。"

我牙齿咯咯地咬着直发抖，想说些什么，却连一个简单的音节也发不出。

子默的表情却依旧是冷漠而讥讽的，带着看透世事的苍凉和寂寥，"不要露出这种表情，我说这些不是想博你同情。只是要告诉你，聂宇飞当年所受到的苦，并不比我少。我在九重天外日日所想的都是如何报复，并非报复杨文翰一个人，而是报复耀国整个朝廷。杨文翰的死算得了什么，我要抹杀他的存在，我要让他们引以为傲的帝国彻底消失在历史洪流中。"

"日子一天天地过去，我的仇恨非但没有减少，反而越来越深，越来越浓，寂寞和孤单都无法打垮我，仇恨却如毒蛇般啃噬着我的心。直到有一天，我忽然从九重天坠落，被封印在一个八卦阵中。开始的十几年，我什么都听不见，什么都看不见，甚至不知道自己身在何方。可是奇异地，我的心却慢慢平静下来，尽管报仇的意念仍坚不可摧，却慢慢被化去了将这世界毁灭，玉石俱焚的疯狂。然后，终于有一天，我听到了一个人的声音。"

我举起手轻轻晃着手中被银帘固定住的水链，强笑道："你所说的八卦阵就是这个，你听到的那个声音，就是临宇，是吗？事实上，早在你与我碰面以前，就认识临宇了，是吗？"

子默静静地站立着，棕色的眼眸再不复刚刚的冷寂，有什么在其中缠绵缱绻，想说却又说不出来。

我抬头凝视他，仿佛是个真实存在的人一般，高出我大半个头，墨色的直发，棕色的眼眸，柔和的五官，还有那看透世情的淡漠。子默，曾经是这个世界中唯一明知道我是谁，却又包容着我一切缺点的人。

我的手伸出去，在日光下有种诡异的苍白，然后无声无息地穿过了他的胸口，心脏的所在。我抬起头看着他，不再说话，"初到这个世界时，我惶恐难安，是你让我懂得进退应对；在普华街，我自私懦弱，是你无情却有情的话将我骂醒；在塔拉干沙漠，我孤寂无助，是你的存在让我支撑下去；在夏家寨，你教我谋略；在湘西军营，你诲我兵法；就算身处洛南，云颜、亦寒都在身边时，教我一步步化解危机的还是你。"

"子默。"我深深地望进那棕色却如深海漩涡般的眼眸中，"这一切，都是真的吗？这些把我牢牢羁绊住的情谊，都是真的吗？还是如这个身体一般，虚无缥缈，从未存在过？"

他一句话也不说，闭了闭眼，再睁开就是那样漠然的表情，那样讥诮的神色，那样通透世情的冷漠，"伽蓝，你都猜到了不是吗？告诉临宇他会死的人是我，让临宇明知会遭杨毅猜忌却不得不被利用的人是我，召唤你来到这个世界让你失去现代平静生活的人也是我。"

子默轻轻地笑了起来，在悠悠的日光中，那笑美得难以用言语描绘，光芒自他透明的身躯中一缕缕穿过，仿佛随时都会将他融化一般。他说："伽蓝，事到如今，你一定很希望我消失吧？最好是从来都未在你的生命中出现过……"

连他的声音也仿佛能弥漫出暖洋洋的热气，包裹住我全身。可是我却仿佛被冰冷的水浇了个通透，异样的无法言喻的恐惧倏地蹿了上来，让我几乎没有经过任何考虑就脱口喊道："不是的！我从未希望过你消失，从来……"

声音戛然而止，我的眼里清晰映照着子默震惊震动的脸，和眼眸深处沉沉的哀痛。

我们对视着，每一分每一秒，我的眼里慢慢蒙上了雾气，轻轻摇头，泪水便落了下来。

我想起徐列远去的决绝身影，我想起我那未出世的孩子，我想起那个再也没有光明的世界，难道这些我都可以不在乎吗？难道天下人的疾苦，历史的偏离正轨，甚至我自己和临宇的被利用，我都可以视而不见吗？难道我明知道他的用心，却还是宁愿一步步朝着他铺好的路走下去吗？

为什么在我心底，慢慢浮起的仇恨却不及看着他透明的身体趋向虚无时恐惧的万一。他是子默，是这个世界唯一真正懂我的子默啊！

我猛地抬起手打出制止他说话的手势，头痛欲裂，我扶着太阳穴，虚软地道："韩非，就当我求求你，进去八卦阵中，短时间内不要再出来。我不想……一刻都不想再看到你。"

说完，我猛地转动手腕上的水链，明明闭得死紧的眼睫上却还是如刀刃轻割般，划过一道白光。

# 第57章 枫林小筑

亦寒离开的第二天，我醒来时发现自己头痛，喉咙麻痒，竟又有发病的前兆。也不知是水土不服，还是因为子默、宇飞的事心底郁结不化。于是愈发地想念亦寒，想念他的怀抱，想念他清凉淡薄的气息，想念他带着薄茧的修长手指……

服侍的宫女刚伺候我洗漱完，敲门声便"笃笃"传来。我两眼迷离地跑过去开门，几乎是在外头阳光照射进来的第一瞬间，我便"啊"地惊叫了一声。

门外是个柔媚丰满的艳丽女子，眸光似水，翠绿眼眸光芒四射。仿佛没看见我复杂又惊惧的表情一般，她袅袅一福道："梅娘是替主上传信来的，公子无需紧张。"

宇飞？我缓过气来，终于记起她如今是宇飞的手下，可是脑中闪过夜部众人——倒下的情景，秦夜绝望却温和的笑容，就算她是宇飞的手下……我也好想……

"以前对公子多有得罪，但公子损失了手下，主上也损失了三万精兵，可说是扯平了。"梅娘笑盈盈地抬起头来，一脸诚恳的歉意，眼底深处却有冰冷的幽光，"公子可否不再对主上和我等多做计较呢？"

我闭了闭眼，报仇的事以后再说，现在只想先见到宇飞。我走出房门淡淡道："柳岑枫在哪儿？"

梅娘一笑，从袖中掏出一张枫叶递给我道："昨日白无常给公子的是枫山的地图，今日这张是枫山中枫林小筑的所在。主上已在小筑中备好薄酒等候公子。"

我默默回忆了昨日那张地图，大致知道了枫山的位置，却不由得踌躇起来。亦寒临走前说过让我切莫离开皇宫，而且他马上就回来了，是否再等等……

"公子，"梅娘打断我的思绪，"主上午时过后就要动身回火翎国了。"

"什么?!"我一惊道，"怎么会这么快？他不参加婚礼吗？"

梅娘笑容不变从容道："我们的皇上亲来水雾成婚，火翎无人主持大局，主上回去也是迫不得已。"

我皱眉想了许久，只得点头道："好，你等等，我进去换身衣服。"

一进房中，我就取出贴身的一片香料用火点燃，熏在衣服上。这是云颜特制的"追魂香"，熏在衣服上人口鼻不可闻，却有一种特殊的鸟能察觉到。若水的身份不能曝光，但她必然能看到我随梅娘离去，等到亦寒回来既不会以为我无故失踪，也不会找不到我。

不！我不是怀疑宇飞。我使劲晃着脑袋，努力把子默那句"现在的这个柳岑枫，除了拥有聂宇飞的记忆，还有哪一点像他"晃去。不是的！宇飞就是宇飞，无论经过多少年，换过多少躯壳，他的内在绝不会改变。

枫山，顾名思义就是种满枫树的山林，如今只是初夏，自然无法看到满山枫叶落日红的景象。可是那样郁郁葱葱的山林，清潺流动的山水，时断时续的鸟鸣，还是让人不由得心旷神怡。

走了许久，直到一条以鹅卵石铺就的羊肠小道展现在眼前，带路的梅娘才停下脚步，躬身道："前面就是主上的居所，如无召唤我等是不得擅自入内的，恕梅娘只能带到这里。"

我点点头，并不愿意跟她多说话，径直踏上了小道。两旁是标杆挺直的绿竹，山间微风拂过，竹叶与竹叶相碰，发出簌簌的清脆声音。脚下踩的是凹凸不平的鹅卵石，明明不甚舒服，我却觉得分外熟悉。嘴角轻咧，忍不住露出了笑容，脚底按摩，也只有宇飞才会想到这种方法吧。

说起来当初的龙门客栈，以及内里的摆设和小二的服务，我为何就没想到这是现代人才有的经营理念呢？脑中隐隐闪过什么奇异的念头，似乎有什么关键的东西一闪而逝，想抓却又抓不住。

走了好一会儿，耳边慢慢听到了隆隆的水声，空气中带了股清新的湿意，风的力道加强了，却没有刮面生疼的感觉，只觉吹散所有郁结的舒爽。

眼前豁然开朗，首先映入眼帘的便是那一片燃烧般的火红，拥拥簇簇地在竹林深处，像铺开了漫漫红绸，又像是夕阳余晖下的火烧云。那种美，让我除了惊叹，什么感想也生不出来。

走进枫林，水声越加清晰，可是我绕了半天却发现自己一直在原地环绕，根本走不出去。心中一动，不知为何竟想起了黄老邪的桃花阵，嘴角微抽，只得闭上眼睛回忆那张枫叶上的地图，一边想，一边小心地跨出一步又一步。

水声震耳欲聋，连扑面而来的风中都带了水珠，沾湿了我单薄的衣衫，身体中沁进了几分寒意，不时便会打个冷战。可是，心情却越来越激动，因为我知道，马上就可以走出这片枫林了。果不其然，眼前耀眼的火红越来越稀薄，蓝天白云晃悠悠地就在眼前，我开心地三步并作两步跑出去，红枫一尽，我脚刚踏出枫林。一步，是兴奋；两步，开始感觉不对劲；三步，我惊骇莫名地看着前方空落落的万丈悬崖，瀑布顶端；第四步却是怎么也收不住脚，"啊——"的一声惊叫了出来。

随着惯性往前倾，眼看就要随瀑布逐流摔成一堆烂泥的身子在千钧一发之际被抱了回来。我大口大口地喘着气，浑身上下都被冷汗浸了个通透，只要一想到刚刚那毫无准备下的生死一线，便头皮发麻，手脚发软。

被水声掩盖的模糊笑声传来，我惊魂未定地抬头，刚好对上一双戏谑的蓝眸，以及一张九死一生后怎么看怎么像是天使的脸，声音更是有如天籁了，"蓝蓝，你又欠我一条命了。"

怒气刷地从心头窜上来，我揪住他单薄衣衫下的肉狠狠拧了个弧度，大声道："你这个浑蛋，想吓死我啊！没事把我叫到这种地方来，差点连命都被你玩掉了！"

"痛……痛……"两道如远山般的眉轻皱，一副可怜兮兮的表情，"我哪知道你这么不经吓的。好了！好了！我抱你参观我的居所就是了。"

还没等我反应过来，他一个俯身轻巧地把我抱在怀里，牢牢锁住。我心中一凛，正要说话，却见他嘴角勾出个极漂亮的弧度，笑道："蓝蓝，这个身体比以前的你轻多了。"

我嘴角抽了抽。他又道："嗯，就是骨感重了点，腰肢细了点。"

额头上的青筋开始暴起来。扶在我腰间的手下滑，一掌贴在我臀部，他微微一愣，露出不可思议的表情，"蓝蓝，你这个身体到底是不是男的啊？屁股比以前还有弹性。"

"聂——宇——飞——"我管不了是不是在悬崖边，身在他怀中，却手脚并用对他一阵暴打，一边还不忘用一百二十分贝的声音大吼，"你他妈的给我去死！"

柳岑枫边笑边挡开我的手掌，一手轻巧地抓住我脚踝，"蓝蓝，我这可是白衣，盖个脚印上去多难看……唉！怎么连脚腕都这么细……"他手上猛一使劲，轻轻一带，我就又被他抱在怀中，虽然中途被倒吊着拉上去的姿势实在很难堪。

他笑着用手肘和手掌固定住我挣扎的身子，另一只手绕上来贴上了我的脖子，轻轻抚摸，慢慢远离的瀑布水声让他的声音变得异常清晰，"难道这喉结也是假的。"

脖子上微微的刺痛，紧接着是什么被紧贴着皮揭下的声音，我微张了嘴，看着柳岑枫手中那以假乱真的喉结，彻底呆了。

柳岑枫也是微微一愣，随即冰蓝的眼眸变深变沉，仿佛酝酿着重重风暴。嘴角的笑容却越发灿烂，魅人心神。他俯下身来，灼热的呼吸吐在我脸上，即使不相碰也能清楚感觉到炽热的唇，在我耳边微微开合，无声吐字道："蓝蓝，风亦寒早知你是女儿身，对吗？"

我浑身打了个抖，他抱着我走进一间石屋，隐约的水声立刻隔绝，屋中熏着淡淡的紫丁花香，是我以前最喜欢的味道。

柳岑枫松手将我放下，手却依然停留在我的脖颈上，眼眸深邃，表情似笑非笑，声音更有种沉沉的魅惑，"蓝蓝，你说我该怎么惩罚你呢？"

怦——怦——怦——我猛地捂住胸口，一把推开他，惊骇地后退几步。又来了，这种感觉，当初在塔拉干沙漠边境第一次远远看到柳岑枫时，那种恐惧绝望悲苦又似痛非痛的感觉。我低下头看着自己揪在胸前的手，苍白如雪，又轻轻颤抖，再一次显示了这具身体对柳岑枫有多么恐惧。

# 第58章 爱恨成痴

"你要在那里发呆到什么时候?"清润低沉的声音传来,我一惊抬头,这才发现柳岑枫已坐在了圆桌前,笑看着我。红木的桌子上摆了几份精致的菜肴和点心,还有一瓶酒。桌子的东西两面放置了两个小巧的酒杯,杯中倒了满满的暗红色的酒,却一滴也不会溢出来。房中的紫丁花清香慢慢被醇厚的酒香盖过,熏人欲醉。

"还不快坐下。"柳岑枫端起酒杯轻轻饮了一口,动作潇洒随意,好看至极,"别枉费我做了这么些时候。"

我惊讶地瞪大了眼,一时忘却了方才的恐惧,一边坐下,一边指着满桌的酒菜诧异道:"这些都是你做的?"抬头看着天花板,脑中浮现出柳岑枫着洁白长衫围着围裙,在灶炉前……

"扑哧……"我大笑出来,虽然以前宇飞也能下厨弄几样小菜,可是,换成柳岑枫的形象,就好难想象。

柳岑枫对我的耻笑丝毫不以为忤,修长的手指轻轻拈起一块糕点塞进口中,完了还用舌头舔尽指尖的碎末,又放入殷红的唇间吮吸。这样如婴孩一般的动作在他做来,却是让我目瞪口呆地性感撩人,心怦怦跳个不停,连喉咙都有几分发干。

他笑笑道:"我在这几年一直很怀念蓝蓝做的糕点,想得厉害了,就自己下厨做。可是,却总做不出一样的,属于蓝蓝的味道。"

"啪——"手中的筷子掉落在地,我呆呆地看着圆桌上的糕点,眼前慢慢蒸腾起雾气。我扯出一个灿烂的笑容道:"以后,你若想吃,我随时都可以给你做。"

柳岑枫不置可否地笑笑,饮了口醇酒,道:"这是葡萄酒,不易醉,蓝蓝可以饮。"

我举杯尝了一口,馥郁的酒香立刻溢满唇齿,微辣的甜反而更让人留恋,我叹息一声,笑道:"真好喝。"抬头间刚好看到那张绝美的脸上绽放出灿烂的笑容,白衣飘飘,青丝缭绕，仿佛是回到了最纯粹美好的过去。

衣袂流云花如雪……我脑中反复回响着这句话。如果说韩绝是清风玉润，任尧是俊秀婉约，临宇是清俊雅致，那么柳岑枫就是融合了三人所有又可随时随地将其毫无保留地散发出来，似妖似仙，超越男女的魅惑。他的美，让人向往，却也让人恐惧，让人渴望拥有，却又害怕染上毒瘾般地畏惧接近。

"蓝蓝一定很想问我被太子囚禁那一年中的事吧？"柳岑枫忽然道。

我一惊，慌乱地摇头，"不！不想问。你……你也不要再去想了！"

柳岑枫低低笑了出来，"蓝蓝何必紧张，不过就是做了那太子的娈童，也没什么要紧的。"

我心中黯然伤痛，他却仍在笑，"不要一副快哭出来的表情。在我最痛苦的时候你没能找到我，现在这般廉价的同情，我可不稀罕。更何况……与其同情当初那个天真懦弱的废物，不如想想怎么同情如今的我。"

我呆呆地看着他。柳岑枫身子倾前，撷起我一束头发轻轻一扯，我低叫了一声，被他拽了过去。他脸上的笑容幽冷而妩媚，声音更是撩人，"这具身体只剩下一年多的生命了。蓝蓝，你说怎么办呢？"

"什……什么？！"我猛地瞪大了眼，他的眼中瞬时映出我血色尽褪的脸，"宇飞，你……你说什么？！"

柳岑枫呵呵笑了两声，终于松开揪住我头发的手，道："我说，柳岑枫这个身体，病痨缠身，顶多只能再活一两年。怎么，很诧异吗？"

"这……这怎么可能……宇飞，你别跟我开玩……"我的声音卡在了喉咙口，哽咽着说不出话来。耳边仍浮着子默冷漠无情的话：万历七百六十八年，柳岑枫身患绝症的消息传出，不到半年猝死。

我一把抓住他的手腕，喘着粗气道："宇飞，你……你别慌，我跟你说，云颜……云颜她的医术天下第一，她肯定能延长你的生命的。"

柳岑枫笑笑，也不抽回手道："苟延残喘多活几年，又有什么意思？"

我一愣，心痛得像有一把把刀在割，我哽声道："那……那怎么办？我不要你死……我不想再让你死了……"我像个小孩子抓着化掉的糖果般哭泣，他也由得我闹，只是似笑非笑地反抓住我的手。我的目光一闪，落在他手腕的水链上，思绪一顿，随即惊叫道："宇飞，我们想办法回去！"

见他抬头看我，我忙擦了擦眼泪，破涕为笑道："对啊！我怎么就没想到呢，既然你手上还有水链，那么一定有回去的渠道。只要我们在一年之内找到回去的方法，你就不用死了！"

"是吗？"柳岑枫心不在焉地答了句，抓住我的手，光滑温热的手摩挲着我水链附近的皮肤，淡淡道，"若是找不到呢？"

"不会的！一定能找到。就算我找不到，还有……"子默啊！他能进入八卦阵中察看，一定知道回去的办法。我开心地抽回手转动水链，压根忘记了昨日还在跟子默吵架，还让他以后都别再出来了。眼前白光一闪，子默轻轻飘摇地站到了我面前，脸色有些憔悴，浑身总觉越来越透明得彻底，唯有神色依旧是那般淡漠寂寥。

我正待用腹语同他说话，柳岑枫轻描淡写抛出的一句话，却让我全身骤然僵硬起来。

他已然靠在了自己的椅背上，歪着头，墨色的柔软发丝垂在雪白的衣衫间，像是一幅意境优美的水墨画。他的声音更是比那钢琴低音阶更沉沉震动人心弦。可是，他用平淡无波的语调在说什么。他说："蓝蓝，为了补偿我因你所受的这些苦，嫁给我如何？"

我呆呆地看了他半晌，忽然大笑道："宇飞，这个玩笑太恶搞了吧！比你以前的冷笑话都好笑。"笑着笑着，房间里空荡荡的，我浑身开始有些发躁，笑声显得又假又难听。我慢慢停了下来，他右手手肘撑在椅子把手上，掌心托着头，浑身都是慵懒魅惑的气息，浅笑道："很好，蓝蓝你已经清楚我不是在开玩笑了。"

我张了张嘴，心中的惊骇无法用言语来形容，"为……为什么？我们不是朋友吗？"

"迟钝的确不是你的错。"柳岑枫站起身来走到我面前，居高临下抚着我的发丝，笑看着我，声音温柔彻骨，"可是迟钝到让人白白付出，还是令我很厌恶。"

柳岑枫的手，从我的头顶顺着发丝慢慢下滑，"怎么，只是让你嫁给我，就怕成这样？看你刚刚的样子，我还以为只要能让我活下去，你就愿意付出任何代价呢！"

"我……不是这样的……"我浑身因莫名的恐惧而颤抖，"嫁……我从来没想过……我们只是朋友……"

他两手一伸抓住我的肩膀，轻巧一带，已将我从椅子上抓了起来，抱在怀里。温热的指尖不容抗拒地抓着我的下颌与他对视，"蓝蓝，你到现在还不明白吗？不管是过去的聂宇飞、当年的任尧，还是如今的柳岑枫，对你好都是有目的的。因为，我喜欢你，是等待着回应的喜欢。若是……一直到死都等不到回应，我该如何是好呢？"

怦——怦——怦——心快要跳出喉咙口了，好压抑好难受，熟悉的恐惧绝望哀伤和似痛非痛都涌了上来。我不知道该怎么办？出口的声音沙哑颤抖，"宇飞……你别这样，你知道的，我喜欢的是……"

"你这个笨到无可救药的女人！"子默气急败坏的声音响在耳侧，却让我浑身打了个激灵，回复了冷静。他不屑又无奈地瞪着我，"推开他，往外跑，最好能逃进枫林，我教你如何破阵！"

我连想都来不及想，膝盖一曲踩在他脚上，他吃痛松手，我忙狠狠推开他，没命地往外逃去。水声隆隆震耳，我却反而放心了不少，匆匆逃进殷红如火的枫林中，眼前一片晕眩，幸好身后并没有人追来。我剧烈喘息着，顺带又起了咳嗽，边按指示往前走，边与子默交流。

"往西三步，再往东……"

我低下头，看着脚下暗红的泥土走路，"子默，我是不是很自私呢？宇飞为我牺牲了那么多，如今只剩下一年多的生命了，他只是想我嫁给他……可是只要一想到与他成亲我……"

"那你想嫁吗？"子默冷笑地哼了一声，"往前五步……你嫁了他就能活下来了？为你付出是他自愿的，你内疚无可厚非，他却没有权利用自己的付出来勒索你什么。这一点，你给我记清楚了！"

我默默地点头，眼泪落入泥土中，我的脚步却一点也没慢过，"就像我根本没资格责怪你什么，是我自己想要你的帮助，是我自己想替你完成梦想，是我自己宁愿被你利用。那些痛苦难堪委屈，早在决定这么做的时候就该想清楚了。我没有权利把怒火发泄在你身上。"

眼前白光猛地一闪，我看到子默若隐若现的身体就在我眼前。他缓缓踏前，我一惊待要后退，他猛地低喝一声："别动。"就在犹豫的瞬间，他的身体已经和我的身体重合在一起，我心怦怦跳个不停，明明该是没有任何实物的，我却感觉全身有融融的暖意在流淌。

子默柔声道："伽蓝，其实我一直没有告诉你，跟你在一起这一年，我很开心。有时候，看着你傻傻地跳进别人的陷阱，我气得发狂；看着你为了个不值得的男人糟蹋自己，我既心痛又无奈；看着你在我手把手的教导下成长，我又很自豪。我在九重天外不知时日的飘荡，几乎忘记了喜怒哀乐，只余刻骨的仇恨。是你让我慢慢平静下来，是你让我再度听到了人世的声音，是你让我知道原来我也还有爱有恨。伽蓝，可能连我自己也没想过原来这一年是如此开心的。谢谢你。"

眼泪汹涌而下，绵绵密密地湿透了我整张脸，子默轻轻飘退几步看着我，眼神里满是温柔，"好了，我们快走吧。你爱的既然是风亦寒，就坚定不移地爱下去，不要为任何事动摇，他……是一个值得你爱的男子。"

"嗯！"我使劲点头，"子默，你放心，无论你是要统一天下还是要灭掉金耀国，我一定会帮你。啊……错了。"我局促地笑笑，"事实上是你帮我才对，我只会给你添麻烦。

不过，就算这样，只要你一直在我身边教导我，提醒我，总有一天，我也会成为比临宇更厉害的少年丞相。子默，你说呢？"

子默仍是温柔地看着我笑，那笑容透明晶莹，带了抹浅淡的哀伤。他闭了闭眼，遮住瞬间的神采道："走吧！希望风亦寒能及时赶来接应。"

"往东三步，然后一直往前走就能出去了。"子默话音刚落，我马上执行，水声确实离我已经很远了，而茂密的竹子就在前方。我跑得气喘吁吁，心里却渐渐平静下来。事实上，我干吗那么害怕呢？宇飞如今虽然变得很奇怪，但毕竟还是宇飞，总不可能真的伤害我吧？可是为什么我觉得自己在某一瞬间对他的恐惧像是与生俱来的，根本抗拒不了逃跑和浑身发抖的反应。说不定是临宇曾经和柳岑枫发生过什么事，也说不定……

"伽蓝，小心！"子默惊骇的大吼传来，我还来不及抬头，忽地一片黑影兜头兜脑地罩过来，我撞进一个灼热僵硬的怀抱。

"蓝蓝……"一双深蓝中带着赤红的双眸噙着笑意看着我，冷漠而嘲讽，"忘了告诉你，我早就没有当初的耐性了。"

"宇飞……"我惊恐地看着他，挣扎着撒腿要跑，手腕忽然剧痛，他笑着将我两手背到身后，竟直接解开我的腰带，连着腰身紧紧绑缚住，随即一个倾身抱起我往枫林中走去。

"宇飞，你放开我！你真的是我认识的聂宇飞吗?!"我在他怀中扭动挣扎大叫大骂，他却不理不睬，脚下速度飞快，后来索性解开我束发的绳子连我的双脚也绑了起来。

我望着眼前绝美魅惑的脸，淡淡的笑意从未自他眼中褪去。好可怕！好可怕！我浑身如筛糠般颤抖着，连眼泪也落不下来。这个人真的是宇飞吗？真的是那个胖胖的坦率的聂宇飞吗？我哽咽道："宇飞，你别这样。我爱的人是亦寒，我不会喜欢上你的。"

他进到石屋中，也不关门，径自把我扔在里间的床上。随即在抽屉中翻箱倒柜找了好一会儿，摸出一瓶药，打开嗅了嗅，脸上露出满意的表情，拿着药冲我走过来。

我的脑中有一根弦嘣地断裂，眼前晃悠着当年那杯几乎毁了我一生的果汁，惊骇欲绝地尖叫道："那是什么?! 你要给我喝什么?! 不要……不要！不要——"

柳岑枫一把将被绑成粽子一样的我捞在怀里，无奈道："你这么害怕干什么？"

"不——不要——邵俊—你不要靠近我！"我晃着脑袋，眼泪飞溅，声音沙哑而绝望，"不要靠近我！"

"蓝蓝！蓝蓝！"柳岑枫猛烈摇着我，在我耳边大叫道，"你清醒点！看看我是谁！"

我的尖叫变为啜泣，眼前模糊的泪散去，我看到柳岑枫白皙透明的精致面容，远山般的眉轻皱着，问道："邵俊—是谁？"

曾经的若隐若现的恐惧转为如今的惶恐，我往床里缩了缩，抬头刚好看到子默悲凄的面容。胸口狠狠一震，忽然觉得曾经的恐惧伤痛都无关紧要了，我跟子默保证过会坚强会成长了，不是吗？我已经不是当年那个天真懦弱，只懂哭泣的林伽蓝了，不是吗？可是刚刚那只会惊惶失措，只会尖叫的我，和当初又有什么不同？

我眨了眨眼，望向柳岑枫手里的药瓶，问道："是要给我喝的吗？"

柳岑枫点了点头，眼里的疑惑未褪，显然还纠结在"邵俊一"这三个字上。

我又问："这是什么药？"

柳岑枫歪头看着我，似是蹙眉思索了半晌，才道："蓝蓝应该清楚，在现代有避孕药。"

我瞪大了眼看着他，他柔媚地笑了起来，"这个应该说是一种与避孕药相反的药，可以让你有更大的几率怀上我的孩子。"

"你……你说什么?!"饶是我几百遍地告诫过自己要冷静，还是吼了出来，"你要我怀上你的孩子?! 聂宇飞，你是不是疯了！"

柳岑枫倚在床头，撑着脑袋，似笑非笑地看着我，"我只有一年多的生命了，想让喜欢的女人怀上自己的孩子，有什么出奇。"

说完，一把揪过我的头发，毫不怜香惜玉地将整瓶药灌进我口中。冰凉的液体顺着喉咙而下，我拼命摇头，可还是吞下了大半，强烈的不适让我没命地咳嗽起来。

柳岑枫灌完药，手势马上变得轻柔，轻轻拍着我的背，口气中带着些微的心疼，"这个身体如此差的吗？你有没有好好保养过？"

他抬起我的头，小心擦掉我嘴角的水渍，温热光滑的手轻轻抚着我的脸颊，忽地倾身猛然吻了下来。嘴唇被含住，变换了各种方式地辗转吮吸，痛得发麻，我死死咬紧牙关，气尽了也不松开。他终于不耐烦了，手伸过来捏住我下巴，狠狠一使劲，又酸又麻的感觉从下颌传来，我"嗯"地呻吟了一声，牙关一松，他的舌就灵巧地探了进来，在我口腔里激烈凶猛地肆虐。极其用力，像是要把我燃烧了一样地深吻。

我终于被他松了开来，嘴唇又麻又痛，绝望的感觉席卷了全身，极其熟悉的痛楚和恐惧。我手脚被绳子勒得生疼，忽然声音沙哑地开口问道："宇飞，你曾对临宇做过什么？"

柳岑枫正平复着喘息，闻言拿赤红的双瞳看着我，嘴角勾勒出比魔鬼更恐怖的笑，"怎么，终于想起来了吗？"

他的手轻轻一拉，将我带进怀中，修长的十指贴着我的颈项，将外衣一把撕裂，边用漫不经心的口气笑道："蓝蓝，在我面前，你永远是学不乖的。无论重来多少次，你终

316

少年相悦世外客
上部

究还是会落在我手里，谁让你对我心存愧疚，谁让你……欠我一条命呢？"

"不过呢！"他的手指轻轻在我的锁骨上打着圈，声音低沉喑哑，"这一次我不想再杀你了。与其让你陪着我死，不如让你生下我的孩子，似乎更有趣啊！"

我浑身打了个抖，震惊地看着他，"你……你说什么？"有什么在我脑中打着转，一层层旋着拨开迷雾，我知道，马上，马上真相就要显露出来了。可是……

"原来，你还不知道吗？"柳岑枫扯掉了我的外衣，抬头看着我的眼中露出宠溺而无奈的笑意，"你这个小傻瓜，不奇怪一年前为什么范重的一封信会让临宇千里迢迢赶来这里吗？"

"这……这里？"

"嗯。"柳岑枫甚是无奈地戳了戳我的脸，笑道，"那是因为，那封信是我让他送的。信里只写了一句话：'Lan，I miss you！'对了，另外附带两张画有地图的枫叶，就如你昨日和今日收到的那般。"

脑袋中嗡的一声大叫起来，像在脑中拉响了警铃，事实……什么是事实？究竟，什么……是事实！

柳岑枫微微一笑，极其温柔地在我额头印下一吻道："事实就是，那次我给你下的药，没有毒死你，却让你失去了记忆。你从害怕恐惧我的秦洛再度变成了天真愚蠢，对我满怀感激和愧疚的林伽蓝。明明看着你断气的，后来知道临宇还活着，我还以为又是一个现代白痴穿越到临宇身上了呢？"

你从害怕恐惧我的秦洛再度变成了天真愚蠢，对我满怀感激和愧疚的林伽蓝……

耳边什么声音也听不到了，烘烘的热气在太阳穴周围打着转，不断冲击我疼痛欲裂的脑袋。我笑了，笑得如傻瓜般难看，唇开合着问："你是说，我就是临宇，临宇……就是我？"

我知道我在发问，可是却听不到自己的声音，我知道柳岑枫一定也回答了什么，只是我依然听不见。

亦寒说，公子，你不过是在重走当初的路而已。

子默说，伽蓝……总有一天，你会不再需要我……总有一天，你会变回……

变回什么？我缓缓回过神来带着悲伤和乞求看向那双棕色的眸子，子默仍在淡淡地笑着，他说："伽蓝，总有一天你会变回真正的临宇。"

# 第59章　刹那千年

眼泪漫溢下来，胸口痛得厉害，我却连咳嗽也做不到了。原来，这就是真相吗？残酷到这等地步的真相？那我究竟是何苦再来走这一遭，何苦要再受这么多的苦，重新回到这个原点？

子默叹了口气道："我在你失忆前一年就已经能听到你的声音了，但却无法如现在一般与你用心术交流，更无法脱离水链生存。当年的你在知道自己命不久矣后，担心将来杨毅会对付你身边的人，所以一方面培植自己的势力希冀多少能保护他们，另一方面却是抱了万万分之一的希望想要再回到风亦寒身边。"

温热的手指贴在我脸颊上，拭去我的泪痕，柳岑枫将我横放在床上，抚平我凌乱的发丝，柔声道："好了，别哭了！那些过去，忘了便忘了吧，也没什么大不了的。我想忘的，还忘却不了呢。"说完，灵巧的十指开始轻松地解开我束胸马甲的扣子。

我如没了灵魂的娃娃般呆躺着，子默轻轻飘了过来，清秀的脸透明晶莹，眼神里的笑容越加温柔却……哀凄，"你以你的生命真元为交换，让我脱离水链的封印，然后重新召唤你回来。因为你清楚地知道，若是你死了，风亦寒即便能活下去，也是生不如死。所以，你宁可由我召唤一个陌生人回来，宁可让风亦寒爱上他人，也不肯放弃最后一点渺小的希望。"

"你刚醒来的时候，我当真以为是召唤到了另一个人。天真、懦弱、愚蠢的林伽蓝怎么看都与睿智、聪颖、生性淡漠的临宇毫无相像之处。我想，这样也好，一个什么都不知道可以让我随便利用的林伽蓝，总比聪明到无法隐瞒她任何阴谋的临宇好控制吧。可是，你终于还是慢慢成长了，无论性格喜好，甚至感情都与临宇越来越接近，越来越相像。直到你第一次昏迷那天，无意识中重复着临宇的话，我才知道……原来，我召唤回来的，不是别人，恰恰就是临宇，是失去了记忆，失去了在这个世界生存的能力的秦

318

临宇。"

我闭了闭眼，泪水自眼角滑落，无法完全剥离的马甲垂挂在手肘处，正好能完全束缚住我的任何挣扎。温热的手掌隔着薄薄的里衣轻轻覆盖上我的胸部，一阵战栗传来，全身都起了细小的疙瘩，我听到柳岑枫发出一声类似于叹息的声音。

"伽蓝……"子默轻轻叫我的名字。

"伽蓝……"

"伽蓝……"

我终于睁开了眼，看到他仍是那样笑着，很久以前时常看到的笑容，温润清俊又孤独落寞。他在床前，就在柳岑枫身边缓缓坐了下来，透明的手指伸出来一遍遍凌空地抚摸我的脸颊。微微上翘的眼角勾画出柔和的弧度，连着唇角的笑容，让他整个人犹如融冰的雪水般冰晶透彻。他说："伽蓝，以后我不在了，你要学着自己成长。"

他的眼中流泻出宠溺怜惜的眷恋之情，"伽蓝，以后不要再随便相信别人。这个世界，无论什么人都不能轻易相信的。不要用眼睛，用你的心去看、去体会别人说的每一句话，用心分辨什么人可以相信，什么人只能相互利用。"

他俯下身来，透明的身躯与我融合在一起，温暖和绝望两种完全不同的气息顺着血脉流经我身体每一个细胞，恐惧随之而生，泪腺像是再不受我控制了，泪水如断线了般汩汩而下。子默轻柔和缓的双重音自我体内响起："如果你能完全变回临宇，我或许会更放心一点。这样的你，还真有几分让我舍不得离去。伽蓝，以后我不在了，以后……我就不在了。"

"子默……子默，你别吓我。"我勉强自己笑，笑看着缓缓起身的孤魂，泪水留在笑容满满的脸上不知是怎样的狼狈和惶恐，"什么离去不离去的，你说过会永远陪在我身边，你说过的！"

子默回头看着柳岑枫，柳岑枫正面带疑惑地研究着我的表情。子默的眼眸幽深，掺了股森冷的寒意，随即视线下移，缓缓落在柳岑枫手腕上几近透明的水链上。他的脸上露出了笑容，随即是淡淡的黯然，"若他不是被那双面的性格折磨到疯狂，本该是个让人兴奋的对手。"

顿了顿，子默回过头来看着我，笑道："幸好他的身上也有水链，否则我就算是散尽了自己仅剩的这点真元，也救不了你了。"

"子默，你不要那样笑。"我在心底大叫，声嘶力竭般让我胸口起伏不定，"子默，贞操、孩子什么都没有关系！就当……就当是出了一场不严重的车祸……子默……你不要看得那么严重。"我低低啜泣起来，绝望而悲伤，不知是为了宇飞即将对我做的事，还是对子默那透明笑容的恐惧，"子默，求求你……不要那样笑了。"

"傻瓜。"子默一瞬不瞬地盯着我看，目光再不肯移开哪怕一分，"历史已经越来越偏离原来的轨道了，总有一天，我在这个世界的存在会被彻底抹杀掉。与其那样消失，不如让我为你做最后一件事。"

我开口欲言，子默却伸手轻轻捂住了我的嘴，明明只是个虚幻的动作，我却再发不出一点声音。他看着我，温柔浅笑，"伽蓝，就算你说不在意。可是，眼看着心爱的女子在自己面前被别人侮辱，这是任何一个男人都无法忍受的。"

我刷地瞪大了眼，一道白光比我反应更快地闪过，闪电般窜入柳岑枫左腕上的水链中。那银白接近透明的水链忽明忽暗，透出了淡淡的妖冶的紫色。柳岑枫的表情从惊讶到震惊，秀丽的双眉紧紧皱起，光滑的额头上冒起细密的汗珠，神色极端痛苦。

我挣扎着想爬起来，却又猛地摔倒，再爬起，再摔倒。我用沙哑的声音大喊："子默！子默！你快出来……你会死的……你会死的……呜呜……"

"你这个傻丫头。"柔和带着磁性的嗓音轻轻响起，刚刚还让我颤抖不已的手温柔地扶起我，一手抚摸着我披散的发丝，一手迅速解开我手腕上的衣带，"什么死不死的，我早就是死去千年的人了。"

"子默？"我小心翼翼地伸手抚上他的脸问，"你是子默？"

他点了点头，冰蓝的瞳眸中泛起淡淡的棕色，伸手抓住我的手轻轻握住，脸上的神色欣慰中又带着绝望的悲伤。他的食指指腹轻轻摩挲着我的脸，我的鼻，我的唇，轻声道："我终于可以触碰到你了。"

他猛一使劲将我抱进怀里，紧紧紧紧地拥住，紧到像是要将我融入他体内，"我终于可以将你抱在怀里了。"

温热的唇轻轻印在我的头顶，他的声音甚至带了几分沙哑，"伽蓝，就算要消失，我也没有任何遗憾了。"

"子……子默！"我死死揪住他的衣衫，心里的彷徨不减反增，我连忙伸手抓住宇飞的水链，像捧着稀世珍宝般牢牢握住，"子默，怎么办？怎样才能不让你消失？我不要……不要你消失！你快点出来，求求你快出来啊！"

子默柔柔地抱着我，下巴搁在我的肩上，低声道："伽蓝，冷静点，已经来不及了。让我……再多抱你一会儿……"

"什么来不及了?！我怎么可能冷静?！"我大吼道，"你会魂飞魄散的，你魂飞魄散了，怎么办？怎么办啊……"

"伽蓝……"他仍是低低柔和地唤我。

我"哇"的一声哭了出来，反手紧紧抱住他，如小孩一般号啕大哭，"子默……我不想你消失……你消失了我怎么办？子默……子默……"

"伽蓝，你听我说。"子默缓缓松开我，眸中神光依然温柔，脸上却带了我熟悉的从容淡定，夹杂着绝望和眷恋，刻在柳岑枫绝美的脸上，却比那精致的五官更动人心魄，"伽蓝，你好好听着。天下待要一统，唯东南之地必先取。风吟本为穆嘉王朝后裔，且处金耀边境，虽如今君臣耽于安乐重文轻武，然百足之虫死而不僵。风吟文人多气节，难以收服，又与擅长海战的出云岛国关系密切，实在不可小看。你若要统一天下，必从风吟开刀。火翎少了柳岑枫，其他人不足为惧，可引他们先来偷袭，再施以沉重打击，令其在几年之内无力进犯。如此你才可无后顾之忧地攻打风吟，取风吟者，计为主，战为辅；计者，攻心为主，攻城为辅。攻心计主要用于三者，风吟太子妃、出云岛国以及杨毅。风吟一战取胜，你的威望再难以压制，杨毅必然会先夺你兵权，再取你性命。与其被迫得险死还生，不如谋定而后动。"

子默温柔怜惜地看着我，脸色渐渐苍白，眼神开始迷离，他的目光却不肯移开一瞬，"伽蓝，谁说女子不可为帝，谁说你必须辅佐杨毅统一大陆顺应历史。既然杨毅没有容忍你这种不世天才存在的胸襟，不如放弃他，重新开辟一个属于你自己的王朝，创造一个不朽的神话。而攻下风吟，正是这个神话的开始。"

他轻抚着我的脸，不顾我满脸的惊异，缓缓靠近在我脸颊印下一吻，柔声道："伽蓝，我再也看不到那一天了，但这却是我为你谋划的最后一个计策。唯一一个全心全意，只为你所定的计策。"

眼眶湿润，泣不成声的痛在心底蔓延，我正要说话，子默却猛地推开我，从胸口抽出一把匕首，没有半分犹豫地冲着自己胸口狠扎下去。

"啊——"我发出一声凄厉的尖叫，发了疯般扑过去，然而，还是晚了一步。虽然偏离了心脏数寸，可是血却如岩浆般喷涌出来。

子默缓缓地从床沿倒下去，软倒在地上。我大声哭泣着，惊惶地用手按着胸口的血，却见一道白光慢慢自那身体上冒起，淡淡如一道轻裘的烟，连面容也看不清了。

我惊喜地喊道："子默！快！快回来水链……"

那张清俊淡漠的脸我看不清了，那双棕色的温润眼眸我也看不清了，只觉他是在摇头，轻轻缓缓地摇了两下。然后用我熟悉的双重音说："伽蓝，能遇见你，我很开心……"

"真的……很开心。哪怕，千年只为这一刹那，我也了无遗憾了……伽蓝……我爱……"

猛烈的白光从那道模糊的身影所在处散发出来，仿佛闪光弹爆炸般瞬间充斥了整个房间，桌椅床门都剧烈地摇晃着，房子似要被这股冲击轰塌了一般。那光却终于冲破了石屋的束缚，直达天际，照亮了整个天空。

刹那千年——刹那千年——刹那千年……如此悲伤，如此悠远，如此宁静幸福的声音一遍遍在天空回荡，回荡……

我呆呆地站在原地，看着空荡荡的房子，转了个圈，什么也看不到。我在心里叫道："子默，你在哪儿？快出来吧。"

没有任何回声，我又转了几个圈，看到浑身是血的柳岑枫虚弱地站起身来，点了几个穴道，吃力地在床沿坐下来。我认真地看着他问："你看到子默了吗？"

柳岑枫皱眉看着我，嘴角勾起个冷笑的弧度，"原来你还有这等能力，刚刚附在我身上的是个鬼魂吗？"

我瞪了他一眼，不理会他，开始在房中寻找。床底，被子里，桌子下，柜子中，我一边找一边小心翼翼地道："子默，你出来吧！我以后什么都听你的，我帮你毁掉金耀国，你不要再躲我了好不好？"

"嗯？"低沉魅惑又带了几分虚弱的声音在房中响起，"魂飞魄散消失了吗？"

"你闭嘴！！"我大吼了一声，发狂似的瞪着他，"子默不会消失的，绝对不会消失的！"

我已经看不清他任何的表情了，我开始在房中低喊，小心翼翼地喊叫："子默！子默！你别藏了，快出来吧！我都看见你了，真的……"

"蓝蓝！蓝蓝！"谁在叫我，我晃着头，凌乱的发丝乱扬，隐隐看到了白衣上殷红的血。忽然，胸口一阵作呕，血脉翻腾着，纠结到脑海，脑中有一张张极其珍贵的画面，如卷轴般展开飞舞，然后消失无踪。

322

### 月澄净，花满庭，玉宇无尘

长发及腰，头戴书生帽的白衣男子飘摇空中，棕色的半透明双眸，落在我身上。

他白皙透明的脸上露出了狂喜："你果然看得见我！"

"我叫韩非，字子默，是金耀国嘉和十三年的状元，因全家遭人陷害冤死狱中，魂魄不散，是以一直游离在九重天外。"

他双眼牢牢盯着我，像在催眠一般，沉声道，"我会教你，我会帮你，在你离开以前，我会让你在金耀国的朝堂上像临宇一样绽放光彩。"

云遮月，花弄影，萧瑟秋风

他近乎透明的手伸了出来，虚抚过我的头顶，"伽蓝，你真的不适合这个世界。更何况，一个人的精神，又如何能承受两个世界的煎熬呢？我不能为自己的愿望，而毁了你啊！"

"林伽蓝……你究竟是太过愚蠢，还是骨子里自私得彻底？你竟从未想过，你这般好心做成的坏事，让人无从责备，无力谩骂，甚至比那蓄意而谋的恶意更让人痛恨吗？"

"伽蓝，别这样。"他的声音从来没有这样彷徨心疼过，手指伸到我面前，想碰触我的脸，却发现根本做不到。他眼神一黯，低低地说："伽蓝，哭出来吧。"

梅依旧，灯如昼，月满西楼

他怔怔地看着我，双眼有些迷离，不知道是因为阳光还是其他。他轻轻勾起嘴角在笑，眼神却是那么的哀伤怜惜，温润的声音带着双重的磁性，回荡在夕阳下，芳草间，"……在熊熊烈焰下浴火重生……虽美却痛……美轮美奂……痛不欲生……"

他冲我浅淡一笑，"伽蓝，你要记住，从这场战役开始，我所布的每一个局，所出的每一个计谋，或许不是最好的，但绝对是最适合你的。你要试着观察，试着学习，这样，就算哪一天我不在你身边了，你也能自己应付。"

风乍起，叶枯黄，冷月寒霜

他笑道："伽蓝，你越来越像那大权在握、冷血无情的丞相了。"声音悠远。

如许薄弱的幸福中，我听到他在空中发笑，那笑不似嘲讽，不似祝福，却带着浓浓的悲伤孤独和寂寥，让我忍不住打了个寒战。

"林伽蓝，你给我睁开眼睛看看清楚！现在的这个柳岑枫，除了拥有聂宇飞的记忆，还有哪一点像他?! 如今的他，是魔鬼，是冷血得你无法想象的病态的人，绝不会念着你们过去那一点幼稚的情谊就放过你！"

花飞谢，人空瘦，残月如钩

他柔声道："伽蓝，其实我一直没有告诉你，跟你在一起这一年，我很开心……"

他轻轻飘退几步看着我，眼神温柔，"你爱的既然是风亦寒，就坚定不移地爱下去，不要为任何事动摇，他……是一个值得你爱的男子。"

他透明的手指伸出来一遍遍凌空地抚摸我的脸颊。微微上翘的眼角勾画出柔和的弧度，连着唇角的笑容，让他整个人犹如融冰的雪水般冰晶透彻。他说："伽蓝，以后我不在了，你要学着自己成长。"

他看着我，温柔浅笑，"伽蓝，就算你说不在意。可是，亲眼看着自己心爱的女子被别的男人侮辱，这是任何一个男人都无法忍受的。"

"伽蓝，能遇见你，我很开心……真的……很开心。哪怕，千年只为这一刹那，我也了无遗憾了……伽蓝……我爱……"

## 鸿飞东西，无处寻觅

猛烈的白光从那道模糊的身影所在处散发出来，那是燃烧他魂魄的火焰，那是抹杀他存在的洪流。他没能实现愿望所以无法重生，他没能放下对我的牵念所以无法回去未来。那个来自一百五十年后爱恨难消的孤魂，那个寂寞了千年终究没有实现他愿望的孤魂，那个默默相逢默默离别的孤魂，终于因为我的愚蠢偏激而……魂飞魄散了。

有什么恐惧到绝望，绝望到战栗的感觉涌了上来，泪水像潮水般汹涌流淌，我声音沙哑地喊了好多好多遍，然后，终于意识到……消失了……子默是真的消失了！

"啊——"是谁发出了那么凄厉的尖叫，那尖叫声伴随着破门而出的我一路响彻，那么悔恨，那么绝望，那么痛彻心扉！

我冲到悬崖前，隆隆的瀑布水声也掩不住我沙哑的大喊："子默——子默——我知道错了，我再也不接近柳岑枫，我再也不任性妄为，我不怪你骗我利用我，我什么都听你的。"我"哇"的一声大哭出来，哭得泣不成声，"子默——回来好不好！我们回到从前，我全心全意信你，绝不再怀疑你。求求你……回来，回来啊——"

曾经，我是如何在这个世界生存下来的？我是如何一点点在那个人教导下成长的？我又是如何从孤独恐惧中走出来的，我怎能忘得了？我从不在意子默的存在，是因为他的存在就如空气般自然，永远都不会消失；我从不在意子默的感受，是因为他无法离开我生存，所以我就那般忽视他。可是我却从未想过，原来，这样的理所当然也有消失的一天……彻底消失的一天，无论再多的眼泪和后悔也换不回他的存在。

"不要留下我一个人！"我慢慢停止了彷徨的哭泣，眼神迷离，忘记了前面是万丈悬崖，忘记了隆隆水声在耳边咆哮，只是一步步向前，想要追寻曾经最习惯的温暖而坚定不移地向前走去，"子默！子默！不要抛下我孤单一人……在这个陌生的世界。既然你不愿回来，那么，我去找你……我去……找你……"

　　梦若琉璃，年华未央

　　悄然花落袖染香

　　月上窗，映红颜

　　恍然一梦已千年

　　凌云壮志，缱绻流年

　　转眼回眸悲白头

　　心黯然，情难却

　　梦里良人隔世愁

# 第 60 章　前世今生

薄暮金红，残阳如血。

柳岑枫从石屋走出的瞬间，脑中便闪过这样一句话。附体魂魄的那一刀扎得很深，虽然没有刺中心脏，却割断了心脉附近的动脉血管。血是止住了，身体的晕眩却越来越严重，偶尔眼前会一片芒白，连思绪也无法自己控制。果然是一具残破的身躯。

柳岑枫走了几步，耳边充斥的是隆隆的水声，还有那凄厉沙哑的喊叫。他冷笑着靠在一棵枫树上瞧着前方瘦弱绝望的身影，火红的枫叶自上而下飘落，贴着他胸前鲜红的痕迹，有几片沾了上去，有几片却落在脚边。

他随手将那片枫叶拂落，只在那一瞬间，手背上却又沾了一片。手腕轻轻翻转，晶莹白皙的掌心托着一团火般，晃着他的眼睛，刺痛却甘之如饴。柳岑枫讥讽地一笑，手一松，红枫便缓缓飘落，像一只染血的蝴蝶。他以前，明明就不喜欢枫叶，也不爱穿白衣的，不是吗？

沙哑的喊叫声慢慢停了下来，他看到那长发披散，只着了一件单薄里衣的女子，忽然呜咽地念着什么话。柳岑枫走前了几步，却只听到那一句"我去找你……"然后她像是忘却了周遭，忘却了自己，忘却了天地，朝着悬崖一步步走去。

柳岑枫只觉心口被什么一下下揪扯着，极痛极痛，仿佛只要女子这一去，有什么珍贵的东西就要彻底随之消失了。可是尽管痛到如斯地步，他也不过是从一棵枫树走到了另一棵离她更近一点的枫树，以更舒适的姿势靠在树干上，冷眼看着她一步步走向崩溃，走向死亡。

也许，连他自己也没发现，冰蓝的瞳眸已然如火烧般通红，胸前的伤口再度崩裂开来，嘴角的笑容为何如此凄绝，如此美丽。

"公子——"几乎是在心中警兆忽生的同时，一道迅疾如闪电的青影已在他眼前掠过，伴随着惊惶恐惧地大叫。那种距离，女子的一脚早已踏向了悬空，根本不可能追赶上吧，柳岑枫只是这样想着，心里的痛稍稍缓和了几分，随即却是越加撕心裂肺。

直到青衣男子惊痛疼惜的连喊声传来，柳岑枫也还未从自己的痛楚中走出来。他被那一连串的喊声惊得抬起头来，眼睛瞥到的是那青衣男子紧紧将少女搂在怀里，不住地用轻柔极力掩饰着恐惧的声音道："公子，你醒醒！"

少女缓缓抬起头来看他，清丽绝俗的脸在霞光下美得动人心魄，却似一个没有灵魂的瓷娃娃般精致而脆弱。她挣扎着，用早已沙哑的声音道："你放开我，我要去找子默，否则他就抛下我了。抛下我孤零零一个人，好寂寞……"

"公子！公子！"青衣男子紧紧抱住她，竟一句不问子默是谁，也没有丝毫的怀疑，只一遍遍念着，"公子，你别怕，我在这里，我一直在你身边。"

"不要一个人！"少女挣扎不开，开始大哭大叫起来，晶莹的泪珠顺着面颊滑落，一滴滴落在男子的青色衣襟上，"我不要孤独一人！徐冽抛下我了，孩子抛下我了，现在连子默也抛下我了，天上人间，只余我孤单一人，我不要！我不要！"

青衣男子抱着她，劝着她，少女却仿佛失去了魂魄一般，只是哭叫着要往悬崖边走。青衣男子漆黑的眼眸忽地一阵剧烈地闪烁，变成诡异的墨绿，随即淡淡的暗紫渗了出来。他猛地低头吻住少女的唇，两人的脸紧密相贴着，他单手牢牢制住少女反抗挣扎的手，另一只手死死拖着她的后脑勺不让她退却，少女娇小的身体被他整个裹进怀里，像是要与他融为一体般。

他猛地离开少女的唇，绚丽的暗紫在他眼中汹涌涤荡，几乎彻底遮掩了墨绿和漆黑。他两手拽着少女的肩膀狠狠摇晃，用沙哑的声音大吼道："秦临宇，醒过来，好好看着我！！"

少女精致小巧的脸被摇得整个皱在了一起，低低呻吟着，水蓝的眼睛却慢慢恢复了神采，慢慢倒映进了蓝天白云火红夕阳，最后却完全被青衣男子所取代。薄薄晶莹的雾气蒙上浅蓝的眼眸，她苍白的唇颤抖着，包含着千般委屈万般感情吐出那两个字："亦寒……"

柳岑枫可以清楚感觉到，青衣男子全身那一根几乎要将他绷断般的弦终于缓缓松弛了下来，他的眼眸逐渐回复黑亮，仿如最澄净的夜，闪烁着柔和星光。脸上还残留着惶恐惊慌的余悸，让他的表情看上去有种心酸的温柔，"公子，是我。"

"亦寒……"少女流着泪一遍遍念着他的名字，那是伤心到极点的眼泪，却也是安心到极点的哭泣，"亦寒……我好难过……我好后悔……我真的好后悔……我没有听他的话……子默……子默消失了……因为我而魂飞魄散……终于抛下我一个人……"

"公子，不会的！"青衣男子猛地抱紧了她，声音轻柔得仿佛不愿她受哪怕一丝一毫的伤害，"公子，无论如何，我都在你身边，一生一世，生生世世绝不会抛下你一个人。"

柳岑枫轻颤了一下，他忽然想起那个胖胖的男孩，浑身是血，背着女孩一步步走在寒冷空寂的大街上，一遍遍对昏迷不醒的她说："蓝蓝，别……别怕，我……不会……让你有事，绝……不！"那些久远而幼稚的记忆，他以为他早已忘记了，原来没有……原来从未忘却啊！

"亦寒……"他听到少女用颤抖的、小心的、惶恐的声音叫他，"你不要忘记你说过的话，永远永远都不能忘记。"

"我知道。"青衣男子缓缓抚顺她凌乱的发丝，将她瑟瑟发抖的身躯裹得紧紧，声音清冷低沉，却万分坚决，"临宇，我爱你。永远永远都只会爱你一人，永远永远都不会离你而去。"

少女浑身的颤抖慢慢停止下来，然后发出猫一样的呜咽声，反手抱紧了他，用低哑的声音说："我也是……我也是……只爱你一人，永远永远都不会离你……"

柳岑枫猛地踏前一步，在背对着他的青衣男子还没反应过来以前，狠狠一掌拍去。这一掌蕴足了他十成的内力，百分百的真元，虽是受伤之时，但其中蕴含的千钧杀伤之力，却是任何人都无法承受的。

果然，青衣男子"噗——"地吐出一口血，全部喷在少女洁白的里衣和白皙的脖颈上。少女猛地瞪大了眼，秋水般的眼眸中映满了自己狰狞绝艳的脸，以及赤红如血的双瞳。

忽然，她的神情从恐惧变成了震惊，从震惊变成了痛楚，又从痛楚变成了迷乱。少女"啊——"地惊叫了一声，蹲下去，双手紧紧抱着头，不断呻吟哀叫，看表情像是有千百只手在撕扯她的灵魂，纠缠她的思绪。

柳岑枫的动作微微一顿，青衣男子已然回过头来，第一反应便是护住身后正在挣扎呻吟的少女。柳岑枫冷冷一笑，这一笑当真是冷到了心底，他猛地抽出腰间软剑，剑锋直指青衣男子身后的少女。

青衣男子眼中惊惶一闪而逝，来不及拔剑便以血肉之躯来挡。柳岑枫却在那一瞬间收剑，另一只白皙修长、骨节匀称、仿如美玉的手掌缓缓推出，在夕阳下，枫林前，那手掌犹如透明般被红光穿透，停留在青衣男子的胸前。

心脏的脉动就在掌下，只要劲力催发，心脉俱裂，即便是大罗神仙，也再难救此人一命。柳岑枫残忍地想着，真气以最迅捷的速度在体内被全力运行起来。可是，就在那一刻，青衣男子的身体却直直向后倒去。隆隆的水声掩盖不了他惊惶的大叫："公子——"

然后，柳岑枫看到了青衣男子身后少女苍白的脸和再没有半分留恋及惊慌的水眸。她扯着男子的青衣往后仰，边仰边静静地看着他，带着怜悯，带着内疚，带着哀伤，甚至带着几分祝福地看着他，沉静而安然。就像是忽然间变了一个人般，少女的表情变得平静而安宁，蓝眸中沉沉的深不见底却透出奇异的温暖。只见她没有血色的唇开合着，无声地对他说："宇飞……回去吧！"然后，无论是那抹青衣，还是那片雪白都离他远去了，沉入漫漫无际的崖底，独留他一人在山间彷徨而立。

　　柳岑枫怔怔地看着水雾蒸腾的悬崖，目光缓缓移动，从洁白染血的衣衫，到火红的枫叶，到凄美的天空，再到望不到底端的峭壁。

　　他忽然想起一句很久很久以前记住的话：当你望向无底深渊的时候，无底深渊也正在回望阁下。他低低地笑了起来，纤长白皙的手指拨弄着自己的发丝，用低沉魅惑的声音道："柳岑枫，究竟是我占据了你的身体，还是你吞噬了我的灵魂。"

　　他无法看到自己此刻的笑容，自然也无法知道这个笑容有多么绝艳，多么震撼人心。

　　眼前又浮现了少女无声开合的唇，明明仍有仇恨，却依旧满怀期望地对他说："宇飞，回去吧！"他的脸上又绽放出轻浅澄净的笑容，心底深处忽然明亮宁和起来，让他一时忘了身体的痛、心灵的痛、回忆的痛。

　　柳岑枫轻轻张开双手，白衣在风中猎猎作响。他身体缓缓前倾，以一个极其舒适优美的姿势倒了下去。风吹散了他的发，水溅湿了他的衣，巨大的冲力让每一滴溅在他脸上的水珠都如针扎般疼痛，可是，他却轻轻笑了起来。

　　蓝蓝，你的永远中，可有我的一份？

　　忽然，他耳中听到一个奇异的声音，那声音似男非男，似女非女，却悠远清润，仿佛极其自然地融入大自然中一般。然而这个声音却不是对着他在说话，"……临宇，很抱歉，只有这个孤魂完全消散在此间天地，我才有足够的真元重新苏醒。"

　　"……在金色曙光中展翼临世，在惊涛骇浪间乘风飞翔，在熊熊烈焰下浴火重生，你我的魂魄将重新融合，然后你才能成为真正的伊修爱尔女神之子——赤非！"

　　"临宇，历史已然改变，杨毅再不是命定的一统天下之人。命运的齿轮终于开始转动，伊修大陆上真正的千古一帝将是……"

　　柳岑枫忽觉脑中如被钝物重重击了一下，在意识迷离的瞬间只看到一幅万里河山的水墨画，一个银发的男子伸手缓缓抚摸着它，然后他所有的意识消失在沉沉坠落和隆隆水声中……

# 后　记

20××年8月，瑞士。

"嘀——嘀——嘀——"

原本平稳波动的心电图上忽然显示出凌乱的波形，同时急促的报警音从心电图仪器上传出来。躺在床上的清瘦男子，俊秀的双眉紧紧皱在一起，脸色雪一般苍白。

慌乱的脚步声从门外传来，一个四十岁上下的中年女子猛地推门进来，口中喃喃念着什么，"宇飞……老天保佑……阿弥陀佛……"

被大力推开的门还在拍打着墙壁，啪啪作响。中年女子紧张地冲到床前察看儿子的身体，可是她认真地几乎是带着乞求地盯着心电图许久，那波形依然是昏迷状态时才有的平稳无波。躺在床上的男子有张瘦削的瓜子脸，五官秀气，皮肤白皙得近乎透明，隐隐能看到肌肤下的青色血管，嘴唇苍白而微微干裂。可是，他的面容却很平静，完全没有方才的痛苦或眉头紧皱的表情，就如已经死去了一般。

中年女子满怀希望的表情缓缓变为失望以及夹杂着绝望的哀伤，她抚摸着儿子越来越瘦的脸站起身来，眼泪啪嗒啪嗒滴在床单上。

敲门声传来，中年女子忙擦掉眼泪回过头去。只见一个身穿蓝色衬衫、黑色西装裤的年轻男子正站在外面，关切地问道："宇飞醒了吗？"

中年女子勉强笑着摇摇头道："没有，刚刚可能是我耳鸣了。"

年轻男子叹了口气道："明天我们带他去检查一下吧。"

中年女子忙摇头道："不用了，干吗白白浪费钱？对了，蓝蓝还在睡吗？"

年轻男子苦笑地点头，"她现在一天二十四小时，十二个小时都在睡觉，都快成懒猪了。"

中年女子"扑哧"一声笑了出来，两人交谈的声音渐渐远去。所以，他们谁也没看到，原本心电图显示仪上那"点——横线"而过的波形，忽然起了凌乱的波动，然而，也只是短暂的一瞬，又重新变回了原来的样子。

　　而床上的清瘦男子，仍是那般安详地躺着，像是永远不会醒来一般。

后记